POR SIEMPRE JAMÁS

Amor y Aventura

POR SIEMPRE JAMÁS

Jude Deveraux

Traducción de Ana Isabel Domínguez Palomo
y María del Mar Rodríguez Barrena

VERGARA
GRUPO ZETA

Barcelona • Bogotá • Buenos Aires • Caracas • Madrid • México D.F. • Miami • Montevideo • Santiago de Chile

Título original: *For All Time*
Traducción: Ana Isabel Domínguez Palomo
    y María del Mar Rodríguez Barrena
1.ª edición: septiembre 2015

© 2014 by Deveraux, Inc.
© Ediciones B, S. A., 2015
    Consell de Cent, 425-427 - 08009 Barcelona (España)
    www.edicionesb.com

Printed in Spain
ISBN: 978-84-15420-93-4
DL B 15908-2015

Impreso por LIBERDÚPLEX, S.L.
Ctra. BV 2249, km 7,4
Polígono Torrentfondo
08791 Sant Llorenç d'Hortons

1

Nantucket

Graydon era incapaz de apartar los ojos de la chica. La novia y el novio, su primo Jared, se encontraban en el altar de la pequeña capilla con el párroco entre ellos, pero Graydon no les prestaba atención porque solo tenía ojos para ella. Llevaba un vestido azul de dama de honor y un ramo de flores en las manos, y estaba muy pendiente de la ceremonia.

Aunque era guapa, no poseía una belleza convencional. No era el tipo de mujer que llamaría la atención allá adonde fuera. El rostro ovalado, esos ojos azules y su cutis perfecto le otorgaban el aspecto de las chicas que aparecían en las noticias de los periódicos tras haber debutado en sociedad. Con ese físico, podría lucir perlas y guantes largos sin dar la impresión de que preferiría ir en vaqueros.

Poco antes, mientras el cortejo nupcial esperaba en el exterior de la capilla, se produjo cierto revuelo en el interior. En el último minuto, había tenido lugar algún malentendido que había provocado el caos. En circunstancias normales, Graydon se habría molestado en averiguar qué sucedía, pero ese día no lo había hecho. Porque ella lo había distraído.

En el interior de la capilla, se habían escuchado gritos furiosos y alguien había estampado algún mueble contra el suelo. Las dos damas de honor, el padrino y el segundo acompañante se habían acercado a la puerta para ver qué sucedía, pero Graydon no se había movido del sitio. Ni siquiera sentía curiosidad. No alcanzaba a hacer otra cosa que no fuera mirar la espalda de la chica. Tenía una melena rubia, larga y ondulada, y una bonita figura. Nada voluptuosa, pero sí atlética y femenina.

Se mantuvo alejado del resto durante todo el jaleo. Apenas era consciente de su entorno, de la enorme carpa donde se celebraría el banquete y el baile posterior, de la luz de la luna que bañaba la arboleda que los rodeaba, ni siquiera era consciente de la reluciente capilla donde tendría lugar la ceremonia. Solo podía pensar en las palabras que le había dicho la chica unos minutos antes.

Cuando le pidieron que acompañara a una dama de honor por el pasillo de la iglesia, pensó que sería una tarea sencilla y agradable. Al fin y al cabo, estaba más que acostumbrado a caminar por alfombras rojas y a participar en ceremonias de todo tipo.

Sin embargo, cuando le presentaron a la chica, sus palabras lo dejaron conmocionado... y aún no se había recuperado.

Una vez que se calmó el estrépito procedente del interior de la capilla y mientras se preparaban para entrar, Graydon se acercó a ella y le ofreció el brazo. Cuando ella lo aceptó, la miró con una sonrisa afable y le cubrió la mano con la suya, tras lo cual le dio un amistoso apretón.

Sin mediar palabra, ella se apartó bruscamente de él y lo miró con cara de pocos amigos. Su actitud no dejaba lugar a dudas: cualquier tipo de avance por su parte sería mal recibido. Y eso incluía también la amistad.

Graydon no recordaba ninguna otra situación que lo hubiera dejado sin palabras, pero tras enfrentarse a la airada reacción de la chica pareció quedarse mudo. Solo atinó a mirarla en silencio y a pestañear. Al final, consiguió asentir con la cabeza para indicarle que le había quedado claro. Nada de caricias, nada de sonrisas y nada que se saliera de lo estrictamente necesario para llevar a cabo la función que les habían encomendado.

Mientras recorrían juntos el pasillo de la iglesia, ella mantuvo las distancias. Aunque lo tomó del brazo, la separación entre sus cuerpos era de medio metro. Graydon caminaba con la cabeza alta e hizo todo lo posible por tragarse el orgullo. Era la primera vez en toda su vida que una mujer lo encontraba... en fin, sí, repulsivo. La verdad, ninguna mujer había intentado alejarse de él con anterioridad.

Y no se trataba de que fuera un inocentón y no supiera que muchos de los halagos y del coqueteo que recibía tenía su origen en lo que él había acabado denominando «las desafortunadas circunstancias de su nacimiento». Sin embargo... que la chica no quisiera saber nada de él era un golpe para su ego.

Cuando llegaron al altar, pareció aliviada de poder alejarse de él. La chica se colocó en la parte izquierda y él se dirigió a la derecha para esperar la llegada de la novia, que caminaría hacia el altar acompañada por su padre.

Durante la ceremonia, Graydon no pudo evitar echarle un vistazo a la dama de honor, aunque para ello tuviera que dejar de mirar a los novios. ¿Cómo se llamaba? Toby, ¿no? Seguramente se tratara de un apodo, y se preguntó cuál sería su nombre de pila.

La ceremonia estaba a punto de llegar a su conclusión cuando sintió lo que la gente llamaba «el vínculo entre gemelos», algo que le indicó que su hermano se encontraba cerca. Miró hacia la izquierda, en dirección a la multitud que se agolpaba en el interior de la capilla. La familia estaba sentada en las bancas, pero la parte posterior estaba atestada de invitados que presenciaban la ceremonia de pie. Graydon tardó apenas unos segundos en localizar a su hermano en la última fila, deliberadamente oculto tras la gente. Rory no iba vestido de forma adecuada para una boda. Llevaba un atuendo consistente en una chaqueta de cuero y unos pantalones informales. Al menos no llevaba vaqueros.

Rory hizo un gesto en dirección a la dama de honor rubia. Era la primera vez que veía a su hermano prestarle atención a una mujer y eso despertó su curiosidad.

Tal como sucedía en ocasiones con los gemelos idénticos, su hermano y él solían comunicarse sin palabras. No obstante, era imposible que Graydon pudiera transmitirle a su hermano el único pensamiento que tenía en mente: «La chica es capaz de distinguirnos.»

Rory frunció el ceño para hacerle saber que no entendía lo que trataba de comunicarle. Ladeó la cabeza y Graydon asintió. Acababan de acceder a encontrarse en el exterior lo antes posible.

Llegados a ese acuerdo, Graydon volvió a prestarle atención a la chica. Faltaban unos minutos para que recorrieran el pasillo juntos de vuelta al exterior y estaba deseando que llegara dicho momento.

2

Después de la ceremonia, Toby abandonó la capilla y volvió a la carpa grande para comprobar cómo se lo estaban pasando los invitados. Aunque no era una organizadora profesional de celebraciones y eventos, se había encargado de casi todo el trabajo de esa boda. Muchas ideas habían partido de la novia, su amiga Alix, pero fue ella quien pasó incontables horas y perdió mucho sueño para organizarlo todo. A lo largo de las últimas semanas, cada vez que se presentaba un problema, la solución había sido «Pregúntaselo a Toby». El hecho de que consiguiera solucionar la mayoría de dichos problemas hizo que se sintiera bien. En ese preciso momento, solo quería comprobar que todo el mundo estuviera contento y disfrutar ella misma de la celebración.

—Señorita Wyndam, no quiero monopolizarla, pero sí me gustaría disculparme —dijo una voz masculina tras ella.

Sabía quién era, ya que su voz era inconfundible: ronca y melosa. Demasiado melosa. Demasiado astuta. Demasiado refinada. Demasiado parecida a la de todos los hombres con los que su madre había intentado emparejarla a la fuerza.

Toby titubeó antes de volverse para mirarlo. La noche anterior, su compañera de casa, Lexie, y ella habían llevado a la novia a tomarse unas copas. Al fondo del restaurante, había un hombre con una chica sentada en su regazo y dos más riéndose de lo

11

que fuera que hubiera dicho. Cuando el hombre las vio entrar a ellas, apartó a la chica que tenía encima, se levantó y se acercó a su mesa. Sonreía de tal modo que parecía convencido de que dejarían lo que estuvieran haciendo para dedicarle toda su atención. Era bastante guapo, pero tenía algo, tal vez su arrogancia o la impresión de que era un poco vanidoso, que hizo que le cayera mal nada más verlo. Toby cogió el bolso y se marchó, y sus dos amigas la siguieron.

Esa misma noche, el hombre que le estaba pidiendo perdón había intentado hacerles creer que era el mismo hombre de la noche anterior. Pero ella sabía que era mentira. Y fuera cual fuese el motivo que lo impulsaba, a Toby no le gustaban los mentirosos.

Se volvió y lo miró. Se parecía a Jared Kingsley, su primo lejano, que era amigo suyo y también su casero, con la diferencia de que ese hombre era más joven y también... en fin, más refinado. Tenía un porte tan derecho y rígido que parecía una estatua de mármol. No tenía un solo pelo fuera de sitio, ni una mota de polvo encima, ni siquiera una arruga en el esmoquin. Su aspecto tan pulcro y tan limpio no parecía real.

—No es necesario que te disculpes —dijo, tuteándolo, al tiempo que pasaba a su lado—. Ahora, si no te importa, tengo que atender a los invitados.

—¿Cómo te diste cuenta? —le preguntó él, que también pasó a tutearla.

Toby tenía muchas cosas que hacer, pero captó la súplica en su voz.

—¿Cómo me di cuenta de qué?

—De que anoche se trataba de mi hermano y no de mí.

Estuvo a punto de echarse a reír. Tenía que estar de broma. A sus ojos, no se parecían en nada. Consiguió controlarse y lo miró de nuevo, incluso consiguió sonreír. Al fin y al cabo, era primo de Jared.

—Él parece un pirata mientras que tú pareces un... un... un abogado. —Se volvió y echó a andar hacia la carpa.

—Así que puedes distinguirnos —dijo él a su espalda.

Toby se detuvo. Los halagos no la atraían, al contrario que sucedía con un hombre que la hiciera reír.

Se volvió para mirarlo. Se encontraban en la arboleda que rodeaba las dos carpas y la capilla, y la única luz procedía del interior. Eso le confería un halo casi dorado al entorno.

—Muy bien —dijo, mirándolo—. Discúlpate.

—¿Quieres la versión pirata o la legal?

Al parecer, no estaba hablando en serio. Toby no sonrió.

—Discúlpame, pero tengo trabajo que hacer. —Se volvió de nuevo.

—Mi hermano se mete en líos y yo le cubro las espaldas —dijo él—. Eso evita que mi padre se enfade hasta un punto que creo que sería perjudicial para su salud.

Toby reconocía la verdad cuando la escuchaba, de modo que lo miró. Era una experta en problemas paternos.

—Normalmente... —continuó él—. No, la verdad es que siempre nos libramos. Tú eres la primera persona ajena a la familia que nos ha reconocido. Me disculpo de todo corazón. Cuando tu amiga me confundió con el hombre al que vio anoche en el bar, me resultó menos complicado comportarme como si fuera verdad. Hasta ese momento, ni siquiera sabía que mi hermano estuviera en la isla.

Tras decir eso, se quedó parado, mirándola con expresión inescrutable. Tenía un mentón fuerte y una nariz recta. Sus ojos eran de un azul intenso, con unas pobladas cejas negras. Parecía tener el asomo de una sonrisa en los labios, pero al mismo tiempo poseía una intensidad que la llevó a pensar que escondía una personalidad muy profunda.

—A lo mejor me precipité en mis conclusiones —dijo ella, y esbozó una sonrisilla—. ¿Por qué no entras en la carpa y comes algo? Y gracias por venir a Nantucket para acompañarme hasta el altar.

—Ha sido un placer.

La estaba mirando como nunca antes lo habían hecho, como si no comprendiera quién, o qué, era ella. Empezaba a incomodarla.

—Muy bien —dijo—. Te dejaré para que... bueno, para que encuentres a tu hermano. —Se dio otra vez la vuelta para alejarse.

—¿Sabes de algún sitio donde pueda alojarme?

Toby lo miró de nuevo con el ceño fruncido.

—Creía que todos tenían un lugar donde pasar la noche. —Lexie y ella habían trabajado a destajo para buscarles una cama a todos los invitados. Ese hombre había volado desde Maine con el único propósito de acompañar al novio. ¿Se les había olvidado buscarle alojamiento?—. Siento mucho el despiste —dijo—, pero estoy segura de que podemos encontrarte una cama en alguna parte.

—Me disculpo por no expresarme con claridad —replicó él—. Tengo alojamiento para esta noche, pero quiero quedarme en Nantucket una semana. ¿Podría alquilar algo?

En otras circunstancias, le habría dicho que lo que pedía era imposible. El clima estival en Nantucket era estupendo, como si hubiera sido creado para un cuento de hadas. Con temperaturas cálidas pero no calurosas, con fresco pero sin llegar a hacer frío; con sol pero sin que resultara abrasador, con brisas continuas que refrescaban el ambiente. El paraíso que ese clima perfecto creaba atraía a unos sesenta mil turistas cada verano, y había que reservar plaza con bastante antelación.

Sin embargo, ese hombre estaba emparentado con la familia Kingsley, una familia que poseía varias casas en la isla.

—Le preguntaré a Jared —contestó—. Suele estar en Nueva York, así que a lo mejor podrías quedarte en su casa. O en la casa de invitados, pero... —Dejó la frase en el aire.

Lo vio esbozar una sonrisilla.

—¿Ibas a decir que mi tía se aloja allí y que parece haber entablado cierta... relación con el padre de la novia?

Toby sonrió.

—Pues sí, lo ha hecho. ¿Te quieres quedar por ese motivo?

—Quiero unas vacaciones —contestó él—. En casa casi no tengo tiempo libre, pero es posible que ahora pueda tomarme un respiro.

Toby miró la carpa. En el interior, todo parecía estar bien, al menos por lo que se apreciaba desde fuera. Los camareros tenían mucha experiencia y mantenían la mesa del bufet llena de comida. Los músicos habían llegado y pronto se despejaría la pista de baile para los invitados. En ese momento, todos parecían muy contentos mientras comían, bebían y reían.

Miró de nuevo al hombre. ¿Cómo se llamaba? Le habían presentado a tantas personas en las últimas veinticuatro horas que no recordaba todos los nombres.

—¿De dónde eres? Tu acento... —Se detuvo porque no le parecía de muy buena educación decirle que tenía un ligerísimo acento, casi indetectable.

Sin embargo, él sonrió.

—Mi profesor de inglés creería haber fracasado, al igual que mis parientes norteamericanos. Soy de Lanconia, pero mi abuelo es de Warbrooke, Maine. De pequeño, pasábamos allí los veranos.

—¿Tu hermano y tú?

—Sí —contestó—. Mi hermano, Rory, y un centenar de parientes. Siempre era una estancia increíble, los mejores meses de mi vida, en realidad. ¿Qué me dices de ti? ¿Eres oriunda de Nantucket?

—Ah, no. Qué va. Lexie, mi compañera de casa, diría que no fui bendecida con semejante honor. Ella desciende de los dueños, de los primeros ingleses que vivieron en la isla. Mis antepasados llegaron en el *Mayflower,* pero Lexie dice que, dado que no atracó en Nantucket, solo somos unos pobres y tristes disidentes.

—No los bendecidos —dijo él, y su sonrisa le suavizó el semblante—. Mis antepasados eran tribus de guerreros que se vestían con pieles y que adoraban luchar entre sí. ¿Qué pensaría tu compañera de ellos?

—Te tendría lástima —le aseguró ella, y se miraron con una sonrisa. Guardaron silencio un momento—. Creo que será mejor que compruebe si todos están bien servidos. Deberías entrar en la carpa y comer algo.

—¿Qué me dices de ti? ¿Has comido?

Toby suspiró.

—No desde esta mañana temprano. Había demasiadas cosas que hacer. Algunas de las flores se cayeron, el avión con los suministros venía con retraso, uno de los músicos no se sentía bien y, después, claro está, teníamos que mantenerlo todo en secreto, y... lo siento, no te hacía falta tanta información. Tengo que irme. —Pero no se movió.

—¿Tú has organizado todo esto? ¿Estabas al mando de todo?

—Más o menos. La novia tomó muchas decisiones y Lexie me ayudó con el trabajo, pero tiene otras responsabilidades y... —Se encogió de hombros.

—Deja que lo adivine: no es tan detallista como tú, así que te acabó dejando todas las decisiones.

—¡Exacto! —exclamó—. Adoro a Lexie, pero cuando hay que hacer demasiadas cosas, sale corriendo.

—¿Cómo es ese dicho tan vuestro acerca de una vuelta?

—¿Que alguien ya está de vuelta de algo? —sugirió Toby—. ¿Te refieres a ese?

—Sí. De pequeños, cada vez que había que hacer algún trabajo, mi hermano solía esconderse debajo de una mesa que tenía unas enormes enagüillas. Creo que mi padre sabía dónde estaba, pero por aquel entonces, le hacían gracia las payasadas de Rory. ¿Qué me dices de ti?

—Las payasadas de tu hermano no me hacen gracia.

—No, quiero decir... —Graydon se interrumpió y, por primera vez, se echó a reír, mostrándole unos dientes perfectos y muy blancos.

Toby relajó los hombros y, al mirar hacia la carpa, deseó no tener que encargarse de los invitados.

—Supongo que tienes que entrar —dijo él.

—Pues sí. No sé muy bien cómo, pero me he convertido en la organizadora de esta boda.

—Supongo que se debe a que sabían que harías el trabajo tan perfecto que has hecho.

—¿Me estás diciendo que me han utilizado? —Lo preguntó con tono guasón.

—Totalmente. —La miraba con expresión risueña, con un brillo acrecentado por las luces de la carpa—. ¿Quién te conoce tan bien?

—Te refieres a Jared. Tu primo.

—Muy, muy lejano —puntualizó él—, pero, en fin, somos parientes. Creo que debería compensarte por las molestias.

Toby dejó de sonreír y retrocedió un paso. La luz de la luna siempre parecía afectar a los hombres. En cuestión de segundos, seguramente intentaría abrazarla.

—Será mejor que...

—¿Qué te parece si entro y te traigo algo de comer?

—¿Cómo?

—No sé mucho acerca de la organización de eventos, pero a juzgar por lo que he visto, si entras en la carpa, te rodearán un montón de personas para preguntarte cosas como...

—¿Dónde está el kétchup? Ya me lo han preguntado dos veces.

—Pues a eso iba —dijo él—. Si te quedas ahí, donde no te vean, yo puedo entrar, coger algo de comer y de beber, y traértelo. Así podrás comer antes de que tengas que volver.

—No debería aceptar —replicó, pero le faltaba convicción a su voz. Había albergado la esperanza de colarse cuando comenzara el baile, pero para ese momento ya habría desaparecido la comida—. ¿Crees que puedes conseguirme unas vieiras?

17

—Sacaré seis o siete directamente de la parrilla. ¿Qué más quieres?

De repente, Toby se dio cuenta de lo hambrienta que estaba y, mientras lo miraba, él sonrió.

—Te traeré un poco de todo. ¿Te gusta el champán?

—Me encanta.

—¿Y el chocolate?

—Sobre todo si cubre unas fresas —contestó ella.

—Haré todo lo que esté en mi mano. Deséame suerte.

—Te deseo toda la suerte del mundo —replicó.

—Intentaré cumplir las expectativas. —Se escabulló en la oscuridad y, por un momento, lo perdió de vista, pero después lo localizó al final de la cola del bufet. No había muchas personas, ya que casi todos estaban sentados a las mesas. Toby esperaba que cogiera un plato y comenzara a llenarlo, pero hizo algo raro: le habló en voz baja a una de las camareras, a una chica muy guapa. La camarera asintió con la cabeza, desapareció un momento y regresó con una bandeja.

Él se volvió y la miró, aunque la cara de Toby apenas era visible tras la lona de la carpa, y levantó una ceja en gesto interrogante. Ella asintió con la cabeza. Sí, la bandeja estaba bien.

Lo observó mientras seguía a la camarera por la mesa del bufet y señalaba los platos que incluir en la bandeja que ella, y no él, llevaba en las manos. Le habló a un camarero que había tras la larga mesa, y el chico se volvió hacia la parrilla. Le dijo algo a otro camarero, que se acercó al bar y regresó con una botella de champán y dos copas. Apenas había recorrido un cuarto de la longitud de la mesa, pero el primo de Jared ya contaba con tres personas que se desvivían por cumplir sus deseos.

—¡Extraordinario! —exclamó Toby en voz alta.

—¡Por fin te encuentro! —dijo Lexie al tiempo que se colocaba a su lado—. ¿Por qué estás aquí fuera? ¿Y qué es extraordinario?

Toby no miró a su amiga, pero la rodeó con un brazo para apartarla de la luz.

—Calla, que estoy escondiéndome.

—Y yo. —Lexie se colocó detrás de ella y echó un vistazo al interior de la carpa—. ¿De quién te estás escondiendo? Yo me escondo de Nelson y de Plymouth.

Toby meneó la cabeza cuando la camarera levantó un bollito de pan blanco con unas pinzas y después señaló un rollito de pan integral con la cabeza.

Lexie siguió su mirada.

—¿No es el mismo tío del bar? ¿Con el que fuiste tan desagradable pero que te llevó al altar de todas formas? Te mantuviste tan apartada de él que casi te sales de la isla.

—No ha sido para tanto —replicó Toby—. Pero son dos.

—¿Eso quiere decir que les has dado largas a los dos?

Toby asintió con la cabeza cuando la camarera levantó una ensalada de col.

—¿Cómo se llama? No me acuerdo.

—¿Quién? ¿El del bar o el que te acompañó al altar?

—Este, el del altar —dijo Toby—. ¿Qué te pasa? Pareces molesta.

Lexie se apartó de la entrada de la carpa.

—Cuatro personas me han dicho que Nelson ha comprado un anillo de compromiso.

—¿Para ti?

—No tiene gracia —masculló Lexie.

Toby indicó con la cabeza una última vez y después se apartó para mirar a su amiga.

—Sabías que iba a pasar. Llevas años saliendo con él, así que es normal que te vaya a pedir matrimonio. ¿Crees que va a hacerlo esta noche?

—Seguramente. Razón por la que lo estoy evitando. Y no me es de ninguna ayuda que Plymouth esté aquí. También me estoy escondiendo de él.

Roger Plymouth era el jefe de Lexie y Toby estaba convencida de que para él Lexie era mucho más que su asistente personal. Aunque llevaban compartiendo casa más de dos años, Toby acababa de conocer al jefe de Lexie. No había escuchado nada bueno de él, de modo que cuando lo vio, se llevó una sorpresa. Roger Plymouth era alto, musculoso y guapísimo. Era tan guapo que la gente se quedaba mirándolo embobada. Sin embargo, Lexie juraba ser inmune a sus encantos físicos y aseguraba que era lo peor de lo peor.

—¿Has pensado que tus dudas sobre Nelson pueden deberse a tu atracción por Roger Plymouth?

—Dado que no siento atracción alguna, ¿cómo puedes decir algo así? —replicó Lexie—. Ese hombre es un incordio supremo.

—Claro que sí —convino Toby mientras miraba hacia la carpa y se preguntaba cuándo iba a aparecer el hombre con la comida.

Lexie la estaba observando.

—Se ha metido entre los arbustos con alguien.

—¿Quién? —preguntó Toby.

—El hombre que tanto te fascina. Se llama... Grayson. No, Graydon Montgomery. ¿Qué te ha llevado a dejar de mirarlo como si hubiera salido de debajo de una piedra?

—¡No he mirado así a nadie en la vida!

—¡Ja! —exclamó Lexie—. Te he visto convertir a hombres en imbéciles balbuceantes con una sola mirada, de esas que dicen «¿Cómo te atreves a tocarme?». ¡Ojalá yo pudiera hacerlo! Miraría así a Plymouth y lo vería arrastrarse por el suelo.

—Se arrastraría detrás de ti —apostilló Toby—. Bueno, ¿con quién está hablando Graydon?

—No lo he visto, pero se han metido entre los arbustos. Eso sí, por si te preocupa, no era una mujer. Cuando venga, me iré. Dime qué hacer con Nelson y su anillo.

—Deberías decirle sí o no. Tienes que darle una respuesta, sea la que sea. ¿Lo quieres?

—Claro que sí, pero no me acelera el corazón. A lo mejor eso es bueno. Cuando nos casemos, nos mudaremos a la casa que heredó y tendremos dos niños. Será genial. No podría pedirle nada más a la vida.

Toby miró de nuevo hacia el otro lado de la carpa, pero no vio a nadie.

—Pero te gustaría vivir aventuras —le dijo a su amiga—. Y tal vez un hombre aventurero.

Lexie pasó del último comentario.

—Estaba pensando que tal vez deberíamos irnos a un crucero. Tengo mi pasaporte y... —No terminó, ya que estaba mirando a Toby—. Bueno, ¿qué hay entre ese tal Graydon y tú? Supongo que ya le has perdonado que dijese que era su hermano. Y ya que estamos, ¿cómo supiste que no era su hermano?

—Porque los piratas y los abogados no son iguales —contestó Toby con una sonrisa.

—¿Qué quieres decir?

—Nada. Es una broma. —Miró a Lexie—. Espero que reconozcas que vas a tener que enfrentarte a tus problemas algún día. Nelson es un hombre muy agradable y si te casas con él, podrás seguir trabajando para Roger Plymouth y nunca tendrás que abandonar tu adorada isla.

—Lo sé —reconoció Lexie—. Supongo que lo más sensato y lógico sería aceptar la proposición de Nelson y dejarte que organices la boda. ¿Crees que podría ir de negro?

—Lexie —dijo con firmeza—, si sientes eso, no creo que debas aceptar la proposición de Nelson.

—Seguro que tienes razón. Es que no quiero tener que decidir mi futuro esta noche. ¡Ay, no!

—¿Qué pasa?

—Creo que he visto a Plymouth. Sigo sin creer que lo invitaras. ¿Dónde se hospeda? Porque su casa está llena de invitados. ¿O se ha metido en la cama con una o dos?

Además de lo guapo que era Roger, también era muy rico y

21

poseía una carísima casa junto al mar. Dado que el plan original era que estaría ausente durante la boda, accedió a que su casa de seis dormitorios albergara a algunos invitados. Sin embargo, debido a los cambios de última hora, Toby lo llamó y le pidió que acompañara a Lexie al altar.

Fue muy interesante ver cómo el hombre miraba a su amiga, como si fuera la mujer más guapa y deseable del mundo.

—No sé dónde se hospeda Roger —contestó Toby al tiempo que buscaba de nuevo al hombre con la mirada—. Te interesa mucho saber por dónde anda.

—Para poder evitarlo —se apresuró a decir Lexie—. Te gusta ese tal Graydon, ¿verdad?

—No lo sé —respondió—. Acabo de conocerlo, pero parece agradable. Quiere quedarse en Nantucket una semana, así que me he ofrecido a ayudarlo a encontrar un sitio donde alojarse. A lo mejor podría quedarse en Kingsley House, ya que Jared seguramente se vaya a Nueva York.

—¿Por qué te ha preguntado a ti? ¿Por qué no ha hablado con uno de sus parientes? Yo también soy prima suya, y luego está su tía Jilly. Además, ¿por qué no organizó su estancia de antemano?

—Le pidieron que acompañara al novio hace tres días —le explicó Toby—. Creo que le gusta Nantucket. A lo mejor quiere conocer la isla. A veces pasa. —Mucha gente iba de visita y acababa quedándose años.

—Sabes que te estuvo observando toda la ceremonia, ¿verdad?

Toby se alegró de que la oscuridad ocultara el rubor que se extendió por su cara.

—Me fijé en que me miraba unas cuantas veces, sí.

—¿Que te miraba? ¡Ja! Si apenas parpadeaba. Así que ahora quiere quedarse en Nantucket una temporada y te ha pedido que lo ayudes a encontrar alojamiento. Qué interesante.

—Anda, creo que acabo de ver a Nelson venir hacia aquí

—comentó Toby con tranquilidad—. ¿Lleva una cajita abierta en las manos? Creo que he visto el destello de un diamante.

Lexie se internó todavía más en la oscuridad.

—No he terminado contigo —le dijo antes de desaparecer.

—Seguro que no —masculló ella.

La duda de si Lexie debería casarse o no con Nelson llevaba viva desde hacía mucho tiempo. Desde que conoció a Roger Plymouth, Toby creía que él era el problema, no Nelson.

Otra vez sola, Toby miró hacia la carpa, pero no había ni rastro de Graydon. Suspiró e hizo ademán de entrar. Tal parecía que no iba a volver, así que había llegado el momento de regresar al trabajo.

—¿Puedo acompañarte a una mesa?

Toby se detuvo y fue incapaz de contener la sonrisa que le iluminó la cara por entero. Cuando se volvió hacia Graydon, consiguió controlarse. Le estaba ofreciendo el brazo, que ella aceptó.

—Te pido disculpas por mi tardanza, pero mi hermano me ha abordado.

—¿Te refieres a que te ha parado para hablar?

—Más bien que me ha arrastrado hasta los arbustos para sermonearme. Dime una cosa, ¿tienes hermanos?

—Pues no. Soy hija única.

—En ese caso, tal vez algún día te cuente lo que has tenido el placer de perderte.

—Me encantaría escucharlo —replicó Toby, que lo miró con una sonrisa sin soltarse de su brazo.

Un poco antes, Graydon había salido de la carpa grande siguiendo a tres personas que llevaban comida y mobiliario. Había tardado más tiempo del que le hubiera gustado en preparar una cena privada, pero lo había conseguido. Al parecer, habían levantado una carpa más pequeña, de modo que se había apropiado de ella. Tenían que poner una mesa con sillas, y también velas, de modo que Toby y él...

—¿Qué narices haces?

La voz de su hermano y el uso del lanconiano le borraron la sonrisa de la cara. Su plan había sido intentar conquistar a la chica antes de tener que pedirle a su hermano que hiciera posible lo que él quería.

—Voy a cenar —contestó Graydon—. Con una chica. Ya hablaremos después.

El desaire de su hermano le resultó tan desconcertante a Rory que se quedó sin habla. Solo se recuperó cuando Graydon hizo ademán de marcharse.

—A menos que quieras un tercer comensal, vamos a hablar ahora.

Graydon se detuvo, apretó los dientes un momento y se dio la vuelta. Esperó a que los camareros pasaran junto a él en dirección a la carpa pequeña para después internarse en la arboleda con su hermano.

—Que sea rápido. Me está esperando.

Rory fue incapaz de contener el asombro.

—¿Has quedado con una chica? ¿¡Tú!? Supongo que es la misma por la que te pusiste en ridículo durante la ceremonia. Es guapa, pero tampoco para volver loco de deseo a un hombre. Podría emparejarte con...

Rory retrocedió justo a tiempo para evitar que su hermano le asestara un puñetazo en la cara. De no haber pasado tanto tiempo entrenando juntos, en ese momento estaría tirado de espaldas en el suelo.

—¡Por la ira de Naos, ha faltado un pelo! —exclamó Rory, que lo miró con los ojos como platos.

Graydon se colocó bien las mangas de la camisa.

—Supongo que debería disculparme, pero ya he gastado el cupo de disculpas por una noche. ¿Querías decirme algo?

Entre ellos jamás había habido una disputa. Pero esa noche,

Graydon, el tranquilo de los dos, casi había golpeado a Rory, el alocado, llevado por la rabia.

Rory dejó las tonterías.

—Te has... ¿qué? ¿Te has enamorado de esa chica? ¿A primera vista? —No daba crédito.

—No —contestó Graydon—. Claro que no. —Miró a su hermano a la mortecina luz—. Puede distinguirnos.

Rory parpadeó un momento.

—¿Cómo lo sabes?

—Porque se dio cuenta de que el del bar no era yo. ¿En qué estabas pensando cuando le hablaste?

—No lo hice. Al menos, no me dirigí a ella concretamente. Vi a tres chicas muy guapas y las saludé. La que te gusta torció el gesto y se largó. No me han dado calabazas de esa manera en... En fin, nunca me han dado calabazas así. ¿Crees que nos estamos haciendo viejos?

—Creo que no quería que la acosara un desconocido.

Rory esbozó una sonrisilla.

—¿Y se te ha ocurrido otra forma de ligártela? —Señaló la carpa pequeña con un movimiento de la cabeza—. ¿Champán y fresas bañadas en chocolate? Debería servir. Estas estadounidenses... —Una vez más, Rory tuvo que retroceder, ya que su hermano parecía a punto de golpearlo—. Muy bien —dijo—, se acabaron los chistes. ¿Cómo sabes que puede distinguirnos?

—La otra dama de honor, la morena, dijo que me vio en el bar. No lo pensé y le confirmé que sí, que había estado en el bar. La rubia, que se llama Toby, se enfadó mucho conmigo por mentir.

—Pero has conseguido que te perdone, ¿no?

—Eso espero. Mira, tengo que dejarte, pero quiero que me hagas un favor.

—¿Quieres que la investigue?

—¡No! —exclamó Graydon—. Ya lo haré yo. Quiero quedarme aquí —dijo en voz baja. Miró a su hermano—. De hecho, voy a quedarme en Nantucket una semana entera.

Rory intentaba contener su asombro. Aunque eran gemelos idénticos, tenían personalidades muy dispares. Su hermano era el responsable, el que siempre anteponía el deber a... en fin, a la vida. Rory se guiaba por impulsos, era un hombre que no creía en deberes de ningún tipo.

—¿Cómo vas a poder librarte durante tanto tiempo? —preguntó Rory—. Ni siquiera puedes escaparte veinticuatro horas sin que haya consecuencias. Nuestro padre mandará soldados a buscarte, y tu desaparición saldrá en las noticias. El planeta entero empezará a buscarte con la esperanza de conseguir una recompensa.

—No, no me buscarán —aseguró Graydon mientras clavaba la mirada en su hermano—. Nadie me buscará porque tú vas a ocupar mi lugar.

Rory se echó a reír.

—Puede que engañemos a los demás, pero nuestra familia se dará cuenta.

—¿Quién? ¿Nuestros padres? Casi no los veo. ¿Los Montgomery y los Taggert van a decir algo? Su lealtad familiar es épica. ¿Crees que la prensa será lo bastante lista para darse cuenta?

—¿Qué pasa con Danna? —preguntó Rory.

Graydon se metió las manos en los bolsillos, un gesto poco habitual en él, más típico de Rory, y la pose tan relajada sorprendió a su gemelo.

—Ella precisamente es quien menos probabilidades tiene de descubrir quién de nosotros dos es el príncipe heredero. La veo menos todavía que a nuestros padres. ¿Rory? —Miró a su hermano—. Vas a hacerlo por mí.

Entre ellos había años de palabras no pronunciadas. Graydon le había cubierto las espaldas a Rory en cientos de ocasiones. Desde que eran niños, Graydon había cargado con las culpas de las travesuras de Rory. Cuando eran más jóvenes, se trataba de un juego. Rory hacía las travesuras y Graydon aceptaba las culpas. Graydon solía decir: «Ser tú hace que yo parezca menos...» y Rory terminaba la frase diciendo: «¿Menos como el príncipe perfecto?» A lo que Graydon contestaba que sí con una sonrisa.

Sin embargo, a medida que fueron creciendo, las personas que los rodeaban, y la corte era extensa, se dieron cuenta. Cuando los niños tenían doce años, se sabía que si alguien hacía algo bueno, era Graydon. Las travesuras eran cosa de Rory.

Rory miraba boquiabierto a su hermano, que parecía haberse convertido en un desconocido.

—¿Todo por una chica que dice que es capaz de distinguirnos? —Rory no se percataba, pero su postura era más erguida, más derecha. La mera idea de fingir ser su hermano durante una temporada estaba provocando ciertos cambios en su persona.

—No tiene ni idea de que lo que vio es importante —adujo Graydon.

—Pero ¿no te ha dicho que es capaz de distinguir al príncipe heredero del príncipe sin tierras?

—No lo sabe —respondió Graydon.

—¿No sabe que algún día serás el rey de un país? ¿No sabe que vas a casarte con la hija de un duque lanconiano? ¿Sabe siquiera que rechazó al HMI para pescar al futuro rey? ¿Qué sabe en realidad?

Graydon mantuvo las manos en los bolsillos.

—No sabe nada. Nada de nada.

—¿Ni la leyenda sobre quién puede diferenciar a los gemelos Montgomery y a los Taggert?

—No, claro que no. Rory —dijo Graydon con voz seria—, quiero ver si...

—¿Si qué? —preguntó Rory, cada vez más enfadado—. ¿Quieres ver si puedes lograr que se enamore de ti por culpa de una ridícula leyenda? ¡Por Jura, qué crueldad! ¡No puedes hacerlo! No tenéis futuro. Sabes que no puedes casarte con ella. Y ni siquiera Danna, por más afable que sea, tolerará una amante rubia.

—No me he enamorado de esta chica y no pienso hacerlo. —Graydon inspiró hondo—. Solo quiero experimentar lo que tú has vivido desde que teníamos doce años. Quiero un poco de libertad. Considéralo una despedida de soltero prolongada. —Estaba pegado a su hermano—. Vas a ser yo durante una semana entera. ¿Entendido?

—Claro —dijo Rory al tiempo que retrocedía un paso. Jamás había visto a su hermano más decidido ni más enfadado. Casi podía imaginarse a los guerreros de los que descendía la familia—. Me quedaré en palacio y viviré en reposo. Me atenderán día y noche. Desayunaré champán.

Graydon también retrocedió.

—Así es como vives ahora, pero mientras yo esté aquí, tú te encargarás de mis responsabilidades en casa. Puedes posponer las reuniones más importantes, pero tendrás que asistir a los actos benéficos, hacer unas cuantas presentaciones y acudir al menos a una inauguración. Estarás cuando se requiera tu presencia. Ahora, voy a cenar con una chica muy simpática y...

—Cuéntaselo —lo instó Rory—. Prométeme que le contarás quién eres y por qué tienes que volver a casa y dejarla aquí.

Graydon no se dio la vuelta, pero asintió con la cabeza y echó a andar hacia la carpa pequeña.

En esa ocasión, fue Rory quien se metió las manos en los bolsillos antes de apoyar la espalda contra un árbol. Su hermano acababa de dejarlo sin palabras. La petición de que ocupara su lugar no era rara, ya que lo habían hecho toda la vida. Graydon solía ocupar el lugar de Rory y lo hicieron hacía un mes, cuando Graydon quiso descansar una noche de sus responsabilidades. Siempre le había hecho gracia que el estirado de su hermano intentara comportarse como él. Graydon no era alguien que condujera a doscientos por hora ni que participara en una carrera acuática con el mar revuelto.

—Pero no solo me arriesgo yo, arriesgo todo un reino —solía decir Graydon cuando él se reía de la aparente prudencia de su hermano. Las palabras de Graydon habían cortado en seco sus carcajadas. Lo que quería decir era que Rory era prescindible, mientras que Graydon no lo era.

—HMI —masculló Rory en una ocasión. Era algo que se había inventado de niños. «Hermano Menor Inútil», una expresión que acabó acortada a HMI.

La autoestima de Rory sufrió todavía más cuando Graydon comenzó a conquistar a las chicas. La última vez que eso sucedió, Rory convenció a Graydon de que cenara con una mujer con la que él llevaba saliendo unos meses. Quería asistir a una fiesta de una ex sin tener que lidiar con los celos de su pareja.

A Graydon nunca le resultaba fácil darles esquinazo a sus guardaespaldas, pero esa noche lo consiguió, y el intercambio se llevó a cabo a la perfección. Salvo que después, la novia de Rory quería que fuera como aquella noche.

—Ay, fuiste tan, tan romántico... —repetía sin cesar.

—Recuérdame lo que hice, anda —le pidió él.

Ella soltó un suspiro soñador.

—Tocaste la flauta para mí, me cantaste y me diste de comer esas minúsculas uvas. Me...

Rory la interrumpió y no volvió a pedirle a su hermano que lo sustituyera en una cita.

—Has cambiado —le dijo ella cuando cortaron—. Durante una noche, me hiciste sentir que era el centro de tu mundo, pero después volviste a... a ser tú.

Después de eso, Rory le preguntó a su hermano qué pensaba de la chica.

—Muy guapa, pero tiene la cabeza hueca. ¿Quieres que le pida a nuestra madre que te encuentre a alguien?

Graydon se refería a Danna, que había sido escogida como la esposa del futuro rey. Danna era alta y guapa, con una educación excelente, y la hija de un duque lanconiano. Montaba a caballo como una profesional, tocaba el piano como una concertista y era capaz de ejercer de anfitriona de una cena formal para doscientos comensales. En cuanto a su personalidad, adoraba las obras de caridad, nunca se olvidaba del nombre de las personas y siempre era amable y considerada. Jamás se salía del tiesto ni cometía errores.

De hecho, Danna era el súmmum de la perfección e iba a casarse con Graydon para convertirse en la futura reina de Lanconia.

El único problema estribaba en que Graydon no quería a Danna. Le gustaba bastante, pero entre ellos solo existía una amistad. Sin embargo, con treinta y un años, Graydon sabía que había llegado el momento de casarse y de engendrar un heredero al trono. Como de costumbre, se tomó sus responsabilidades muy en serio. No era como su hermano, no podía casarse solo por amor. No, Graydon tenía que encontrar a una mujer que pudiera llevar a cabo todo lo que se le exigía a una princesa y futura reina. Interminables horas de pie sin perder la sonrisa, estar involucrada en obras benéficas y demás. La mujer tenía que demostrar una dedicación tan firme como la de Graydon, y en los tiempos que corrían eso era casi imposible de encontrar.

Rory contempló el paisaje iluminado por la luz de la luna. Escuchaba la música procedente de la carpa, un rock and roll. ¿Bailaría su hermano al ritmo de esa música? A Graydon le pegaba más el vals que ese estilo de música.

En el fondo, Rory sabía que su hermano era capaz de amoldarse al cambio con facilidad. Tal vez tendría algún que otro problemilla, pero nada lo detendría mucho tiempo.

El problema sería suyo. Sabía que podía erguirse de hombros y andar como su hermano. Inflexible y rígido, podía adoptar esa expresión de futuro rey que Graydon había perfeccionado.

No, el problema era que tenía un secreto tan oculto que ni siquiera su hermano estaba al tanto. Rory estaba locamente enamorado de la mujer con la que su hermano se iba a casar.

Se apartó del árbol y se puso derecho. Tal vez fuera egoísta por su parte, pero iba a hacer todo cuanto estuviera en su mano para que ese intercambio funcionara. Pasar unos cuantos días con Danna sería mejor que no contar con uno solo. Y lo primero que pensaba hacer para despejarle el camino a su hermano sería librarse de la compañera de casa. Le habían dicho que la chica trabajaba con Roger Plymouth, un hombre con el que se había cruzado en varias ocasiones. Tal vez se les ocurriera algo entre los dos.

3

Tan pronto como Toby vio el interior de la carpa pequeña, supo cuáles eran las intenciones del hombre. La pregunta era por qué había dudado en algún momento de las mismas.

Siguió de pie contemplando la mesa con el mantel que la cubría, y que llegaba hasta el suelo, las velas encendidas, las sillas cubiertas por la vaporosa tela azul y pensó: «Escena para seducir.» Retrocedió un paso y miró furiosa a ese hombre al que ya había tomado por una buena persona.

—No, gracias —dijo con la voz fría pese a la calidez de la escena e hizo ademán de regresar a la carpa grande, donde estaría rodeada de personas... no de seductores.

Se había alejado unos cuantos pasos cuando lo escuchó decir:

—Y ahora ¿qué he hecho mal?

Toby siguió caminando y aunque su intención era la de continuar, se detuvo y se volvió para mirarlo. Graydon seguía junto a la carpa pequeña, contemplándola con cara de no entender absolutamente nada.

Regresó a su lado.

—¿Qué has oído sobre mí?

Graydon parpadeó varias veces. Había supuesto que ella se había alejado porque alguien le había dicho que era un príncipe y, por tanto, no quería saber nada de él. Cuando las mujeres que no eran sus compatriotas descubrían que formaba parte de la realeza, reaccionaban de dos maneras posibles. O salían corriendo o se les iluminaban los ojos y empezaban a preguntarle que cuántas coronas tenía. En el caso de esa chica, parecía de las primeras.

Y si eso era cierto, ¿por qué quería saber qué le habían dicho sobre ella?

—No sé mucho sobre ti, nada en absoluto —contestó con un deje asombrado—. Te llamas Toby. Eres amiga de la novia y de la otra dama de honor. Me temo que no sé más. ¿Debería haberle preguntado a alguien sobre ti?

Toby comenzaba a sentirse confundida.

—Si no sabes nada sobre mí, ¿a qué viene todo esto? —Señaló hacia la carpa pequeña, cuya lona de entrada seguía levantada de modo que estaban bañados por la luz de las velas.

—¡Ah! —exclamó Graydon, que por fin pareció comprender la situación—. Estás pensando como una estadounidense.

—¿Cómo voy a pensar si no?

—Otra vez me siento obligado a pedirte perdón. No hay más motivo para esta cena que el de sentarnos a la mesa y comer en paz, tal vez incluso mientras mantenemos una conversación inteligente. Le habría pedido a mi hermano que cenara conmigo, pero tú eres más guapa que él y no has comido, por eso... —Se encogió de hombros—. Debo decirte que me he disculpado más veces contigo de lo que lo he hecho en toda mi vida.

Toby no pudo evitar sonreír al escuchar la última parte del comentario.

—¿El comportamiento de los estadounidenses suele confundirte?

—Sin medida —reconoció—. ¿Me harías el favor de reconsiderar tu decisión y cenar conmigo? Mi hermano está enfadado conmigo y no sería una buena compañía.

—De acuerdo —accedió Toby, que entró en la carpa pequeña. Comenzaba a sentir que había sido demasiado dura con ese hombre desde su primer encuentro.

Graydon apartó la silla de la mesa para invitarla a sentarse y después tomó asiento en la suya.

—¿Me permites? —le preguntó mientras cogía una cuchara y un tenedor para servir—. ¿Qué se supone que podría descubrir sobre ti que te impidiera cenar conmigo?

—Nada —se apresuró a contestar ella, pero Graydon siguió mirándola a la espera. Aunque se parecía un poco a Jared, que siempre estaba moreno porque pasaba mucho tiempo en su embarcación, tuvo la impresión de que el tono de piel de ese hombre era natural—. Algunos de los chicos de la isla, y cuando digo «chicos» lo hago de forma premeditada, han comenzado a... bueno... están compitiendo para ver quién puede... en fin, conquistarme.

—Entiendo. —Le sirvió las vieiras—. ¿Cómo lo decís por aquí? ¿Llevarte por el camino de la perdición?

Ella sonrió al escuchar la anticuada expresión.

—Sí, eso es lo que intentan hacer. —Se sirvió un poco de ensalada.

—Pero ¿ninguno de esos chicos te gusta?

A Toby no le hacía gracia el rumbo que había tomado la conversación y no estaba dispuesta a discutir sobre su vida personal.

—Has dicho que tu hermano está enfadado contigo. ¿Por qué?

—Hemos discutido sobre ti.

—¿Sobre mí? ¿Cómo es posible? —Alzó la voz, alarmada—. No os conozco lo bastante como para suscitar una discusión entre vosotros.

—Me he expresado mal. Lo siento de nuevo. Mi hermano cree que debo hablarte sobre mí. Que no hacerlo sería una crueldad.

Toby frunció el ceño y lo miró por encima de la luz de las velas.

—Creo que deberías decirme de qué va todo esto. —De repente, imaginó que era un ex convicto, que acababa de salir de un programa de desintoxicación o que lo vigilaba la Interpol.

—Mi abuelo estadounidense se casó con la heredera al trono de Lanconia, así que eso nos convierte en príncipes a mi hermano menor y a mí.

—¡Ah! —Toby tardó un rato en recuperarse de la impresión—. ¿Tu abuelo hizo un buen trabajo?

—Sí, lo hizo —contestó Graydon—. Contribuyó a que mi anticuado país entrara en el siglo XX. Gracias a él somos una economía independiente. Aunque seguimos manteniendo antiguas tradiciones para atraer a los turistas, consideramos que eso mejora la economía. Cuando mi padre cumplió cuarenta años, mis abuelos abdicaron y les cedieron el trono a él y a mi madre. Mis padres han realizado una labor magnífica, pero con poca influencia estadounidense.

—Así que vas a ser rey. ¿Algo más que deba saber sobre ti?

—A finales de año se celebrará una ceremonia solemne en la que se anunciará mi compromiso con lady Danna Hexonbath.

Toby reflexionó sobre todo lo que le había dicho mientras se comía una vicira.

—Así que quieres unas pequeñas vacaciones aquí en Nantucket antes de asumir las responsabilidades que conllevan el matrimonio e incluso el gobierno de un país, ¿es eso?

—Precisamente —respondió él—. Rory se hará pasar por mí.

—¿Qué significa eso?

—Mi hermano fingirá ser yo para que pueda tomarme esta semana de asueto. —Al ver que Toby no parecía verlo muy claro, añadió—: En tu caso, pareces capaz de distinguirnos, pero nadie más puede hacerlo. Bueno, mis abuelos sí, pero es porque Rory y yo pasamos gran parte de nuestra infancia con ellos. Mis padres estaban muy ocupados gobernando el país.

Toby vislumbró cierto brillo fugaz en sus ojos y pensó que la negligencia de sus padres hacia ellos le había hecho daño. Sin embargo, no pensaba hacer comentario alguno al respecto.

—¿La quieres? —le preguntó en cambio.

Al ver que la pregunta fue como una descarga eléctrica para él, Toby supo que había cometido un error. La mirada cálida de sus ojos desapareció y enderezó la espalda.

—Por supuesto —respondió Graydon.

«Está mintiendo», pensó ella. O estaba ocultando la verdad. O bien la quería con locura y ansiaba mantener sus sentimientos en privado, o no la quería en absoluto... y prefería que no se supiera. Sin embargo, pensó que sería imposible que accediera a contraer un matrimonio de conveniencia. ¡No en el siglo XXI! Claro que hacía poco tiempo había visto un documental en televisión donde se aseguraba que en muchas partes del mundo seguían celebrándose matrimonios de conveniencia.

—De acuerdo —dijo al final—. Veré si logro encontrarte un alojamiento. —Lo miró y dejó que su mente elucubrara—. Pero... —Hizo una pausa—. Creo que no deberíamos hablarle a nadie sobre tu... tu trabajo. La familia estará al tanto, pero no hará el menor comentario al respecto.

—Sobre todo porque estoy de incógnito —comentó él, expresando así su acuerdo.

—¿Te acompaña alguien? ¿Algún asistente?

—¿Para servirme la comida, conducir el coche y ese tipo de cosas?

Ella titubeó pero luego asintió con la cabeza.

—Gracias a mis primos de Maine, soy un hombre totalmente autosuficiente. Soy capaz hasta de ponerme la camisa y de atarme los cordones de los zapatos.

—No pretendía faltarte al respeto —dijo Toby, que miró hacia la entrada de la carpa pequeña. A lo mejor había llegado el momento de marcharse.

—Te seré sincero —replicó él—. Hay cosas que no sé hacer.

—¿Como qué?

—Comprar alimentos. He ido a tiendas, en Maine, pero nunca he pagado. Rory utiliza una tarjeta de crédito, así que a lo mejor se la pido prestada. Sé conducir un coche, pero en casa detienen el tráfico cada que vez que salgo a la carretera, así que... —Se encogió de hombros y dejó que se imaginara el resto.

Toby lo miraba sin dar crédito. Se lo imaginó sentado en la enorme casa de Jared, muriendo de inanición poco a poco. O tal vez moriría en un accidente de tráfico porque no sabía que debía detenerse en un stop. Nantucket no tenía semáforos, pero sí muchas rotondas que los turistas tomaban a gran velocidad... mientras tocaban el claxon para advertir a cualquiera que se les cruzara por el camino. ¡Esos turistas podían ser muy peligrosos!

—A lo mejor Jared puede... —comenzó a decir, pero dejó la frase en el aire. Jared estaría en el continente, ocupado con su estudio de arquitectura y tanto ella como Lexie tenían trabajos a jornada completa. Era verano, y todos estaban ocupados—. Creo que necesitas quedarte con alguien.

—¿Estás insinuando que necesito alguien que me cuide? —preguntó él, con una sonrisa traviesa.

—Todo el mundo necesita compañía. Creo que deberías quedarte en el pueblo para tener cerca los restaurantes y que puedas ir andando. Victoria ha pasado muchas temporadas aquí a lo largo de los años, pero nunca ha necesitado coche.

—¿Quién es Victoria?

—La pelirroja del vestido verde.

—¡Ah, sí! —exclamó Graydon—. La recuerdo bien.

—Todos los hombres lo hacen.

Victoria era una mujer alta y guapa, con una voluptuosa figura de reloj de arena. Que tuviera la misma edad que su madre no disminuía el atractivo sexual que emanaba, en opinión de Toby. Los hombres la seguían con la mirada cada vez que aparecía.

—¿Dónde se aloja cuando está en la isla?

—En Kingsley House —respondió Toby.

—Perfecto —dijo Graydon, que sonrió—. ¿Podré compartir alojamiento con la tal Victoria?

—Acabas de decir que pronto vas a comprometerte.

—Me gusta estar rodeado de cosas bonitas, ya sea un cuadro de Van Dyck o una mujer hermosa ataviada con un vestido tan estrecho que se le marca hasta el encaje que lleva debajo.

Su forma de decirlo, con un deje inocente, hizo que Toby soltara una carcajada.

—No creo que le gustara mucho al profesor Huntley, ya que parece haber reclamado a Victoria. A lo mejor ella se muda con él, aunque su casa es pequeñísima. Ya te buscaré otro sitio. Le preguntaré a Lexie.

Graydon le ofreció la bandeja con las fresas bañadas en chocolate.

—Espero no pecar de atrevido, pero ¿dónde vives?

—En la misma calle donde está Kingsley House. Y hablando de atrevimientos, si estás a punto de comprometerte, ¿por qué estás interesado en mí?

—No intento llevarte por el camino de la perdición. Es solo que jamás había conocido a una persona ajena a la familia capaz de distinguirnos a Rory y a mí. La gente que nos conoce desde que éramos pequeños es incapaz de hacerlo. El hecho de que tú puedas hacerlo ha creado una especie de vínculo contigo. Además, la tía Jilly y tú sois las únicas personas que conozco en la isla, y no me imagino pidiéndole ayuda a ella.

Toby asintió con la cabeza. Jilly y Ken, el padre de su amiga Alix, eran pareja desde hacía muy poco tiempo. Y habían dejado muy claro que preferían estar solos. La verdad era que Graydon conocía a muy pocas personas en la isla y aunque su estancia no fuera demasiado larga, tal vez le resultara solitaria.

—Ya preguntaré por ahí —dijo, pero aunque se devanara la cabeza, no se le ocurría lugar alguno donde pudiera alojarse cómodamente.

¿En un hotel? ¿Con quién iba a hablar Graydon? Tal vez pudiera encontrarle alojamiento con alguno de los Kingsley. Pero ¿quién sería capaz de compartir la mesa con ese hombre que demostraba unos modales impecables con los cubiertos? ¿Quién demostraría la fortaleza para resistir la tentación de contar que con ellos se alojaba un príncipe? ¿Qué pasaría en ese caso? Seguramente los isleños lo protegerían, estaban acostumbrados a recibir visitas de personajes ilustres; pero ¿y si los forasteros se enteraban de que el príncipe estaba en Nantucket? Para él sería como estar encerrado en una jaula de cristal.

—Me estás mirando con una expresión muy seria —comentó Graydon—. Te aseguro que soy un ser humano de carne y hueso.

—El problema no es la percepción que tienes de ti mismo, sino la que tienen los demás.

—Qué perspicaz eres.

—Ojalá siguiera viva la tía de Jared, Addy. Si lo estuviera, te acogería en su casa, te tomaría bajo su ala y te brindaría protección. Y te daría un montón de ron para beber.

Graydon se echó a reír.

—Suena estupendo, pero te aseguro que no necesito protección. Tal vez de alguna bala perdida de vez en cuando, pero no es lo habitual.

Aunque lo dijo de broma, Toby no se rio. Había leído muchas historias sobre los numerosos intentos de asesinato que sufría la realeza.

—¿Tienes guardaespaldas?

—En casa sí, y dejé uno en Maine. Pero he venido solo.

—¿Y si alguien te reconoce?

—Toby, una de las ventajas de ser el príncipe de un país pequeño e insignificante es que nadie me reconoce. Gracias a Dios, no formo parte de la familia real británica. Todos sus movimientos se miran con lupa, se analizan y se critican. En nuestro caso, fuera de las fronteras de Lanconia no somos interesantes. —No añadió que en su país, cualquier cosa que hacía era motivo de un titular en la prensa.

Toby, que no se había perdido un solo segundo de la boda

del príncipe Guillermo, de repente vio la ceremonia desde el punto de vista opuesto. ¿Dónde estaba la intimidad, el romanticismo de semejante boda desde la perspectiva de la pareja?

—¿Tu boda será un espectáculo público?

—Claro que sí —contestó Graydon—. Se celebrará en la antigua catedral, que estará atestada de gente. Se decretarán tres días festivos de ámbito nacional.

—Antes dijiste que tu compromiso se anunciará durante una ceremonia. ¿Cómo será?

Graydon le ofreció la bandeja para que cogiera la última fresa.

—Será la primera de muchas celebraciones a lo largo del año.

—¿Y tú serás el protagonista de todas?

—Sí —respondió él, que inclinó la cabeza un instante—. En cuanto el compromiso se haga público, me convertiré en el foco de atención. Tendré que visitar las seis provincias del país y participar en las festividades, que durarán semanas en algunos casos, y me veré obligado a reírme con los chistes verdes que me cuenten.

—¿Y qué hay de la novia?

—Tradicionalmente, la novia es virgen, así que no asiste a dichas celebraciones. Se queda en casa. Pero en el caso de Danna, estará ocupada con sus caballos y con el ajuar.

—No parece justo que ella se divierta con sus pasatiempos mientras tú te ves obligado a visitar todo el país, ¿no?

Graydon se echó a reír.

—Creo que más bien es lo contrario. Algunos dirían que yo me llevo la mejor parte. Yo me voy de fiesta y ella se queda en casa.

—Luego llegará la boda, y ¿después?

—Después, Danna y yo asumiremos muchas de las obligaciones de mis padres. A mi madre no le gusta viajar, de modo que visitaremos Estados Unidos y cualquier otro país al que podamos convencer de que compre nuestros productos o de que nos venda lo que necesitamos.

—En realidad, eres un empresario —comentó Toby.

—Me gusta verlo de esa manera, con la salvedad de que estoy obligado a ponerme un montón de uniformes distintos y a sonreír en todo momento.

Una vez que Toby se comió la última fresa, se acomodó en la silla.

—En realidad, este es tu último momento de tranquilidad, ¿no es así?

—Sí —reconoció él, que sonrió al ver que Toby lo comprendía—. Me gustaría disfrutar de una semana de tiempo libre, sin que nadie me diga dónde tengo que estar a determinada hora. —Guardó silencio un instante—. Y ahora debo preguntarte algo. ¿Por qué están tan empeñados los hombres de esta isla en conquistarte? Tu belleza es evidente; pero ¿hay algo más?

—El hecho de que no salgo con ellos —contestó—. Es una reacción puramente machista. Tienen la sensación de que deben conseguir algo que les resulta inalcanzable. ¿Cuándo...?

La llegada de Lexie, que apartó la lona de entrada, la interrumpió. Tras mirar a Toby, la recién llegada dijo:

—Siento interrumpir, pero la gente empieza a preocuparse por ti. Los novios no quieren cortar la tarta sin que tú estés presente y como otro niño más me pregunte cuándo vamos a comer la tarta, soy capaz de cogerlo y colocarlo en el último piso. Lo que pasa es que me temo que eso les encantaría. ¡Son unos trastos! ¿Sabes dónde están las llaves de la camioneta de Jared? Plymouth quiere que me marche mañana por la mañana a Francia para que haga de carabina de su hermana. —Lexie miró a Graydon—. ¡Ah, hola! Tú y yo somos primos. —Miró a Toby a la espera de una respuesta.

Toby tomó una bocanada de aire.

—Iré dentro de diez minutos. Dales a los niños los cupcakes que están guardados en la nevera azul que encontrarás en la parte trasera de la carpa, en un rincón. Las llaves de la camioneta están en la visera. ¿Quieres irte mañana?

41

—Ajá —contestó Lexie—. Mañana. —Levantó la mano izquierda, donde no llevaba anillo de compromiso—. Por fin tengo un motivo para posponerlo todo. —Antes de darse media vuelta, miró a Graydon—. Toby es genial, ¿a que sí?

—Pues sí —respondió él.

Lexie se marchó con una sonrisa en los labios.

En cuanto Toby se levantó de la silla, Graydon hizo lo mismo.

—Parece que me necesitan —adujo ella.

—¿Quién es Plymouth?

—El jefe de Lexie, aunque creo que entre ellos hay algo más que trabajo.

La mirada de Graydon se tornó intensa.

—¿A qué se dedica?

—¿Te refieres para ganarse la vida? No hace nada que yo sepa. Su familia le dejó una enorme fortuna. Creo que se pasa el día jugando. Muchas de las personas que visitan la isla llevan ese estilo de vida. —Miró de reojo la mesa—. Enviaré a alguien para que recoja todo esto.

—Yo me encargo —se ofreció él.

Toby recordó la facilidad con la que había conseguido que los miembros del personal lo prepararan todo siguiendo sus indicaciones. En un primer momento, no entendió cómo había sido capaz de hacerlo, pero para un príncipe algo así sería pan comido.

—¿Tengo que hacerte una genuflexión? —quiso saber, intentando mantener una expresión seria.

—Sí, por favor —respondió él—. Me encanta ver que las mujeres se inclinan ante mí.

—Pues ya puedes esperar sentado. —Salió de la carpa pequeña riéndose a carcajadas.

Graydon se mantuvo inmóvil un rato, mirándola mientras se alejaba. Le gustaba que fuera una mujer perspicaz y que no se dejara intimidar por su... por su «trabajo», tal como ella lo había llamado. Jamás se había sentido tan a gusto con una persona en tan poco tiempo.

Salió del trance de repente, al recordar que Lexie había dicho que quería marcharse del país al día siguiente. Con un hombre que no hacía nada en la vida. La descripción exacta de muchos de los amigos de su hermano. En ese momento supo, sin la menor duda, que su hermano estaba detrás de dicho viaje. Al parecer, Rory lo creía incapaz de manejar su propia vida... como siempre.

Se sacó el móvil del bolsillo y le envió un mensaje de texto a su hermano que decía:

¡AHORA!

4

Toby entró en la carpa grande y fue recibida por la música y las conversaciones de los invitados, pero solo podía pensar en el hombre con quien había cenado. ¡Un príncipe! Al que, por algún motivo, había acogido bajo su ala.

Miró las cintas y las flores que colgaban del techo de la enorme carpa blanca. Alix, Lexie y ella habían pasado horas discutiendo hasta decidir el diseño, pero fue ella quien se encargó del trabajo. Había unido con alambre cada ramillete en un intento por recrear las guirnaldas que cualquiera podía hacer de forma improvisada tras pasear por el campo recogiendo flores silvestres.

Dio una vuelta sobre sí misma y miró las flores. Durante las últimas semanas, toda su vida había girado en torno a esa boda. No podía imaginarse lo lujosa y grandiosa que sería la boda del príncipe Graydon. Si lo ayudaba en ese momento, ¿conseguiría una invitación?

No, no, se dijo, no podía pensar en esos términos. Tenía que ayudarlo sin pensar en obtener algo a cambio.

Mientras echaba un vistazo a su alrededor y contemplaba la atestada pista de baile, intentó comprobar que todos se lo estuvieran pasando bien. En un rincón, se encontraba una enorme mesa redonda con los niños mayores. Estaban callados, sin participar. Todos estaban escribiendo mensajes en sus móviles. Unas horas antes, Toby se había parado a su lado para preguntarles a quién le mandaban mensajes. Al final, resultó que se estaban mandando mensajes entre ellos mismos. Meneó la cabeza, ya que no entendía por qué no hablaban sin más, y los dejó tranquilos. Desde luego que parecían estar pasándoselo bien.

La novia, ataviada con un precioso vestido de los años cincuenta que habían encontrado en el ático de Kingsley House, estaba bailando con un niño llamado Tyler. Estaban cogidos de las manos mientras el niño sonreía como un angelito. Mientras los miraba, Jared se acercó a ellos y pidió unirse a la pareja, pero la cara de Tyler adoptó una expresión feroz y fulminó a Jared con la mirada mientras gritaba «No» tan fuerte que se escuchó por encima de la música.

Cuando Toby se echó a reír, Jared le rodeó la cintura con un brazo y la arrastró a la pista de baile.

—Vaya, vaya, riéndote de mí. —Jared tuvo que pegar la cabeza a la suya para hacerse oír, pero en ese momento, de repente, la rápida canción acabó y comenzó a sonar una lenta—. Menos mal —masculló al tiempo que la pegaba más a su cuerpo.

Mientras la hacía girar por la pista de baile, Jared recordó cómo se conocieron. Unos cuantos veranos antes, diseñó el ala de invitados de la casa que los padres de Toby tenían en Nantucket, donde se alojaban todos los veranos. El padre de Toby, Barrett, iba los fines de semana, pero su madre, Lavidia, se quedaba en la isla.

Una vez a la semana, Jared pasaba por allí para comprobar la evolución de la obra, y siempre que iba escuchaba a la señora Wyndam despotricar de su preciosa hija, Toby, que acababa de graduarse en una exclusiva universidad para chicas. Un día, la señora Wyndam le estaba gritando a Toby que no estaba lo bastante derecha, que su ropa consistía en harapos y que nunca iba a encontrar marido si no empezaba a prestarle atención a su aspecto.

—Supongo que será mejor que salve a mi hija —dijo Barrett con un suspiro antes de echar a andar hacia el patio.

Jared se pasó el verano entero escuchando las incesantes quejas de la señora Wyndam, y todas dirigidas hacia su hija. En cuanto a la joven Toby, no parecía afectarle mucho nada de lo que su madre dijera. Permanecía en silencio, con la vista en el suelo, sin desafiar a su madre. Jared tenía la impresión de que la muchacha era inmune a los sermones de la mujer. Toby pasaba los días en la cocina, horneando delicias que les llevaba a los obreros, o en el jardín, con las flores.

En septiembre, justo antes de que los Wyndam abandonaran la isla, Jared vio a Toby arrodillada junto a uno de los arriates. Estaba llorando.

No tuvo que preguntar qué pasaba, porque acababa de escuchar a su madre decirle a Barrett que Toby era «imposible», que se negaba a salir con el hijo de un hombre que poseía un yate. Jared conocía al padre y al hijo, y no habría permitido que ninguna pariente suya se quedara a solas con alguno de los dos.

Jared dejó los planos enrollados que llevaba y se sentó en el borde del arriate.

—¿Qué vas a hacer para arreglarlo? —No había necesidad de preámbulos ni de explicaciones, los dos sabían cuál era el problema.

—¿Qué puedo hacer? —preguntó Toby, furiosa, y fue la primera vez que la vio demostrar algún tipo de emoción—. No tengo preparación para un trabajo normal. Sé que si me voy de casa, mi padre me apoyará; pero, ¿qué clase de libertad es esa?

—Tu jardín es bonito y te he visto crear esos enormes arreglos florales.

—¡Genial! Sé juntar unas flores para que queden bonitas. ¿Quién va a pagar por algo así? —Lo miró—. ¿Una florista? —susurró.

—Diría que sí, y da la casualidad de que conozco a una que necesitaría que alguien le echara una mano de cara al invierno. Si quieres quedarte en Nantucket, claro.

—¿Quedarme? ¿Sola en este caserón? ¿Tan lejos del pueblo?

—¿Limpias la cocina después de usarla? Te lo pregunto porque mi prima Lexie vive cerca de Kingsley House y busca compañera para compartir casa. La última solo sabía cocinar fritos y nunca recogía sus cosas.

Por primera vez, vio esperanza en los ojos de Toby.

—Froto, desinfecto y limpio las encimeras con zumo de limón para que huelan bien.

Jared escribió algo en una de sus tarjetas de visita.

—Es mi número particular. Si crees que hay alguna posibilidad de que te mudes a la casa, dímelo. Pero solo puedo retrasar veinticuatro horas la decisión de Lexie, después le alquilará la habitación a otra persona.

Jared titubeó un momento. ¿Estaba haciendo lo correcto? En realidad, no conocía a la muchacha, y parecía casi delicada. La había visto aceptar en silencio, con resignación, todo lo que le decía su madre. Lexie tenía una personalidad muy fuerte, y Jared no estaba seguro de que Toby pudiera enfrentarse a ella. ¿Y si era una de esas chicas que se volvían locas en cuanto abandonaban la casa de sus padres? La miró de arriba abajo mientras intentaba adivinar qué pasaría.

Al percatarse de su expresión, Toby enderezó la espalda.

—Señor Kingsley, ¿tiene algún otro motivo para hacerme este ofrecimiento?

Al principio, Jared no entendió lo que le decía, pero su mirada era bastante elocuente. Jared estaba acostumbrado a que las mujeres lo adorasen, que le dijesen siempre que sí, pero esa chica era distinta. Lo estaba poniendo en su sitio sin rodeos y sin miramientos. En ese instante, Jared comprendió cómo alguien de aspecto tan frágil como Toby podía hacerle frente a su madre. Mientras la miraba, supo que de haber tenido una hermana pequeña, sería como ella. Eso le provocó un afán protector.

—Solo quiero ayudar, y Lexie y tú os llevaréis bien.

Levantó la vista y vio a su madre en la ventana, con el ceño fruncido, seguramente pensando en que estaba demasiado cerca de Toby. Se levantó.

—Si quieres hacerlo, me aseguraré de que consigas un trabajo.

Sin embargo, se tuvo que morder la lengua para no decir: «Aunque tenga que contratarte yo mismo.»

—Volveré mañana a las once y ya me dirás qué has decidido.

—Creo que seguramente estaré esperando con las maletas hechas.

—En ese caso, traeré la camioneta. —Se alejó sonriendo.

A la mañana siguiente, Toby se mudó con Lexie, y él llevaba velando por las dos chicas desde aquel entonces.

—¿Qué se siente al ser un hombre casado? —le preguntó Toby.

—Es maravilloso. ¿Dónde te has metido? —quiso saber él mientras la hacía girar por la pista de baile—. Iba a salir en tu busca, pero Lex amenazó con matarme si lo hacía. ¿Qué pasa?

—¿Sabes que el hombre que me acompañó al altar es un príncipe?

—Tenía que serlo para ir a tu lado.

A Toby le hizo gracia el comentario y se echó a reír.

—No, me refiero a que es un príncipe de carne y hueso, uno que algún día será proclamado rey.

Jared la inclinó hacia atrás.

—Dado que somos parientes, ¿eso me convierte en duque? A lo mejor también soy un príncipe.

—El príncipe de los pescadores —replicó Toby mientras él la levantaba—. Quiere quedarse en la isla una semana y necesita un poco de paz e intimidad.

—¿Eso quiere decir que nadie puede enterarse de que está aquí? ¿No se delatará por las banderitas de su séquito de coches?

—¡Jared! Hablo en serio, deja de bromear.

La hizo girar sobre sí misma.

—Nunca te he oído hablar de un hombre de esta forma.

Bueno, ¿qué habéis estado haciendo mientras los demás te buscaban en vano? —La vena protectora de Jared empezaba a asomar la cabeza.

—Estábamos cenando —contestó ella—. Cuando el príncipe Graydon vuelva a su país, se anunciará su compromiso con una chica lanconiana. Un año después, se casarán.

—¿Las estadounidenses no son lo bastante buenas para él? ¿O piensa correrse una juerga en Nantucket antes de volver a casa? —Su voz le indicó a Toby lo que le parecía la idea.

Intentó apartarse de él, pero Jared la sujetó con firmeza.

—Vale, ya paro. ¿Qué necesitas?

—Tu primo —comenzó ella, enfatizando el parentesco— necesita un sitio en el que hospedarse. Y sería mejor que tuviera un compañero, alguien que le echara una mano.

—¿Te refieres a alguien que le corte los filetes? ¿Que lo ayude a vestirse por la mañana?

—No sé lo que sabe o no sabe hacer. ¿Podría quedarse en Kingsley House?

—La casa está a rebosar de gente durante toda la semana. Tenemos la casa llena de parientes, y el jefe de Lexie también se ha quedado con un dormitorio. ¿Qué me dices de tu casa?

—Solo tenemos dos dormitorios, además, no creo que fuera apropiado.

Jared la miró con seriedad.

—¿Ese tío te ha hecho alguna proposición indecente?

—No, qué va.

La canción terminó y los músicos se tomaron un respiro. Jared se detuvo y la miró.

—Toby, ese tío no puede presentarse y creer que vamos a ofrecerle un palacio lleno de criados. Tendrá que conformarse con lo que hay. Tienes un sofá cama en la sala de estar de la planta alta, que se quede ahí. Lexie estará, así que no te pasará nada. Si cree que es demasiado bueno para el sofá, que pase la noche en el coche de alguien. Mañana, Caleb o Victoria podrán buscarle un sitio para quedarse más tiempo. Por muy príncipe que sea, es adulto y puede apañárselas solo. Ahora, ¿te apetece un poco de tarta?

—Claro —contestó Toby, que le indicó a Jared que podía dejarla sola, que estaría bien. Sabía que Jared tenía razón, pero seguía sintiéndose responsable, al menos en parte, del príncipe Graydon.

Echó un vistazo por la carpa, reparando en los invitados. Alix y Jared estaban cortando la tarta, de modo que eran el centro de atención. Lexie se encontraba detrás de los camareros, por lo que supuso que seguía escondiéndose de los hombres de su vida. Rodeó la multitud de invitados y se acercó a su amiga.

—¿Puedo hablar contigo?

—Claro —contestó Lexie al tiempo que aceptaba dos platos con tarta nupcial—. Coge los tenedores.

Toby cogió tenedores, servilletas y dos tazas de ponche antes de salir al exterior.

—Quiero saber qué está pasando —dijo Toby en cuanto estuvieron fuera, bajo la fresca brisa marina de Nantucket.

—Yo debería decir lo mismo —replicó Lexie—. Esa escena en la carpa pequeña con ese tío parecía sacada de una novela. Velas y chocolate. Solo te faltaba una rosa en el pelo.

—¿Quieres liarme para no decirme qué tramas?

—Pues claro —aseguró Lexie antes de suspirar—. Toby, me siento fatal, pero Plymouth dice que necesita que alguien se quede con su hermana de catorce años en el sur de Francia, y me ha pedido que piense en la posibilidad de ocupar el puesto.

—Creía que no querías viajar con él.

—No va a estar. Se va para hacer no sé qué con un coche, una carrera no sé dónde, supongo, pero le prometió a su hermana que la llevaría a Francia.

—¿Es que esa niña no tiene padres?

—El padre de Plymouth va por la cuarta esposa. De apenas veinte años. Se niega a hacer de niñera durante tres meses.

—¿Tres meses?

—Sí —contestó Lexie, con expresión culpable—. Es hasta el 1 de septiembre, así que técnicamente serán dos meses y medio, pero...

Toby sabía que era uno de esos momentos en los que tenía que esforzarse por no ser egoísta. Se trataba de una gran oportunidad para Lexie. Además, no se tragaba ni por asomo que Roger Plymouth no hiciera acto de presencia. Seguramente, Lexie también era consciente de alguna manera. Pero si conseguía alejarse de Nantucket, su amiga podría averiguar qué quería hacer con su vida.

Sin embargo, habían habilitado el patio de la casa que compartían para iniciar su negocio: cultivar flores que después vendían. Tenían un invernadero y muchos arriates, y todas las plantas necesitaban cuidados constantes, como quitar las malas hierbas o abonarlas.

—Te mandaré mi parte del alquiler —se ofreció Lexie—. Plymouth me va a doblar el sueldo durante estas semanas, así que podré permitírmelo.

A Toby le habría encantado decirle que no hacía falta, pero no podía. Jared era el dueño de la casa y se la alquilaba por muchísimo menos de lo que conseguiría si se la alquilaba a un forastero. Sin embargo, pagar la mitad del alquiler se llevaba gran parte de sus ingresos.

—Jilly puede ayudarte con las flores —continuó Lexie con expresión suplicante, ya que quería que accediera—. Sé que te estoy dejando tirada, pero me encantaría ir. Conocí a la hermana de Plymouth el año pasado y es una monada de cría. Le gusta mucho leer y Plymouth dice que quiere visitar museos. ¿Te imaginas a Plymouth en un museo?

Dado que Toby no conocía al hombre, no se lo imaginaba de ninguna de las maneras. En cuanto a Jilly, estaba en la primera fase de enamoramiento y solo tenía ojos para Ken. Además, Ken ejercía de profesor fuera de la isla, de modo que estarían

51

ausentes gran parte del tiempo. Toby no creía que Jilly le fuera a ser de mucha ayuda.

Sin embargo, sabía que su amiga necesitaba un respiro. Inspiró hondo.

—Pues claro que deberías ir. No puedes desaprovechar semejante oportunidad. A lo mejor sucederá algo que te ayude a decidir...

—¡Gracias! —exclamó Lexie, interrumpiéndola, antes de soltar el plato en el suelo y abrazarla con fuerza—. Tengo que hacer el equipaje. ¿Puedes ocuparte de todo por aquí? —Señaló la carpa donde se celebraba el banquete de bodas.

—Claro —dijo Toby al tiempo que recogía el plato y veía a Lexie alejarse hasta desaparecer en la oscuridad.

Toby se quedó un rato fuera de la carpa, con los platos sucios, mientras dejaba que la brisa nocturna la envolviera. Ese debía de ser el día más surrealista de toda su vida. Tenía la impresión de que todo había empezado a cambiar en cuanto entraron en el bar la noche anterior y vieron a aquel hombre sentado al fondo, rodeado de mujeres.

Miró hacia la carpa. Los invitados bailaban, comían tarta, bebían y reían. Parecía que era seguro volver.

Rory se había cambiado de ropa y en ese momento llevaba un esmoquin idéntico al de su hermano. Después de que Graydon volviera con su rubia, no tardó mucho en encontrar a Roger Plymouth. Estaba en un rincón de la carpa, hablando con tres muchachas muy guapas. Rory le hizo un gesto para que lo acompañara al exterior.

Una vez solos, Roger fue el primero en hablar.

—Me pareció haberte visto al fondo, escondido detrás de toda la gente. ¿Habéis venido los dos hermanos? ¿A qué se debe? ¿Alguna celebración real?

—Somos parientes de los Kingsley —contestó Rory con premura. No tenía tiempo para cháchara—. ¿Es verdad que la otra dama de honor, Lexie, trabaja para ti?

—Sí —contestó Roger, que meneó la cabeza—. Es una polvorilla. Ahora mismo no me soporta, pero me la estoy camelando. Dame otro par de meses y caerá rendida. —Soltó una carcajada carente de humor—. Claro que eso mismo lo dije hace un año y todavía nada. Pero un hombre puede soñar, ¿verdad? —Entrecerró los ojos—. No estarás pensando en ir a por ella, ¿no?

Rory sabía que nunca entendería la costumbre de los estadounidenses de contárselo todo a todo el mundo.

—No, claro que no.

—Vale —dijo Roger—. Me preguntas por Lex porque a tu hermano le interesa su compañera. Me fijé en cómo la miraba durante toda la ceremonia. Al principio, creí que eras tú, pero sé que nunca te pondrías en ridículo delante de todo el mundo de esa manera. Tu hermano la miraba como si él fuera una serpiente que bailaba al son de una flauta.

—Creo que te has pasado un poco —replicó Rory con sequedad, ya que quería proteger a su hermano.

—Sí, vale —dijo Roger—. Sé que él será rey. Me gusta tu país. Las mejores pistas de esquí, y la comida tampoco está mal. Pero creo que tengo que advertirte: según tengo entendido, le va a resultar más fácil ser rey que conquistar a la guapa Toby.

—¿Qué quieres decir?

—Que la mitad de la población masculina de la isla le ha tirado los tejos. Se rumorea que «se está conservando para el matrimonio».

—¿Estás diciendo que es...?

—Virgen, eso es lo que dicen todos —continuó Roger—. Sea o no sea verdad, sí te puedo decir que esa chica le cae bien a mucha gente. Si tu hermano decide ir a por ella para añadir otra conquista a su lista, muchos se van a enfadar, incluido Jared Kingsley.

El día anterior, Rory habría dicho que su hermano no era de esos, pero ese día todo parecía haberse puesto patas arriba.

—Mi hermano quiere quedarse en Nantucket una semana y le gustaría que la chica pasara tiempo con él, pero me temo que la compañera podría interferir. Es...

—¡No me digas más! —exclamó Roger—. No sabes la de cosas que tengo que hacer para que Lexie pase tiempo conmigo. Tengo que esconder cosas y después fingir que las he perdido. —Hizo una mueca—. Cree que soy un capullo, pero si no lo hago, me suelta «Toby me necesita» y sale corriendo.

—¿Eso quiere decir que no vas a poder mantener ocupada a la compañera una semana? No sé, a lo mejor con un viaje o algo.

—Sé que le gustaría viajar y le he pedido que me acompañe, pero se ha reído de mí. ¡Oye! A lo mejor puedo conseguir que mi hermana pequeña me eche una mano. Se caen bien. ¿Para cuándo lo necesitas?

—Para ya. Ahora mismo —contestó Rory.

—Lo intentaré —dijo Roger, que lo miró—. A lo mejor, la próxima vez que vaya a tu país, puedo quedarme en tu casa.

Un trato, pensó Rory.

—Te alojaremos en el ala más antigua del palacio. Está embrujada y las mujeres chillan cuando las llevas allí.

Roger hizo una mueca.

—Ojalá eso funcionara con Lexie, pero seguramente se haría amiga de algún fantasma. ¡Deberías oír las historias que corren por la isla sobre los Kingsley!

Rory no sabía de qué estaba hablando, y tampoco tenía tiempo para averiguarlo. Debía ocuparse de otros asuntos. Le dio las gracias, se despidió y cada uno se fue por su lado.

Cuando Rory regresó a la carpa pequeña, vio que su hermano y la rubia seguían dentro. Las velas y la oscuridad reinante en el exterior revelaban un juego de sombras, dejándole ver sin problemas. Estaban inclinados el uno hacia el otro, con las cabezas muy cerca, y Rory no recordaba haber visto a Graydon hablar de forma tan animada con alguien ajeno a la familia. Había muy pocas personas con las que Graydon se relajaba, y todas eran parientes cercanos. Pero allí estaba con una chica a la que acababa de conocer, gesticulando mientras hablaban.

Sin embargo, por mucho que a su hermano le gustara la muchacha, debía hacer algo sin demora: tenía que comprobar que era capaz de distinguirlos. Nada de leyendas familiares acerca de las personas capaces de distinguir a los gemelos de los Montgomery y los Taggert. Tenía que saber la verdad.

Llamó por teléfono a su asistente y, minutos después, estaba vestido como su hermano. Sin llamar la atención, se mantuvo algo alejado de los invitados, bebiendo champán, mientras esperaba que terminase la cena de Graydon... y fue allí donde lo encontró Roger Plymouth. Con una sonrisa triunfal, Roger le dijo que su hermana había ideado la forma de que Lexie dejara la isla durante casi todo el verano y, según tenía entendido, Lex iba a aceptar.

—He tenido que prometer que no haría acto de presencia, pero supongo que me tendré que romper un par de huesos y necesitaré recuperarme a su lado —explicó Roger con una carcajada—. Es mi oportunidad con Lexie y pienso aprovecharla al máximo. Ojalá que cuando me quede en tu casa, ella me acompañe.

Cuando Rory salió de nuevo, vio que Lexie corría hacia la carpa en la que Graydon y Toby cenaban, y escuchó su animada voz. Rory sabía que en cuanto su hermano se enterase de que la compañera de casa de Toby se iba de la isla por órdenes de su rico jefe, un hombre al que él conocía, averiguaría quién lo había orquestado todo. Su hermano no creía en las coincidencias, sobre todo cuando él estaba cerca.

Para no defraudarlo, le vibró el móvil y al mirar la pantalla vio una sola palabra que su hermano le había enviado:

¡AHORA!

Eso quería decir que Graydon quería hablar con él en ese preciso momento. Le contestó:

Estoy en Kingsley House. Reúnete aquí conmigo.

Dado que su hermano les había dado esquinazo a sus escoltas en Maine, no tendría medio de transporte. Había un largo trecho desde el lugar en el que se celebraba la boda hasta Kingsley Lane, ya que tendría que atravesar todo el pueblo y Main Street. Aunque Graydon consiguiera que alguien lo llevase, él contaría con el tiempo suficiente para averiguar lo que necesitaba.

Se enderezó el esmoquin, cuadró los hombros, adoptó la expresión de heredero a la corona que lucía su hermano y echó a andar hacia la carpa grande. Iba a darlo todo interpretando a su hermano.

5

Rory vio a Toby de pie junto a una mesa redonda a cuyos comensales preguntaba si necesitaban algo. Se mantuvo apartado y esperó a que acabara, ya que eso era lo que Graydon haría. Si actuara siguiendo su naturaleza, ya la habría llevado a la pista de baile, sin esperar siquiera. En caso de que ella protestara, la habría silenciado con un beso. Pero ese no era el estilo de su hermano.

Al volverse, Toby lo vio y se sorprendió un poco, pero acabó ofreciéndole una sonrisa afable.

—¿Me concedes el honor de bailar conmigo? —le preguntó con la exagerada educación de su hermano.

—Por supuesto —respondió ella, que aceptó la mano que le había tendido.

Rory se recordó que debía mostrar una actitud seria y distante. Le alegró comprobar que era una canción lenta, ya que no se creía capaz de contenerse de haber sido una melodía con ritmo. Era la primera vez que estaba tan cerca de la chica, y era más guapa de lo que pensaba. Le recordaba a Grace Kelly, por los ojos azules y sus rasgos serenos. Llevaba un maquillaje discreto, aplicado de esa forma para parecer natural. Si se maquillara más los ojos y añadiera un toque de rojo a los labios, se convertiría en una belleza de infarto.

La guio para realizar un lento giro, recordándose en todo momento que era su hermano.

—He disfrutado mucho de la cena de esta noche.

—Ah, ¿sí? —replicó ella con una sonrisa—. ¿Y con quién has cenado?

—Con... —Tardó un instante en comprender lo que Toby le preguntaba, tras lo cual se echó a reír y relajó los hombros—. ¿Te he engañado en algún momento?

—Ni por un segundo —le aseguró ella, cuya sonrisa desapareció por completo. La ira relampagueó en sus ojos azules—. Dime, ¿te ha enviado tu hermano para ponerme a prueba?

Rory comprendió al instante el error que había cometido.

—No —respondió con total seriedad—. Graydon no está al corriente de mis planes. De hecho, he conseguido que se marchara para poder...

—¿Descubrir si miento? ¿Ver si me muevo con alguna intención oculta? —Toby lo miraba furiosa—. ¿Podrías explicarme por qué importa tanto la habilidad para distinguiros?

Rory eludió la pregunta.

—¿Hasta qué punto te ha hablado Graydon de sí mismo?

—Me ha dicho que será rey, que debe casarse con una joven de alcurnia, o al menos esa es la impresión que me ha dado, que es joven. Y que quiere disfrutar de un poco de tranquilidad antes de todo eso. Le he prometido que le buscaría un lugar donde alojarse mientras tú te hacías cargo de sus obligaciones. Sin embargo, tras descubrir el desagradable jueguecito que os traéis entre manos, creo que voy a pensármelo mejor. No me gusta ser el blanco de las bromas de otros.

Rory sintió que se le caía el alma a los pies. Parecía que su hermano se había encargado de todo y que su intervención podría estropear sus planes. No quería enfurecer más a Graydon.

—Creo que necesito atender a los invitados —dijo Toby al tiempo que intentaba alejarse de él.

Sin embargo, Rory se lo impidió aferrándola con fuerza de la mano.

—Toby, por favor, mi hermano es inocente. —La estaba mirando a los ojos de forma que ella viera la súplica—. ¿Ayudaría en algo si te lo explico todo?

—La verdad nos vendría muy bien, para variar —contestó ella.

Rory la hizo girar de nuevo.

—Te lo contaré todo, aunque sea en detrimento de mi persona. Bailas muy bien.

Toby lo miró echando chispas por los ojos.

—Como empieces a coquetear conmigo, me voy.

—De acuerdo —dijo él—, pero debes entender que Graydon siempre me ha protegido porque jamás he sido capaz de cumplir las expectativas depositadas en mí. Al parecer, he nacido con una capacidad inagotable para enfurecer a mis padres. Aunque, claro, no me preocupa. Lo contrario de lo que le sucede a mi hermano. De hecho, mi hermano se preocupa por todo. Por la gente sin hogar; por los animales desvalidos; por los niños que no saben leer... Graydon se preocupa por todas las causas importantes. Por eso cuando no estoy donde debería estar o cuando hago algo que no debería hacer, me cubre las espaldas. En mi opinión, creo que debería dejarme afrontar las consecuencias de mis actos, pero... —Guardó silencio un instante para tomar aire—. El problema real es que mi hermano también se preocupa por mí. Pero en esta ocasión, si asume mis pecados como suyos, perderá la ocasión de disfrutar de un merecido descanso, y eso no es justo. Hasta yo tengo mis límites.

Cuando acabó de hablar, estaban en mitad de la pista de baile sin moverse. Rory rodeaba la cintura de Toby con un brazo, a la espera de que ella le diera su opinión.

—De acuerdo —claudicó ella al final—. Lo ayudaré.

Rory le levantó una mano y le besó los nudillos.

—Gracias —le dijo al tiempo que empezaba a moverse de nuevo. Sin embargo, en esa ocasión no fingía ser otro más que sí mismo y lo hizo con más ritmo.

—No puedes bailar así cuando te estás haciendo pasar por él

—le recordó Toby, que estaba casi sin resuello por el esfuerzo de seguir sus movimientos.

—Lo sé —reconoció Rory—. ¿De verdad te parecemos tan distintos?

—Pues sí. —Echó la cabeza hacia atrás para mirarlo—. Sois muy diferentes. Él tiene una reserva natural, mientras que la tuya es forzada. Y al mirarte tengo la impresión de que no sabes muy bien cuál es tu lugar en la vida. Graydon sabe perfectamente dónde encaja.

Siguieron moviéndose por la pista de baile, y las demás parejas se detuvieron para observarlos. Ambos tenían muchas lecciones de baile a sus espaldas y formaban una pareja elegante y preciosa.

—Quería protegerlo de ti —admitió Rory—, pero ahora quiero protegerte a ti. —La miró con una expresión muy seria. Ya no estaba bromeando ni riéndose—. No te enamores de mi hermano. Se toma muy en serio las responsabilidades y por mucho que quiera a una mujer, siempre antepondrá su deber como futuro rey del país.

Toby comprendía lo que le estaba diciendo, pero no le preocupaba. Graydon era un hombre demasiado exótico, procedente de un mundo radicalmente opuesto al suyo, como para pensar siquiera en la posibilidad de enamorarse de él.

—¿Su deber incluye el compromiso con la futura princesa?

—Sí.

—¿Cómo es ella? —quiso saber.

—Alta, guapa, de ojos y pelo oscuros. Inteligente. Sus padres esperaban que lograra el puesto, de modo que la han educado para el cargo desde que nació.

La hizo girar apartándola de él y extendiendo el brazo, y después la pegó de nuevo a su cuerpo.

—¿Está muy enamorado de ella?

—Responder esa pregunta sería traicionarlo. Tendrás que preguntarle a él. —La giró, de modo que la espalda de Toby quedó pegada a su torso mientras la abrazaba por la cintura—. Pero te advierto que no le gustan las preguntas personales, ni siquiera si se las hago yo.

—Ya me he dado cuenta. Adopta una actitud gélida.

Cuando el baile llegó a su fin, los invitados los aplaudieron. Rory inclinó la cabeza mirando a Toby y ella no pudo resistirse y le respondió con una genuflexión.

—Alteza Real... —murmuró de modo que solo él pudiera oírla, y ambos abandonaron la pista de baile entre carcajadas.

—¿Qué narices está pasando con las chicas? —le preguntó Victoria a Jilly mientras se sentaba a su lado. Acababan de hacerse amigas, pero el vínculo entre ellas se había hecho muy profundo desde que Victoria ayudó a Jilly a conseguir a Ken, el hombre al que amaba—. Primero me entero de que Lexie se marcha durante lo que queda de verano; luego me dicen que no hay manera de encontrar a Toby, y ahora la veo bailando con ese hombre que pensaba que le caía mal.

Jilly observó a la preciosa pareja que bailaba en la pista. Poco antes habían mantenido una conversación muy seria, pero en ese momento se deslizaban por la pista como si estuvieran patinando sobre hielo.

—No sé qué le ha pasado a Lexie, pero Graydon, la pareja de baile de Toby, es un Montgomery, de modo que posiblemente esté dando un buen rodeo para conseguir lo que quiere.

—¿Y qué significa eso con respecto a Toby? —preguntó Victoria.

Como era habitual, estaba deslumbrante. Su melena pelirroja y sus ojos verdes destacaban aún más gracias al vestido de seda verde, y no paraba de mirar al señor Huntley, que en ese momento bailaba con su hija, Alix. Victoria estaba segura de que jamás había sido tan feliz.

Jilly agitó una mano.

—No es nada, una broma de la familia. —Al ver que Victoria la miraba, añadió—: En mi familia hay dos apellidos: Montgomery y Taggert. Yo soy una Taggert, y según mi hermano Michael, somos honestos, sinceros, valerosos y fuertes, mientras que los Montgomery son... —Se encogió de hombros.

Victoria frunció el ceño.

—¿Sibilinos? Eso no me gusta. Toby es una chica muy dulce. —Estaba a punto de levantarse, pero Jilly se lo impidió poniéndole una mano en el brazo.

—No —dijo—, tranquila. Graydon no hará nada malo. Lo que sí hará será tardar una eternidad en conseguir aquello que busca.

—¿Y crees que lo que busca es Toby? —Victoria aún seguía ceñuda.

Jilly suspiró.

—No estoy segura, pero parece que ella ha despertado su curiosidad y que planea quedarse una temporada en Nantucket. Verás, es que Toby es capaz de distinguir a los gemelos, y en nuestra familia eso es importante. Demasiado importante, en mi opinión.

Victoria era una novelista de fama internacional y le encantaba escuchar buenas historias. Su precioso rostro se relajó mientras se acomodaba en la silla.

—Ahora tienes que contármelo todo.

—No es nada —dijo Jilly—. Es una tradición familiar. Aquel capaz de diferenciar a los gemelos, supuestamente es el Amor Verdadero de uno de ellos.

Victoria guardó silencio, pero miró al otro lado de la carpa, a Toby y al apuesto hombre con el que bailaba. La gente que los rodeaba comenzaba a detenerse para admirarlos, pero ellos parecían ajenos a la atención que despertaban.

—¿No lo he visto antes en algún lado? Su cara me suena.

—A lo mejor has visto fotos de Graydon en alguna revista.

—¿Es un actor? —preguntó Victoria.

—Más o menos. Es el príncipe heredero de Lanconia.

Victoria se volvió y miró a Jilly con una expresión que esta fue incapaz de interpretar.

—¿Me estás diciendo que el príncipe tiene un gemelo idéntico y que Toby es capaz de distinguirlos? ¿Y que eso supuestamente indica que Toby es el Amor Verdadero de uno de ellos?

—Sí —respondió Jilly con cautela. Aunque no conocía muy bien a Victoria, Ken sospechaba que su ex mujer estaba detrás de la boda, y que todo había salido a pedir de boca gracias a sus esfuerzos. Bueno, en realidad, Ken se había referido a los esfuerzos de Victoria como: «La interferencia solapada, sibilina y calculadora», pero puesto que había estado casado con ella estaba en su derecho a exagerar un poco.

—¿Por qué me da la impresión de que desapruebas la idea? —quiso saber Victoria.

—Sé que parece ridículo, pero ¿y si la leyenda es cierta? ¿Y si Graydon y la pequeña Toby se enamoran? ¿Qué pasará? La madre de Graydon es una arpía y jamás permitirá que se casen. Y aunque lo hiciera, ¿cómo va a renunciar Toby a su intimidad y a vivir en un país extranjero en calidad de princesa? Yo he ido varias veces y la soledad de la vida de Graydon no me ha gustado. ¡Y su horario laboral es mortal de necesidad!

Victoria la miró con gesto reflexivo.

—A lo mejor el amor hace que su vida sea más fácil.

—No creo que... —replicó Jilly, aunque después meneó la cabeza—. ¿Quién soy yo para juzgarlos? El hecho de que a mí no me guste semejante trabajo no significa que los demás también tengan que odiarlo.

—¿Dónde se alojará el príncipe esta noche?

—Con el chico que fue al aeropuerto a recogerlo.

—¿Con Wes? —preguntó Victoria, horrorizada.

Jilly no conocía al susodicho, pero siguió la dirección de la mirada de Victoria hacia el otro extremo de la carpa. El primo de Jared se encontraba en el rincón más oscuro, acompañado por una chica muy guapa, y se estaban besando con más pasión de la que deberían demostrar en público. Eran el claro ejemplo de la pareja que necesitaba quedarse a solas.

De repente, Victoria se levantó y la miró.

—Yo creo en el Amor Verdadero —afirmó con seriedad—, y si existe la más mínima posibilidad de conseguirlo creo que hay que buscarlo. Me siento en la obligación de colaborar con la causa.

—¿Me mantendrás informada? —le preguntó Jilly.

—Claro que sí —le aseguró Victoria—. Has logrado borrar de la cara de Ken esa expresión tristona que lo acompañaba siempre por mi culpa, así que estoy en deuda contigo. —Y con esas palabras se internó en la multitud.

—Cariño —dijo Victoria mientras tomaba del brazo a Toby cuando esta abandonaba la pista de baile aún sin resuello—. ¿Qué está pasando contigo y con esos dos chicos tan estupendos?

Toby miró hacia la entrada de la carpa y vio al príncipe Graydon de pie junto a Rory, ambos de esmoquin y muy guapos. En ese momento, Rory parecía temer la posibilidad de que su hermano le asestara un puñetazo, y Graydon lo estaba mirando como si esa fuera su intención. Puesto que presentía que todo se debía a ella, Toby estaba a punto de soltar una risa tonta.

—Cosas de chicos —contestó mientras volvía la cabeza para mirar a Victoria—. Nada importante.

Victoria bajó la voz y acercó la cara a la suya.

—En este caso, me parece una batalla entre príncipes. ¿De verdad puedes distinguirlos?

—Sí —contestó Toby, que no preguntó cómo era posible que Victoria estuviera al tanto de la identidad de los aludidos—. Pero no sé de qué me sirve. —Decidió cambiar de tema—. ¿Te lo estás pasando bien?

—Genial —respondió Victoria, que le dio un apretón en el

brazo—. Has hecho un trabajo fantástico y nadie podrá agradecértelo lo suficiente. Es más, quiero que organices mi boda.

Toby la miró con los ojos como platos. Victoria era una persona muy famosa y contaba con un buen número de amigos también muy famosos. No le gustaría que en su boda los adornos florales fueran guirnaldas de flores silvestres. Victoria querría arañas de cristal, orquídeas importadas de Hawái, buey de Kobe procedente de Japón y...

—¡Toby! —exclamó Victoria—. ¡Vuelve a la Tierra!

Toby intentó concentrarse en el presente, pero aún no podía hablar a causa de la impresión.

—Yo no... no puedo...

—Por supuesto que puedes, cariño —la contradijo Victoria—. Debo casarme en la capilla de mi hija, y puesto que está aquí en Nantucket, aquí es donde me casaré.

Su hija, Alix, era arquitecta y aunque estaba recién salida de la universidad, había diseñado una capilla perfecta. Su padre, Ken, y Jared, que también eran arquitectos, la habían terminado a tiempo para la boda.

Toby comenzaba a recobrarse a esas alturas.

—Querrás mucho más de lo que yo pueda conseguirte.

—¡Tonterías! —exclamó Victoria—. Toby, cariño mío, tienes que soñar a lo grande, nada más. Y creer en ti misma.

—¿Qué tipo de boda quieres? —le preguntó Toby en voz baja, al mismo tiempo que se recordaba que debía rechazar el proyecto de forma tajante y definitiva.

—Eso te lo dejo a ti. Eres lista y podrás encontrar un tema. Te ayudaría sin problemas, pero llevo meses de retraso con respecto a las fechas de mi siguiente libro, así que tú decides, y estoy segura de que me encantará.

Toby se imaginó presentándole treinta y un temas distintos a Victoria que ella procedía a rechazar sin contemplaciones.

—Creo que necesitas la ayuda de un profesional. Yo solo he organizado esta boda, así que no soy...

—¿Sabes que tu príncipe va a pasar la noche en casa de Wes Drayton? —le preguntó Victoria al tiempo que señalaba con la cabeza en dirección al extremo opuesto de la carpa, donde el aludido y su pareja seguían besándose con tanto entusiasmo que estaban a punto de caerse de sus sillas—. ¡Menos mal! Jared va a separarlos ahora mismo. ¿Has visto alguna vez la casita de dos dormitorios donde vive Wes? Espero que tu príncipe pueda dormir esta noche. No me gustaría que volviera a su reino... ¿Cuál es?

—Lanconia.

—Ah, sí. Creo que lo he visitado. Un sitio precioso. Extraen un mineral que Estados Unidos necesita para seguir funcionando. Pero estoy segura de que las relaciones diplomáticas no sufrirán por el simple hecho de que el futuro rey pase una noche escuchando... bueno, escuchando a una pareja fornicar. Seguro que el príncipe no se asusta. En fin, cariño, me voy. —Victoria soltó el brazo de Toby y se volvió para marcharse—. Ah, la boda debe celebrarse el último día de agosto. Mis amigos de Nantucket dejan la isla a principios de septiembre y quiero que todos asistan. Puesto que solo faltan dos meses, enséñame tus planes lo antes posible. ¡Ah! —Su prometido la había tomado de la mano y tiraba de ella hacia la pista de baile—. Un poco ansioso, ¿verdad? —dijo, dirigiéndose a Toby, que seguía muda.

—¿Qué estás tramando? —preguntó el señor F. Caleb Huntley tan pronto como tuvo a Victoria entre sus brazos.

—¡Nada en absoluto!

—No me vengas con cuentos —replicó Caleb—. Toby está tan blanca como la vela mayor. La has dejado sin palabras.

—Es que acabo de ofrecerle un pequeño proyecto. Lexie se marcha en breve y Toby necesitará ayuda, así que... —Victoria sonrió mientras Caleb la guiaba por la pista, al compás de un vals.

—¿Qué significa eso?

—Que voy a intentar conseguirle esa ayuda —contestó ella—. Tal vez no sea lo que ella cree necesitar, pero...

Caleb la miró con seriedad. Conocía muy bien a la mujer que amaba. Aunque siempre actuaba con buena intención, sus planes a veces tenían unos efectos desastrosos.

—¿Qué le has pedido a Toby que haga?

Victoria miraba por encima del hombro de Caleb a los dos príncipes, que se encontraban junto a la puerta de la carpa. La discusión entre ellos parecía haber llegado a su fin, ya que uno se marchaba y el otro caminaba en dirección a Toby, que seguía donde ella la había dejado.

—¿Qué has dicho? —preguntó.

—Tu proyecto —respondió Caleb—. ¿Qué le has pedido a Toby que haga?

—Ah, eso. Quiero que organice nuestra boda. Espero que no te importe, pero le he dicho que quiero que la boda se celebre a finales de agosto. —Lo miró con expresión interrogante. Puesto que no habían mencionado el matrimonio con anterioridad, cayó en la cuenta de que tal vez debería haberle consultado el tema previamente.

—¿A finales de agosto? —preguntó Caleb, que frunció el ceño.

Victoria dejó de bailar y lo miró en silencio.

—¿Por qué demorarlo tanto? ¿Por qué no casarnos mañana?

Las preguntas de Caleb hicieron que las carcajadas de Victoria flotaran por la estancia mientras giraba entre sus brazos.

6

—Toby —dijo Graydon cuando se acercó a ella—, me temo que te debo otra disculpa. Mi excusa para no haber detenido a mi hermano es el hecho de que me enviara a Kingsley House con el pretexto de que quería hablar conmigo. Estaba ya a medio camino cuando caí en la cuenta de lo que había tramado. —Aunque la estaba mirando, ella tenía la vista clavada en las parejas que bailaban en la pista—. ¿Ha sucedido algo? —quiso saber.

Toby trató de volver al presente.

—Necesito aprender a decir que no.

—Por favor, dime que no estás hablando de mi hermano.

Lo que Victoria le había dicho la había sorprendido hasta tal punto que Toby no entendía de qué estaba hablando Graydon. Miró en su dirección sin reparar siquiera en él.

—Ven conmigo —dijo Graydon mientras la tomaba del brazo y la guiaba hasta la puerta. Al pasar por la mesa del bufet, cogió una botella de agua y una copa de champán vacía.

Se abrió paso entre la multitud y salieron al exterior sin pronunciar palabra. Caminaron lo suficiente como para que la música y las conversaciones se escucharan de fondo. En un momento dado, se encontraron con un árbol caído que les cortó el paso. Graydon se quitó la chaqueta, la extendió sobre el tronco y le hizo un gesto a Toby para que se sentara.

—La chaqueta se va a ensuciar.

—No importa —le aseguró él.

A Toby le apetecía sentarse para disfrutar del fresco de la noche, pero el tronco era un poco alto para ella.

—¿Me permites? —le preguntó Graydon al tiempo que extendía los brazos para tomarla por la cintura.

Toby asintió con la cabeza y él la levantó del suelo, tras lo cual la sentó sobre su chaqueta. Acto seguido, abrió la botella de agua, llenó la copa y se la ofreció.

Agradecida, Toby se bebió la mitad y después se la devolvió.

—¿Te importa si me siento? —preguntó Graydon, señalando el tronco con la cabeza.

—En absoluto.

Se sentó a su lado.

—Si mi hermano no te ha molestado, ¿qué ha sucedido?

—Victoria quiere que le organice la boda.

—Lo entiendo. Has hecho un trabajo magnífico con esta.

—¡Pero Victoria es una escritora famosa! A lo mejor no la conocéis en vuestro país; pero en Estados Unidos, Victoria Madsen es una celebridad.

—Por supuesto que la conozco. Mi abuela se lee todas sus novelas y creo que mi padre también lo hace. ¿Por qué te preocupa la posibilidad de organizar otra boda?

—Porque querrá algo ostentoso, algo que roce la perfección absoluta. Me ha dicho que busque un tema y no sé cómo hacerlo.

—¿Un tema? ¿Te refieres a que la gente vaya disfrazada?

—Supongo que solo lo haría el cortejo nupcial, pero la decoración tendría que ser especial. Como por ejemplo decorar las mesas con conchas, salvo que Victoria jamás aceptaría algo tan corriente. Le gustaría más... no tengo ni la menor idea de lo que podría gustarle.

—¿Qué tal si utilizas Lanconia como tema? Los hombres podrían llevar pieles de oso y portar lanzas, y las mujeres irían ataviadas con túnicas cortas y llevarían un carcaj a la espalda.

Toby lo miró un instante como si se hubiera vuelto loco, pero después sonrió.

—Estoy segura de que a Victoria le encantaría disfrazarse así, pero ¿te imaginas a algunos de esos hombres vestidos con pieles de oso?

—Serían pieles de oso grandes —respondió él—. Muy grandes.

—¿Qué tipo de comida serviríamos?

—Cabras asadas enteras.

La ansiedad que sentía Toby comenzaba a remitir.

—¿Y organizaríamos una justa?

—Un Honorium. Es un acontecimiento durante el cual las mujeres se enfrentan entre sí y la ganadora se casa con el rey. En este caso, supongo que sería el novio.

—Nadie se atrevería a competir con Victoria. ¿Se celebraba de verdad?

—Claro que sí —le aseguró Graydon—. En mi país, esa era la manera en la que el rey encontraba esposa. Hasta que el rey Lorcan lo abolió. En su caso, la ganadora de la competición era tan fea que el rey fue incapaz de... En fin, que no tuvieron hijos.

Toby sonrió.

—Te lo estás inventando todo.

—Te aseguro que no. Después del rey Lorcan solo se celebró un Honorium más, durante el cual la hermosa Jura ganó la mano de Rowan *el Grande*. Fue un enlace por amor y tuvieron seis hijos, que se casaron con miembros de otras tribus. Gracias a sus hijos, el rey hizo realidad su sueño de unificar todas las tribus y convertir Lanconia en un único pueblo.

Toby lo miró con una sonrisa.

—Has hecho que me sienta mejor, pero sigo pensando que debería rehusar la propuesta de Victoria. Esperaré hasta que Lexie se decida por un novio en concreto o a que tu tía se case con Ken. Esas bodas serán más discretas y podré manejarlas. Si me lo piden, claro está.

—La tía Jilly es una Taggert.

—¿Qué significa eso?

—Los Taggert son una familia ostentosa, extravagante y ruidosa, y sus miembros descenderán como una plaga sobre Nantucket para asistir a la boda. Tendrás que lidiar con unas veinte niñas pequeñas. Me refiero a las niñas que llevan las cestitas en las bodas.

—¿Las que llevan las arras?

—Sí. Y la tía Jilly tiene muchos hermanos y hermanas, que a su vez han traído al mundo muchos otros Taggert. Para acomodar a la familia, tendrás que evacuar a la mayor parte de la población de Nantucket a fin de que la isla no se hunda con el peso de los recién llegados.

—¿Me estás diciendo que la boda de Jilly no sería más fácil que la de Victoria? —lo preguntó intentando contener las carcajadas.

—¿Has visto a los Taggert? Los hombres de esa familia serían capaces de comerse un toro por persona. Tendrías que contar con la ayuda de un avión de mercancías que trajera avituallamiento suficiente cada vez que hubiera que organizar una comida.

Toby ya no pudo contener más la risa.

—Tal como los describes parecen trolls.

—¿Y en quién crees que se inspiró Tolkien para crearlos?

Toby se echó a reír con tantas ganas que Graydon le ofreció la copa de agua y la apuró de un trago.

—Vale, ya me siento mejor. Puedo hacerlo, ¿verdad que sí?

—Por supuesto —contestó él mientras miraba el brillo que la luz de la luna arrancaba a su pelo.

Rory había dicho que Toby había sabido de inmediato quién era nada más verlo. Cada vez que su hermano se vestía como él para imitarlo de esa forma que le resultaba tan irritante, creía imposible que alguien pudiera distinguirlos. Pero esa chica lo había hecho.

Graydon se puso serio.

—¿Te ha ocasionado algún problema el numerito de mi hermano?

—No, pasado el primer momento me ha parecido muy agradable. —Lo miró a la cara—. Te quiere mucho.

Graydon agradeció que fuera de noche, porque la oscuridad ocultaba el rubor que apareció en su rostro.

—Le he pedido que no te moleste.

—Solo estaba preocupado por ti —replicó ella—. Me ha advertido sobre tu sentido del deber.

—Estoy seguro de que lo ha exagerado todo.

—Es posible —convino Toby mientras se deslizaba hacia el suelo. Graydon se colocó de inmediato a su lado y se puso la chaqueta—. Es mejor que vuelva —dijo ella—. Se está haciendo tarde y los invitados empiezan a marcharse. Además, necesito encontrarte un sitio para dormir.

—Ya te he dicho que tengo alojamiento para esta noche.

—En casa de Wes —dijo Toby—, pero no creo que sea buena idea. —Se volvió para alejarse, pero después lo miró de nuevo—. ¿Qué metal se extrae en tu país que al mío le resulta imprescindible?

—El vanadio —contestó Graydon—. Se usa para endurecer el acero, entre otras cosas. ¿Quién te ha hablado del vanadio en una boda?

—Pues ha sido Victoria. Parece pensar que si te ves obligado a pasar una noche en casa de Wes, sufrirás una experiencia tan traumática que tu país dejará de exportar vanadio al mío.

Graydon estaba a punto de decir que eso era ridículo, pero se mordió la lengua.

—¿Dónde ha sugerido Victoria que me quede?

—No lo ha hecho, pero Jared me ha dicho que deberías dormir en el sofá de mi sala de estar.

Gracias a los años de práctica a la hora de ocultar sus emociones, Graydon consiguió guardar silencio y no gritar a los cuatro vientos que Jared era su familiar preferido desde ese momento en adelante. Pese a su bravata al decir que quería pasar una temporada en Nantucket, no le gustaba en absoluto la idea de estar totalmente solo. Sin embargo, guardó silencio a la espera de la decisión de Toby.

—Lexie estará en casa, así que supongo que no pasará nada si es solo una noche. Mañana te buscaré otro sitio donde alojarte.

—Te agradezco tu generosidad —dijo él al tiempo que le hacía una pequeña reverencia.

—Me gustan los modales lanconianos —comentó Toby.

Graydon le ofreció el brazo.

—¿Me permites acompañarte de vuelta?

—Solo si me prometes atacar a cualquier oso que nos encontremos con tu espada de acero endurecido por el vanadio.

Graydon sonrió.

—Te doy mi palabra de príncipe del reino.

Riéndose juntos, regresaron de vuelta a la carpa. Cuando se separaron, Graydon se quedó en el exterior y llamó por teléfono a su hermano.

—Quiero toda la ropa que has traído. Descubre dónde vive Toby, su casa está en algún lugar de Kingsley Lane, y pon el equipaje en la sala de estar.

—Has sido rápido —comentó Rory—. Espero que entiendas que si le haces daño a esa chica, mucha gente va a enfadarse contigo. Montgomery, Taggert, Kingsley... tres familias enteras. ¿Por qué no aprovechas la semana para irte a Las Vegas mejor? Podrías...

—El vuelo de regreso a Maine estará preparado a las seis de la mañana. Y recuerda que cuantos menos lanconianos sepan de nuestro intercambio, mejor. ¿Crees que serás capaz de hacerlo?

—Claro —contestó Rory—. La pregunta es si serás capaz tú.

—No te preocupes por mí. —Guardó silencio—. Gracias. Esto significa mucho para mí. Rory...

—¿Qué?

—Gracias por lo que le hayas dicho a Toby sobre mí.

—Solo le he dicho la verdad. —Rory titubeó—. Tengo una pregunta que necesito que me contestes para que la cosa salga bien. —Tomó una bocanada de aire—. ¿Danna y tú sois amantes?

Graydon se alegró de que su hermano no pudiera ver la sonrisa que tenía en los labios. Tuvo que esforzarse mucho para parecer ofendido.

—¡Por Naos! ¡Deberías cortarte la lengua! Jamás la he tocado.

—¿Ah, sí? —replicó Rory—. Quiero decir que me parece bien, pero pensé que habíais... En fin, que en cualquier caso necesitaba saberlo.

—Compórtate con ella con formalidad —le aconsejó Graydon—. La verdad es que apenas la veo, mucho menos en privado. A lo mejor podrías allanarme el camino con ella tal como has hecho con Toby.

—Es posible —admitió su hermano.

Graydon percibió la sonrisa de Rory al otro lado de la línea.

—Si necesitas ayuda con cualquier cosa, llámame. Además, Lorcan estará a tu lado en todo momento.

Jamás habían hecho un intercambio de semejante magnitud en el pasado. No habían discutido las repercusiones si sus padres los descubrían o si el pueblo de Lanconia averiguaba lo que habían tramado los hermanos.

Seguramente habría consecuencias legales. En el mejor de los casos, sería bochornoso para el trono de Lanconia.

—Buena suerte —le deseó Graydon a su hermano.

—Lo mismo te digo —replicó Rory—. Cuidaré bien de Danna. No sospechará en ningún momento.

—Gracias.

Graydon cortó la llamada, pero no se movió del lugar donde estaba. Sabía muy bien que Rory estaba enamorado de Danna.

Su forma de mirarla y sus silencios cuando ella se encontraba cerca eran muy elocuentes. Si por él fuera, le dejaría el camino libre para que se casara con ella, pero no podía hacerlo.

Aunque había dicho que necesitaba unas vacaciones, en realidad lo que necesitaba era pensar. ¿Su país o su hermano? Ese era su dilema. Si no se casaba con Danna, se produciría un gran movimiento de protesta en el país. Entregársela a su hermano menor ocasionaría un gran resentimiento y mucha ira.

La verdad era que no encontraba otra solución sin pasar por su renuncia al trono. Y tal vez eso ni siquiera solucionara el problema. Rory ocuparía el lugar de heredero y su hermano detestaría reinar.

En ese momento, lo mejor que podía hacer era regalarle una semana con Danna. Tal vez sucedería algo entre ellos durante ese intervalo o tal vez él encontrara una solución.

Había tenido mucha suerte con Toby. Su habilidad para distinguirlo de su hermano lo maravillaba. ¿Sería algo físico? ¿Algún tipo de lenguaje corporal que los hombres eran incapaces de ocultar?

Fueran cuales fuesen sus habilidades, Toby era una chica amable y generosa, y le estaba muy agradecido por la ayuda que le estaba prestando. Ya había decidido que iba a hacer todo lo que estuviera en su mano para quedarse con ella en vez de alojarse en un hotel.

Paz y tranquilidad para meditar sobre sus problemas, ese era su objetivo. Toby se había reído con sus bromas y él había disfrutado de su compañía. Y tal vez fuera agradable participar de su vida durante el breve lapso de tiempo que iba a pasar en esa preciosa isla.

Al menos eso se decía. Porque en realidad la chica lo confundía. Aún no entendía por qué había atacado a su hermano para defenderla. No sabía por qué se había enfadado con Rory cuando descubrió que se había hecho pasar por él a fin de descubrir si la chica era realmente capaz de distinguirlos. A lo mejor se trataba de una característica heredada de sus antepasados lanconianos, de la época en la que se vestían con pieles, portaban lanzas y luchaban por las mujeres.

Esa idea le arrancó una sonrisa. Le había gustado mucho hacer reír a Toby mientras le hablaba de sus ancestros. De hecho, hacerla reír se estaba convirtiendo en uno de sus pasatiempos preferidos.

Se guardó el móvil en el bolsillo y regresó a la carpa. La gente comenzaba a marcharse y vio que Toby iba de una persona a otra para asegurarse de que se lo habían pasado bien. Todos se llevaban cajas con comida y tarta, y se despedían de ella con una sonrisa.

Tuvo la certeza de que como alguien no interviniera y la sacara físicamente de la carpa, Toby se quedaría allí toda la noche. Se la imaginó a las tres de la madrugada, comprobando que todo estuviera limpio.

Tal vez durante la semana que tenía por delante podría ocuparse de cuidar a una chica que trabajaba demasiado en vez de encargarse de un país, de un ejército y de muchas obras benéficas.

Esbozó una sonrisa y entró en la carpa.

7

Graydon tuvo que sacar a rastras a Toby de la boda. En cuanto los invitados comenzaron a marcharse, ella empezó a recoger la basura, a plegar las sillas y a colocar todos los centros de mesa en un solo lugar. Al día siguiente, los recogería una asociación benéfica local. Sin embargo, Graydon la cogió del brazo y se la llevó.

—Necesitas descansar —dijo—. Mi tía y Ken van a llevarnos en coche hasta tu casa.

—Pero tengo que...

—Se puede dejar hasta mañana. Yo te ayudaré —se ofreció él.

La idea de que un príncipe heredero recogiera basura casi le provocó una carcajada, pero habría sido muy borde decírselo. Además, después de que los músicos se marcharan y los invitados comenzaran a abandonar la carpa, le resultó casi imposible seguir luchando contra el cansancio. Durante días, había trabajado sin descanso por el subidón de adrenalina y poco más. Esa noche, de no ser por Graydon, ni siquiera habría cenado.

—Muy bien —accedió—. Ya podemos irnos.

Señaló la entrada de la carpa con una mano, donde los esperaban Jilly y Ken. Jilly los miraba a uno y a otro, pero no dijo nada.

En cuanto Ken arrancó el motor, Toby se quedó dormida en la parte trasera del enorme todoterreno, con la cabeza apoyada en el hombro de Graydon. Cuando él le colocó una mano en la mejilla para que no diera bandazos, ella se acurrucó más.

Jilly se volvió en el asiento delantero y miró a Toby antes de desviar la mirada a Graydon. Fue incapaz de no fruncir el ceño.

—Confía en mí —le dijo Graydon en voz baja—. No le haré daño.

Jilly se enderezó en el asiento y Ken le dio un apretón en la mano. Minutos más tarde, se detuvieron delante de la casita.

—Hemos llegado —anunció Jilly, que los miró de nuevo—. A lo mejor Ken debería...

—¡Ay! Creo que me he quedado dormida —dijo Toby cuando se encendieron las luces interiores del coche, tras lo cual se enderezó.

—Estás agotada —comentó Ken mientras se bajaba y le abría la puerta a Toby. Le colocó las manos en los brazos—. No sabes cuánto te agradezco este día. Has hecho un trabajo magnífico. Todo ha sido perfecto.

—Victoria quiere que organice su boda con el señor Huntley —dijo Toby.

—¿En serio? —preguntó Ken, aunque sabía que Toby lo estaba poniendo sobre aviso. En ocasiones, los hombres hacían cosas raras cuando una ex se casaba de nuevo—. Me alegro por ella —continuó—. Y tú harás un trabajo estupendo. —Se inclinó y le dio un beso en la mejilla antes de susurrar—: ¿Organizarás mi boda con Jilly? Pero será nuestro secreto. Al menos, hasta que se lo pida.

Toby asintió con la cabeza.

Ken volvió al coche y Toby se despidió de Jilly con la mano antes de que se marcharan. Después, miró a Graydon. A su alrededor, todo estaba oscuro, con la luz del porche como única iluminación.

—¿Te importa si entramos por detrás? La escalera principal pasa por delante del dormitorio de Lexie y no quiero despertarla.

—Te sigo —dijo Graydon.

Caminaron hasta la parte posterior, donde apenas había un metro entre el muro de la casa y la valla. Un estrecho sendero de piedra serpenteaba entre setos y flores, y un par de árboles de copa espesa. Al final, el paisaje se abría para revelar las sombras de lo que parecían varios arriates en alto, llenos de flores, un invernadero y un alto cenador de hierro forjado. La iluminación era muy sutil, con puntos dorados que hacían que el jardín pareciera sacado de un cuento de hadas.

—Es precioso —dijo Graydon—. ¿Lo has diseñado tú?

—¡Qué va! Es cosa de Jared. Lexie y yo le estuvimos dando la tabarra durante meses, pero al final lo hizo.

—Ahora entiendo a qué se debe su fama.

Toby abrió la puerta trasera y entraron en la casa. Encendió la luz que había junto a la puerta y Graydon vio una estancia muy agradable, aunque también muy antigua. Era de techo bajo. Unos cuantos centímetros más bajo y se habría dado en la cabeza con las vigas. Había escayola entre viga y viga. Vio unos armarios empotrados, que supuso que eran los originales.

—¿De principios del siglo XVIII? —preguntó.

—Sí —contestó Toby, complacida por sus conocimientos—. Jared compró la casa con la primera comisión que recibió como arquitecto y la restauró durante los fines de semana. Es un convencido de que «se destripa el pescado, no las casas».

—¿Qué quiere decir eso?

—La Asociación Histórica de Nantucket es taxativa a la hora de conservar las fachadas de las casas antiguas, pero puedes destrozar el interior y reemplazarlo con lo que quieras, aunque pongas acero inoxidable y metacrilato.

—Supongo que te gustan las antigüedades.

—Pues sí —confirmó Toby. Empezó a subir la escalera, seguida por Graydon.

—Mi ala preferida del palacio se construyó en el siglo XIII —dijo él—. Incluso he encontrado muebles de la época. Tenían un montón de marcas de espada.

—El vanadio es muy útil.

—Ciertamente, o mis antepasados no tenían puntería. «¡Brocan, golpea a tu compatriota lanconiano, no la mesa!»

Toby se echó a reír. Al llegar arriba, señaló una puerta y susurró:

—Ese es el dormitorio de Lexie.

Graydon asintió con la cabeza. Al doblar la esquina, vieron un montón de equipaje perteneciente a Rory.

—Por el amor de Dios —murmuró Toby al mirar el montón, de más de un metro de alto y casi uno de fondo. Ocupaba la mitad de la pared opuesta a la escalera. Había dos maletas de cuero lo bastante grandes como para transportar a una persona, varios macutos, un par de maletines, tres gruesas bolsas de trajes y cosas en el fondo que no podía ver.

—Mi hermano suele viajar con mucho equipaje —adujo Graydon.

—¿Qué me dices de ti? ¿Con qué sueles viajar?

—Con medio ejército —contestó él con una mueca.

Lo miró.

—¿Cómo has conseguido darles esquinazo?

—Mintiendo. Ahora mismo, todo mi personal, salvo el jefe de mi escolta, cree que estoy aislado por un virus muy contagioso. Uno de mis primos Montgomery, que es médico, lo ha certificado. Si me descubren, no será agradable.

—¿Te has arriesgado tanto por asistir a una boda?

—Lo he hecho más por huir del escrutinio público unos días. —Sonrió, aunque tenía la mirada perdida—. Pero ¡una semana entera! Es más de lo que creía posible y todo gracias a tu generosidad. Nunca podré agradecértelo lo suficiente.

Sus alabanzas la avergonzaron un poco.

—Desde luego que nunca podré compensarte —continuó él, en voz tan baja y ronca que la sentía más que la escuchaba.

Toby se dio cuenta de que la situación se estaba volviendo incómoda. Un hombre muy atractivo, luz tenue...

—Invítame a tu boda —dijo.

—Sería un honor. ¿En primera fila?

—Perfecto —contestó ella.

El recordatorio de quién y de qué era Graydon despejó el ambiente. La ayudó a quitar los cojines del enorme y antiguo sofá, y a extender la cama. Se detuvieron una vez, tras escuchar un crujido, pero como no se produjo ningún otro ruido en la habitación de Lexie, continuaron. Había sábanas limpias en la cama y Toby sacó dos mantas de un armario.

—Lo siento, pero compartimos baño —dijo—. Lexie tiene uno en su dormitorio, pero el mío da a esta estancia.

—Pasé tres años en la Guardia Real, compartiendo baño con cientos de hombres.

—Ojalá que no sea tan malo —replicó Toby.

Graydon sintió el impulso de contestar con una frase incitante, halagadora, pero no lo hizo. No quería estropearlo antes de empezar siquiera. Le había prometido ciertas cosas a su hermano y a su tía Jilly, y pensaba cumplir sus promesas.

—Muy bien —dijo ella, una vez que la cama estuvo lista—. Yo voy primero. —Señaló el cuarto de baño con la cabeza.

—Por supuesto —accedió, siempre educado.

Toby se duchó, eliminando la laca y la espuma que la peluquera le había puesto en el pelo para la boda, así como las capas de maquillaje de la cara. Tardó más de lo que había previsto, pero era maravilloso sentirse limpia. Se secó, se embadurnó de crema y se puso un camisón limpio.

No estaba segura de qué hacer a continuación. ¿Sería apropiado decirle a un príncipe que el baño ya estaba libre? Se ordenó dejarse de tonterías. Príncipe o no, seguía siendo un ser humano. Entreabrió la puerta de la sala de estar y echó un vistazo dentro.

Lo vio sentado en el antiguo sillón orejero situado en el otro extremo de la estancia. La lamparita estaba encendida y tenía un libro abierto en las manos. Era una de las apasionantes guías de Nat Philbrick sobre Nantucket.

Toby no dijo nada, se limitó a mirarlo. Aunque estaba solo, se sentaba muy derecho, y aunque se había quitado la chaqueta, seguía teniendo la camisa abotonada casi hasta el cuello.

A primera vista, parecía muy formal, pero tenía algo que le permitía imaginárselo con un manto de piel sobre los hombros, blandiendo una pesada espada. Tal vez fuera lo que le había dicho su hermano, que Graydon haría cualquier cosa por su país. Si para salvarlo tenía que blandir una espada, eso haría.

Graydon levantó la vista y la miró, como si supiera que lo estaba observando, y sonrió.

—El baño es todo tuyo —anunció ella, y se metió en su dormitorio antes de que Graydon pudiera ver lo colorada que estaba. Debía de ser espantoso para él que la gente lo mirase fijamente, pensó.

Se metió en la cama y se quedó dormida al instante.

8

Pese a la emoción de Lexie por ir al sur de Francia durante lo que restaba de verano, la noche anterior había dormido como un tronco. Tal vez fuera por el champán y por todo el ajetreo de subir y bajar las escaleras varias veces para hacer el equipaje una vez en casa. Fuera lo que fuese, cuando se metió en la cama, desconectó del mundo. Recordaba vagamente haber escuchado a Toby en la sala de estar y el crujido del viejo sofá cama mientras lo desplegaban. Parecía que alguien iba a pasar la noche allí. Lexie no le dio muchas vueltas y siguió durmiendo.

Esa mañana, salió de la cama y fue al cuarto de baño. Apenas había amanecido y tenía que reunirse con su jefe, en el aeropuerto, a las siete. Iban a viajar en su jet privado, una novedad para ella.

En verano, el pequeño aeropuerto de Nantucket parecía un aparcamiento para jets privados.

Había tantos junto a la valla, que parecían muy habituales, como algo que toda familia tenía. Los más grandes estaban estacionados más lejos, en la parte posterior de la pista. Había un dicho sobre las dos grandes islas del cabo Cape: «Los millonarios iban a Martha's Vineyard y los mil millonarios iban a Nantucket.» Su jefe, Roger Plymouth, pertenecía a la segunda categoría.

La planta superior de la casa que Toby y Lexie le alquilaban a su primo Jared contaba con tres dormitorios y dos baños, pero ellas habían rebuscado en los áticos de la familia Kingsley hasta encontrar los muebles necesarios para convertir el dormitorio principal en una sala de estar con despacho. De vez en cuando, dejaban que alguien se quedase a dormir en el sofá cama.

Escuchó la ducha en el dormitorio de Toby y se alegró de que su amiga estuviera despierta, ya que quería despedirse de ella. Se sentía mal por dejarla sola para cuidar el jardín, pero la noche anterior Jared le había asegurado que buscaría a alguien para que le echara una mano.

Mientras ponía pasta de dientes en el cepillo, pensó en lo mucho que iba a echar de menos Nantucket en verano. La ligera brisa marina, las puestas de sol y los insultos a los turistas que nunca miraban por dónde iban... Lo echaría todo de menos.

Sobre todo, echaría de menos a Toby. En ese preciso momento, quería escuchar todas las palabras que habían dicho durante esa cena privada. Con velas, champán y vieiras de Nantucket. Lo poco que había visto le pareció precioso. Se preguntó si Toby...

De repente, tiró sin querer el vaso que tenía en el lavabo, que cayó al suelo y se hizo añicos, dejándole los pies cubiertos por trozos de cristal.

—¡Joder! —exclamó.

—No te muevas —dijo una voz masculina, y cuando levantó la vista, se encontró con una visión extraordinaria. El hombre con quien Toby había cenado la noche anterior estaba delante de la puerta de su cuarto de baño... y solo llevaba una diminuta toalla blanca alrededor de las caderas. Salvo por eso, estaba total y absolutamente desnudo, de la cabeza a los pies—. Disculpa mi atuendo —continuó él—, pero si te mueves, te cortarás en los pies.

No podría haberse movido aunque le hubieran dicho que estaba sobre una bomba. Dado que el hombre para quien trabajaba era considerado «hermoso» y solía andar delante de ella medio vestido, habría dicho que un hombre casi desnudo no la afectaría. Sin embargo, ese hombre tenía el cuerpo de un atleta olímpico, esbelto y musculoso, sin un gramo de grasa. Y tenía algo distinto, como si fuera capaz de cualquier cosa en cualquier momento. ¿Echarse a una mujer al hombro y llevársela a la fuerza?

Lexie se quedó paralizada, con el cepillo de dientes en la mano, mirándolo, mientras él se agachaba para recoger los trozos de cristal. La toalla se abrió para dejar al descubierto un buen trozo de piel bronceada. La prenda hizo que pensara en los taparrabos de los indígenas.

El hombre la miró a través de sus espesas pestañas oscuras y señaló con la cabeza la caja de pañuelos de papel que Lexie tenía al lado. Lexie cogió un puñado y se lo dio.

—Creo que ya está —dijo él al tiempo que se ponía en pie despacio.

Su pecho desnudo quedó a pocos centímetros de la cara de Lexie. Unos abdominales que se podían contar, unos pectorales de acero y poquísimo vello hasta llegar a la línea que desaparecía por debajo de la toalla.

Se quedó allí plantada, mirándolo.

Él tiró los trozos de cristal en la papelera, se dio la vuelta y la miró con una sonrisa.

—¿Te apetece que te prepare el desayuno antes de que te vayas?

Lexie solo fue capaz de asentir con la cabeza, tras lo cual él salió del cuarto de baño, alejándose a zancadas con sus largas piernas.

Tardó un momento en recuperarse. No todos los días se rompía un vaso y un hombre medio desnudo de belleza legendaria aparecía de la nada para rescatarla.

Se volvió hacia el espejo y se miró, vio que tenía pasta de dientes en los labios y el pelo revuelto, y que llevaba una vieja camiseta que le había robado a Jared. Sin embargo, él la había mirado como si fuera una princesa ataviada con un vestido de satén.

—Toby —le dijo al espejo—, no tienes ni idea de lo que te espera.

—Buenos días —saludó Lexie al entrar en la estancia. El hombre estaba junto a la cocina, sobre la que descansaban tres sartenes, todas borboteando, y el aroma era delicioso.

—*Tavar nuway* —replicó él—. Así se dice «Buenos días» en lanconiano.

—Ya lo sabía —le aseguró ella, bromeando, al tiempo que se adentraba en la estancia. Era muy consciente de que ese hombre sería rey algún día. Y era todavía más consciente de haberlo visto con una diminuta toalla.

Graydon sonrió.

—Lo dudo mucho. Pocas personas saben localizar siquiera mi país en el mapa, pero lo entiendo. Estamos en mitad de las montañas, a la sombra de grandes potencias mundiales. —Miró lo que tenía en el fuego—. Como no sé lo que te gusta, he preparado huevos, beicon y tortitas.

—Me gusta desayunar cualquier cosa que no tenga que cocinar yo —afirmó Lexie, sin dejar de mirarlo. Llevaba unos pantalones azul oscuro que parecían salidos de un sastre londinense y una camisa de color tostado con dos iniciales, «*RM*», bordadas en los puños—. ¿Dónde aprendiste a cocinar?

Lo vio llenar un plato de comida antes de hacerle un gesto para que cruzara la cocina. Había una salita, una especie de porche cerrado, en la parte trasera de la casa. Era una habitación bonita, o lo sería si Toby y ella no la usaran de almacén. Sin embargo, ese hombre había hecho un hueco en un rincón, había quitado todas las bolsas y las cajas de la mesa, y había sacado la vajilla buena que guardaban en los armarios superiores de la cocina.

—¿Cuándo has hecho todo esto? —preguntó, asombrada.

—No duermo mucho, así que bajé temprano. Es una estancia muy agradable.

—Lo es —convino ella—, pero Toby y yo tenemos dos trabajos cada una, así que solemos amontonar las cosas aquí.

—¿Cuál es vuestro segundo trabajo?

—Ese —contestó al tiempo que señalaba con la cabeza el invernadero y los arriates que se veían a través de los ventanales. Miró el único plato que había puesto en la mesa—. ¿No vas a comer? ¿O quieres esperar a Toby?

—Será un placer comer contigo —respondió él, que entró en la cocina para llenar otro plato. Se sentó en frente de ella—. Me disculpo por esta mañana. Escuché cómo se rompía el vaso y después tu exclamación. Temía que te hubieras cortado alguna arteria.

—No, solo corrían peligro mis pies. Gracias por rescatarme.

—El placer ha sido mío —dijo él.

—Pues yo creo que fue mío —replicó Lexie con las cejas enarcadas.

La miró desde el otro lado de la mesa con una expresión tan ardiente que a Lexie le entraron ganas de abanicarse, aunque no lo hizo. En cambio, frunció el ceño.

—No sé lo que tienes en mente para Toby, pero te advierto que no es de las que tontean con los tíos para pasar un buen rato.

A Graydon le cambió la cara de repente. Adoptó una expresión tan distante, tan reservada, que Lexie empezó a dudar de lo que había visto.

—Toby se ha comportado como una buena amiga conmigo y así seguirá nuestra relación. Voy a pasar aquí muy poco tiempo antes de que tenga que regresar a mi país para retomar mis responsabilidades. Jamás sería tan desagradecido con una mujer que me ha ayudado tanto.

Mientras Lexie masticaba la comida, meditó sobre lo que le había dicho con tanta ceremonia.

—Como le hagas daño a Toby, se lo contaré a la prensa.

—Me parece justo —convino él, y llegaron a un acuerdo tácito—. ¿Quieres más huevos?

—No, gracias. Todo está fabuloso. Bueno, ¿dónde aprendiste a cocinar?

—En la Guardia Real lanconiana. Reúne a nuestro ejército, nuestra armada y nuestra fuerza aérea... aunque tampoco tenemos demasiados barcos o aviones. Pero serví durante tres años, y a mis leales súbditos les pareció graciosísimo encargarme las tareas más insignificantes y someterme al entrenamiento más duro.

—¿Para ver de qué pasta estás hecho?

—Exacto. Una de las tareas que me asignaron fue la de cocinar para grupos de unos cien guardias. Demostrar que podía hacerlo se convirtió en un reto, así que aprendí deprisa... y descubrí que me gusta cocinar. Cuando volví a casa, bajaba a las cocinas para hacer preguntas. Se me da muy bien rellenar aves de caza.

Lexie probó una de las tortitas que había preparado. Estaba deliciosa, aunque tenía algo raro, como si le hubiera añadido un chorrito de licor.

—Casi haces que me dé pena irme... por más de un motivo.

Su tono coqueto fue recibido con una sonrisa distante y educada. No hacía falta que le dijera que jamás habría algo entre los dos. Nunca la miraría como había mirado a Toby la noche anterior en la carpa.

Alguien llamó a la puerta.

—Es el coche que viene a buscarme.

—¿Tu equipaje sigue arriba?

—Sí —contestó—. ¿Te importa decirle al chófer que espere un momento? Quiero despedirme de Toby.

Cuando se levantó, él también lo hizo. Lo vio dirigirse a la puerta principal mientras ella corría escaleras arriba.

Se detuvo un momento al ver la cantidad de equipaje que había contra la pared. Parecía como si el príncipe pensara quedarse unos cuantos meses, no una semana.

El dormitorio de Toby estaba a oscuras, y ella estaba tapada por las mantas.

—¡Oye! —dijo Lexie al tiempo que se sentaba en el borde del colchón. Toby se giró y abrió los ojos—. Me voy ya y quería despedirme.

Toby se colocó la almohada tras la espalda y se frotó los ojos con gesto soñoliento.

—¿Ya? Todavía no me he hecho a la idea de que te vayas.

—Lo sé —dijo Lexie—, y no sabes lo culpable que me siento. A lo mejor debería quedarme y...

—¿Y desperdiciar una oportunidad única en la vida para ayudarme a cortar flores? Claro. Eso tiene muchísimo sentido, y Nelson estará encantado de la vida.

Lexie se echó a reír.

—¡Voy a echarte muchísimo de menos!

Se abrazaron un momento antes de que Lexie se apartara.

—¿Qué vas a hacer con el príncipe?

—No tengo ni idea —contestó Toby—. Es como si me pidieran cuidar a un crío de ochenta kilos.

—Te digo que no es un niño, y tampoco me parece un inútil.

—Ya sabes a lo que me refiero.

—Toby, ese tío es muy listo y está para comérselo. Roger es guapo, pero no hace que se te caigan las bragas.

—¿De qué hablas? ¿Que hace que se te caigan las bragas? ¿Graydon? ¿Qué narices has estado leyendo? Es un hombre muy agradable que dedica su vida a su país. La verdad es que le tengo un poco de lástima.

—No creo que necesite la lástima de nadie. Sé que juraste esperar a casarte antes de acostarte con un hombre, pero a veces las cosas pasan sin más.

—Sigo pensando lo mismo —aseguró Toby—. Es una decisión personal.

—Cierto, pero los hombres son capaces de conseguir que las mujeres cambiemos de opinión. Un vaso roto y una toalla apenas cerrada, y el «apenas» es de vital importancia, pueden hacer que una mujer reconsidere cualquier juramento.

—¿Qué ha pasado entre vosotros para que digas algo así?

—Nada. En serio. Es que en lo relativo a los hombres, eres muy inocente.

—No soy tan joven ni tan inocente como crees.

—Toby, solo digo que deberías pasártelo bien con él. Incluso pasártelo genial. En mi opinión, sería bueno que te olvidaras de tu juramento y pasaras en la cama con él todo el tiempo que pudieras. Me da en la nariz que te lo haría pasar de vicio. Pero, pase lo que pase, no te enamores de él.

—Pues claro que no voy a hacerlo. No tenemos futuro. Y no pienso meterme en la cama con nadie.

—Ojalá pudiera quedarme para hablar del tema, pero tengo que irme. —Lexie se puso en pie—. ¿Me escribirás todos los días?

—Sí —le aseguró Toby antes de salir de la cama para abrazarla de nuevo—. Venga, vete ya. Tengo que vestirme y darle de comer al príncipe. ¿Qué crees que le gusta comer? ¿Lenguas de colibríes?

Lexie no sonrió.

—Creo que te va a sorprender muchísimo. A estas alturas, seguro que ya ha limpiado el sótano y el ático.

—Vas a tener que contarme por mensaje qué ha pasado entre vosotros dos.

—Lo haré —le dijo Lexie antes de salir del dormitorio. No le sorprendió comprobar que sus cuatro maletas habían desaparecido. No le cabía la menor duda de que el príncipe las había bajado—. ¡Cuéntame todo lo que pase! —gritó.

—Lo haré —replicó Toby a través de la puerta—. Con pelos y señales.

En la planta baja, Graydon esperaba a Lexie junto a la puerta principal, con su chaqueta sobre el brazo.

—A ver si lo adivino: mis maletas ya están en el coche.

—Así es —dijo Graydon.

—Que sepas que mi jefe es un máquina, pero tú eres mucho peor. Contén un poco el encanto, ¿vale?

Graydon no sonrió, pero tenía un brillo risueño en los ojos.

—Toco la flauta.

Lexie gimió.

—No sé si Toby me da pena o envidia. Solo quiero que me prometas que cuando te vayas, ella estará sonriendo.

—Te lo prometo —dijo Graydon, que la besó en la frente con gesto fraternal—. Cuidaré de ella.

—Precisamente eso es lo que me asusta —replicó Lexie, tras lo cual fue hacia el coche que la esperaba.

Cuando Toby bajó, ya era bastante tarde. Su idea era estar a esas alturas en el lugar donde se había celebrado la boda, ya que había mucho trabajo que hacer y que supervisar. La cocina olía deliciosamente. Seguramente Roger había enviado comida para Lexie, pensó. Buscó al príncipe, pero no lo vio; sin embargo, al mirar por la ventana, algo le llamó la atención. El príncipe estaba paseando por el jardín trasero, examinando los arriates de flores.

—Seguro que tiene un montón de jardineros que trabajan para él —dijo en voz alta antes de acercarse a la cocina para servirse una de las tortitas. Eran raras: pequeñas, con lo que parecían copos de avena. También tenía un regusto afrutado que no reconoció. Estaba buenísima.

—Buenos días.

Se volvió y vio a Graydon en la puerta, y por primera vez reparó en la salita. ¡Estaba totalmente despejada! Solo quedaban la mesa y las sillas, y se sorprendió al ver un banco empotrado en la pared más alejada.

—¡Hala! —exclamó—. Lexie tiene que sentirse muy culpable para haber limpiado la salita antes de irse. Está estupenda, ¿no crees?

—Lo está —convino él.

—Perdona —dijo Toby—. No sé dónde están mis modales. Buenos días.

Lo miró de arriba abajo y se dio cuenta de que iba vestido como si fuera a asistir a una fiesta al aire libre, mientras que ella llevaba unos pantalones de algodón viejos y una camiseta más vieja incluso. ¿Qué iba a hacer con él ese día? Y dado que casi todos sus conocidos estaban fuera de la isla, ¿cómo iba a buscarle otro sitio donde quedarse?

—¿Has probado las tortitas? —preguntó—. Están muy buenas. Voy a tener que preguntarle a Roger dónde las ha encargado.

—Las he probado, sí —contestó él—. ¿Piensas ir a la capilla esta mañana?

—Tengo que hacerlo.

—Me lo preguntaba porque parece que te han cambiado el coche. —Apartó la cortina para mostrarle la vieja camioneta roja de Jared aparcada en el estrecho camino de entrada que había junto a la casa.

—¡Ay, no! —exclamó ella—. Seguro que es cosa de Wes. Iba a llevar a algunas personas al aeropuerto y al ferry esta mañana, así que necesitaba más espacio. Pero sabe que tengo que limpiar. ¿Qué se supone que voy a conducir?

—¿No te han dejado las llaves de la camioneta?

—Seguro que están puestas, pero es de cambio manual y yo solo sé conducir con cambio automático. A lo mejor Ken puede ayudarme.

—Te llevo yo —se ofreció Graydon.

—¿Tú? Pero dijiste que no sabías conducir.

—Dije que no reconocía todas las señales de tráfico, pero he conducido unos cuantos vehículos bastante grandes. Además, te dije que te ayudaría a limpiar.

Toby titubeó.

—No vas vestido para ponerte a limpiar precisamente.

Graydon adoptó una expresión seria.

—Es lo mejor que he podido encontrar en el equipaje de mi hermano.

Toby pensó en buscarle unos vaqueros, pero no tenía tiempo que perder. En cuanto a lo de conducir, o lo hacía él o se pasaba otra hora intentando encontrar a alguien que lo hiciera.

—Muy bien —dijo—. Yo te iré indicando.

—Te lo agradecería mucho.

Fuera, Toby comprobó la parte trasera de la camioneta. Habían sacado todas sus cosas del coche y estaban en el cajón. Graydon le abrió la puerta y ella se subió a la vieja camioneta. Él se sentó tras el volante, cogió las llaves de la visera y arrancó el motor.

—Todos los que conducen la camioneta protestan —dijo Toby—. Menos Jared, claro, pero porque es suya. La gente dice que cuesta meter segunda y creo que el embrague se engancha de vez en cuando. Y el camino de entrada es estrechísimo. Si no das marcha atrás en línea recta, te dejarás los retrovisores. Y cuesta trabajo ver si viene algún coche por la calle, así que tendrás que ir con mucho cuidado para no darle a nadie. Por cierto, la calle también es estrechísima y de doble dirección. Cuando llegué a Nantucket, me costó la misma vida conducir. Me daba miedo atropellar a alguien o golpear los coches aparcados, o darme de frente con alguien que viniera en sentido contrario... —Se interrumpió porque Graydon tenía un brazo sobre el respaldo del asiento, preparado para dar marcha atrás, pero estaba esperando a que ella terminase.

—¿Debería saber algo más? —preguntó él.

—Supongo que no.

Cuando comenzó a dar marcha atrás, Toby contuvo el aliento, convencida de que rozaría al menos uno de los retrovisores, o contra la alta valla o contra el muro de la casa. Pero no lo hizo.

Graydon se detuvo para dejar pasar un coche antes de salir marcha atrás a la calle.

—Ten cuidado —le pidió—. Estamos en verano y hay miles de turistas que van mirando el paisaje y no la carretera. —En ese preciso momento, un enorme todoterreno negro se acercó a ellos. Conducía una mujer con el móvil pegado a la oreja, y no parecía haber visto siquiera la camioneta. Toby contuvo el aliento y se aferró al reposabrazos con una mano y al asiento con la otra.

Graydon se apartó a la derecha con facilidad, y se pegó tanto a la pared que Toby podría haberla tocado, pero no rozó el coche. Cuando lo miró, Graydon ni siquiera parecía nervioso, como si dos coches que se cruzaran con apenas unos centímetros de separación fuera lo más normal del mundo.

Se detuvo al final de la calle, miró en ambas direcciones y después enfiló Main Street. Toby relajó las manos mientras lo veía cambiar de marchas sin problemas.

—Creo que lo mejor es enfilar Centre Street y luego salirnos por Cliff Road —propuso él—. ¿O tienes una ruta alternativa?

—No, me parece bien —contestó, sin dejar de mirarlo—. ¿Has memorizado el mapa?

—En el viaje hacia aquí, le eché un vistazo a uno, sí. —Dobló en Centre Street—. No he tenido tiempo de ver mucho de la isla, pero esta zona me parece muy bonita.

Toby contempló el paisaje que le resultaba tan familiar. Las casas antiguas, tan bien conservadas, las exquisitas tiendas, el aire histórico de la isla... todo estaba allí. Una vez que dejaron atrás las confiterías, Graydon giró sin que tuviera que decírselo en JC House (Jared Coffin), y ella miró por la calle el precioso museo ballenero. Más allá del museo se encontraba el mar.

—Has conducido mucho, ¿verdad? —preguntó.

—Bastante. La mayoría en caminos de tierra, en senderos agrestes y cosas así. Dos de las tribus lanconianas tienen pueblos en las montañas, a los que se accede por estrechos caminos con un acantilado a un lado del camino. Cuando subo, me gusta conducir, aunque siempre le provoco un infarto a Lorcan, mi guardaespaldas.

—Lo entiendo muy bien —repuso Toby—. ¿Eres capaz de hacer algo así pero nunca has pagado con tarjeta de crédito?

—Nunca —contestó él con una sonrisa—. Me pregunto si Rory me ha dejado la suya.

—¿Sabes usar un ordenador?

—No muy bien —contestó él, pero la sonrisilla de sus labios hizo que Toby recelara.

—¿Eso quiere decir que no sabes cómo encender uno o qué programas utilizar en tus ratos libres? Porque me dio la impresión de que no conducías muy bien, pero se te ve muy a gusto haciéndolo.

—Parece que te he decepcionado —replicó él mientras aparcaba en el camino de entrada a la capilla.

No le contestó mientras salía del coche, sacaba la caja de herramientas metálica de la parte trasera y echaba un vistazo a su alrededor. Había cuatro camionetas en la zona. Se estaban llevando las sillas y las mesas, estaban cargando los generadores en la parte trasera de unas camionetas abiertas y estaban desmontando la enorme carpa. Toby echó a andar hacia los trabajadores.

Graydon se colocó delante de ella.

—Tal parece que he hecho algo malo —dijo—. ¿O te has llevado una decepción al darte cuenta de que no soy un príncipe de cuento de hadas incapaz de hacer cosas normales?

Al decirlo de esa forma, Toby se dio cuenta de lo tonta que estaba siendo. Aun así...

—Pues sí, creo que me la he llevado —respondió—. Me gusta mantener las ilusiones.

Graydon se quedó perplejo un segundo, pero después se echó a reír.

—¿Eso quiere decir que puedo dejar de intentar impresionarte? El ayuda de cámara de mi hermano le hizo el equipaje y parece que sigue cierto orden, pero no consigo saber cuál. He tardado media hora en encontrar una camisa y unos pantalones. ¡Y no sabes lo que he pasado para encontrar el neceser de afeitado! Por un momento creí que iba a tener que pasar el día con una toalla por atuendo. Cuando a tu compañera se le cayó un vaso de cristal, no tenía nada que ponerme.

—«Un vaso roto y una toalla apenas cerrada» —dijo, repitiendo las palabras de Lexie—. Por fin entiendo algunas cosas. Ten... —Se interrumpió al escuchar unos gritos y se volvió para mirar. Parecía que el personal de la carpa y el de la empresa de catering estaban discutiendo.

Graydon la miró.

—Se me da bastante bien lidiar con el personal, así que a lo mejor podría encargarme de este asunto.

Toby recordó cómo había dirigido a tres personas mientras le organizaba una cena.

—Todo tuyo —dijo—. Yo estaré en la capilla.

Graydon se alejó en dirección a los hombres y ella lo observó un momento. ¿Se comportaría como un tirano y empezaría a soltar órdenes a diestro y siniestro? No, no lo hizo, sino que escuchó cuál era el problema y después les dijo algo en voz baja a los dos hombres, que procedieron a marcharse, ya que parecían satisfechos con su solución.

Con una sonrisa, Toby entró en la capilla. ¡Qué desorden! El día anterior acudieron más de doscientos invitados a la boda y la mayoría entró en la pequeña capilla. Había arañazos en las paredes, las flores estaban marchitas y había restos de cera en todas las superficies planas. No iba a resultarle fácil devolverla al estado impoluto que tenía antes de la boda.

En la parte delantera de la propiedad, había un grifo y tendría que ir allí para llenar los cubos y empezar a limpiar. Pero antes tenía que despegar la cera. Mientras rascaba, intentó pensar en un tema adecuado para la boda de Victoria.

Repasó lo más típico: las hortensias, que crecían de maravilla en Nantucket, y las conchas marinas, pero necesitaba algo distinto, una idea que intrigase a Victoria.

En un momento dado, recordó lo que Graydon le había dicho, que no era un príncipe de cuento de hadas. Y esa idea la llevó a pensar en los cuentos de siempre. *Cenicienta. Blancanieves.* ¡Los cuentos de hadas estaban de moda!

La puerta de la capilla se abrió de repente y Graydon apareció, con la luz a su espalda.

—Cuentos de hadas —dijo.

No le hizo falta explicar a qué se refería, Toby ya lo sabía.

—Eso mismo estaba pensando yo. ¿Te sabes algún cuento lanconiano?

—Ninguno que no implique derramamiento de sangre y destripamiento. ¿Qué me dices de algo sacado de los libros de Victoria?

—Están llenos de tramas adúlteras, de asesinatos y de cosas así. Se venden como rosquillas —explicó.

—¡Oye, Gray! —lo llamó un hombre—. ¿Dónde quieres que ponga esto?

—Tengo que irme. ¿Cómo se llamaba el cuento del zapato de cristal?

—*Cenicienta.* Fue el primero que se me ocurrió, pero a Victoria seguramente le parezca demasiado vulgar.

Graydon miró hacia un lado un momento antes de mirarla de nuevo.

—Hay una camioneta atascada en el barro y tengo que sacarla. ¿Qué me dices de algo medieval con mucho terciopelo? Podría decirle a Rory que me envíe mi flauta. Eso contribuiría al ambiente. —Tras despedirse con un gesto de la mano, se marchó.

—El terciopelo es demasiado caluroso para el mes de agosto —le gritó, pero ya había desaparecido. Siguió rascando cera—. ¿Tu flauta? —preguntó en voz alta, con una sonrisa.

Al menos, hacía algo que sí encajaba con su imagen de príncipe de cuento de hadas.

9

Graydon y Toby se esforzaron por devolver al estado original los lugares donde habían tenido lugar la ceremonia y el banquete. Ella tardó horas en limpiar la capilla mientras que él se encargaba del exterior.

Después de que el personal contratado se marchara, ambos recorrieron el perímetro de la zona armados con bolsas de plástico para recoger cualquier resto, desde colillas hasta un zapato que alguien se había dejado atrás.

Acabaron a las cuatro de la tarde. Almorzaron sándwiches de Something Natural, y mientras se los comían hablaron del trabajo que les quedaba por hacer. En ese momento, se miraron, sin saber muy bien qué pasaría a continuación.

—He visto que en la parte trasera de la camioneta hay una bolsa de lona llena de toallas —comentó Graydon.

—Toallas de playa —apostilló Toby—. A Jared le encanta nadar, así que supongo que siempre va preparado.

Él miró hacia el mar, que estaba a poca distancia.

—Para mí, el mar es una rareza ya que Lanconia es un país interior. No quiero que tengas que esperarme; pero ¿te horrorizaría mucho si me quedo en ropa interior para nadar un rato? ¿Te gustaría acompañarme quizá?

Toby no estaba segura de sus intenciones. Al ver que no respondía, Graydon se alejó en dirección a la camioneta.

—Si quieres, te llevo a casa y yo vuelvo.

En parte, pensaba que todo era un intento de Graydon de ponerla en una situación comprometida, de ahí que debiera decirle que no.

Pero hizo lo contrario.

—Estoy sudada —dijo—. Y me encantaría darme un chapuzón.

Caminó hasta el agua y sin darse tiempo para cambiar de opinión, empezó a quitarse la ropa. A veces, no podía evitar pensar que todo el mundo iba saltando de cama en cama para acostarse con los demás. Por lo que había oído, las citas románticas incluían acostarse juntos. Ella quería algo más profundo. Quería la experiencia de una relación sentimental a la par que física. Lexie le decía que se estaba perdiendo muchas cosas en la vida, pero ella no lo veía así.

Y la verdad era que jamás había conocido a un hombre que la hiciera olvidarse de sí misma hasta el punto de no ver ninguna otra cosa que sucediera a su alrededor.

En todo caso y pese a sus convicciones, se alegraba de haberse puesto el sujetador de encaje azul y las bragas a juego. Se metió en el agua a la carrera. No estaba ni demasiado fría ni demasiado tibia. Era la temperatura perfecta después del trabajo duro y sudoroso que habían realizado.

Cuando Graydon apareció, el agua la cubría hasta el cuello.

—A lo mejor la encuentras demasiado fría para tu gusto —le advirtió.

—Comparado con el clima de mi país, esta isla parece tropical.

Toby comenzó a moverse por el agua, si bien no pudo evitar observarlo mientras él se quitaba la ropa. Zapatos, calcetines y camisa. Puso los ojos como platos. ¡Los músculos de la parte superior de su cuerpo demostraban que practicaba mucho ejercicio! Al ver que estaba a punto de desabrocharse los pantalones, Toby metió la cabeza debajo del agua. Cuando emergió,

Graydon estaba en la orilla para entrar. Boxers, fue la respuesta a la antigua pregunta.

—Genial —dijo él al meterse en el agua, tras lo cual comenzó a dar brazadas.

Toby se alejó para observarlo. Nadaba con la elegancia y la facilidad de un atleta. Con brazadas largas y lentas que apenas agitaban el agua. Se alejó tanto que Toby empezó a preocuparse. Estaba a punto de decirle que debía tener cuidado cuando lo vio sumergirse bajo la superficie.

Esperó a verlo salir, pero Graydon no aparecía. No había señales de él. Ni una sola onda en la superficie.

Frunció el ceño y se volvió para buscarlo por todos lados. A la tercera vuelta, la cabeza de Graydon apareció a su lado y su cara quedó a escasos centímetros de la suya.

—¡Me has asustado! —exclamó.

—Lo siento. Es por mi entrenamiento militar. Espionaje silencioso submarino. Creo que lo crearon expresamente para mí. Una especie de «A ver si podemos asustar al futuro rey».

Toby se echó a reír.

—¿Funcionó?

—¡Pues sí! Me pasé seis meses temblando por el miedo. Todavía sufro pesadillas sobre batallas submarinas.

Toby no sabía si estaba bromeando o si le estaba diciendo la verdad.

—¿Y tú? —le preguntó él.

—Nada de batallas —respondió al tiempo que se ponía de espaldas para flotar justo en la superficie—. Mi experiencia se reduce a los veranos que pasaba holgazaneando en la piscina.

Graydon se puso de espaldas e intentó flotar, pero no paraba de hundirse.

—Eso no es fácil.

—Todo está en tu mente —le aseguró ella—. Tienes que pensar cosas relajantes y tranquilas. —Introdujo las piernas en el agua para enderezarse y lo miró.

Por un instante, vislumbró algo en los ojos del príncipe que no supo interpretar, aunque la expresión desapareció enseguida.

—Imposible. —Graydon lo intentó una y otra vez, pero acababa hundiéndose—. En cuanto empiezo a pensar en todas las cosas que debería estar haciendo, me convierto en un peso muerto.

Toby le colocó las manos en la base de la espalda y lo empujó hacia arriba.

—¡Eso es! Y ahora relájate. Despeja la mente y piensa en lo bonito que es Nantucket.

Graydon cerró los ojos.

—Prefiero pensar en una sirena con una larga trenza rubia que me ayuda a flotar —replicó en voz baja.

—¿Crees que a Victoria le gustarían las sirenas como tema para su boda? —preguntó Toby.

Graydon abrió los ojos y comprobó que Toby se había alejado de él. Se hundió al instante... y volvió a la superficie tosiendo.

—¡Me has abandonado! —protestó.

—He oído la llamada de un tritón y he ido en su busca. Me ha ofrecido unas perlas. No he podido resistirme. —Se volvió y se alejó nadando.

Graydon se sumergió y la atrapó por un tobillo, tras lo cual tiró de ella para sumergirla.

Toby siempre había sido una buena nadadora, y tenía cierta experiencia zafándose de los adolescentes rebosantes de testosterona tras su paso por el instituto. Le colocó el pie libre en un hombro y tomó impulso para subir. Tras sacar la cabeza para respirar, se sumergió de nuevo.

Graydon subió a la superficie, pero no vio ni rastro de Toby. De repente, sintió que ella lo agarraba por un tobillo y tiraba de él hacia abajo. Se sumergieron juntos, y una vez a su altura, la miró de arriba abajo. Llevaba un conjunto de ropa interior de color azul, su cuerpo era delgado y de piel aterciopelada, y llevaba la trenza hacia delante, por encima de un hombro. Parecía una criatura marina mitológica y divina. Al ver que se daba media vuelta para alejarse nadando, la siguió y se mantuvo tras ella para poder observarla. Las mujeres de su país tenían el pelo y los ojos oscuros, y la belleza rubia de Toby le resultaba muy exótica.

Pensó de nuevo en lo mucho que le gustaría quedarse en la casa con ella. Sabía que le bastaba con ponerse en contacto con Rory para que le buscasen un lugar donde alojarse. Si Plymouth se encontraba fuera del país, su casa debía de estar vacía. Contaría con la ayuda de una cocinera o un ama de llaves, tendría acceso a un coche decente, y tal vez incluso a una embarcación. Plymouth podría disponer que ciertas personas lo visitaran y de esa manera podría celebrar cenas con algunos de los ilustres veraneantes de la isla. Habría mujeres guapas, risas y vino. Podría ser una despedida de soltero literal.

Mientras la observaba, Toby salió del agua y caminó por la orilla. Se le transparentaba la ropa interior, de forma que sus intentos por mantenerla en su sitio eran en vano... algo que a él le arrancó una sonrisa.

Graydon se puso de espaldas, extendió los brazos y se quedó inmóvil. Sabía flotar sin el menor problema. Se le daba mucho mejor cuando ella le colocaba las manos en la espalda, pero se bastaba y se sobraba para mantenerse en la superficie él solito.

Se sentía cómodo con Toby, le gustaba su compañía. Para ella habría sido un día normal y corriente, pero para él se salía de la norma. Tan pronto como acabó sus estudios en la Universidad de Lanconia, se dispuso a realizar el servicio militar. Tres años más tarde, se licenció y regresó a casa para descubrir que se le habían asignado unos aposentos privados en el palacio que habían construido sus ancestros. Pasar del compañerismo del campus universitario y de los barracones militares a unos enormes aposentos donde todos lo llamaban «señor» fue un gran impacto para él.

Disponía de un numeroso servicio doméstico y su calendario social estaba tan cargado que se cansaba con solo mirarlo. No había sido fácil, pero logró adaptarse. Solo se libraba del tedio de la rutina, y de la soledad que conllevaba su puesto, cuando Rory estaba en casa o cuando se marchaba a Maine a visitar a la familia.

Sin embargo, ese día había sido muy placentero y no quería que terminara. Todavía no. Solo necesitaba una razón para quedarse con esa preciosa chica. Era imperativo que encontrara la forma de que ella lo necesitara.

Observó a Toby mientras se envolvía en una toalla y se sentaba en otra. Nadó un poco más y después salió del agua.

—¿Y qué te parecen los tritones como tema para la boda? —preguntó al tiempo que cogía una toalla—. ¿Y perlas por todos lados?

—Es posible —respondió ella—. Tal vez podría contratar a unos cuantos culturistas y disfrazarlos para que la llevaran al altar.

—¿Crees que al novio le gustaría?

—Ahí le has dado. —Lo miró—. La hija de Victoria dice que el dormitorio que su madre tiene en Kingsley House es «la ciudad esmeralda» porque todo es verde. Para que haga juego con sus ojos. Verde bosque, verde lima, mostaza, verde hierba, hasta una especie de verde rojizo. Es bonito, la verdad, pero un poco...

—¿Exagerado? —suplió él—. Me parece una buena idea. Haremos algo verde. Me preguntaba cómo vas a presentarle el proyecto.

—No lo había pensado —reconoció Toby—. Supongo que me limitaré a explicárselo sin más.

—Por otra parte, sería una buena idea presentarle unos dibujos con el esquema de colores. En mi experiencia, la gente reacciona mejor a las ideas cuando hay una presentación visual y no solo palabras.

—No creo que pueda hacerlo —replicó titubeante—. Mañana tengo que ir a trabajar y no sé si tendré tiempo.

—Te ayudaré —se ofreció Graydon—. ¿Hay alguna tienda de manualidades en la isla?

—Sí. En Amelia Drive hay una estupenda.

—¿Qué te parece si voy mañana, compro algunas cosas y cuando vuelvas a casa creamos juntos los diseños? Y si te parece bien, podrías enseñarme qué falta hacer en tu jardín para ayudarte también con eso.

Toby sabía que indirectamente Graydon le estaba preguntando si podía quedarse en su casa. Que se olvidara de buscar otro alojamiento y le permitiera quedarse con ella. No debería acceder. Alguien podría encontrarle un buen alojamiento. Pero no esa noche. Ya se estaba haciendo tarde y ni siquiera habían intentado buscar algo. De modo que podría quedarse con ella otra noche, y al día siguiente preguntaría en el trabajo si alguien sabía de algún lugar.

—Te lo agradezco —replicó mientras se ponía de pie, envuelta en una toalla. Una vez junto a la camioneta, le costó un poco vestirse con la ropa interior mojada, pero lo logró—. Un baño —murmuró mientras forcejeaba con el elástico mojado que se negaba a moverse.

Después, buscó el móvil en su bolso y vio que tenía un mensaje de correo electrónico de Lexie.

Estoy en Nueva York. Plymouth se ha ido a California, así que me quedo en su apartamento. Es bonito, diría que incluso acogedor. ¿Quién iba a imaginarlo tratándose de él? Mi vuelo sale mañana por la mañana.

¿Te gustó el desayuno que preparó el príncipe? ¿Te ha gustado lo que le ha hecho a la salita? Podría alojarse en la casa grande de Plymouth, ya que está vacía. Siempre y cuando sigas pensando en mandar a tu príncipe a otro lado. ¡Cuéntamelo todo!

LEXIE

¿Graydon había preparado el desayuno?, pensó. ¿Había organizado la salita? Comenzaba a comprender por qué Lexie no creía que Graydon fuera un hombre desvalido.

Al alzar la vista se percató de que Graydon caminaba hacia la camioneta. Tenía la ropa inmaculada y sin una arruga, y el pelo como recién peinado, de modo que parecía listo para asistir a una cena.

Entraron en la camioneta y se dirigieron al pueblo. Graydon conducía.

—¿Te apetece comprar unos sándwiches para cenar? —sugirió ella.

—Me parece bien.

—¿O prefieres preparar algo? ¿O limpiar alguna habitación de la casa?

Graydon se echó a reír.

—¿Qué me ha delatado?

—Lexie se ha ido de la lengua. Si eres una persona tan activa, ¿qué vas a hacer mientras yo me paso el día trabajando?

—¿Leer? ¿Buscar una playa donde pueda pasarme horas tumbado al sol?

—Si no has podido estarte quieto ni una sola hora esta mañana, dudo mucho que vayas a estar días y días holgazaneando.

—¿Necesitas ayuda en la floristería? Estoy dispuesto a trabajar por una miseria.

Toby negó con la cabeza.

—¿Cómo vas a aguantar una semana entera? —No esperó su respuesta—. Quizá deberías alojarte en algún sitio que ofrezca actividades. Que cuente con una embarcación, tal vez. —Tenía la vista clavada en la ventanilla de la camioneta.

—Por cierto, ya que hablas de un alojamiento, no pretendo

105

quejarme; pero dormir en ese sofá es lo mismo que dormir en la cama de un faquir. Los muelles se clavan por todos lados.

—A lo mejor esa es la razón por la que el sofá estaba abandonado en un rincón del ático de Kingsley House. —Sonrió—. Esto es como el Príncipe y el Guisante.

Graydon soltó una carcajada, pero después se miraron.

—Ni hablar —siguió Toby, leyéndole el pensamiento—. ¿Colchones por todos lados? ¿Ristras de guisantes? No me parece un tema apropiado para una boda. ¿Tu boda tendrá un tema?

—No tengo la menor idea. No me preguntarán. Es un acontecimiento de interés nacional, así que solo me dirán el sitio y lo que debo ponerme.

—¿Un uniforme? ¿Con muchas condecoraciones?

—Cientos de ellas. Todas en el lado izquierdo. Cuatro semanas antes de la ceremonia, tendré que levantar pesas con la mano derecha a fin de lograr mantener el equilibrio.

—Siempre consigues que las cosas parezcan graciosas —comentó Toby.

—No con todo el mundo. Mi hermano cree que soy incapaz de divertirme, en su opinión.

—Mmmm —murmuró ella—. A ver si lo adivino. Su idea de divertirse consiste en conducir veloces deportivos, escalar montañas, saltar desde un avión y todo con alguna chica casi desnuda pegada a él.

—Creo que has calado a mi hermano por completo.

Toby titubeó antes de replicar:

—En Nantucket podrías hacer algunas de esas cosas —susurró.

—¿Y perderme el proceso de elección de un tema espantoso para la boda de Victoria que sea del agrado de la quisquillosa novia? No, gracias.

Toby no pudo evitarlo y sonrió. Nunca había vivido sola y no tenía ganas de descubrir si le gustaba o no.

—De acuerdo —dijo—. Puedes quedarte en el dormitorio de Lexie.

—Eres muy amable. Jamás habría imaginado que...

—¿Te estás quedando conmigo? Por supuesto que imaginabas que podrías quedarte en mi casa. Lo estabas intentando con todas tus fuerzas. Tus insinuaciones no son muy sutiles que digamos. Una ballena es más sutil que cualquiera de tus comentarios.

Graydon reía a carcajadas.

—Creía que había logrado disimular, pero veo que no. Hay tantos desconocidos y...

—Ni se te ocurra hacer el numerito del Pobre Príncipe —lo interrumpió Toby—. Sabes cocinar y conducir, eres capaz de organizar un grupo de personas y de zanjar una discusión. Incluso te plantaste medio desnudo delante de mi compañera...

—Y de ti.

—Y delante de mí —convino ella—. En mi opinión eres un hombre muy competente. De hecho, estoy convencida de que serías capaz de dirigir un país entero. Así que, ¿por qué quieres quedarte conmigo? Y será mejor que tu respuesta no esté relacionada con el sexo.

—Me ofendes —le aseguró Graydon, que se llevó una mano al corazón en un gesto exagerado—. No soy mi hermano. Pero te agradezco el comentario sobre lo de dirigir un país. Eso es lo que intentaré hacer. —Dobló para enfilar el camino de entrada de la casa que compartían y apagó el motor. Cuando se volvió para mirarla, Toby no vio rastro alguno de buen humor en sus ojos—. Desconozco la respuesta a tu pregunta —admitió—. Ahora mismo pocas cosas tienen sentido en mi vida. Tengo ciertos problemas con los que no sé cómo lidiar, y no pienso aburrirte con ellos. Sin embargo, tú tienes algo que me tranquiliza hasta el punto de hacerme creer que lograré solucionarlos. Sé que podría ir a cualquier sitio en busca de esa supuesta diversión, pero... —Señaló la casita—. Esto es lo que necesito ahora.

Tranquilidad, un jardín y una chica que me haga reír y que me hable de sirenas. ¿Tiene sentido?

—Pues sí —respondió ella—. Cuando dejé la casa de mis padres para vivir sola, me sentía muy asustada. Lexie me ofreció un sitio y... —Dejó la frase en el aire—. Muy bien. Seremos amigos y podrás quedarte aquí mientras estés en la isla. —Alargó el brazo para abrir la puerta de la camioneta, pero se volvió para mirarlo—. Si alguna vez quieres hablar sobre los problemas que te atormentan, que sepas que se me da muy bien escuchar. —Y salió.

Graydon la observó caminar hacia la casa. En ese momento, lo único que lo atormentaba era la imagen de Toby vestida con la ropa interior mojada.

Tardó un rato en bajar de la camioneta y después comenzó a descargar las cosas de la parte trasera. En el fondo, vio la caja de herramientas roja de Toby, que le arrancó una sonrisa. No muchas mujeres tenían una caja de herramientas. Lo llevó todo al pequeño cobertizo situado junto al invernadero.

Aunque no sabía mucho de jardinería, tuvo la impresión de que todas las plantas necesitaban agua. Cogió la manguera que estaba recogida en el suelo, abrió el grifo y fue regando las plantas una a una. Era un trabajo relajante y supuso que podría aprovechar el tiempo para pensar sobre Lanconia, Danna y Rory, y sobre lo que le depararía el futuro una vez que se casara y...

Le resultó imposible concentrarse en eso. Solo podía pensar en Toby vestida con el conjunto de encaje azul.

10

Cuando sonó el móvil de Toby, Graydon y ella estaban sentados a la mesa del comedor, comiendo la *frittata* que él había preparado y la ensalada que ella había hecho. El identificador le indicó que se trataba de Victoria.

—Es imposible que quiera que le contemos lo que se nos ha ocurrido —dijo Toby antes de contestar.

A Graydon le complació tanto que hablara en plural que no replicó.

—Cariño —dijo Victoria—, supongo que ya sabes que la isla está que arde por el misterioso hombre que se ha mudado contigo.

Tras mirar de reojo a Graydon, Toby soltó la servilleta en la mesa, se levantó y fue al salón. No quería que Graydon escuchara lo que pudiera decir Victoria a continuación.

—Solo estamos compartiendo casa, nada más.

—Lo sé, pero los demás no. Temo que tu reputación haya quedado destrozada sin remedio.

—Bien —repuso Toby—. Así ya no seré un trofeo de plástico que los chicos intenten ganar.

Victoria se echó a reír.

—Una buena forma de verlo, sí. De todas formas, cariño, tengo que pedirte algo. Ayer pasé unas horas con Jilly y averigüé muchas cosas de tu príncipe. Su país es muy importante para nosotros, dado que es rico en un mineral que necesitamos con desesperación. Creo que deberías hacerle compañía mientras esté aquí.

—¿Cómo voy a hacerlo? Tengo un trabajo.

—Y yo tengo muchos amigos en la isla, seguro que puedo encontrar a alguien que te sustituya temporalmente en la floristería. Si me das el visto bueno, claro.

Toby se acercó a la puerta y miró a Graydon, que seguía sentado a la mesa, aunque había dejado de comer, ya que estaba esperando que volviera.

—Toby, cariño, ¿podrías soportar unas minivacaciones mientras le haces compañía a tu príncipe? Ya sabes, para enseñarle Nantucket y esas cosas.

—Sí —contestó—. Podría hacerlo.

—Me alegro muchísimo —repuso Victoria—. Bueno, ¿cómo van los planes de la boda?

—Cuando tengamos más ideas, pensamos hacer una presentación. Tal vez en unos días podamos reunirnos y...

—¡Maravilloso! Te veré mañana a las dos. Tengo que irme. Dale un beso a tu príncipe de mi parte. —Cortó la llamada.

Toby se quedó en el vano de la puerta, en silencio.

—¿Malas noticias? —preguntó Graydon al tiempo que se levantaba y se acercaba a ella, pero no le contestó—. Ven, terminemos de cenar antes de que se enfríe. —La cogió del brazo y la condujo de vuelta a la mesa. Cuando los dos estuvieron sentados, dijo—: Cuéntame lo que te ha dicho Victoria.

Toby recogió su servilleta.

—Dice que puede conseguir que alguien me sustituya en la floristería para que yo me coja unas vacaciones mientras estés aquí.

Graydon fue incapaz de contener la sonrisa.

—Me gusta mucho la idea. A lo mejor mañana podemos ver algo de esta preciosa isla.

—No. Victoria va a venir a las dos para que hablemos de la boda. Por cierto, siento mucho haber contestado al teléfono durante la cena. Ahora que según Victoria voy ayudar a que nuestros países se lleven bien, creo que debería cuidar mucho mis modales.

—A ver si lo adivino: ¿tu trabajo consiste en salvar el vanadio?

Toby asintió con la cabeza.

—Empiezo a pensar que Victoria es como un caballo de batalla. Va a donde le da la gana.

—Parece que son veinte caballos, y que sus jinetes han desenvainado las espadas.

—¿Quieres que me enfrente a ella por ti?

Toby lo miró con los ojos entrecerrados.

—¡Ya te gustaría! Tienes que ayudarme a buscar más ideas. Esta noche, mientras asaltamos esa montaña que tienes por equipaje, nos devanaremos los sesos en busca de temas para la boda.

Después de recoger los platos de la cena, moviéndose en completa compenetración, subieron al piso superior para deshacer el equipaje de Rory. Graydon no había hecho ni deshecho una maleta en la vida, y tampoco tenía ganas de aprender. Cuando le preguntó a Toby si había material de pintura, esta le dijo que buscara en el escritorio, donde encontró un antiguo cuaderno de dibujo y varios lápices.

El dormitorio de Lexie era bastante grande y en un rincón había un diván y una mesita auxiliar. Graydon se sentó allí y empezó a dibujar todas las ideas que se le habían ocurrido mientras Toby se encargaba del equipaje. Se les ocurrió todo lo imaginable, y algunas de las ideas eran muy extravagantes. Hizo reír a Toby cuando le dibujó un guerrero lanconiano, ataviado con sus pieles y una lanza.

—No se lo enseñes a Victoria, porque le encantará —le advirtió Toby—. Intentará convencer al señor Huntley para que se ponga algo así. ¿Para qué narices sirve esto?

Graydon miró el pesado uniforme de lana que Toby tenía en las manos.

—Primero de Lanceros. En ocasiones, Rory pasa revista a sus tropas.

—¿Por qué se ha traído el uniforme si era un viaje de placer a Estados Unidos?

—En caso de desastre, tendría que...

Toby levantó una mano.

—No quiero escuchar el resto. Creo que voy a poner estas cosas al fondo. Los vaqueros y las camisas informales van delante. Vamos a tener que comprarte unas camisetas con el nombre de Nantucket escrito en el pecho. —Levantó la cabeza—. A lo mejor podríamos usar un tema lanconiano que no sea antiguo. Algo moderno. ¿Qué usan los habitantes de tu país hoy en día?

—Vaqueros y camisetas con la palabra «Nantucket» en el pecho o cualquier otra cosa que les pongan.

—Qué pena —dijo Toby. En la parte baja del montón, encontró un maletín rígido que contenía un portátil, un iPad y un lector de libros electrónicos, así como varios artilugios Bluetooth. Y debajo de todo, dentro de una cajita, había una cartera de cuero.

Toby la sacó y fue a decir algo, pero Graydon estaba inclinado sobre el cuaderno de dibujo. Abrió la cartera para comprobar si dentro estaba la tarjeta de crédito. Así era, y también había unos tres mil dólares en billetes de cien. Aunque lo que más le llamó la atención fue la fotografía ajada de una chica muy guapa. Tenía una larga melena oscura y una mirada sensual, como si acabara de levantarse de la cama... o estuviera a punto de meterse en una.

A juzgar por lo gastada que estaba la foto, parecía que Rory la llevaba consigo desde hacía años. De modo que el hermano de Graydon estaba enamorado, pensó ella, y se preguntó cómo encajaba eso en su comportamiento de donjuán.

Miró a Graydon con la intención de decirle algo, pero era demasiado pronto para ese tipo de conversación. Cuando se conocieran mejor, le preguntaría por la vida amorosa de su hermano.

—¡Cógela! —le dijo al tiempo que le lanzaba la cartera.

Graydon la atrapó con la mano izquierda, la abrió y sacó la tarjeta.

—¿Sirve de algo? —Era una American Express platino.

—Crédito ilimitado —respondió ella—. Podríamos comprar un Rolls Royce. —Esperaba que se echase a reír, pero no lo hizo.

—¿Es algo que quieres tener? —le preguntó Graydon con seriedad.

—No —contestó—. Mi padre quería comprarme un coche caro para mi último cumpleaños, pero le pedí una cámara frigorífica para las flores.

—La he visto en el invernadero.

Toby puso los ojos como platos, asaltada por el pánico.

—Se me ha olvidado regar. —Saltó por encima de tres maletas y echó a andar hacia la puerta.

—Ya lo he hecho yo —dijo Graydon—. Cuando guardé las herramientas, me pareció que las plantas parecían un pelín secas, así que las regué. ¿He hecho bien?

Ella sonrió, aliviada.

—Pero que muy bien.

Al parecer, Graydon no sería la carga que ella había supuesto en un principio. Siguió con el equipaje y colocó los utensilios de afeitado en el cuarto de baño. Graydon no usaba una maquinilla eléctrica, sino la brocha, la barra de jabón y la cuchilla de toda la vida.

Cuando por fin terminó de deshacer el equipaje, Graydon tenía casi veinte bocetos de las diferentes ideas. Aliviadísima al comprobar que el trabajo estaba hecho, Toby se dejó caer en el sofá a su lado y repasó los dibujos. Eran temas históricos, desde la época medieval hasta los años cuarenta, y los lugares iban desde un cobertizo con banjos hasta una mansión falsa al estilo de *El gran Gatsby*. Habían pensado en cuatro cuentos de hadas, uno de ellos lanconiano con hadas y enanos, aunque no incluyeron las partes relacionadas con los destripamientos.

—Dibujas muy bien. ¿Qué estudiaste en el colegio? —le preguntó mientras comprobaba los mensajes del móvil. Victoria le informaba que había encontrado una sustituta para su trabajo y que empezaría a la mañana siguiente.

—De todo —contestó él. La estaba mirando, desde muy cerca, reparando en su cálida y rosada piel, en la larga melena recogida en una trenza. Toby estaba de perfil y casi no podía apartar la vista de sus labios. Apartó la mirada justo cuando ella se volvía para mirarlo—. Tuve unos estudios eclécticos —continuó—. Estudié un poco de todo, pero nada en profundidad. Tuve un profesor de dibujo desde que era niño, así como tutores de música y de baile, clases de equitación y de esgrima. ¿Qué me dices de ti? ¿Qué estudiaste?

—Me centré en Historia del Arte. Mi madre quería que estudiase «Cómo pescar un marido», pero no encontró esa asignatura, aunque la buscó.

—Parece algo que requiere mucho estudio. A ver, dime, ¿cuántas proposiciones de matrimonio has rechazado?

Toby se echó a reír.

—Tres, pero no se lo digas a mi madre. —Lo miró—. ¿Cómo sabías que me habían propuesto matrimonio?

—Hay mujeres con las que pasar el tiempo y mujeres con las que casarse. Tú eres de las últimas.

—¿Cómo lo sabes?

—No puedo desvelar los secretos masculinos universales, ¿no te parece?

Toby sonrió y se puso en pie.

—Y tras ese comentario, creo que voy a acostarme. Mañana tengo que... —Sonrió—. Mañana no tengo nada que hacer, ¿no?

—Tenemos que conseguir acuarelas para que pueda terminar el tema verde.

—Eso es fácil, y después de que las compremos, podemos ir a la playa. Y así tú trabajarás mientras yo no doy un palo al agua. —Señaló las maletas vacías.

—Soy un príncipe —repuso, altivo—. No me encargo del equipaje.

—¡Serás...! —Toby dio un paso hacia él, pero consiguió detenerse—. Que sepas que he puesto un guisante debajo de tu colchón.

—¡Ay, mi pobre espalda!

Se echaron a reír y, después, hubo un momento incómodo. ¿Cuál era la mejor manera de darse las buenas noches?

Graydon solucionó el problema al levantarse, cogerle la mano y besarle los nudillos.

—Buenas noches, milady —dijo en voz baja.

Toby lo miró un instante, a la tenue luz de la habitación mientras en el exterior se escuchaba la sirena que advertía a las embarcaciones de la niebla, y casi se acercó a él. Pero no lo hizo.

—He puesto tus útiles de afeitado en el cuarto de baño de Lexie y he cambiado las sábanas de la cama y... nos vemos mañana.

—Será un placer —repuso él.

Toby entró en su dormitorio y cerró la puerta, pero se sentía demasiado inquieta para dormir. No estaba segura, pero creía que empezaba a sentir eso por lo que las chicas del instituto se reían a escondidas. Graydon no se parecía a los demás hombres que había conocido. No se inventaba excusas para tocarla, para extender los brazos hacia ella. No la miraba con expresión ardiente, a la espera de que ella corriera a sus brazos.

En verdad, parecía verla como... bueno, como una amiga, o tal vez como una pariente.

Y eso estaba bien, pensó Toby mientras se ponía el pijama. Era un hombre a punto de comprometerse, así que no debería estar mirando a otras mujeres. Aunque, en fin, sería agradable pensar que... que sentía cierto deseo por ella.

Graydon estaba en la ducha. Tenía la cabeza apoyada en la pared, sufriendo el asalto del agua helada... que no bastaba para sofocar el incendio que lo abrasaba.

115

—Irial, Zerna, Poilen, Vateel, Fearen y Ulten —dijo, recitando los nombres de las seis tribus que componían Lanconia. Era un truco que usaba desde niño. Cuando su madre lo sermoneaba por cualquier tontería, algo que nunca hacía su padre, se distraía con esa letanía.

Sin embargo, en ese momento no surtió efecto. Solo podía pensar en lo cerca que tenía a Toby. A escasos metros. Una pared los separaba. Se imaginó atravesando dicha pared espada en mano para acudir a su lado.

—Demasiado lanconiano —masculló al tiempo que salía de la ducha. Se quedó de pie un instante. Había abierto la ventana antes, de modo que la fresca brisa nocturna fue un bálsamo sobre su piel húmeda. Se recordó que por sus venas corría sangre norteamericana—. Debo ser políticamente correcto —dijo en voz alta. Los estadounidenses no derribaban paredes, no clavaban espadas en las camas y desde luego que no le arrancaban la ropa a una mujer.

Se secó y se metió en la cama, pero tardó mucho en dormirse.

A la mañana siguiente, Toby se vistió en silencio y bajó la escalera de puntillas. Creía que le daría tiempo a hacer muffins de maíz antes de que Graydon se levantase, pero cuando entró en la cocina, lo vio sentado a la mesita redonda de la pulcra salita, inclinado sobre un portátil.

—Buenos días —lo saludó.

Graydon levantó la cabeza y sonrió como si ella fuera la persona a quien más deseaba ver del mundo.

—Buenos días. Se me ocurrió conectarme para comprobar si mi hermano ha provocado la caída de mi país.

—¿Lo ha hecho? —preguntó mientras sacaba una caja de copos de maíz de la alacena.

—De momento no. Mañana tiene que inaugurar una fábrica,

así que ya comprobaré si le ha prendido fuego a la cinta y ha besado a tres chicas guapas mientras ardía.

De nuevo, Toby se quedó con la duda de si bromeaba o no.

—¿Se te han ocurrido más cosas para la boda?

—¿Piratas? ¿Qué me dices de gánsteres?

—Es una posibilidad. Las damas de honor podrían llevar vestidos de época con largos collares de perlas. A Victoria le gustaría.

—¿Qué me dices de ti? Si te casaras tú, ¿qué tema elegirías?

—Nada de temas —contestó—. Solo quiero un precioso vestido blanco con mucho encaje y mis mejores amigas vestidas en tonos azules. Habría flores azules y blancas por todas partes. Manteles celestes y platos blancos, y una tarta decorada con flores de aciano, que caerían en ramillete por un lado. —De repente, se interrumpió, avergonzada por haberle ofrecido tantos detalles—. Lo siento. En la tienda tratamos bodas a todas horas, así que he pensado mucho en la mía. —Se encogió de hombros.

Graydon se levantó y se colocó detrás de ella.

—Creo que tu boda sería mucho más bonita que cualquiera de los temas que se nos han ocurrido.

—Gracias —murmuró, aunque seguía avergonzada. Al ver que Graydon no se apartaba, lo miró. Durante un instante, vio algo en sus ojos que la instó a acercarse a él.

Sin embargo, Graydon se dio la vuelta y se apartó, algo que hizo que ella frunciera el ceño. De acuerdo, no le interesaba de esa forma. Bien. ¿No demostraba eso que quería a la mujer con la que iba a casarse? ¿No era una buena señal?

Se volvió hacia la cocina.

Después del desayuno, compraron acuarelas y se dirigieron al muelle, donde dieron un largo paseo junto al mar. Al principio, se les ocurrieron varios temas más para la boda, pero después empezaron a hablar de sus vidas... al menos, Toby habló de la suya. Graydon le preguntó por su infancia, por sus años de colegio, por sus amistades, por lo que le gustaba y lo que no.

Contestó a todo, pero se cuidó mucho de no revelar algo verdaderamente íntimo. En lo referente a su madre, le contó lo bien que llevaba la casa, pero se calló lo mucho que le dolían sus constantes críticas.

Aunque si ella ocultaba parte de su vida, sabía que Graydon se callaba muchísimo más. Le había contado que tenía algunos problemas vitales que debía resolver. Pero por más que le preguntase, ni siquiera le insinuó de qué se trataban.

Después del almuerzo en Brant Point Grill, regresaron a la casa. Mientras Graydon terminaba con las acuarelas, Toby se dio una ducha y se cambió de ropa antes de que llegara Victoria.

Cuando bajó la escalera, atisbó por un instante esa expresión tan peculiar en los ojos de Graydon. Se había arreglado a conciencia y se había puesto una blusa que le decían que hacía juego con sus ojos. Graydon pareció apreciarlo, pero al punto su mirada se enfrió y adoptó lo que ella empezaba a llamar su «máscara principesca».

Graydon se dio cuenta de que estaba nerviosa.

—Estoy seguro de que le encantarán las ideas que se nos han ocurrido y no me cabe la menor duda de que mañana estarás encargando las flores.

Toby suspiró.

—Solo espero que le guste una.

Los bocetos estaban esparcidos por la mesa del comedor, un total de veintiséis dibujos, algunos muy sencillos y otros más elaborados. Graydon había coloreado unos cuantos. Según lo que Toby le había dicho, había comprado todos los tonos de verde que se vendían en la tienda y después había mezclado varios para conseguir más tonalidades incluso.

Cuando llamaron a la puerta, Toby inspiró hondo, sorprendida por lo nerviosa que estaba.

—Voy a estar contigo en todo momento —dijo Graydon, y le dio un apretón en la mano antes de alejarse para abrir la puerta.

Victoria estaba al otro lado, con el sol arrancándole destellos a su cabello rojizo, y su voluptuosa figura cubierta por una blusa de seda y unos pantalones oscuros.

—¡Príncipe Graydon! —exclamó al tiempo que pasaba a su lado para entrar en la casa—. Me alegro de volver a verte, Toby, cariño, creo que nunca te he visto más guapa.

—Yo también me alegro de verte —repuso Toby, que besó a Victoria en la mejilla.

—¿Necesitáis algo? Puedo enviaros a mi querido Caleb, porque sabe todo lo que hay que saber de esta isla. ¿O preferís estar solos? Bueno, ¿dónde está esa magnífica presentación que me tienes preparada?

Graydon estaba detrás de Victoria y miró a Toby con las cejas enarcadas. No estaba acostumbrado a que las personas pasaran por su lado sin esperar a que las presentaran. Su expresión estupefacta era tan exagerada que Toby se vio obligada a contener una carcajada.

Cuando Victoria entró en el comedor y vio los bocetos encima de la mesa, no perdió tiempo y se acercó para examinarlos. Con Toby y Graydon a cada lado, fue examinándolos uno a uno muy despacio.

—¡Piratas, qué imaginativo! Y cuentos de hadas. Unos cuantos. Verde. Eso me gusta mucho. Banjos, arpas, violines... una música variada.

Al final de la mesa, se detuvo y miró a Graydon y Toby, que estaban expectantes.

—No, cariños míos, creo que no. Aunque son todos muy interesantes, ninguno me llama la atención de verdad. Vais a tener que pensar en otra cosa. Y ahora tengo que irme. —Le dio un beso a Toby en la mejilla antes de acercarse a Graydon y repetir la operación—. Bienvenido a la familia. Toby, cariño, avísame cuando me vayas a presentar tus ideas propias. Me voy, no hace falta que me acompañéis a la puerta. Adiós. —Salió por la puerta principal.

Toby se dejó caer en el sofá y Graydon se sentó a su lado.

—Una vez atravesé un huracán con menos fuerza que ella —dijo Graydon.

—¿Has conseguido pronunciar una sola palabra mientras estaba aquí?

—Ni una. Y pensar que la gente espera en fila para ser presentada ante mí.

—Victoria no. —Lo miró—. Bueno, ¿cuáles son nuestras ideas propias?

—No lo sé —contestó al tiempo que se ponía en pie y le tendía la mano—. Ahora mismo, tú y yo vamos a dar un paseo por el pueblo y yo voy a ver un poco de Nantucket. Puede que sea nuestra única oportunidad antes de que Victoria decida que tenemos que dedicar nuestra vida a su boda con su adorado Caleb, el hombre que lo sabe todo.

Con una carcajada, Toby aceptó su mano y dejó que la pusiera en pie.

—Gracias —dijo, y lo decía de verdad—. No quiero fracasar en este asunto.

Graydon le tomó la mano y le besó el dorso.

—No lo harás. Te lo prometo. ¿Tenéis helado en Estados Unidos?

—Los estadounidenses inventamos el helado —aseguró ella con gesto serio.

—En realidad, aunque no sea de conocimiento general, lo inventó Rowan *el Grande*. Estaba persiguiendo un oso salvaje por el bosque y necesitaba refrescarse un poco. El helado fue su solución.

—Eso es totalmente falso —replicó Toby—. Fue Martha Washington quien dejó leche en un portal.

Entre risas, fingieron seguir discutiendo calle abajo.

11

Solo un día más, pensó Toby, que miró a Graydon. Estaban sentados a la mesa de la salita, mirando los bocetos que habían realizado para la boda de Victoria. Solo faltaba un día para que Graydon tuviera que regresar a Lanconia, tras lo cual seguramente jamás volviera a verlo. Salvo el día de su boda, pensó al tiempo que se imaginaba sentada en la primera fila, viendo cómo se casaba con otra.

No se trataba de que Graydon y ella estuvieran enamorados, se recordó, pero se habían hecho amigos a lo largo de los seis días transcurridos. No se habían separado en todo ese tiempo. Habían explorado Nantucket, caminado por Siasconset y descubierto algunas tiendas únicas.

Graydon era una compañía excelente. Siempre estaba alegre y sonriente, y sabía hablar con todo el mundo. Solo tuvieron problemas en una ocasión. Una mujer lo había reconocido como el príncipe heredero de Lanconia y lo había dicho en voz alta. Toby se había quedado petrificada en el sitio, incapaz de hablar. Se encontraban en una tienda del paseo marítimo y todo el mundo se detuvo a mirarlos. Salvo Graydon, que se volvió hacia la mujer con una sonrisa, dejando a la vista que le faltaba un diente.

—Cariño —dijo, fingiendo un fuerte acento sureño—, cree que soy un príncipe. Tú no dices lo mismo.

Toby tardó un segundo en reaccionar, y replicó usando el mismo acento:

—¡Tú, un príncipe! ¡Ja, ja! Tu primo Walter no te digo que no, pero ¿tú?

—¡Siempre tiene que salir Walter! —exclamó Graydon con voz airada.

—No empieces otra vez. —Toby levantó los brazos y salió de la tienda con Graydon pisándole los talones.

Siguieron caminando hasta llegar a la fuente de Main Street, donde se detuvieron y se echaron a reír.

—¡El diente! —exclamó Toby, y a modo de explicación Graydon sacó un paquete de arándanos cubiertos de chocolate que habían comprado antes.

—¿Crees que se lo ha creído? —preguntó él.

—Ni por asomo, pero su marido ha pensado que está loca, así que a lo mejor la convence para que se olvide de lo que cree haber visto.

—Eso creo yo también.

Así había sido casi toda la semana, pensó Toby. Habían disfrutado de la mejor de las experiencias, habían compartido risas y habían estado de acuerdo en todo. Sin embargo, en su opinión faltaban dos cosas. Una era que Graydon jamás le había revelado el más mínimo detalle importante de su vida. Le había dicho dónde estudió, quiénes eran sus amigos, pero en realidad no había confiado en ella. Había eludido cualquier pregunta que le había hecho acerca de sus sentimientos, sorteándolas con una broma o con algún comentario que revelaba poca cosa.

Toby se dijo que estaba obligado a hacer eso. Era un príncipe y debía tener mucho cuidado con la prensa. No podía arriesgarse a hablarle de sus verdaderos sentimientos a una desconocida.

Sin embargo, no quería que la viera como a una desconocida. Quería... No estaba segura de lo que quería. Lo que tenía claro era que cuando se convirtiera de nuevo en el príncipe, ella sería la plebeya.

La otra cosa que echaba en falta era la capacidad para no reaccionar físicamente a su presencia. En ese momento recordó la última llamada de Lexie.

—¿Y bien? —le soltó Lexie con su habitual franqueza—. ¿Te has acostado ya con él?

—No, y él ni me lo ha pedido —contestó ella, intentando restarle importancia, aunque no lo logró—. No le intereso de esa forma.

—No me lo creo —replicó Lexie—. ¿Por qué iba a tomarse tantas molestias para alojarse contigo si no estuviera deseando llevarte a la cama?

—Por amistad —le recordó Toby—. Somos grandes amigos. Y, además, está a punto de comprometerse. Lexie, en serio, ¿podemos cambiar de tema?

—No te habrás enamorado de él, ¿verdad?

—No —contestó ella—. Es un amigo y nada más. Cuando se marche, nos diremos adiós y se acabó. ¿Qué tal estás tú?

—Aburrida —respondió su amiga—. Esta niña me cayó bien cuando la conocí, pero ahora es un plomo. Ni siquiera he podido convencerla para recorrer la campiña en coche. Dice que ya lo ha visto todo.

—Qué pena —replicó Toby—. La pobre niña se habrá pasado toda su vida de un lado para otro, mientras que tú estás deseando ver mundo. Si te aburres, deberías volver a casa.

—Pero después del sábado —apostilló Lexie—. Después de que él se vaya, ¿no? ¿Lo llevarás al aeropuerto o lo recogerá alguna limusina?

—No es el tipo de hombre que usa limusinas —le aseguró Toby—. A veces, me cuesta recordar que es un príncipe.

—Sobre todo cuando se pasa los días ayudándote con la boda de Victoria.

Toby sabía que si Lexie insinuaba que a Graydon no le gustaban las mujeres, era para que se sintiera mejor. Sin embargo, lo había visto sonreír a las camareras guapas y abrir los ojos de par en par al ver alguna chica con un biquini minúsculo. Parecía que le gustara cualquier mujer del mundo menos ella.

Tras prometerse que se mantendrían al día, colgaron.

—Creo que debo admitir la derrota —le dijo Toby a Graydon.

Estaban mirando el montón de bocetos, y de momento no habían dado con una nueva idea que pudiera interesar a Victoria en su opinión.

Graydon se acomodó en su silla.

—Ojalá pudiera decir que somos capaces de hacer esto, pero empiezo a estar de acuerdo contigo.

Toby miró de nuevo los bocetos. Habían tocado todos los temas, desde que los casara un párroco haciendo caída libre con paracaídas, hasta la boda tradicional con la que Toby había soñado toda la vida. Tenían las acuarelas dispuestas sobre la mesa y ella se había encargado de hacer casi todos los bocetos.

—Empiezo a pensar que la boda debe ser algo personal, algo relacionado con Victoria —sugirió Graydon—. A menos que descubramos algún otro detalle personal sobre ella, solo podremos basarnos en suposiciones.

Tan pronto como lo dijo, ambos llegaron a la misma conclusión. Se miraron a los ojos, en completa sintonía.

—¿Dónde? —preguntó Graydon.

Toby sabía a lo que se refería. La persona que mejor conocía a Victoria era el hombre con el que iba a casarse, el señor Caleb Huntley, y Graydon le estaba preguntando que dónde podrían encontrarlo.

—Es el presidente de la Asociación Histórica de Nantucket. —Toby consultó su reloj—. Seguramente ahora esté en el trabajo. —Echó un vistazo a los vaqueros y a la camiseta que llevaba—. Voy a cambiarme... —dijo mientras echaba a correr escaleras arriba.

Graydon la siguió de cerca.

—¿Debería ponerme corbata?

—¡No, por Dios! Parecerás un forastero. Ponte la camisa vaquera azul y los pantalones marrón oscuro. —Entró en su dormitorio y se desnudó hasta quedarse en ropa interior—. Y ponte los zapatos de cordones —dijo, alzando la voz.

—¿Los marrones o los negros? —le preguntó él, que también alzó la voz.

—Los marrones —contestó ella mientras se plantaba delante del armario.

Su armario era como un tercio del armario de Lexie, de modo que tenía la ropa amontonada. ¿Dónde estaba su vestido rosa y blanco?

—¿Qué zapatos has dicho? —le preguntó Graydon desde la puerta. Llevaba los pantalones, la camisa sin abrochar, iba descalzo y con un par de zapatos en cada mano—. ¡Ah, lo siento! —se disculpó al verla en ropa interior. Se volvió, pero no se marchó. Se limitó a enseñarle los zapatos de espaldas.

—Los de mi izquierda que es tu derecha. —Toby sacó el vestido y se tapó con él. Graydon seguía en su dormitorio, aunque le daba la espalda—. ¿Te importa?

—No, adelante, vístete —respondió él sin moverse.

Eso no era lo que ella quería decir. Se metió en el cuarto de baño y dejó la puerta entreabierta.

Graydon se sentó a los pies de la cama y se puso los calcetines.

—Bueno, ¿qué vamos a preguntarle a ese hombre?

—No lo sé —respondió Toby—. Que nos cuente los secretos más íntimos de Victoria, supongo. Sus fantasías. —Se pasó el vestido por la cabeza y se miró en el espejo para aplicarse el maquillaje.

—Eso funcionará —comentó él, de forma sarcástica—. No tendrás un calzador, ¿verdad?

—En la mesa auxiliar —contestó—. A lo mejor deberíamos ser más sutiles y dirigir la conversación hasta aquello que nos interese preguntarle. Lo que me preocupa es que él no quiera que una persona sin experiencia como yo le organice la boda.

Graydon abrió la puerta del cuarto de baño de par en par mientras se abrochaba la camisa. Toby estaba ocupada aplicándose rímel.

—¿Qué sabes sobre ese tal señor Huntley?

—No mucho. Ni siquiera sabía que mantenía una relación seria con Victoria hasta la boda de Alix. Allí estaban, cogidos de la mano y mirándose con cara de estar en la gloria. Me sorprendió muchísimo. ¡Tengo el pelo hecho un desastre! Voy a deshacerme el recogido para trenzármelo otra vez. —Se refería a los mechones de pelo que le caían a ambos lado de la cara.

—A ver, déjame a mí —se ofreció Graydon, que le quitó el cepillo de las manos. Con delicadeza, empezó a cepillarle los mechones hacia atrás.

Toby solo atinó a quedarse donde estaba y a mirarlo a través del espejo. Lo que estaba sucediendo, algo tan sencillo pero tan íntimo a la vez como que un hombre le cepillara el pelo, era el tipo de detalle que siempre había soñado para su matrimonio. Nunca había deseado disfrutar de un revolcón apasionado en la parte trasera de un coche, algo de lo que las otras chicas hablaban entre risillas tontas. Mientras crecía, soñaba con detalles como que un hombre le cepillara el pelo. Graydon tenía la cabeza gacha y los ojos clavados en su pelo. De repente, se le ocurrió que le encantaría volverse, echarle los brazos al cuello y besarlo.

Se obligó a dejar de mirarlo.

«No es tuyo», se recordó. «No lo es; no puede serlo.»

Además, durante la última semana, se había percatado de que él evitaba cualquier cosa que pudiera arrastrarlos a la más mínima intimidad física. En un par de ocasiones, se había vuelto hacia él con la esperanza de que la besara, pero Graydon siempre se había apartado. Los chicos la habían perseguido desde que tenía quince años y que de repente un hombre se alejara de ella cuando estaban demasiado cerca le resultaba doloroso. En realidad, era un golpe tremendo para su ego.

Cuando lo miró de nuevo, lo hizo con una sonrisa, decidida a no dejarle saber que ansiaba más de lo que él estaba dispuesto a darle.

Graydon la miró a través del espejo.

—¿Mejor?

—Perfecto, y gracias —le contestó, tras lo cual se apartó de él y regresó al dormitorio. Sacó un colgante con forma de corazón del joyero e hizo ademán de ponérselo.

Graydon le apartó con delicadeza las manos y lo hizo él.

—¿Un regalo?

—De mi padre. Cuando cumplí los dieciséis años.

Por un instante, sus miradas se cruzaron a través del espejo y Toby deseó de nuevo volverse hacia él.

Como siempre, Graydon se apartó.

—Discúlpame un momento. Nos vemos abajo. —Regresó a su dormitorio y tras cerrar la puerta, apoyó la espalda en ella.

¿Qué narices estaba haciendo? Nada más ver a Toby en ropa interior, debería haber salido del dormitorio, pero le resultó imposible. La disciplina de toda una vida pareció abandonarlo en cuestión de segundos. Su estado de semidesnudez lo había excitado tanto que estuvo tentado de tumbarla en la cama y arrancarle la ropa interior. Y después, ¿qué? ¿Se iría al día siguiente y no la vería nunca más? Tal vez Toby pudiera recuperarse de un rollo de una noche, pero él no sabía si sería capaz de conseguirlo. Se vería condenado a vivir toda una vida con otra mujer mientras que Toby...

Cerró los ojos. Debía irse a casa. Dentro de una semana, Lanconia recibía la visita de un par de embajadores de otros países y Rory no los conocía. El engaño de los gemelos no tardaría en ser descubierto. Ya se imaginaba los titulares de la prensa: «Gemelos reales engañan al país.» Lanconia se convertiría en el hazmerreír de todo el mundo. Quedaría plasmado en los libros de Historia de Lanconia y durante cientos de años los niños se reirían del tema. ¿Aparecería la foto de Toby junto a la suya? Y lo que era peor, ¿describirían los libros de texto de qué manera influyó su engaño para acabar con el trono de Lanconia?

Sabía que debía volver a casa, pero la perspectiva de marcharse al día siguiente le rompía el corazón. Tardó un buen rato en recuperar el control para poder bajar.

Toby lo estaba esperando, muy guapa con un vestido de rayas rosas y blancas, y unas sandalias.

—Podemos ir al despacho del señor Huntley andando —dijo, y después lo miró—. ¿Te encuentras bien? Pareces molesto por algo.

—Estoy bien —contestó con sequedad.

Toby sabía que desconfiaba de ella, como era habitual. Cuando Graydon abrió la puerta principal, ambos se quedaron de piedra. Al otro lado, descubrieron a un hombre y a una mujer de aspecto imponente.

—Alteza —dijeron mientras saludaban a Graydon con sendas reverencias.

Cuando Toby lo miró, descubrió a un hombre cuya expresión dejaba claro que su vida había llegado a su fin.

Graydon abrió la puerta de par en par para dejarlos pasar.

12

No había pasado ni una hora desde el accidente en Lanconia cuando Lorcan y Daire se subieron a un jet privado en dirección a Nueva York. En el JFK, los acompañaron hasta un pequeño avión que los llevó directos a Nantucket. A Daire le preocupaban las heridas de Lorcan, pero no le preguntó por ellas. En primer lugar, porque estaban rodeados de personas y había demasiado secretos que mantener como para que pudieran hablar con libertad. Y en segundo lugar, a Lorcan no le haría gracia que insinuara que unas cuantas magulladuras habían mermado sus habilidades como escolta real. El príncipe Graydon la necesitaba, así que acudiría a su lado.

De modo que con su innato don de gentes, Daire derivó la conversación hablando del tiempo y le agradeció la ayuda al personal.

En cuanto a Lorcan, permaneció en silencio en su largo viaje alrededor de medio mundo. Altísima, con la larga melena negra recogida en una coleta que le llegaba a la mitad de la espalda, era una mujer que acaparaba la atención de todo aquel que la miraba. Sin embargo, no respondía a las miradas que recibía. Aunque era su primer viaje fuera de Lanconia, no dejó que sus ojos se desviaran de Daire. Lo siguió a través de los aeropuertos e hizo lo que él le dijo que tenía que hacer. Daire se percató en un momento dado de que daba un respingo de dolor y le preguntó con la mirada si se encontraba bien. No le contestó con palabras, pero asintió con la cabeza.

Daire tuvo que volver la cara para ocultar su sonrisa orgullosa. La había enseñado muy bien.

Cuando llegaron al aeropuerto de Nantucket, esperaron a que las amplias puertas se abrieran y a que pusieran en la rampa sus maletas y cajas. Pese a las protestas de Lorcan, Daire se ocupó de casi todo el proceso. Habían llevado todo lo necesario para mantener el contacto con Lanconia, así como para entrenar, además de objetos personales. Cuando lo recogieron todo, lo metieron en un coche de alquiler.

Lorcan no se sintió lo bastante segura para hablar hasta entrar en el coche.

—¿Cómo crees que será? —le preguntó a Daire mientras este conducía.

No tuvo que explicarle a quién se refería: a la mujer que le había causado tantos problemas al príncipe Graydon.

—No tiene una preferencia. Si fuera Rory, la respuesta sería sencilla: alta, rubia, guapa y dispuesta a seguirlo a cualquier situación peligrosa en la que quisiera meterse de lleno. Pero Gray...

Daire pertenecía a la familia real, era el sexto en la línea sucesoria, de modo que podía llamar al príncipe Graydon por su nombre de pila. Sin embargo, Lorcan no pertenecía a su clase. Era descendiente de la tribu Zerna, huérfana a muy temprana edad y criada por unos abuelos ya mayores, que se alegraron cuando, con doce años, consiguió una beca en palacio. A partir de aquel momento, la habían alimentado, vestido, educado y, sobre todo, entrenado a expensas del gobierno. Se hizo una experta en artes marciales, boxeo, esgrima y el uso de cualquier arma. Cuando se graduó entre los cinco primeros de su promoción, la familia real la contrató. Tres años antes, su rapidez de reflejos y sus actos salvaron la vida de un miembro de la familia real, de modo que fue destinada a la protección del príncipe Graydon.

—No tengo ni idea de qué clase de mujeres prefiere —dijo Lorcan. No sentía celos en ese aspecto. El príncipe y ella se habían hecho amigos, y no aspiraba a nada más—. Desde luego que a Danna no.

Daire se echó a reír.

—¿Cuántas veces ha cenado en privado con Rory esta última semana?

Lorcan hizo una mueca.

—Si ella se hubiera caído por las escaleras junto con el rey, me preguntó a quién habría intentado salvar el príncipe Rory.

Unas cuantas horas antes, el rey de Lanconia se había caído por una escalinata de mármol. Rory, quien el pueblo creía que era Graydon, se había colocado delante de su padre para frenar la caída. Rory cayó sobre el brazo izquierdo y se rompió la muñeca. Se habría podido hacer más daño, pero al primer indicio de peligro, Lorcan se lanzó a por los dos hombres. Sin pensar en su propia integridad física, utilizó su cuerpo para amortiguar la caída. Cuando todo acabó, Lorcan estaba debajo, con Rory encima y el rey en lo alto. Fue el rey quien recibió menos daño, al menos físicamente. Lo que la prensa no sabía, y lo que todos en palacio se afanaban en ocultar, era que el rey se había caído porque había sufrido una apoplejía.

—Rory dijo que Gray se quedó prendado de ella porque era capaz de distinguir a los gemelos —explicó Daire.

—Me pregunto cómo lo ha conseguido. —Lorcan lo miró—. ¿A qué crees que está jugando?

—Ni idea. A lo mejor se enamoró de él a primera vista. —Se miraron y resoplaron.

—Yo digo que está intentando quedarse embarazada —aventuró Lorcan—. Seguro que pincha los condones o algo así.

Daire se encogió de hombros.

—Pero es muy habitual que haya hijos naturales en las casas reales. A Alberto de Mónaco no le ha afectado.

—Creía que nuestro príncipe era más listo.

—Eso no tiene nada que ver —protestó Daire, con voz casi colérica—. Gray se enfrenta a un matrimonio concertado y a un trabajo que nadie en su sano juicio querría. Ojalá que se enamore de ella, o que ella se enamore de él. Da igual una cosa que la otra, pero pienso ayudarlo todo lo que pueda. Y si sale un hijo de la relación, ¡genial!

—Me reservo la opinión hasta conocerla —replicó Lorcan—. Supongo que procederá de la clase más baja de este país o será la dueña de la mansión y el príncipe es su... su...

—¿Juguete? ¿Con sesiones de tórrido sexo salvaje? ¿Algo que recordar cuando se meta en la cama con Danna, la reina de hielo?

—Si lo dices así, ojalá que esta mujer lo esté usando —repuso Lorcan.

—Y dado que vamos a hospedarnos en la misma casa, ojalá que tenga una mansión con varios dormitorios. No me apetece dormir en el suelo.

—La edad te está ablandando.

—¿Eso crees? —dijo, mirándola de reojo.

Graydon y él eran de la misma edad y habían empezado a entrenar juntos de pequeños. Después de que enviaran a Rory al primer internado de muchos, Daire fue el único amigo que le quedó a Graydon. Durante años, habían estudiado juntos, habían practicado deporte y habían intercambiado secretos. Sin embargo, a medida que iban creciendo, la madre de Graydon, la reina, comenzó a separarlos. Graydon necesitaba una educación especial, de modo que empezó a asumir deberes reales a fin de prepararse para su futuro.

Solo después de la universidad, cuando los dos sirvieron en el ejército, volvieron a reunirse. Claro que para entonces, Daire era la única persona que la reina consideraba lo bastante alto en el escalafón, y lo bastante preparado, como para continuar con el riguroso entrenamiento que le gustaba a Graydon.

Cuando Lorcan se convirtió en su escolta, encajó a la perfección con los dos, y desde aquel entonces habían formado un equipo. Al menos, hasta que Graydon dijo que se iba a Nantucket para asistir a una boda. Después de eso, todo había cambiado.

Y, en ese momento, las cosas estaban cambiando todavía más. El príncipe Rory tenía un brazo en cabestrillo y el rey estaba escondido en una clínica suiza, mientras que Daire y Lorcan tenían la misión de ir a Nantucket y mantener lejos de su país al hombre a quien se creía que era Rory.

—Ahí está —dijo Lorcan—. Kingsley Lane. Gira aquí.

Toby solo atinaba a mirar boquiabierta a las dos personas que habían entrado en la casa. Decir que eran magníficos se quedaba muy corto. Los dos eran muy altos, él seguro que superaba el metro noventa y ella medía metro ochenta por lo menos. Los dos tenían el pelo y los ojos tan negros como el azabache, con una piel dorada. Él tendría la edad de Graydon, treinta y pocos años, mientras que ella era bastante más joven, tal vez de su misma edad. Iban vestidos de negro, con cuero y lana, y algún que otro destello plateado. Su vestimenta y su postura tan rígida habrían llamado la atención de por sí, pero además tenían unas facciones bonitas: ojos ligeramente rasgados, narices afiladas y labios generosos. Si lo tenía todo en cuenta, parecían proceder de tiempos antiguos.

Cuando entraron en la casa, Graydon y el hombre comenzaron a hablar en un idioma que Toby supuso que era lanconiano. Solo había escuchado palabras sueltas. Era una lengua grave, con palabras guturales, un sonido antiguo... y precioso.

Sin embargo, era evidente que algo marchaba mal, ya que Graydon fruncía cada vez más el ceño a medida que escuchaba al otro hombre.

Toby permaneció a un lado, a la espera de que le contaran qué había pasado. Al cabo de un momento, hizo ademán de colocarle una mano a Graydon en el brazo y preguntarle qué pasaba, pero la mujer le dirigió tal mirada que acabó bajando la mano y retrocediendo un paso. Le dio la impresión de que si intentaba tocar al príncipe, la mujer la golpearía.

Al final, Graydon saludó formalmente a los dos. El hombre y él se aferraron los brazos a la altura de los codos, con las cabezas inclinadas hacia delante. Graydon no tocó a la mujer, pero se sonrieron con gran afecto. Era evidente que los tres se conocían muy bien.

Graydon se volvió hacia Toby.

—Tengo que... —comenzó, pero parecía tan abrumado por las noticias recibidas que fue incapaz de terminar.

—Si me necesitas, estaré fuera —dijo ella en voz baja antes de mirarlo con una sonrisa alentadora. Graydon la miró con gratitud.

Salió por la puerta trasera de la cocina. Supuso que algo malo había sucedido en Lanconia y que los recién llegados habían aparecido para comunicarle las noticias a Graydon. Esperaba de todo corazón que nadie hubiera muerto. En la mayoría de los casos, una muerte en la familia era una tragedia, pero en el caso de Graydon podría significar que se había convertido en rey.

Entró en el invernadero y comenzó a regar las plantas como todos los días. De vez en cuando, miraba hacia la casa, pero no vio a nadie. Al margen de lo que hubiera sucedido, estaba segurísima de que Graydon se marcharía pronto. A esas alturas, seguramente ya habrían subido a la planta alta y uno de ellos, tal vez la mujer, le estuviera haciendo el equipaje. Sonrió al recordar que Graydon le había dicho que no se ocupaba de los equipajes. ¿Lo sabrían ellos? La mujer no parecía de las que sabían doblar los jerséis como era debido.

Toby levantó las hojas de un geranio oloroso para regar la tierra. Las hojas húmedas se pudrían en los invernaderos.

Por supuesto, Graydon tendría que regresar un día antes, pensó. Era un príncipe y tenía obligaciones. El hecho de que casi se le hubiera olvidado en los últimos días carecía de importancia. No lo había pensado antes, pero en ese momento no contaría con la ayuda de nadie para planear la boda de Victoria. Podría pedírselo a... En fin, en ese preciso momento no quedaba nadie en la isla a quien pudiera pedirle ayuda. Nunca había sido de las que tenían un millón de amigos. No, ella tenía unos pocos amigos muy cercanos, y cuando estaba lejos de ellos...

Colocó seis macetas de camelias en el suelo y empezó a frotar y a desinfectar la estantería que ocupaban normalmente. Tal vez Jared o Lexie conocieran a alguien que quisiera compartir casa en verano. Sin embargo, ¿dónde iba a encontrar a alguien que la ayudase a cocinar y a preparar la boda de Victoria? ¿Dónde iba a encontrar a alguien que la hiciera reír?

Estaba devolviendo las plantas a la estantería cuando levantó la vista y vio al hombre recién llegado dirigirse hacia el invernadero. ¡Era guapísimo! Y caminaba como si estuviera preparado para entrar en acción en cualquier momento.

Fue a la puerta mientras se limpiaba las manos en el enorme delantal que llevaba puesto y salió para recibirlo.

—¿Qué ha pasado? —preguntó, aunque se interrumpió enseguida—. No era mi intención ser maleducada, pero ha pasado algo. ¿Puedo ayudar con el equipaje?

El hombre la miraba como si algo lo desconcertara.

—Su Alteza me ha enviado para contárselo todo.

Por un instante, Toby no entendió lo que le estaba diciendo.

—¿Cuándo se va Graydon?

—No se va a ir. Tiene que quedarse más tiempo y nos gustaría alojarnos en su casa. Con su permiso, por supuesto. Tal vez mi compañera y yo podamos usar el segundo dormitorio.

Toby sintió un alivio tan enorme al saber que Graydon no se marchaba, que no la iba a dejar sola, que esbozó una sonrisa de oreja a oreja.

—Señor...

—Daire —suplió él, que no le ofreció ni su posición ni su apellido siquiera.

135

—Muy bien —murmuró y decidió tutearlo—. ¿Por qué no te sientas ahí y me cuentas qué está pasando mientras yo me ocupo del jardín? —preguntó al tiempo que señalaba con la cabeza un banco—. ¡Ah! Y vais a tener que hacer hueco en la planta baja... a menos que compartas habitación con Graydon. —Lo miró—. ¿O la comparte con... con ella?

Daire abrió los ojos de par en par por la sorpresa.

—¿Con Lorcan? Es su protectora. Creo que el término correcto en tu idioma es escolta —le explicó el hombre, que también había decidido tutearla.

Toby jadeó.

—¿Hay peligro? ¿Alguien ha amenazado a Graydon?

—No —contestó Daire, que bajó la voz.

Aunque a Toby le pareció una voz agradable, pensó que no podía compararse con la de Graydon, que era más grave y sonora.

—No hay peligro ni amenaza alguna. Lorcan y yo sabemos que los gemelos se han intercambiado, de modo que nos ofrecimos voluntarios para venir y proteger al hombre al que todos toman por el príncipe Rory. Pero hay algunas cosas que el príncipe Graydon tendrá que llevar a cabo en las próximas semanas.

Toby, que seguía con la manguera en la mano, se quedó petrificada.

—¿Semanas? ¿No pueden retomar sus papeles sin más? —Levantó una mano antes de que Daire pudiera contestarle—. A menos que haya pasado algo para que ya no sean idénticos. Por favor, dime que Rory no subió la escalinata de palacio en moto y acabó partiéndose una pierna.

Daire se echó a reír al escucharla, y al hacerlo, se relajó. Le quitó la manguera de las manos.

—Por favor, siéntate mientras te lo cuento todo. Pero, antes de nada, ¿por qué tengo que compartir dormitorio con Gray?

Toby lo miró a la cara.

—Desconozco las costumbres de Lanconia, pero te aseguro que no vas a compartir dormitorio conmigo.

Daire se echó a reír otra vez y después abrió el grifo y comenzó a regar las flores que crecían junto a la valla.

Toby no se sentó, sino que lo acompañó mientras regaba, de modo que pudiera quitar las malas hierbas. Daire le contó que Rory se había tirado al suelo para proteger a su padre de una caída por la escalinata de mármol y que se había roto una muñeca.

—Y Lorcan se llevó unos buenos golpes —continuó él, que procedió a contarle su heroicidad.

Toby vio cómo se le suavizaban las facciones al hablar de la guapísima mujer.

—¿Y ella qué es para ti...?

—Mi pupila. La he entrenado desde que era pequeña.

Tal como hablaba, parecía que fuera un anciano... algo que sus ojos le indicaban que no era verdad.

—Y eso ¿cómo te deja a ti? ¿Qué tienes: cincuenta y dos o cincuenta y tres años?

Por un momento, Daire se quedó desconcertado, pero después apareció un brillo risueño en sus ojos.

—Mi edad depende del día, o eso parece. Espero fervientemente que Lorcan deje de entrenarse unos días para que mis viejos huesos puedan descansar.

Toby lo miró. Resultaba sencillo ver que, bajo la ropa, había un cuerpo musculoso. Como el de Graydon, pensó.

—Ya veo que eres un hombre muy perezoso.

Cuando Daire le devolvió la mirada, en sus ojos vio un fuego intenso y seductor que la dejó sin aliento. Se apresuró a quitar unas malas hierbas y a tirarlas al montón. Desde luego que Graydon nunca la había mirado así, pensó, y, de repente, la asaltó una oleada de rabia. Ese hombre acababa de conocerla y la encontraba atractiva, pero ¡Graydon nunca lo había hecho! Mantuvo la cabeza agachada.

—Bueno, ¿y ahora qué?

—El príncipe Graydon tiene que permanecer lejos de Lanconia hasta que la muñeca de Rory se cure. Podríamos ponerle una escayola, pero los médicos se darían cuenta. Y ahora mismo no queremos que nadie se entere de que el rey está incapacitado ni de que los hermanos han... —Se detuvo en un intento por encontrar las palabras exactas.

—¿Le han gastado una broma infantil a todo el país? —sugirió Toby.

—Pareces entenderlo a la perfección.

—Es cosa de sentido común —repuso Toby, que levantó la cabeza—. Si el rey no está, ¿quién se encargará de sus obligaciones? Lo siento, pero no sé mucho sobre Lanconia. ¿Las obligaciones de la familia real consisten en inauguraciones o son más importantes?

Daire suspiró.

—Si solo tuvieran que hacer eso, sería fácil, pero todos los visitantes importantes que acuden al país quieren tratar con la familia real. Les gusta decir que han negociado un contrato con el rey o con su hijo, no con un comité de expertos. Quieren que se los agasaje con buen vino y buena comida en palacio.

—Ah —exclamó Toby, que se sentó en el borde de uno de los arriates—. Graydon podría encargarse de todo, pero según tengo entendido, Rory no ha pasado el tiempo suficiente en Lanconia para saber lo que debe hacer. —Miró a Daire, que la observaba sin soltar la manguera. Ella se protegió los ojos del sol colocándose una mano en la frente—. Graydon va a tener que encargarse del trabajo del rey y también del de Rory, ¿verdad? Y desde la otra punta del mundo.

—Veo que entiendes el problema.

Toby fue incapaz de contener la sonrisa. Daire parecía estar muy orgulloso de ella.

—¡Un momento! ¿Qué pasa con la fiesta de compromiso? Rory no puede hacerlo, ¿verdad? Además, ¿la mujer está al tanto del intercambio?

Daire se volvió para que no pudiera verle la sonrisa. Lady Danna era «la mujer», ¿no?

—No, no está al tanto. Se ha mostrado muy solícita con el príncipe Rory por su herida y lo llama Graydon. No podemos permitir que se comprometa con el hombre equivocado, porque una vez que se lleve a cabo el compromiso, es tan vinculante como un matrimonio. Pero Lorcan y yo ya lo hemos previsto: llevaremos en secreto a Graydon de vuelta a Lanconia la noche previa a la ceremonia y después lo sacaremos del país de la misma manera.

—Pero ¿no iría Rory a ver a su padre a la clínica?

—Hemos emitido un comunicado de prensa en el que informamos de que el rey se está relajando en un spa, de modo que una visita no programada de Rory llamaría la atención al respecto. Es mejor que nadie se entere de la apoplejía del rey. Después de la ceremonia, si el rey no muestra signos evidente de mejora, abdicará y Graydon subirá al trono.

Toby miró hacia la casa. Eso quería decir que muy pronto Graydon sería rey, pensó.

—¿Qué está haciendo ahora?

—Le está indicando a su hermano cómo lidiar con el presidente de un país que muy pocas personas conocían hasta hace seis años. Una oveja se cayó a un agujero y cuando la sacaron, se le habían enganchado cuatro diamantes lilas en la lana. Desde ese mismo instante, los habitantes del país han estado agujereando el terreno en busca de más diamantes.

—¿Han encontrado más?

—Unos cuantos —contestó Daire—. El anillo de compromiso de lady Danna contiene uno.

—Mira tú qué bien —dijo Toby, con cierto retintín.

Daire la estaba observando.

—Lady Danna desconoce todo este asunto. Solo te hemos confiado a ti los secretos de nuestro país.

—No te preocupes —aseguró—. No soy una chivata.

Daire hizo ademán de replicar, pero se abrió la puerta trasera de la casa y apareció la despampanante Lorcan. Parecía mirarlos con desaprobación.

—Creo que me necesitan —dijo Daire, tras lo cual le hizo una pequeña reverencia—. Ha sido un placer.

—Lo mismo digo —repuso Toby, y se sonrieron.

Daire dio un par de pasos hacia la casa, pero se volvió.

—A lo mejor mañana podríamos entrenar juntos.

—No soy muy atlética —dijo Toby.

—Te enseñaré... —replicó él. La miraba con expresión penetrante.

—Vale —fue lo único que atinó a replicar ella.

—Te permitiré elegir las armas. —Tras volverse, echó a andar hacia la casa con paso ligero.

—¿Armas? —repitió Toby mientras enrollaba la manguera, tras lo cual pensó que a Victoria podría gustarle una boda lanconiana. A lo mejor dos hileras de esos gloriosos hombres podrían conformar un túnel de espadas por el que pasaría Victoria. Desde luego que tendría dramatismo.

—Has estado fuera mucho tiempo —dijo Graydon cuando Daire entró en el comedor, donde habían montado el despacho.

Rory estaba en la pantalla del portátil.

—¡Hola, Daire! —gritó—. ¿Te gusta Nantucket?

Daire giró la pantalla para poder verlo.

—No he visto mucho —contestó en lanconiano—, pero las calles son muy bonitas y amplias.

Los dos se echaron a reír. Costaría mucho encontrar calles más estrechas que en Lanconia o en Nantucket.

—¿Qué te parece Toby? —preguntó Rory.

—Muy simpática. Se imaginó que tú eras el causante del problema y preguntó si habías subido la escalinata de palacio en moto y te habías partido una pierna.

—¡Eso me ha dolido! —exclamó Rory al tiempo que se llevaba una mano al corazón—. Dile que resulté herido al comportarme como un héroe.

—¡Ja! —replicó Daire—. Lorcan amortiguó tu caída. De no haber actuado tan deprisa y con tanto acierto, los dos os habríais partido el cuello.

Rory dejó de reírse.

—¿Cómo está?

Daire se sentó delante del portátil.

—Peor de lo que deja entrever.

—Dale las gracias de mi parte y dile que siento que mi padre esté tan gordo.

Daire sonrió.

—Descuida, lo haré.

—Sé que a Gray le preocupa todo esto. —Rory bajó la voz—. Dile que lo haré lo mejor que pueda, pero que un embajador ruso viene mañana. Por Naos, ¡no sé lo que estoy haciendo!

Daire se acercó más al micrófono.

—Al hombre le gustan el vodka y las mujeres muy altas —confesó en voz baja, y después levantó la vista y vio que Graydon estaba escuchando. Alzó la voz—. Te aconsejo que hagas caso a tu hermano y lo obedezcas.

—Eso pensaba hacer —contestó Rory con el mismo tono de voz, y Daire se apartó.

—¡Acuéstate! —le ordenó Graydon a su hermano—. Seguiremos hablando mañana. —Cortó la videoconferencia, se acomodó en el sillón y miró a Daire—. ¿De qué has estado hablando con Toby tanto tiempo?

—Le he contado por qué estamos aquí y hemos hablado de cómo vamos a dormir y demás. Me sorprendió comprobar que dormís en habitaciones separadas.

—Es una muchacha inocente y tengo la intención de que siga siéndolo.

—En ese caso, ¿por qué narices estamos aquí? —preguntó Daire, confundido a más no poder.

—Yo... —Graydon no encontró una explicación plausible—. La estoy ayudando a planificar una boda.

Daire lo miró con sorna.

—¿Has escogido ya los colores?

—¿Qué te parecen los colores negro y azul para combinar con el aspecto que te voy a dejar cuando nos enfrentemos de nuevo?

—Me muero de impaciencia. ¿Comemos? ¿O estos yanquis te han convertido en un vegetal y ahora te alimentas de tofu y coles?

—Se dice «vegetariano» y los habitantes de Nantucket comen muy bien. Iré en busca de Toby —dijo Graydon, pero lo llamaron al móvil... bueno, al móvil de Rory, y en el identificador de llamadas vio que se trataba de una llamada de palacio—. Tengo que contestar.

—En ese caso, será un placer ir a buscar a la señorita Toby —anunció Daire, que salió del comedor antes de que Graydon pudiera protestar.

Cuando Graydon terminó de hablar, entró en la cocina y vio a Daire y a Toby sentados el uno al lado del otro a la mesita redonda que él había limpiado, en la estancia que él había despejado.

La mesa estaba cubierta con alimentos lanconianos que Daire y Lorcan les habían llevado: carne asada, salchichas, patés, rebanadas de pan de cereales, quesos, aceitunas, uvas encurtidas, pasas, nueces e incluso cerveza lanconiana. Dado que viajaban con inmunidad diplomática, habían podido pasarlo todo por las distintas aduanas.

—Prueba esto —la instó Daire, y como Toby tenía las manos llenas, él le colocó el bocado en los labios.

—Buenísimo —dijo ella—. ¿Qué condimento lleva? Nunca he probado nada igual.

—Una hierba aromática que crece en la cima de nuestras preciosas montañas. A lo mejor un día puedo llevarte.

—¡Me encantaría!

Lo que sintió Graydon al verlos fue lo mismo que sintió aquella primera noche, cuando se abalanzó sobre Rory por hablar de ella. Pero en ese momento, con Daire, le entraron ganas de arrancarle la cabeza.

Dio un paso al frente, pero Lorcan apareció a su espalda y le sujetó los hombros con las manos antes de empezar a masajearle el cuello con los pulgares. Parte del entrenamiento de Lorcan había consistido en tratar la tensión que se acumulaba antes de un combate y las heridas provocadas durante el mismo.

—Es Daire —le dijo ella al oído—. Les tira los tejos a todas las mujeres guapas. No significa nada.

—Toby es más que una mujer guapa —masculló Graydon.

—Seguro que sí —repuso Lorcan, que intentó no parecer condescendiente. Tal vez el príncipe Graydon creyera que la estadounidense era única, pero ella no parecía sentir lo mismo por él. Evidentemente, era capaz de pasar de un hombre a otro sin problemas.

A lo mejor, pensó Lorcan, podría desenmascarar los verdaderos objetivos de esa coqueta. Si lo conseguía, tal vez cuando el príncipe Graydon volviera a casa no sería tan desdichado. Aunque no le gustaba lady Danna, desde luego que era preferible a esa chica, que parecía quedarse prendada de cualquier hombre que se cruzara en su camino.

En cuanto a Daire, que en ese momento tenía la cabeza tan cerca de la rubia que casi se estaban tocando, estaba casi segura de que había pensado lo mismo que ella. Tal vez los dos querían demostrarle al príncipe Graydon que no valía la pena arriesgarse tanto por esa mujer.

Cuando Toby levantó la vista y vio a la guapísima Lorcan con las manos en el cuello de Graydon, se dio cuenta de que tenía los ojos clavados en Daire.

«Qué interesante», pensó. Miró a Graydon con una sonrisa y le indicó con la mano que se sentara junto a ella.

—Seguro que estás muerto de hambre. Siéntate a comer. —Cuando él se sentó a su lado, se percató por su mirada o por su silencio de que estaba muy alterado. ¿Estaría preocupado por su padre?, se preguntó. ¿O era preocupación por Rory y por lo que pudiera hacer con el país sin nadie que lo guiara?—. Prueba esto —lo invitó al tiempo que untaba una rebanada de pan con un queso de color amarillo claro.

—¡No! —protestó Lorcan desde el otro lado de la mesa.

Era la primera palabra en su idioma que Toby la había escuchado pronunciar.

—¿Qué pasa?

Lorcan dijo algo en lanconiano.

—Dice que al príncipe Graydon no le gusta ese queso —contestó Daire.

—Ah, lo siento.

Toby los miró uno a uno y por fin comprendió lo que pasaba. El coqueteo de Daire, sus preguntas sobre el reparto de dormitorios y su evidente sorpresa, el desdén de Lorcan y, por último, el silencio de Graydon no tenían nada que ver con Lanconia. Todos habían hecho suposiciones sobre ella y le estaban demostrando las conclusiones a las que habían llegado. Al parecer, los dos recién llegados la consideraban una especie de *femme fatale* que intentaba alejar a su adorado príncipe de su país y de sus obligaciones. En cuanto a Graydon... Costaba creerlo, pero ¡parecía que estaba celoso! ¿¡De verdad creía que iba a meterse en la cama con el guapo Daire!?

Soltó la rebanada y apartó la silla de la mesa.

—En fin, creo que ya he comido de sobra. Os dejo para que habléis de vuestras cosas. —Se levantó y se dirigió a la puerta principal.

Salió de la casa sin un destino en mente. Solo sabía que tenía que marcharse de allí.

Había empezado a llover, era una llovizna suave, típica del verano, lo que quería decir que no caían árboles ni salían tejados volando. En Nantucket, el término «tormenta» se quedaba bastante corto.

Permaneció al otro lado de la puerta unos segundos, pero al escuchar algo tras ella, echó a andar hacia la calle a toda prisa. Cuando la alcanzó, se percató de que la puerta de la enorme casa que había al otro lado, la que los familiares de Graydon habían comprado, estaba abierta de par en par. No creía que hubiera nadie, lo que quería decir que a alguien se le había olvidado cerrar la puerta con llave. El viento y la lluvia acabarían entrando en la casa. Además, necesitaba un lugar al que ir, un sitio en el que pudiera pensar.

La lluvia la azotó mientras corría para entrar en la casa. El suelo de mármol del vestíbulo estaba mojado. Aferró el pomo de la puerta y la cerró.

Se apoyó contra la madera un segundo. Ante ella había puertas a izquierda y a derecha, con una ancha escalera en el centro. Decidió subir.

Al llegar arriba, vio dos puertas abiertas. Un relámpago le mostró un dormitorio a la derecha, de modo que se dirigió a esa habitación. El dormitorio estaba sucio, con telarañas y mucho polvo, y en el centro había una enorme cama de roble. Al ver su tamaño, pensó que, para sacarla, tendrían que cortarla por la mitad. Una amplia chimenea ocupaba un lateral de la estancia, y las molduras de madera que la enmarcaban estaban decoradas con ramilletes de rosas y hojas talladas.

Al fondo del dormitorio vio dos puertas, y Toby se guio por el instinto para abrir la de la izquierda. Se encontró en lo que parecía haber sido una biblioteca. Era una estancia pequeña. Acogedora.

Había una pequeña chimenea en una de las paredes, rodeada por estanterías. Las dos paredes que la flanqueaban también tenían estanterías, todas vacías y muy polvorientas. En la cuarta pared había un ventanal, y bajo este, un sofá viejo de respaldo curvado.

Debido a la lluvia, la habitación estaba en penumbra, pero el lugar tenía algo que hacía que se sintiera en paz. Cuando se sentó en el viejo sofá, una nube de polvo se alzó a su alrededor, pero le dio igual.

Apoyó la cabeza en el respaldo y echó un vistazo a su alrededor. Casi podía imaginarse cómo había sido la habitación en sus tiempos. En las estanterías habría libros encuadernados en piel, la chimenea estaría encendida con un alegre fuego y ella llevaría un largo camisón blanco. Pese al fuego, hacía fresco en la habitación, de modo que se arrebujó con el chal. Sabía que era rojo, de cachemira, y que alguien, tal vez el capitán Caleb, lo había llevado de vuelta tras su última travesía a China. Sonrió por la imagen tan clara, cerró los ojos y se durmió.

Soñó con alguien que le tocaba la mano, se la besaba y se la colocaba en una mejilla áspera por la barba. Esbozó una sonrisilla, porque sabía que quería muchísimo a ese hombre.

—Toby —dijo una voz ronca.

Abrió los ojos y vio a Graydon inclinado sobre ella, con expresión preocupada. Por un instante, fue incapaz de pensar con claridad. El sueño había sido tan real que la sorprendió no ver libros en las estanterías ni el fuego en la chimenea ni llevar un camisón blanco con un precioso chal rojo sobre los hombros.

Se irguió en el sofá.

—Vete.

Graydon retrocedió y se tensó por entero.

—Como gustes... —repuso él con formalidad y echó a andar hacia la puerta, pero se detuvo y se volvió para mirarla—. Toby...

Cuando Toby lo miró, lo hizo con lágrimas en los ojos.

—¿Te das cuenta de que me han tomado por una mujer ligera de cascos que intenta que abandones tu país? O a lo mejor intento sonsacarte información clasificada. El asunto es que me han juzgado ¡y me han declarado culpable!

—Lo sé —le aseguró él en voz baja—. Aclararé la situación. Asumiré toda la culpa.

Lo miró fijamente.

—Soy incapaz de saber qué está pasando con mi vida ahora mismo. Desde que te conocí, todo está patas arriba. Mi amiga Lexie se va de la isla de repente, me encargan la organización de un acontecimiento importantísimo y me quitan mi trabajo habitual. Y tú has estado presente en todo momento. Es como si hubieras movido los hilos para que pasara todo eso.

Graydon estaba de pie junto a la puerta, y pareció tensarse todavía más a cada palabra que escuchaba.

—Pero ¿por qué? —preguntó ella. Las lágrimas caían por sus mejillas—. ¿Qué hay entre nosotros? Durante días, te has comportado como si fueras mi mejor amigo. Íbamos a sitios y hacíamos cosas juntos. Cada minuto ha sido maravilloso. Pero no había nada... —Inspiró hondo—. Nunca ha habido un ápice de intimidad entre nosotros. Nada físico, nada de compartir secretos. Ni un atisbo de complicidad. Aunque hemos estado viviendo juntos, somos desconocidos.

Al escucharla, la rigidez de Graydon, esa postura que usaba para protegerse del mundo, desapareció.

—¿Eso es lo que crees? —preguntó, y parecía sorprendido y ofendido a la vez—. Lo que he compartido contigo nunca lo había compartido con nadie, ni siquiera con mi hermano.

Toby se puso en pie. No fue consciente hasta ese momento, pero la rabia había ido creciendo en su interior.

—Pues yo no lo veo así.

Graydon frunció el ceño mientras intentaba averiguar qué había provocado ese arrebato.

—Lorcan no debería haber delatado que no me gusta el queso Ulten. No era asunto suyo.

Toby apretó los puños.

—No tiene nada que ver con el queso. Esa mujer me estaba dejando claro que le perteneces.

Graydon se quedó pasmado.

—Lorcan y yo nunca hemos...

Toby levantó las manos.

—¿Cómo es posible que los hombres seáis tan lerdos? ¿Cómo podéis vestiros solos si no tenéis ni dos dedos de frente?

Graydon puso los ojos como platos.

Tras soltar el aire que había retenido, Toby aflojó los puños.

—¿Alguna vez te ha gritado una mujer?

—No —contestó él—. ¿Puedo confesar que me resulta muy desconcertante? He intentado ser cortés en todo momento. He tenido unos cuantos lapsus en cuanto a lo que dictan las buenas maneras. Tú con... —Señaló su atuendo con la mano—. No debería haber permanecido en la habitación cuando llevabas tan poca ropa, pero fui incapaz de marcharme.

—No lo pillas, ¿verdad? —Toby se enjugó las lágrimas. Ya no tenía ganas de llorar. La rabia la acicateaba—. ¿Daire está casado? —preguntó de repente.

—No, no lo está.

—Me lo preguntaba porque me ha dejado saber que si estoy dispuesta, él también. Ahora mismo, creo que me apetece aceptar su proposición. —Tras decir eso, echó a andar hacia la puerta y entró en el dormitorio.

Graydon la cogió del brazo. Tenía una expresión feroz. De no conocerlo, le daría miedo.

—No te vas a acostar con mi hombre.

Lo fulminó con la mirada.

—Que yo sepa, tengo libre albedrío. —Se zafó de su mano y avanzó un paso, pero después lo miró—. ¿Quieres que te diga algo sobre mí? —No le dio tiempo a contestar—. No soy virgen porque me esté «reservando para el matrimonio». Eso lo dije porque está de moda y queda bien. La verdad es que ningún hombre me ha hecho experimentar la pasión de la que he leído en los libros. Cuando estaba en la universidad, las chicas volvían con la ropa del revés y se echaban a reír mientras hablaban del tema. ¡Pero yo no! Ni una sola vez me tentaron esos chicos. Pero cuando Daire me miró, sentí algo. Claro que después me di cuenta de que dado que tú eres una versión algo más baja y más pálida de su persona, te deseaba a ti, pero... —Levantó las manos—. Bueno, ¿qué más da? Ni que te interesara de esa forma. —Se volvió y echó a andar hacia la escalera.

—¿De eso se trata? —preguntó Graydon a su espalda—. ¿Crees que no te deseo?

Toby lo fulminó con la mirada.

—Pues claro que no. Estás comprometido con otra. O casi. Vas a casarte con una mujer que me imagino que será altísima y de ojos negros que miraría con desdén a una paliducha rubia como yo. Seguro que es capaz de luchar con una lanza o con cualquier otra arma. ¡Oye! Nantucket tiene un concurso de lanzamiento de arpón, a lo mejor Lorcan y tu adorada Danna podrían participar. Seguro que lo ganan.

Toby corrió escaleras abajo, pero él la atrapó al llegar a la planta baja y la agarró de los hombros.

—¡Suéltame!

Sin embargo, no lo hizo. Acercó la cara a la suya.

—¿Cómo es posible que no te hayas dado cuenta? —preguntó, con una mirada casi tan furiosa como la de Toby—. ¿Cómo es que no te has percatado de lo que sufro cada día que paso contigo? Estar tan cerca y no poder tocarte me está destrozando. Me paso las noches en vela, en ese dormitorio que está tan cerca del tuyo, y me imagino que voy en tu busca, que me meto en tu cama y te estrecho entre mis brazos.

—Pero nunca has hecho ni has dicho nada para que pueda percatarme de eso.

—Sueño con besarte el cuello. —Sus ojos parecían dos ascuas candentes, y las chispas demostraban el deseo que sentía por ella.

Mientras le clavaba los dedos en los brazos, Toby vio a un hombre distinto del que reía con tanta facilidad. Ese hombre no parecía reír por nada. Ese hombre parecía uno de sus antepasados guerreros.

La estrechó contra su duro pecho, sin demostrar piedad, con fuerza.

—Por la mañana, me inclino sobre ti para aspirar el aroma de tu pelo. Solo una suave inspiración, es todo lo que pido.

—Graydon —susurró, pero él le impidió hablar.

—He visto mujeres de todas las nacionalidades, de todas las formas y de todas las tallas, pero nunca he deseado a una tanto como te deseo a ti. —Su voz sonaba más como un gruñido que como una voz humana—. Llevo queriendo tocarte, acariciarte y hacerte el amor desde el primer día.

Toby lo miraba sin dar crédito a lo que escuchaba. Le estaba provocando sensaciones que nunca antes había experimentado. Por primera vez en la vida, estaba sintiendo lo que las otras chicas; eso que las llevaba a suspirar y a reírse... ¡y era una sensación maravillosa! Y poderosa, la verdad. Jamás en la vida se había sentido tan... En fin, tan orgullosa de ser mujer.

Era muy tentador, tanto como el pecado original, acercar los labios a los de Graydon y... ¿y qué? ¿Lo harían en el suelo?

Reprimiendo una sonrisa triunfal, lo apartó... y tuvo que ejercer una fuerza considerable para hacerlo. Sí, por fin veía en sus ojos lo que había deseado ver. Su cuerpo irradiaba calor, como el fuego, y la tentaba. En comparación, Daire parecía un niño. En ese momento, entendía por qué los antepasados de Graydon se habían hecho con la corona.

—No —dijo en voz baja—. No voy a rendirme ante ti. Se puede decir que eres un hombre casado.

Graydon retrocedió y se apoyó en la barandilla de la escalera.

—Creías que no te deseaba y te he demostrado que sí. Sin embargo, ¿me rechazas?

—Sí, lo has entendido a la perfección. Pero al menos ahora sé a qué atenerme contigo y de qué va todo este asunto. Voy a decirte algo, Graydon Montgomery: no pienso enamorarme de ti. —Abrió la puerta de par en par, se echó a un lado y se volvió para mirarlo, a la espera de que se marchara.

Graydon parecía querer decir algo, si bien no fue capaz de pronunciar palabra. Saltaba a la vista que estaba aturdido.

Aunque le costó la misma vida, Toby no lo consoló. Le había ocultado sus verdaderos sentimientos desde que se conocieron, y eso la enfadaba muchísimo. Y en ese momento, después de revclarlos, Graydon había pensado que ella se rendiría al instante.

Pues no, ¡se valoraba muchísimo más!

Graydon se metió las manos en los bolsillos y se marchó.

13

En cuanto Graydon salió, Toby resbaló en el suelo de mármol mojado y se golpeó la cabeza con el canto de la puerta. Consiguió recuperar el equilibrio antes de llegar al suelo, y por un instante se quedó donde estaba, observando cómo se alejaba Graydon por el camino que llevaba a la carretera. Jamás lo había visto con los hombros encorvados como los tenía en ese momento. Aunque la lluvia lo golpeaba con fuerza, parecía ajeno a ella.

Lo observó hasta que cruzó la carretera y entró en su casa. Parte de ella esperaba que se volviera para mirar hacia atrás y verla en la puerta, pero no lo hizo.

Tras cerrar la puerta principal, apoyó la espalda en la madera un instante. Sabía que tardaría un buen rato en tranquilizarse. Y necesitaba pensar en todas las cosas que estaban sucediendo en su vida. Algo que tenía muy claro era que si tuviera dos dedos de frente, les diría a los lanconianos que se fueran, incluyendo al casi casado Graydon. Kingsley House estaba libre de invitados, así que tal vez pudieran alojarse allí.

Pero necesitaba tiempo para decidir qué hacer. Un relámpago iluminó brevemente el vestíbulo y Toby miró las puertas que llevaban a las distintas estancias. Tal como había sucedido en la planta alta, supo cuál debía abrir. La estancia de la derecha era amplia, y tenía una chimenea enorme en un lateral. A su lado había un armarito.

—Se ha construido sobre el antiguo horno —dijo en voz alta y frunció el ceño.

Era evidente que había participado en demasiadas visitas guiadas por las antiguas casas de Nantucket.

En el otro extremo de la estancia había otra puerta que Toby procedió a abrir. Tras ella descubrió una habitación pequeña con una chimenea.

De repente, se sintió mareada, y cuando se llevó la mano a la cabeza, notó algo húmedo. La luz de otro relámpago la ayudó a ver la sangre que tenía en los dedos. Al resbalarse en el vestíbulo debía de haberse hecho un corte en la cabeza. Sabía que debería irse a casa para curárselo, pero la idea de enfrentarse a Graydon en ese momento la hizo titubear. Necesitaba sopesar todos los aspectos de la situación. ¿Qué sucedería después de las revelaciones de Graydon? ¿Habría llegado la amistad a su fin? ¿Debería seguir los consejos de Lexie y pasárselo en grande en la cama con Graydon durante las siguientes semanas, aunque supiera que lo iba a pasar fatal cuando él se marchara? Y además, ¿serían capaces de mantener una relación tan cerca de Daire, con sus coqueteos, y de las miradas desdeñosas de Lorcan?

Cuanto más lo analizaba, más marcada se sentía.

Echó un vistazo por la pequeña estancia. El único mueble que había era un catre, situado junto a una pared.

—¿Dónde está la mesa para jugar a las cartas? —susurró.

¿Y dónde estaba ese sofá tan incómodo cuya tapicería había bordado su tía abuela Marjorie? Aunque, claro, había tenido tiempo de sobra para hacerlo, ya que enviudó a los veinticuatro años.

—La misma edad que tengo yo —dijo en voz alta, y se sintió mareada otra vez. ¿Cómo era posible que se inventara esas cosas? Necesitaba vendarse el corte de la cabeza.

Acababa de poner la mano en el pomo de la puerta cuando volvió la cabeza y clavó la vista en el panel de madera de una de las paredes. Aunque no la distinguía, sabía que había una puerta. Oculta tras el panel de madera. De hecho, era completamente invisible aunque se mirara la pared con atención.

No obstante, Toby sabía que estaba allí y también sabía cómo abrirla. El pestillo de bronce se encontraba oculto tras un trozo de madera que había que mover.

Era como si algo la obligara a acercarse a esa parte de la estancia, pero al mismo tiempo se rebeló contra el impulso. Sabía que tras esa puerta había algo horrible. ¡No! Sabía que algo espantoso había sucedido en el interior de la estancia oculta.

Tuvo que empujar con las dos manos para lograr mover la madera. Cuando lo consiguió, estaba llorando. La sangre le caía por un lado de la cara.

«Voy a morir en este lugar», pensó. Y después lo repitió en voz alta:

—Voy a morir en este lugar.

Extendió los brazos para abrir la puerta, pero no fue capaz. Se dio media vuelta.

—Debo irme a casa —dijo—. Debo irme con Garrett. —Se produjo otro relámpago—. No. Con Silas.

Se llevó una mano a la frente y consiguió llegar al catre. Su mente era un torbellino de caras e imágenes que le parecían conocidas y al mismo tiempo extrañas. Vio a Victoria, sonriéndole, con el pelo rojo recogido en un moño en la coronilla. Llevaba un vestido con tanto escote que se sonrojó solo con mirarla. Victoria era muy joven, casi de su misma edad.

—¿Te encuentras bien? —le preguntó Victoria—. ¿O has bebido demasiada sidra? ¿Has bailado demasiado?

Toby se tocó la frente, pero ya no le sangraba.

—¿Por qué no te quedas aquí y descansas un rato? —le sugirió Victoria, que le sonrió—. Sal cuando te hayas recuperado.

Toby se sentó en el sofá y echó un vistazo a su alrededor. Le parecía un lugar conocido, pero tardó un instante en ubicarse.

—¿Estoy en Kingsley House?

—¡Madre mía! Te has pasado bebiendo ese licor que están

sirviendo los Kingsley. ¿No recuerdas que estás en la nueva casa del capitán Caleb? Yo no lo conozco, pero todos se preguntan qué dirá cuando vuelva y descubra que el constructor ha usado su nueva casa para celebrar su boda antes de que él la haya pisado siquiera. Pero claro, nadie parece muy preocupado por la posibilidad de ofender a un Kingsley. Por lo que he oído, están deseando que alguna mujer les diga que no alguna vez y los ponga en su sitio. —Victoria se inclinó hacia ella—. Claro que no te hace falta que yo lo diga, ¿verdad? ¿Has pensado comunicárselo a la familia esta noche?

Toby empezaba a sentirse más despejada, pero la conversación de Victoria no la ayudaba a aclararse las ideas. Se miró y vio que llevaba un vestido similar al de Victoria. Era blanco, con las mangas cortas de farol, un escote revelador, aunque no tanto como el de Victoria, y una falda larga con un precioso festón en el bajo. Recordó vagamente que ella misma lo había bordado, algo absurdo, ya que en la vida había cogido una aguja.

—¿Te refieres a que debo decirle algo a Jared? —preguntó Toby.

—Querida, hay por lo menos doce Jared en esta isla. ¿A cuál te refieres?

—A Jared Montgomery Kingsley el Séptimo —contestó, ofreciéndole el nombre completo.

Victoria sonrió, la tomó de la mano y la ayudó a levantarse del sofá.

—La única Montgomery de esta isla soy yo y te aseguro que no existe ningún Kingsley que me tiente a unir mi apellido al suyo. Son todos unos arrogantes y unos... —Dejó la frase en el aire—. No te estoy diciendo nada que no sepas.

Victoria miró a Toby de arriba abajo y pareció satisfecha con lo que veía.

—He cambiado de opinión. Nada de esconderte aquí. Ven y únete a la fiesta. —La tomó del brazo y la acompañó hasta la puerta.

—¿Qué estamos celebrando? —preguntó Toby con cautela. Victoria se echó a reír.

—¡Estás borracha! Estamos celebrando la boda de John y de Parthenia, pero sé cómo te sientes. Es todo muy sencillo, ¿a que sí? Cuando yo me case, quiero un vestido de seda, con cintas azules en las mangas. Y me casaré con un hombre que me quiera eternamente.

—Eso es pedir demasiado —comentó ella.

—Lo dices porque lo único que tú deseas es un hombre que no muera.

Victoria abrió la puerta y Toby percibió de golpe la música, las risas y el brillo de lo que parecían cientos de velas. Ante ella descubrió una escena que parecía sacada de una película de época. Se encontraban en el salón de la parte trasera de Kingsley House, que estaba lleno de gente ataviada como en las películas de Jane Austen. Las mujeres lucían vestidos similares al suyo: de talle alto y faldas largas y vaporosas. Los hombres llevaban chaquetas que les llegaban a la cintura, con pantalones ceñidos.

Tres hombres se detuvieron frente a Victoria, y esperaron en silencio a que ella reparara en su presencia.

Toby no se sorprendió, ya que la belleza de Victoria era deslumbrante y el escote de su vestido dejaba muy poco a la imaginación.

—¿Estarás bien si te dejo sola? —le preguntó Victoria.

—Por supuesto —contestó ella, aunque lo único que le apetecía era salir corriendo de ese lugar para esconderse.

Victoria se inclinó hacia ella y le dijo al oído:

—Recuerda que esta noche debes decírselo a todos.

—¿Decirles el qué a quién? —quiso saber, y de repente sintió un ramalazo de pánico al pensar que Victoria la dejaría sola.

Victoria se echó a reír.

—De estar en tu lugar, yo también intentaría olvidarlo. —Se alejó hacia las parejas que bailaban—. Come algo. Te aclarará las ideas y te infundirá valor. —Victoria se volvió y Toby se quedó donde estaba.

«Es un sueño», pensó. Un sueño muy real causado por el exceso de emociones de los últimos días.

Retrocedió un paso y se escondió tras unas mujeres que estaban observando a los bailarines. Le sonrieron como si la conocieran, pero Toby no recordaba haberlas visto antes. Se sentía a salvo entre las sombras, no tan abrumada con los detalles del sueño.

A su lado pasó una pareja. El hombre llevaba a la mujer aferrada del brazo con fuerza, como si temiera que ella pudiera huir. Toby dio un respingo al percatarse de que eran Jilly y Ken, que aunque acababan de conocerse ya eran pareja.

Ver a alguien conocido la ayudó a relajarse. Al parecer, estaba incluyendo en el sueño a su círculo de amistades. Victoria, y en ese momento Ken y Jilly. Tenía sentido que todos fueran vestidos a la usanza del periodo de la Regencia inglesa, ya que le encantaban las películas de Jane Austen y las tenía todas en DVD.

—¿A quién más habré incluido en el sueño? —preguntó en voz alta.

—¿Has dicho algo, Tabby? —le preguntó una de las mujeres mayores que tenía delante, que se volvió para mirarla.

Toby sonrió.

—¿Es un diminutivo de Tabitha? —quiso saber.

Las mujeres la miraron con el ceño fruncido.

—Creo que deberías ir en busca de tu madre —le aconsejó una de ellas.

—No —se negó Toby con dulzura—. Este es mi sueño, así que creo que paso de encontrarme con ella. —Rodeó a las mujeres y caminó hacia la puerta. Tuvo que dejar pasar a tres personas, ninguna de ellas conocida, antes de poder hacer lo propio. Cuando lo hizo, se encontró en el pasillo trasero de Kingsley House.

¡La casa estaba nueva! Todo parecía limpio y recién estrenado, como si realmente acabaran de construirla y no tuviera doscientos años. Al final del pasillo, llegó al salón delantero. Siempre había sido la estancia más formal de la casa, donde se encontraban los mejores muebles y todos los objetos preciosos que el capitán Caleb había llevado consigo de sus viajes.

La estancia estaba tal cual Toby la conocía, pero no había tantos objetos. Y todo parecía nuevo. No había ni rastro del viejo sofá en el que Lexie y ella se habían sentado tantas veces. En su lugar vio un diván alargado, con una tapicería bordada con una escena marina: un barco amarrado en un puerto; señoras paseando del brazo de los caballeros; hombres con camisas holgadas, pantalones ceñidos y botas; y trabajadores transportando enormes bultos.

En la estancia había varias personas que la saludaron muy sonrientes.

—Tabby, que no se te olvide comerte un trozo de tarta antes de irte —le dijo un hombre antes de salir del salón acompañado por una mujer.

Toby le aseguró que lo haría y siguió examinando el lugar. En una vitrina situada en un rincón descubrió una caja alargada y lacada que reconoció porque la había visto en el ático de Kingsley House. Cuando trató de abrirla, Lexie le dijo que no había llave, que se había perdido hacía muchos años.

—Podrías llevársela a un cerrajero —le había dicho ella.

—Sí, vamos, es lo primero en la lista de asuntos pendientes —replicó Lexie, y ambas se echaron a reír.

En ese momento, Toby vio que la llave estaba puesta en la cerradura. Tenía sentido que apareciera en el sueño, ya que era un objeto que le había suscitado curiosidad. Giró la llave y abrió la caja. En su interior, había doce figuritas de jade talladas con forma de animal, perfectamente colocadas en unos compartimentos forrados con satén.

—Qué bonito —susurró mientras cerraba de nuevo la caja y echaba la llave.

—¡Aquí estás! —exclamó una voz de mujer tan familiar que a Toby se le puso de punta el vello de la nuca.

«Este es mi sueño», pensó al tiempo que cerraba los ojos con fuerza. «¡Vete! ¡Vete ahora mismo!»

—¿Tabitha? —dijo la mujer—. Valentina me ha dicho que no te encuentras bien.

Toby apretó con fuerza la llave de la caja y se volvió, tras lo cual descubrió la cara de su madre.

Pero por muy parecida que fuera, encontró ciertas diferencias. Por ejemplo, no la miraba con el ceño fruncido como si hubiera cometido un pecado imperdonable. Esa había sido la expresión que la había acompañado durante su infancia, la expresión con la que su madre la había mirado toda su vida. Que ella recordara, nada de lo que hacía lograba contentarla.

Pero esa mujer no la miraba de esa manera. Aunque no había felicidad en los ojos de la mujer, sí que había inquietud. Como si de verdad se preocupara por la posibilidad de que se encontrara mal.

—¿Madre? —susurró Toby.

La mujer le sonrió.

—Parece que no me hubieras visto en la vida.

—En realidad, no estoy muy segura de haberlo hecho.

La mujer se echó a reír, un sonido que no creía haber oído en la vida. Su madre era una persona muy seria. Encargarse de la casa, de que su marido tuviera todo lo necesario y, sobre todo, de buscarle a su hija un marido eran tareas que la consumían por entero.

—Querida, ven conmigo y come algo.

Cuando su madre la tomó del brazo, Toby abrió los ojos de par en par, asombrada. Su madre no era dada a mostrar gestos sencillos de cariño. De modo que no pudo evitar que se le llenaran los ojos de lágrimas.

—Valentina tenía razón. Esta noche estás un poco rara. Vamos. Silas llegará pronto. Ha ido a entregar un ataúd. La gente se muere en los momentos más inoportunos, ¿verdad?

El insensible comentario hizo que Toby soltara una carcajada. Esa era la madre que conocía.

—¿Valentina es la chica pelirroja?

—Como si no lo supieras.

—Desde luego —replicó Toby, que recordó haber escuchado en algún momento que el capitán Caleb y Valentina fueron amantes.

Iban de camino a la puerta cuando entró otra mujer en la estancia.

—Lavinia, Tabby —dijo, a modo de saludo mientras ellas le correspondían con sendos movimientos de cabeza.

En la vida real, en la vida ajena a ese sueño tan realista, su madre se llamaba Lavidia.

—Lavidia, Lavinia, Toby, Tabby —dijo en voz alta.

—Querida, se acabó la sidra para ti —comentó su madre al tiempo que la tomaba de una mano.

Recorrieron el pasillo y llegaron al comedor, cuya larga mesa estaba llena de bandejas con comida. Varias personas se habían congregado alrededor, y sostenían en las manos unos platos preciosos que Toby había visto expuestos en el Museo Nantucket Whaling.

—¿Estas vajillas las ha traído el capitán Caleb de China? —indagó.

—Tú misma ayudaste a desempaquetarlas —contestó su madre, muy ocupada examinando la comida que había dispuesta.

Cuando Toby extendió un brazo para coger un plato, se dio cuenta de que aún llevaba la llave de la caja en la mano. Pero claro, tenía sentido que en su sueño siguiera presente la llave perdida. Tal vez si la devolvía a la cerradura, la encontrara allí mismo cuando despertase. La idea la hizo sonreír mientras cogía un plato y se servía un trozo de pescado con champiñones por encima.

—Y ¿cómo está el capitán Caleb?

En opinión de Toby, era una pregunta inocente. Sin embargo, su madre se volvió con la expresión furiosa que ella tan bien conocía.

—¡Nada de mencionar a capitanes de barco! —exclamó con una voz sibilante que parecía la de un animal, no la de un humano.

Toby retrocedió un paso.

—No lo he preguntado con mala intención. ¿No es esta su casa?

Lavinia tuvo que respirar varias veces antes de poder hablar de nuevo.

—Por supuesto que lo es, pero no te dejes engañar por su fortuna. Sabes tan bien como cualquiera lo que significa casarse con un hombre de mar.

—Supongo —replicó Toby mientras cogía un cuenco lleno de natillas o de algo similar—. Deduzco que Silas no tiene nada que ver con el mar.

Lavinia la miró desde el otro lado de la mesa.

—¿Qué te pasa esta noche? Estás rarísima.

—Solo estoy reevaluando mi vida, nada más. Quiero saber qué piensas de Silas y de mí. ¿De verdad estamos enamorados?

—¡Tabitha, por favor! ¡Haces unas preguntas muy embarazosas! Supongo que estáis enamorados puesto que te has comprometido con él.

—¿Estamos comprometidos para casarnos?

Lavinia la miró con seriedad durante un buen rato.

—No estarás pensando en... en él otra vez, ¿verdad?

—¡No, desde luego que no! —exclamó Toby—. En absoluto.

No estaba pensando en ningún hombre en concreto.

«Soy una soñadora estupenda», pensó. «No sabía que pudiera ser tan imaginativa.»

Hasta el momento sabía que ella, Tabitha, estaba enamorada de un hombre, pero se había comprometido con otro, al que podía querer o no.

¡Era una vida mucho más interesante que la de verdad!

—¿En qué año estamos? —quiso saber.

—Tabitha, estás empezando a asustarme.

—No es mi intención. Solo necesito un poco de respaldo para asegurarme de que estoy haciendo lo correcto al elegir a Silas y no a... él.

Lavinia la miró con los ojos entrecerrados.

—Eso no debe preocuparte porque estarás casada para cuando su barco regrese. Él y ese hermano suyo no podrán conquistarte ni con su aspecto físico ni con su arrogancia.

—¿Y quién es su hermano?

Lavinia se inclinó hacia su hija.

—Tabitha Weber, escucha bien lo que te digo: el capitán Caleb no tardará mucho en morir. Es demasiado temerario, asume demasiados riesgos. Su tripulación no para de hablar de las imprudencias que comete cuando está en alta mar. Algún día acabará naufragando y cuando eso suceda, se llevará con él al joven Garrett.

Toby enarcó las cejas con interés mientras escuchaba la romántica y valerosa historia, y su madre se percató del gesto.

—¡Ni se te ocurra imaginarte casada con él! —exclamó Lavinia con un deje desesperado en la voz—. Ya somos demasiadas viudas en la familia y necesitamos lo que Silas nos ofrece. —Dejó el plato en la mesa, sin haber probado bocado—. ¡Mira lo que has conseguido! Tengo palpitaciones. Necesito recostarme un momento.

Mientras pasaba junto a su hija, esta dijo:

—Lo siento. No pretendía... —Sin embargo, su madre ya se había marchado. Miró al resto de personas congregadas en la estancia, cuyas miradas la censuraban. Le parecía que todos conocían la historia que se escondía detrás del malestar de su madre.

Soltó su plato sin haber tocado la comida.

—Será mejor que vaya a ver cómo está. —Las mujeres la miraron como si esa fuera su obligación, de modo que abandonó el comedor.

Sintió una punzada de culpabilidad por no tratar siquiera de encontrarla y procurar calmarla; pero ¿qué podía decirle? ¿Prometerle que Tabitha se casaría con Silas y no con el sinvergüenza del barco? Aunque, puesto que parecía que su madre había dispuesto la boda antes de que el marinero regresara, no era necesario hacer una promesa que no estaba en su mano cumplir.

En cambio, regresó al salón donde los invitados bailaban al son de la música, y se preguntó cuándo se despertaría. Esperaba no haber sufrido una conmoción por culpa del golpe tras resbalarse en el suelo mojado. Ese sueño era demasiado largo y comenzaba a pensar que tal vez estuviera en coma.

Porque nada de lo que sucedía podía ser real, pensó mientras observaba a los bailarines. Había varias personas que conocía de vista tras haberse cruzado con ellas en la isla, pero no sabía sus nombres. Si ese era su sueño, producto de su imaginación, ¿por qué no aparecía Jared? Victoria/Valentina le había dicho que no lo conocía, pero eso no tenía sentido.

Cuando los bailarines despejaron la pista, Toby vio a una niña acurrucada en el alféizar de una ventana del extremo opuesto de la estancia. Tenía un cuaderno de dibujo entre las manos y algo en su postura le resultó familiar.

Toby sorteó a la multitud y se acercó a la niña.

—¿Qué estás dibujando?

—Las ventanas —contestó ella.

Toby sonrió, porque supo al instante quién era la niña. En la vida real, era Alix Madsen, que llevaba la arquitectura en la sangre.

—A ver si lo adivino —comentó Toby—. Tu padre es Ken. Creo que aquí se llama John Kendricks, y hoy se ha casado con Parthenia, que es Jilly.

La niña se volvió para mirarla, como si no la entendiera.

—Mi hermana se llama Ivy y nuestra madre ha muerto.

—Lo siento —susurró Toby—. ¿Te gusta tu nueva madre?

—Le dijo a mi padre que me diera bloques de madera para construir cosas.

—¡Veo que te ha conquistado! —exclamó Toby, que por un instante devolvió la mirada a los bailarines—. ¿Crees que el capitán Caleb se enfadará cuando regrese y vea que su casa nueva ya se ha usado?

La niña siguió inclinada sobre el dibujo.

—Ya está aquí. Lo he visto. Ha subido por la escalera trasera.

—¡Madre mía! —replicó Toby—. Acaba de llegar de una travesía larguísima y se encuentra su casa llena de gente. Con razón se ha escondido. Creo recordar que Alix me comentó que el capitán Caleb y Valentina se conocieron en un ático. A lo mejor debería colaborar sugiriéndole a Valentina que se tome un descanso en el ático. —Miró a la niña—. Estoy segura de que sé cómo te llamas, pero ¿me lo confirmas?

—Alisa, pero todos me llaman Ali.

—Perfecto —comentó Toby—. ¿Sabes quién es Silas y por qué mi madre se asusta tanto de los marineros?

—Vives con un montón de viudas. Tu madre, tu hermana y tus tres cuñadas viven contigo. Todos los hombres de tu familia murieron en el mar. Mi padre dice que todas morirían de hambre si tú no las cuidaras, porque son un hatajo de niñas tontas.

Toby se habría echado a reír de no ser por las muertes que habían sucedido tan cerca de Tabby.

—Creo que empiezo a entender las cosas. Supongo que Silas tiene algún empleo en la isla.

—Es el dueño de una tienda grande. Solo la supera la tienda del señor Obed Kingsley.

Toby trataba de asimilar la información... fraguada por su propia mente, se recordó. Todo estaba basado en retazos de historias que había escuchado de distintas fuentes a lo largo de las últimas semanas.

Se inclinó hacia Ali.

—¿Conoces por casualidad a otro hombre que me guste?

—Todo el mundo lo conoce. Es Garrett, el hermano del capitán Caleb, y quiere casarse contigo, pero tu madre no lo permite. Tienes que vivir en casa y asegurarte de que las chicas trabajan.

—Eso no me parece justo —dijo Toby, que de repente tuvo la ridícula idea de que en realidad era Tabitha y había creado su vida moderna como una fantasía para escaparse «de las chicas»—. Ali, quiero que me prometas que seguirás dibujando casas. Consigue que tu padre te enseñe cosas sobre el diseño de edificios y algún día levantarás casas en las que la gente vivirá feliz durante siglos. ¿Me lo prometes?

—Sí —contestó la niña, que la miró intrigada. De la misma manera que le sucedía a Alix en el siglo XXI, no se imaginaba una vida sin diseñar edificios.

Cuando Toby se incorporó, escuchó que se le caía algo metálico y comprendió que era la llave, que había caído tras un cojín. Metió la mano, pero no pudo encontrarla.

—Mi padre aún no ha acabado de construir la casa —comentó Ali.

Toby le dijo que la llave era de la caja lacada que estaba expuesta en el salón principal, y le pidió que le dijera a su padre que la buscara. Ali asintió con la cabeza.

—Creo que voy a echarle un vistazo a la casa en la que vivo. ¿Cómo se llama y dónde está?

—Al final de la calle. Se llama *Nunca más al mar*. Las viudas la llamaron así.

—Gracias —le dijo Toby antes de marcharse.

«Qué nombre más triste», pensó. Como el mar les había arrebatado a sus maridos, no querían más marineros. Se le ocurrió que tal vez fuera la casa en la que se había quedado dormida y se preguntó si había sido producto de otros sueños como ese que alguien le cambiara el nombre al de *Más allá del tiempo*.

Mientras caminaba entre la gente hacia la puerta principal, se encontró con Valentina y le sugirió que se escapara un ratito al ático para disfrutar de un momento de tranquilidad. Como siempre, estaba rodeada de jóvenes. Valentina le dijo al instante que era una idea excelente.

Al salir, el aire, fresco y cargado del olor a mar le resultó maravilloso, de modo que respiró hondo. Percibió ciertos movimientos entre los arbustos y sonrió. Al parecer, alguien se estaba dando un revolcón.

Dejó Kingsley House y caminó hacia la izquierda. En el presente había tres casas entre Kingsley House y la casa que habían comprado los Montgomery-Taggert. Pero en ese momento el terreno estaba vacío, al igual que sucedía al otro lado de la calle. Los habitantes de Nantucket eran expertos en trasladar casas de un sitio a otro, de modo que tal vez trasladaran algunas más adelante. O tal vez cuando la joven Ali creciera, diseñaría algunas casas que se levantarían en el terreno vacío. Esa idea le gustaba más.

La estrecha calle estaba atestada de caballos, de carruajes y de personas, y todos se dirigían a Kingsley House, cuyo interior resplandecía por la luz de las velas.

Cuando llegó al final de la calle, a la casa en la que se había golpeado la cabeza, se detuvo con la mano en la valla. Al otro lado de la calle, descubrió la casita que compartía con Graydon... y con los lanconianos. Se volvió para observarla. Estaba completamente a oscuras y no había ni rastro de vida en ella. Se preguntó quién la habitaría.

Abrió la puerta de la valla y recorrió el lateral de la casa ya que no le parecía bien abrir la puerta principal.

Cerca de la casa se alzaba un enorme árbol. En el presente no existía, pero tenía las ramas muy bajas y caminó hacia ellas.

—Sabía que vendrías a verme —dijo una voz que conocía muy bien. Era un hombre muy parecido a Graydon, aunque al mismo tiempo no parecía que fuera él.

Antes de poder hablar, un brazo muy fuerte le rodeó la cintura y la pegó a su cuerpo. El primer instinto de Toby fue apartarse de él, pero la oscuridad de la noche, el aire, las estrellas y la familiaridad le impidieron moverse.

No lo pudo evitar, o tal vez no quiso evitarlo, pero levantó la cara y aceptó con gusto que él la besara en la boca.

Había besado a algunos chicos a lo largo de su vida, pero tal como le había dicho a Graydon, no había sentido la menor emoción al hacerlo. Algo que no le sucedía con él. Ese cuerpo pegado al suyo, esos labios... Era como si sus almas se hubieran fundido en una sola. En ese momento era otra persona, seguramente Tabby, y sabía que estaba muy enamorada de ese hombre.

—¿Me has echado de menos? —susurró él, que le quitó las horquillas del pelo y dejó que los mechones le cayeran en torno a los hombros—. ¿Has pensado en mí? ¿Me has recordado?

—Creía que ya no me deseabas —contestó ella, si bien no supo si hablaba de Tabby o de su vida real.

—Siempre piensas lo mismo —replicó él, riéndose.

Toby sabía que le estaba tomando el pelo. Le colocó una mano en una mejilla.

—Hoy mismo he dicho que jamás me enamoraré de ti.

—¿Cómo no vas a hacerlo con lo que yo te quiero? —Él le besó la palma de la mano—. ¿Con quién intenta casarte tu madre?

—Con alguien llamado Silas.

Graydon sonrió y empezó a besarle la cara.

—Pues ahora estoy aquí y solo te casarás conmigo.

—Pero ¿qué pasa con las viudas?

Graydon se apartó y la miró con seriedad.

—He visitado países donde los hombres tienen muchas esposas. —Suspiró—. Sí que aceptaré mi obligación y las mantendré a todas. Salvo a tu madre. ¡No hay hombre que pueda con ella!

—¡Qué malo eres! —exclamó ella riéndose, y le acarició de nuevo la mejilla. Sintió la aspereza de la barba y supo que era el hombre de su primer sueño—. ¿Me has traído un chal rojo de cachemira?

—Pues sí, ¿cómo lo has adivinado?

—Lo he soñado. Estaba en la estancia pequeña de la planta alta, en la biblioteca, y soñé que llevaba el chal puesto. Y que me besabas la mano.

—Me encantaría besarte todo el cuerpo. Ven, acuéstate conmigo y mañana nos casaremos.

—No creo que tenga derecho a hacer eso —replicó Toby—. No es mi cuerpo ni mi futuro.

Graydon se apartó para mirarla.

—¿Tanto te ha absorbido tu madre que ni siquiera eres capaz de reclamar tu propio cuerpo?

—Me refiero a que es de Tabitha.

Graydon la abrazó de nuevo con una sonrisa en los labios.

—Si no eres Tabitha, ¿quién eres?

—Toby. Al menos ese es el diminutivo que me puso mi padre. Porque mi verdadero nombre es Carpathia.

—Me gusta. Es un buen nombre para un barco —le aseguró—. Y te quiero sin importar cómo te llames. ¿Te casarás hoy mismo conmigo? Construiré una casa aquí, en el terreno de mi familia y te querré eternamente.

—A menos que te nombren rey —replicó ella.

—No te entiendo. Cuando me marché, acordamos que nos casaríamos pese a cualquier objeción. Y me lo has repetido en todas las cartas que me has enviado. Sé que tu madre no me aprueba, pero seré un buen marido.

—¿Dejarás el mar por Tabitha?

Graydon se echó a reír.

—El mar y yo somos uno. Lo llevo en la sangre, corre por las venas de toda mi familia.

—De la misma manera que Graydon lleva a Lanconia en la sangre —añadió Toby.

—He oído hablar de ese país. Un lugar salvaje lleno de hombres armados con lanzas. Se dice que hasta las mujeres luchan. No me gustaría pisar ese sitio. ¿Quién es el tal Graydon?

—¿Cómo te llamas?

Él se echó a reír y la levantó en brazos al tiempo que giraba con ella.

—Te he echado de menos en todo momento. Te he comprado tantos regalos que mi hermano Caleb se ríe de mí. Dice que amar a una mujer lo convertiría en un pelele y ha jurado no hacerlo jamás.

—No te preocupes, Valentina lo pondrá en su lugar.

—¿Quién es Valentina?

—Es... bueno, prefiero que no la conozcas. Es demasiado guapa y ningún hombre es capaz de resistirse.

—Lo dudo. He visto a algunas mujeres chinas que me han dejado sin aliento. Tienen unos pies diminutos y...

—Prefiero no escuchar ni una palabra más sobre el tema.

Graydon la pegó a él.

—Nadie me hace reír como tú. Cásate conmigo ahora mismo. En este mismo momento. Te he traído un diamante lila.

Ella lo apartó de un empujón para mirarlo.

—¡Pero eso es lo que vas a regalarle a Danna!

—No conozco a nadie que se llame así. Se lo he comprado a un comerciante. Dice que la oveja de un pastor se cayó a un agujero y...

—Salió con cuatro diamantes lilas trabados en la lana —concluyó Toby—. ¿Cómo te has enterado de eso?

—¡Toby, Toby! ¡Despierta! —escuchó que alguien le decía.

—Creo que debo marcharme —le dijo a Graydon—. No sé si volveré algún día. Bésame otra vez.

—Con mucho gusto —replicó él.

Sin embargo, sus labios no llegaron a tocarla, porque se despertó y se encontró de nuevo en la casa que habían comprado los familiares de Graydon que residían en Maine.

14

Toby se despertó, casi esperando ver a Graydon inclinado sobre ella con una expresión tan desesperada como la que tenía cuando salió de la casa. Pero, para su sorpresa, ya había amanecido y no había nadie en la habitación.

Sin embargo, alguien había estado allí. Su cabeza descansaba sobre una almohada con una funda limpia, algo muchísimo mejor que el viejo catre, y tenía una manta sobre ella.

Se incorporó y vio una cesta en el suelo. Dentro había una botella de agua, un sándwich envuelto con elegancia y un poco de fruta. Junto a la cesta, vio una muda de ropa y un par de zapatos. Y había un sobre confeccionado con un papel grueso, del tipo que seguramente seguían usando únicamente las casas reales.

Toby le dio un bocado al sándwich. Lanconiano, pensó, al reconocer el sabor de la hierba aromática que había probado el día anterior. Dentro del sobre había una nota de Graydon. Su letra, que ya había visto en sus bocetos, era rara, ya que hacía las «r» distintas a como las escribía ella.

Vuelve a casa y podrás pegarnos a todos. Estamos a tu merced.
Tu humilde servidor,

GRAYDON MONTGOMERY

La nota le arrancó una carcajada. Lo que más le gustó fue que no estaba enfurruñado por lo que le había dicho el día anterior. ¡Siempre había detestado a la gente que se enfurruñaba! Esas personas que torcían el gesto y querían que los demás les suplicaran que les dijeran qué creían que habían hecho mal. Después había que suplicar, dar explicaciones y pedirles que perdonaran algo que habían malinterpretado. ¡No, gracias!

Subió al enorme baño de la planta superior y se alegró al comprobar que habían abierto la llave del agua. Se le había escapado el pelo de la trenza, pero después recordó que fue Graydon... no, Garrett... quien se la deshizo. Sonrió al recordar el sueño y se hizo la trenza de nuevo. Diez minutos después, ya se había puesto su ropa de deporte. Había un espejo tras la puerta del baño y se echó un vistazo. Si bien era cierto que no era atlética y que no encajaba en un club deportivo, su trabajo implicaba tener que levantar macetas muy pesadas. Con todo, se alegró de tener buen aspecto con su ropa ajustada.

Cuando regresó a la sala de estar para recoger la cesta, miró los paneles de madera que sabía que ocultaban una puerta. Lo normal habría sido que, a la luz del sol, la puerta oculta no le provocara miedo, pero se lo provocaba. De hecho, una parte de ella sentía que si abría la puerta y entraba en la estancia, no saldría viva.

Cogió la cesta, salió de la casa y cruzó la calle a toda prisa. No dejaba de preguntarse cómo iba a reaccionar Graydon después de haberlo sermoneado. A lo mejor no debió ser tan dura. Podría haber suavizado sus palabras. De hecho, debería haberse sentado con él y, con actitud madura, haberle expuesto sus quejas.

Ojalá que la discusión no lo hubiera deprimido mucho.

Cuando llegó a la puerta principal y estaba a punto de abrirla, escuchó un ruido procedente de la parte trasera que la llevó a enfilar el sendero. A medida que se acercaba al patio, el ruido fue creciendo en intensidad, y se percató de que se trataba de un sonido metálico.

Corrió los últimos metros y después se detuvo en seco.

Graydon y Daire lucían sendos pantalones blancos, bastante anchos, cuya parte inferior quedaba asegurada bajo la caña de unas botas negras que se ataban en la pantorrilla... y tenían los torsos desnudos. Estaban luchando con lo que parecían pesadas espadas medievales.

Toby se colocó debajo de un árbol y los observó. Daire era un poco más alto y pesaba unos cuantos kilos más, y su piel era algo más oscura que la de Graydon. Era guapísimo, sí, pero era de Graydon de quien no podía apartar la mirada. Lo había visto con muy poca ropa cuando fueron a nadar, pero en aquel entonces estuvieron casi todo el tiempo bajo el agua.

El sol matutino se reflejaba en su pecho desnudo, cubierto por una capa de sudor. El pelo oscuro y los ojos azules parecían resplandecer. No tenía un gramo de grasa en el cuerpo, era todo músculos, y tampoco tenía demasiado vello en el torso. Los pantalones eran de cintura baja, y dejaban al descubierto una línea de vello que después desaparecía bajo la tela.

Su forma de moverse la dejó sin aliento. Daire y él se movían en círculos. Tras un mandoble de Daire, cuyo objetivo parecía ser el de cortar a Graydon por la mitad, Toby dio un paso al frente con la intención de detener la lucha. Sin embargo, Graydon se apartó de un salto y esquivó la espada de Daire por escasos centímetros.

Graydon soltó una carcajada y dijo algo en lanconiano. Daire replicó con lo que parecía una amenaza, seguida de un feroz mandoble. Una vez más, Graydon esquivó la espada.

Aunque estaban demostrando una gran destreza y elegancia en combate, Toby quería ponerle fin. Si Daire golpeaba a Graydon, podría herirlo gravemente.

Fue Lorcan quien la vio primero. La mujer acababa de salir de la casa. Llevaba los mismos pantalones blancos y las mismas botas negras que los hombres, pero un apretado sujetador deportivo cubría su generoso pecho. En la mano llevaba una espada como la de los hombres.

172

Cuando Toby se volvió para mirar a Lorcan, hizo una mueca. A saber lo que pensaría esa mujer de ella porque había pasado toda la noche fuera. ¿Creería que había estado de juerga? ¿O que había pasado la noche con unos cuantos tíos?

En silencio, Lorcan se acercó a ella, con una expresión pétrea en su preciosa cara.

—Oye —comenzó Toby—, no quiero líos. Tú y yo... —Se interrumpió porque Lorcan hincó una rodilla en el suelo, delante de ella. Con un movimiento que parecía que había ensayado miles de veces, Lorcan extendió los brazos con los puños cerrados y las palmas hacia abajo. Sobre los brazos extendidos tenía la espada, y había inclinado la cabeza de tal forma que dejaba al descubierto la nuca.

Asombrada, Toby miró al otro lado del patio, a Graydon, que se percató de su presencia justo cuando la espada de Daire volaba de nuevo hacia su estómago. Al ver que Graydon no se apartaba, Toby gritó y se llevó un puño a los labios.

Sin embargo, Daire consiguió detener la espada justo antes de que cortara a Graydon.

—¡Por Jura! —gritó Daire, y después soltó una retahíla en lanconiano que Toby estaba convencida de que eran tacos.

Sin embargo, Graydon se desentendió del sermón y miró a Toby fijamente.

Toby quiso hablar, pero Daire echó a andar y se colocó junto a Lorcan. Los dos tenían la misma postura, con una rodilla hincada en el suelo, los brazos extendidos y la espada encima. Lorcan no parecía haberse movido ni un centímetro desde que adoptó esa postura.

Graydon se acercó a ella y le dijo:

—Te están ofreciendo sus espadas por si quieres usarlas para cortarles la cabeza.

Toby lo miró para saber si bromeaba, pero Graydon tenía una expresión muy seria.

—Te han ofendido y prejuzgado —adujo él.

173

—Y supongo que, dada mi relación con su futuro rey, se merecen el máximo castigo.

Como respuesta, Graydon asintió con la cabeza.

El primer impulso de Toby fue ordenarles que se levantaran, pero eso habría sido una falta de respeto para la formalidad que estaban demostrando. Los miró.

—Me impresiona la lealtad que les demostráis a vuestro futuro rey y a vuestro país —dijo—. Pero deberíais comprender que no todas las mujeres de este mundo intentan echarle el guante. Me dio pena de él porque no tenía un sitio donde quedarse y... En fin, no sé muy bien cómo sucedió todo lo demás, pero puedo aseguraros que no tengo pensado desestabilizar vuestro país. Eso es todo. Ya podéis levantaros.

Sin embargo, no se movieron.

Toby miró a Graydon.

—Tienes que decirles que los perdonas.

—A ti sí que no te perdono —le soltó—. ¿No deberías estar arrodillado junto a ellos?

Los ojos de Graydon reflejaron la sonrisa que se esforzaba por contener.

—Los reyes solo se rinden si hay una guerra.

Toby miró de nuevo a las dos personas que estaban arrodilladas delante de ella y supuso que la postura debía de ser muy incómoda.

—Os perdono. Ahora levantaos. Por favor.

Daire y Lorcan alzaron las cabezas. Lorcan parecía muy seria, pero en los ojos de Daire vio una expresión risueña. Después, se pusieron en pie.

—Vamos —le dijo Graydon a Toby—. Te daré la oportunidad de decapitarme.

—Es la mejor propuesta que me han hecho este año.

—Faltan semanas hasta que me marche, cabe la esperanza de que surja algo mejor.

Toby intentó contener las carcajadas, pero le fue imposible.

—A ver qué sabes hacer —dijo Graydon.

Toby cogió la espada que él le tendía, pero estuvo a punto de caerse de espaldas.

—¿Cuánto pesa esta cosa?

—Unos quince kilos —contestó Graydon, que sostenía la suya en alto, hacia ella.

—Escojo a Daire para que sea mi campeón —dijo ella.

Graydon se inclinó hacia delante y empezó a trazar círculos a su alrededor.

—Confundes Inglaterra con Lanconia. En mi país, cada hombre es su propio campeón.

Toby levantó la pesada espada y la clavó en uno de los arriates de flores elevado.

—Tengo que organizar una boda y ya sé exactamente lo que Victoria quiere. —Echó a andar hacia la casa, pero Graydon la atrapó por la cintura, de modo que la pegó contra su pecho. Sintió los labios de Graydon junto a su oreja.

—¿Quieres que me rinda? ¿Quieres que te suplique perdón? —le preguntó él.

Sabía que debía apartarlo, pero había algo tan atávico, tan visceral, en el hecho de sentir su sudoroso pecho contra la espalda que no se movió.

—Prefiero que me cuentes la verdad. ¿Eres el instigador de que Lexie se fuera?

—Eso fue todo cosa de Rory. —Había un deje orgulloso en su voz—. No vi motivos para negarme a su plan.

—¿Orquestaste que Victoria me encargase organizar su boda y tuviste algo que ver en sustituirme en mi otro trabajo?

—No. Eso fue cosa de Victoria. Le debo mucho. Me gusta que no estés fuera todo el día. ¿Hay alguna posibilidad de que pudieras tomarte todo el verano libre?

—¿Por qué me preguntas? Victoria, tu hermano y tú parecéis controlar mi vida. —Se volvió para mirarlo a la cara—. Es increíble que empezara a tomarte por un hombre dulce y atento. Parecías tan apocado que empezaba a preguntarme si estarías preparado para ser rey.

Con una sonrisa, Graydon acercó la cara a su cuello, sin llegar a besarla, aunque sus labios le rozaron la piel.

—Un rey nace, no se hace.

—Igual que una reina.

—En mi país, una mujer puede ser reina solo si se casa con el rey.

—Una actitud muy medieval. Dime una cosa, ¿las mujeres cobran la mitad que los hombres por el mismo trabajo?

—Nuestras mujeres no trabajan fuera de casa. Está prohibido.

Toby lo fulminó con la mirada.

—¿Te estás quedando conmigo?

—Ya has visto a Lorcan. ¿Qué crees que haría si un hombre le ordenara quedarse en casa?

—¿Le cortaría la cabeza?

—Eso mismo.

—Un Kingsley arrogante y engreído —murmuró—. Así te describió Valentina.

—¿Y quién es? —preguntó Graydon, que la apretó con más fuerza por la cintura y enterró todavía más la cara en su cuello. Toby podía sentir su excitación.

—Cuidado o te pondrás en evidencia delante de tus acompañantes.

—Demostrar que soy un hombre con deseos viriles es un honor.

Toby se volvió con rapidez para mirarlo, de modo que Graydon le rodeó la cintura con ambos brazos.

—Me has retado y yo he aceptado el desafío —adujo él.

Toby se dio cuenta de que fue un error volverse. Ver a Graydon con la camisa abierta detrás de ella en el cuarto de baño ya era malo, pero tenerlo sin camisa delante, a su alrededor, y tocar su piel desnuda era muchísimo peor. Aunque no quería que él se diera cuenta. Los dos podían jugar al juego de la seducción.

—Anoche tuve un sueño muy vívido y tú estabas en él. —Al ver que Graydon se inclinaba como si fuera a besarla en el cuello, apartó la cabeza—. Me estabas besando y me suplicabas que me casara contigo, pero yo te rechacé. Iba a casarme con Silas, un hombre que posee una enorme tienda.

—Dime su nombre y lo despedazaré.

—No, este sueño sucedió en una época civilizada, cuando se construyó Kingsley House. De hecho, vi a un montón de personas que conozco.

—Me gusta lo que llevas puesto. —Le recorrió los brazos desnudos con las manos, palpándolos, como si estuviera comprobando su musculatura—. Eres fuerte.

Toby retrocedió un paso y se apartó de sus brazos.

—Te pareces más a tu hermano de lo que crees.

—A ojos del mundo, somos idénticos.

—¡Ja! —exclamó ella—. Él es más guapo que tú.

—¿No es tan bajo y tan pálido como yo? —La miró con expresión risueña mientras cogía unas tiras largas de color amarillo brillante. Le tomó una mano y comenzó a enrollarle las cintas.

—¿Para qué es esto?

Graydon señaló a Daire con la cabeza, que estaba cerca con unos guantes de boxeo rojos en las manos.

—Voy a honrar tu desafío al permitir que me golpees.

—Me parece bien, pero ¿a qué te he desafiado? No. ¡Un momento! No es por lo que te dije de no enamorarme de ti, ¿verdad?

Graydon ya había terminado con una mano. La cinta le apretaba bastante y no le permitía doblar la muñeca.

—Me gusta más el otro.

Al principio, Toby no supo a qué se refería.

—¿Te refieres a que nunca he querido...? Bueno, ya sabes.

—Sí, a ese. —Una vez que le envolvió ambas manos, se las inspeccionó. Se inclinó hacia delante y le susurró—. ¿Tengo permiso para conquistarte? —Tras preguntárselo, se apartó y le

177

hizo un gesto a Daire, que se acercó con los guantes de boxeo y empezó a ponérselos a Toby.

Mientras tanto, ella observó cómo Graydon metía las manos en unas almohadillas enormes.

—¿Qué vas a hacer? —le preguntó—. ¿Vas a poner pétalos de rosa en mi cama? ¿Vas a cabalgar a lomos de un corcel negro a medianoche? ¿O a lo mejor vas a enviarme largas y floridas cartas de amor?

Una vez que Toby tuvo los guantes puestos, Daire se apartó.

—¿Han intentado todo eso contigo? —preguntó Graydon mientras se colocaba delante de ella.

—Eso y mucho más. Empezó cuando tenía dieciséis años y no paró hasta que me mudé con Lexie, cerca de la casa de Jared.

—Golpea la almohadilla con la mano izquierda —dijo él—. Que sea rápido y retira el brazo enseguida. Bien —añadió cuando ella lo obedeció—. Ahora repite con la derecha.

Tras ese segundo golpe, Graydon se quitó las almohadillas, se colocó detrás de ella, muy cerca, y le recorrió el brazo con una mano.

—Cuando golpees con la derecha, coloca la mano así. Y retrocede enseguida. No dejes el brazo extendido, porque de esa forma el cuerpo queda desprotegido.

Volvió a ponerse las almohadillas y se plantó delante de ella.

—Golpea y retrocede. Diez veces.

Era un ejercicio atípico para ella, pero Toby empezaba a comprender la dinámica.

—¿Cortejar a una joven con tanto ardor es lo habitual en Estados Unidos? —le preguntó cuando terminaron la ronda.

—¡No! —exclamó Toby, que golpeó con fuerza la almohadilla con el puño derecho.

Toby no se percató de la mirada que Graydon le dirigió a Daire. ¡Sí que tenía fuerza!

—Mi padre es rico y mi madre está por la labor —explicó ella cuando se detuvo para recuperar el aliento. El boxeo era un deporte completo que requería de la concentración física y mental absoluta de quien lo practicaba.

Graydon se colocó detrás de ella y la rodeó con los brazos. En esa ocasión, le enseñó a ejecutar un gancho de izquierda. Se apartó.

—Golpea con la izquierda, directo y otro gancho de izquierda. ¿Lo tienes?

—Puedo intentarlo —contestó ella mientras repetía la combinación diez veces.

—No necesito el dinero de tu padre ni la aprobación de tu madre —replicó Graydon cuando ella terminó, antes de empezar a desatarle los guantes.

—Menos mal —repuso Toby—. Si mi madre se enterase de tu existencia, estaría aquí gritándome para que saliera corriendo. Tú no estás lo que se dice muy disponible para el matrimonio.

La expresión risueña abandonó los ojos de Graydon, que la miró con seriedad sin soltarle la mano.

—Creo que nunca había oído hablar de una madre moderna tan empeñada en casar a su hija.

Toby empezó a quitarse las cintas de las manos.

—Si le hago caso al sueño que tuve anoche, tiene motivos para mostrarse tan exigente al respecto. Perdió un marido, tres hijos y un yerno en el mar, y yo... quiero decir, Tabby, estaba tonteando en el jardín con un hombre que decía que llevaba el mar en la sangre. Seguro que Tabby se casó con él, que murió en su barco, y otra viuda acabó encerrada en esa casa. Al margen de con quién se casara, estoy convencida de que Tabby murió en la habitación adyacente al salón. ¡Ese lugar hace que se me pongan los pelos como escarpias! —Cuando levantó la vista, comprobó que los tres lanconianos la miraban boquiabiertos—. Lo siento —se disculpó—. No era mi intención soltar un sermón. Es por el sueño que tuve, nada más. Es que parecía muy real y tenía la sensación de que estaba allí. ¿Por qué me miráis así?

Graydon la miró con una sonrisa.

—Somos un país muy supersticioso, no te preocupes. ¿Te apetece que comamos algo? ¿Por qué no vamos al Seagrille? Tanto hablar del mar ha hecho que me entren ganas de comer pescado. ¿Te parece bien, Carpathia?

Toby lo miró.

—¿Cómo sabes mi nombre?

—Me lo dijiste tú.

—No, no te lo dije —lo contradijo ella—, pero se lo dije a Garrett y él me llamó así anoche.

Graydon frunció el ceño.

—¿Te refieres al hombre de tu sueño que se parece a mí? ¿Al que besaste?

—Sí —contestó—. Normalmente, los sueños se desvanecen durante el día, pero este no deja de aparecer en mi cabeza. Es como si tuviera que hacer algo al respecto, pero no sé de qué se trata.

—¿Qué te parece si vamos a comer y nos cuentas todo lo sucedido en el sueño, con pelos y señales? A estos dos les encantan las historias de fantasmas, ¿verdad?

Lorcan y Daire asintieron con la cabeza, obedientes, pero se mantuvieron en silencio.

—¿Quién ha hablado de fantasmas? —preguntó Toby.

—Nadie, lo he supuesto. ¿Cuál es tu bebida alcohólica preferida?

—No bebo mucho, pero me gusta tomarme un margarita bien frío de vez en cuando. Y tengo que hablar con mi jefa para ver cuándo se supone que debo reincorporarme al trabajo.

—Lo haremos todo —le aseguró Graydon, que se quedó donde estaba, mirándola.

Tardó un momento en comprender lo que quería: una respuesta a su pregunta. Se volvió, ocultando la sonrisa, y dijo:

—Puedes intentarlo.

Acto seguido, entró en la casa.

15

Graydon llevó a Toby escaleras arriba, a la cama. Pero claro, era muy tarde y el día había sido muy largo. Tras el almuerzo, habían ido a la playa a nadar. Una vez allí, habían jugado a un juego de pelota típico de Lanconia que le resultó agotador, ya que los demás se desenvolvían con naturalidad mientras que a ella le había costado lo suyo. Después, pasearon por el pueblo mientras ella hacía de guía turística.

A las cinco, Graydon la invitó a tomar una copa y empezó a hacerle preguntas sobre su sueño. Una vez concluida la cena, Toby y Graydon dieron un largo paseo por la playa, seguido por unas copas de champán.

Cuando Graydon vio que se le cerraban los ojos, comprendió que había llegado la hora de irse a casa. Toby se quedó dormida en el coche.

En cuanto la dejó en la cama, se dio la vuelta para marcharse, pero se detuvo al llegar a la puerta. Jamás se había visto en semejante tesitura. Las mujeres borrachas eran asunto de Rory, y él se limitaba a ordenarle a alguien que se encargara de que llegaran a casa sanas y salvas.

Sin embargo, cuando vio a Toby acurrucada en la cama, vestida y con los zapatos puestos, descartó la idea de que la tocara otra persona.

—Vamos —dijo en voz baja mientras se colocaba a los pies

de la cama y le levantaba las piernas para quitarle los zapatos.

Ella sonrió, medio dormida, y lo miró un instante.

—Mi príncipe.

—Empiezo a pensar que es cierto —dijo él, preguntándose cómo podría desnudarla sin perder el sentido común—. Si te traigo el pijama, ¿te lo pondrás?

—Claro —contestó ella, que empezó a desabrocharse la camisa.

Graydon se alejó a regañadientes y tras buscar en un cajón sacó un camisón largo de suave algodón, adornado con cintas.

—¿Este te gusta?

Toby estaba en la cama, con el torso cubierto tan solo por un sujetador de encaje. Se había desabrochado los pantalones de algodón y estaba dormida como un tronco.

Lo primero que pensó Graydon fue que debería abandonar el dormitorio, pero no lo hizo. En cambio, la incorporó en la cama hasta dejarla sentada. Tras pasarle el camisón por la cabeza, la tumbó de nuevo y le quitó los pantalones. Después, la arropó con el cobertor y se alejó para mirarla.

Pensó que esa mujer le estaba cambiando la vida. Aunque Toby se quejaba de que él se había adueñado de su vida, no era nada comparado con el efecto que ella tenía en la suya. Era otra persona distinta desde que la conoció. Como si hubiera desaparecido todo aquello que siempre le había importado.

Su país, y todo lo que significaba, parecía haber sido relegado al fondo de su mente. Jamás había creído posible que fuera capaz de desatender sus obligaciones para pasar una semana con una mujer a la que apenas conocía. Si se hubiera tratado de una semana de sexo desenfrenado antes de casarse, tal vez lo habría entendido. Pero había pasado toda una semana con Toby planeando la boda de otra mujer. Jamás había pensado que eso fuera posible.

¡Y se lo había pasado en grande! ¿Qué era lo que había dicho Toby? Que había sido su mejor «amiga». La idea le arrancó una sonrisa. Por las noches, cuando estaba en la cama, no se sentía precisamente como una mujer.

Quería creer que, una vez transcurrida la semana, se habría despedido de Toby y habría vuelto a casa para retomar su vida real. Que la habría invitado a su boda con Danna y tal vez incluso que le habría sonreído mientras esperaba a su novia en el altar.

Sin embargo, no había hecho plan alguno para volver a casa, y cuando Daire y Lorcan aparecieron, ofreciéndole una excusa para no regresar, la aprovechó al instante.

A esas alturas, debería estar en Lanconia. Debería irse aunque tuviera que ponerse una escayola falsa cuando apareciera en público. El médico de la familia apoyaría el engaño. Rory podría huir al lugar que más le gustara para esconderse y él retomaría sus obligaciones.

Pero no iba a hacerlo. En cambio, se había quedado en la isla, y seguía con Toby, acompañado por sus dos mejores amigos, que estaban en la planta baja, tratando de comprender por qué no estaba haciendo lo que debería hacer.

El problema era que no podía darles una explicación porque ni él mismo lo entendía.

—No te vayas —le dijo Toby.

—Necesitas descansar.

—¿Por qué te interesa tanto mi sueño? —quiso saber ella.

—Es una casa encantada.

Graydon seguía junto a la cama, mirando a Toby. Se le había soltado el pelo, de modo que lo tenía desparramado sobre la almohada. La luz de la luna se filtraba por las ventanas, ayudándolo a ver sus ojos azules. En la vida había deseado tanto a una mujer como la deseaba a ella, con su pelo rubio dorado y el camisón blanco. Salir del dormitorio le resultaba tan factible como teletransportarse en el acto a Lanconia.

Aunque se dijo que no debería hacerlo, se acostó a su lado en la cama y la abrazó, tras lo cual la invitó a apoyar la cabeza en su pecho. Al ver que ella echaba la cabeza hacia atrás en clara invitación a besarla, la instó a bajarla de nuevo.

—¿Por qué no quieres besarme? —susurró ella.

—Me asusta lo que pueda pasar —contestó Graydon.

—¿Te asusta que acabe enamorándome de ti y que me rompas el corazón cuando te vayas?

—No —respondió—. Me asusta que se rompa el mío.

—Pero hoy mismo has dicho que querías conquistarme. No pareces estar haciendo el menor progreso.

—Ahora mismo te tengo aquí al lado, entre mis brazos, a la luz de la luna. ¿No te parece un progreso? ¿O preferirías que subiera la escalera montado a caballo?

Toby se acurrucó contra él.

—Esto me gusta más. Me resultas muy atractivo. ¿Lo sabías?

—Sí —reconoció él.

Toby le pasó una mano por el torso y le introdujo los dedos bajo la camisa para acariciar su cálida piel. Después, le colocó una pierna sobre los muslos.

—Estoy aquí, ahora mismo.

Graydon le apartó la pierna y le besó las yemas de los dedos.

—Eres muy tentadora, pero has consumido una gran cantidad de alcohol. Es posible que te arrepientas de esto por la mañana. En mi país, la pérdida de la virginidad es un asunto muy serio.

—En mi país suele hacerse en la parte posterior de un coche.

—Pero ese no es tu caso —le recordó él—. Tú eres distinta.

Toby se relajó contra él.

—¿Por qué te has quedado?

—No lo sé. Es como si algo me instara a seguir aquí. Como si hubiera algo que necesito hacer.

—Pues no dejes para mañana lo que puedas hacer hoy —replicó ella con voz seductora mientras le acariciaba una pierna con un pie.

Graydon se echó a reír.

—El alcohol te ha puesto muy contenta, ¿verdad?

—Estoy contenta desde que llegaste a mi vida.

—Salvo cuando me gritas.

—¿He herido tus sentimientos?

—No —le aseguró él—. Ha sido maravilloso. Me asustaba ser como soy en realidad, me asustaba que fueras una persona frágil y delicada porque corrías el riesgo de acabar sufriendo por mi culpa.

—¡Ja! —exclamó Toby—. Mi madre me ha endurecido hasta tal punto que nada de lo que me dicen los demás me afecta.

—Al menos, tu madre no lleva corona ni comanda un par de ejércitos.

Toby contuvo el aliento. Era la primera vez que Graydon le decía algo tan personal.

—¿Te exige mucho?

—Más de lo que puedo dar —confesó él.

Toby entrelazó los dedos de una mano con los suyos.

—En eso somos iguales.

—Creo que en el fondo nos parecemos en muchas cosas —añadió él con suavidad.

Al ver que Toby levantaba la cabeza, fue incapaz de resistirse. Le rozó los labios con los suyos, con la intención de besarla con dulzura, pero al instante se dejó llevar por la pasión. Le colocó una mano en la cabeza, tras lo cual le enterró los dedos en el pelo.

La besó en los labios, en los ojos y en las mejillas, y regresó de nuevo a los labios. Le acarició la comisura con la punta de la lengua, haciéndola desear mucho más.

Toby lo abrazó, invitándolo a colocarse sobre ella.

Fue como si un recuerdo lejano se agitara en su interior. Esa no era la primera vez, pensó Toby. Ese hombre, su aliento, su cara, su cuerpo... todo le resultaba conocido. Lo conocía. Sabía que se preocupaba mucho por estar a la altura de lo que se esperaba de él, por asumir las responsabilidades que le habían encomendado. Se preocupaba por ella, por su familia, por el hecho de que lo quisiera tanto como él la quería. Sabía que si le pasaba algo a ella, su alma la acompañaría allá donde fuera.

Se apartó para mirarlo y, por un instante, creyó ver lágrimas en sus ojos, aunque seguro que se trataba de un efecto de la luz de la luna.

Graydon se tumbó de nuevo de espaldas y la instó a apoyar la cabeza en su pecho.

—Duerme, preciosa mía —susurró.

—No me dejes —le dijo Toby, pegándose a él.

—No sé si podría hacerlo —reconoció Graydon.

Se durmieron juntos, el uno en los brazos del otro.

Casi al rayar el alba, Toby empezó a soñar.

—¡No puedo casarme contigo! ¿No lo entiendes? Mucha gente depende de mí. Silas puede ayudar a mantenernos. Él...

—¡Antes de permitir que te cases con él, le quemo la tienda!

Tabby contuvo el aliento. En Nantucket las casas estaban muy cerca y casi todas eran de madera. El fuego era una amenaza muy peligrosa.

—No serías capaz —murmuró.

—¿Crees que no? —Garrett la aferró por los brazos—. Tabby, debes casarte conmigo. Te quiero más que a mi vida.

—¿Más que al mar?

Se apartó de ella con la cara demudada por la angustia.

—Tengo que ganarme la vida y el mar es lo que conozco. ¿Preferirías que abriera una tienda como ese gordo y mantecoso de Silas Osborne? ¿Eso es lo que quieres que haga? ¿Castrarme? ¿Me arrebatarías esa parte de mi persona que me convierte en un hombre?

—No lo sé —contestó Tabby—. No sé qué hacer.

16

Una llamada de teléfono despertó a Toby, y durante un instante no supo dónde se encontraba. ¿Estaba con Garrett, luciendo un largo vestido marrón o estaba en Nantucket con uno de sus camisones?

Miró hacia el otro lado de la cama y vio la huella del cuerpo de Graydon, allí donde había dormido... ¿O eso también formaba parte del sueño? Cuando se incorporó, notó que le dolía la cabeza, y que tenía la boca seca y el estómago revuelto.

El teléfono dejó de sonar. Se puso unos vaqueros y una camiseta, pero cuando salió del cuarto de baño, comenzó a sonar otra vez. Era el teléfono de Graydon y en la pantalla se veía una corona como identificador de la persona que llamaba. Seguramente Rory, pensó.

—¿Diga? —contestó con voz ronca.

Una mujer pronunció unas palabras ininteligibles y Toby reconoció el lanconiano.

—Lo siento —dijo al tiempo que se llevaba una mano a la dolorida cabeza—. Ahora mismo no está.

La voz de la mujer pasó de un agudo y desagradable tono a uno dulce, al tiempo que abandonaba el lanconiano para usar el inglés.

—Vaya por Dios, parece que mi hijo te ha hecho pasar una mala noche.

Toby sintió que se le caía el alma a los pies. Estaba hablando con la madre de Graydon... que resultaba ser la reina. Se alegró de no haber pronunciado el nombre de Graydon y de haber revelado el engaño.

—Sí, señora —dijo—. Quiero decir que no, señora. Él... —No se le ocurría qué decir.

—En fin, querida —dijo la reina—, a lo mejor podrías ir en busca de mi hijo y darle el teléfono. Dudo mucho que se haya alejado de tu lado.

—Por supuesto —repuso Toby.

Por más que le doliera, echó a correr con el teléfono en la mano. Al escuchar el agua de la ducha, entró en el dormitorio de Lexie, donde Graydon dormía. La puerta del cuarto de baño estaba abierta y echó un vistazo. Lo vio detrás de la cortina de la ducha, envuelto en vapor.

Hizo ademán de llamarlo, pero no podía. Se suponía que era Rory.

—Tu madre al teléfono —dijo lo más alto que pudo sin que pudieran escucharla en Lanconia.

Al instante, Graydon cerró el grifo y asomó la cabeza por la cortina tras lo cual sacó un brazo. Toby le ofreció el teléfono, pero él negó con la cabeza. Estaba demasiado mojado. Al final, activó el manos libres y le acercó el teléfono.

—Hola, madre —saludó Graydon con formalidad, como si llevara un esmoquin y estuviera en mitad de una recepción.

La mujer de voz dulce que había hablado con Toby desapareció.

—Roderick —dijo en inglés, con voz tan seca como un latigazo—. Tengo algo muy importante que decirte y, por una vez en tu vida, me vas a prestar atención.

—Sí, madre.

—Supongo que ya te han contado la heroicidad de tu hermano al salvar a tu padre.

Graydon señaló con la cabeza una toalla que colgaba del

toallero. Toby la cogió con una mano, sin soltar el teléfono. Graydon la aceptó y se la enrolló alrededor de la cintura antes de salir de la bañera.

—Sí, madre, me he enterado y tengo que decir que ha...

—No, no puedes decir nada —le soltó su madre—. Limítate a escuchar. No quiero que vengas al país y cargues a tu hermano con más trabajo. Ya tiene bastante que hacer sin que tú vengas a tentarlo para que se emborrache. Y dado que se acerca su compromiso, no puedes echarle encima a esas cabezas huecas que te echas por novias. Tu padre necesita curarse y cuanto menos estrés sufra, más rápido lo hará. ¿Me estoy explicando con claridad?

—Sí, madre, te estás explicando.

Toby veía la estupefacción en la cara de Graydon. Al percatarse de que hacía ademán de coger el teléfono, ella se apresuró a colocarle bien la toalla y a asegurársela a la cintura.

El teléfono seguía con el manos libres activado y Graydon lo sujetaba lejos de su cabeza, como si no soportara tenerlo cerca.

—Te estoy suplicando —continuó su madre— que te mantengas lejos. Graydon se toma muy en serio su futuro reinado, al contrario que tú, que desdeñas todo lo que representamos. —Soltó un gruñido exasperado—. Tú y yo ya hemos hablado del tema antes. ¿Me prometes que te quedarás donde estás y que les crearás el menor estrés posible a tu padre y a tu hermano?

—Sí —contestó Graydon con voz dura y fría—. Puedo asegurarte que no interferiré en las obligaciones de mi hermano.

Su madre hizo caso omiso de su tono de voz.

—En cuanto a la furcia esa que ha contestado el teléfono, líbrate de ella. Como la prensa se entere de que tu padre está enfermo, tendremos suficiente publicidad negativa como para que tú saques a relucir a una de tus zorras baratas delante de los periodistas. Y Danna no se merece el insulto de tener que conocer a la mujer con la que te hayas liado esta vez. ¿Queda claro?

—Clarísimo —contestó Graydon.

Su madre colgó sin añadir nada más.

Graydon se quedó un buen rato inmóvil. Toby lo instó con tiento a salir del cuarto de baño y lo condujo al pequeño sofá situado junto a la chimenea. Había una colcha antigua sobre el respaldo y se la echó sobre los hombros desnudos, que aún tenía húmedos.

—¿Ha sido la primera vez que has escuchado algo así? —le preguntó al tiempo que se sentaba a su lado y le cogía las manos.

—Sí. Rory nunca me ha dicho que nuestra madre le habla así. Con razón casi no va por casa. —Se volvió hacia ella—. Lo que ha dicho de ti... no sé ni cómo pedirte disculpas por eso.

Toby levantó una mano.

—Mi madre me dice cosas parecidas. Nunca soy como quiere que sea ni hago lo que quiere que haga. —No añadió que en su caso, su hermano era quien provocaba la insatisfacción.

—¿Graydon? —dijo Daire desde el salón—. Rory quiere que lo llames.

—Estamos aquí —contestó Toby.

Cuando Daire, que llegó seguido de cerca por Lorcan, los vio sentados tan juntos en el sofá y a Graydon con tan poca ropa, se dio la vuelta.

—Perdón.

—Graydon acaba de enterarse de cómo le habla su madre a su hermano —adujo ella.

Graydon la miró como si hubiera traicionado su confianza, pero Daire se encogió de hombros como si él lo hubiera presenciado muchas veces.

—¿Lo sabe todo el mundo? —quiso saber Graydon.

—Es un círculo muy pequeño, pero sí —contestó Daire, y Lorcan asintió con la cabeza.

—Pero nadie, ni siquiera Rory, me lo ha dicho. —Graydon los miró—. ¿Me estabais protegiendo de la verdad?

—Sí —respondió Daire al tiempo que se acercaba al armario para sacar algo de ropa.

—Coge la camisa vaquera azul —le indicó Toby—. Y unos vaqueros. Hoy querrá quedarse en casa y hablar con Rory para controlar los daños.

—Y los mocasines —añadió Lorcan desde la puerta, antes de acercarse a la enorme cómoda—. ¿Calcetines? —preguntó al tiempo que miraba a Toby.

—El cajón de arriba a la izquierda. Coge unos blancos.

Graydon empezaba a recuperar la compostura.

—Creo que soy capaz de vestirme solo —repuso.

Tras una seca inclinación de cabeza, Daire y Lorcan dejaron la ropa en la cama y se marcharon.

—Me voy para que te vistas —dijo Toby, que hizo ademán de irse, pero Graydon la detuvo.

—No, quédate, por favor —le suplicó al tiempo que se levantaba y la colcha se le caía de los hombros—. A menos que quieras irte, claro.

Toby lo miró un instante, allí de pie, con una toalla alrededor de la cintura, y pareció recordar que había pasado la noche entre sus brazos. ¿Fue real o formaba parte de uno de sus sueños? Dio un paso hacia él con la mano extendida como si fuera a tocarlo, pero Graydon se volvió y la oportunidad pasó.

Graydon sacó la ropa interior de un cajón y Toby apartó la vista mientras se la ponía. Cuando se puso los vaqueros, aunque no se los abrochó, volvió a mirarlo.

—¿Qué vas a hacer al respecto?

—No lo sé. No me gusta que nadie le hable a mi hermano de esa manera. —Fruncía el ceño.

Toby se sentó en el borde de la cama mientras lo veía vestirse. Graydon se movía por la habitación como si estuviera preparándose para la guerra, pero permanecía callado.

—¿Tu madre es capaz de distinguiros?

—¿Como prueba de que es Amor Verdadero? No del todo —replicó él con un deje desdeñoso.

Graydon tardó casi un minuto entero en darse cuenta de lo

que acababa de decir. Se detuvo en seco, con la camisa puesta pero sin abrochar, y miró a Toby.

Solo la palidez de su cara le indicó que lo había escuchado. La vio apoyarse sobre las manos y mirar hacia el techo.

—Entiendo. Yo sí podía distinguirte de tu hermano, de modo que tú, el futuro rey, decidiste quedarte una temporada para ver si yo era tu Amor Verdadero. Ya sabes, como si estuviéramos en un cuento de hadas. Con la diferencia de que en esta historia, el príncipe va a huir para casarse con la princesa, no con la furcia con resaca.

Graydon se cuadró de hombros, con el cuerpo en tensión, y adoptó una expresión impasible.

Toby, que seguía sentada en la cama, lo fulminó con la mirada.

—Te lo digo muy en serio: como te conviertas en el Príncipe y me hagas el vacío, os pongo a los tres de patitas en la calle.

Graydon puso los ojos como platos, pero después se tumbó en la cama detrás de ella.

—¡Joder! No me siento como un príncipe. Mi madre acaba de destrozar a mi hermano y a mi chica. Me gustaría decirle dónde meterse sus opiniones, pero es la reina. Esas cosas no se hacen.

Toby se tumbó de espaldas junto a él, pero sin tocarlo.

—Bueno, ¿de qué va ese rollo del Amor Verdadero?

Graydon se echó a reír.

—Muy yanqui eso. El «rollo». Es una leyenda familiar, una tontería... salvo que una y otra vez acaba siendo verdad. A la tía Cale le encanta contar cómo su marido, el tío Kane, la detestaba cuando se conocieron. Pero era capaz de distinguirlo del tío Mike, así que estaban condenados a acabar juntos.

—Curioso —replicó Toby, que se colocó de costado para mirarlo. La camisa se le había abierto y le encantaba admirar su musculoso torso desnudo. ¡Todos esos combates con Daire tenían recompensa!—. Así que preparaste una cena en una carpa para descubrir cómo era tu Amor Verdadero, ¿no?

—Mmm —murmuró Graydon—. Más o menos.

—¿Y por eso se enfadó tanto Rory? Me dijiste que habíais discutido. ¡Un momento! Seguro que no ibas a contarme a qué te dedicas.

Graydon, que tenía la vista clavada en el techo, intentó no sonreír.

—A veces mi... «dedicación» abruma a los demás.

Toby se tumbó otra vez de espaldas.

—¿Estás seguro de que no es tu ego lo que los abruma?

Graydon se colocó de costado, con la cara muy cerca de la de Toby.

—Solo quería presentarme como un hombre, nada más. —Le cogió un mechón de pelo y se lo enroscó en un dedo.

—Otra vez con el Pobrecito Príncipe —dijo Toby—. ¿Creías que me iba a poner a hiperventilar al escucharte hablar de tu palacio?

—Algunas lo hacen —le aseguró él, que se tumbó de espaldas... pero no le soltó el mechón de pelo.

—¡Ay! —Toby se volvió hacia él y, después de que Graydon moviera los brazos, acabó encima de él—. ¿Sigues con tu conquista?

—Sí. ¿Te gusta? —Tenía las dos manos enterradas en su pelo.

—Bastante —reconoció ella en voz baja.

—¿Tienes idea de lo guapa que eres? Tu piel es como el alabastro y me deja sin respiración. Tus ojos son como el color de un arroyo montañoso, tus pestañas son como las alas de una mariposa y tus labios son como las cerezas más maduras.

Toby colocó los labios casi encima de los suyos, y cuando Graydon los entreabrió para besarla, se apartó de él y se incorporó.

—Haces que parezca un cruce entre un bosque y una huerta.

Hizo ademán de levantarse de la cama, pero Graydon cogió varios mechones de su pelo y comenzó a enredárselos en la muñeca, acercándola a él. La obligó a tumbarse de espaldas y luego se sentó a horcajadas sobre ella.

—¿Qué te parece esto? Si fueras la hija del rey, mataría a todos para conseguirte.

—Mejor —contestó—. Pero hablas mucho.

Con un rápido movimiento, Graydon la rodeó con los brazos, se la colocó encima y la besó.

La intensidad de su reacción los sorprendió a ambos. Saltaron chispas que se fundieron, que fluyeron... era una comunión.

Se separaron y se miraron a los ojos, y después se abrazaron de nuevo con tanta fuerza que casi los destrozó. Graydon separó los labios sobre su boca y se colocó encima.

Toby reaccionó por instinto y le rodeó las caderas con las piernas mientras le clavaba los dedos en la espalda a fin de acercarlo todavía más.

Fue Graydon quien se apartó. Separó sus labios y le enterró la cara en el cuello.

—No puedo. No podemos. Cuando me vaya... —Dejó la frase en el aire.

Toby sentía el corazón acelerado. Jamás había estado tan cerca de un hombre. Un poco avergonzada, bajó las piernas a la cama.

—Lo entiendo —dijo—. No podemos arriesgarnos a que el Amor Verdadero aparezca y...

Graydon se apartó de ella, pero se quedó cerca y le acarició una mejilla con la mano.

—¿Qué te parece si hoy exploramos esa vieja casa? La tía Cale tiene que terminar un libro antes de venir para tomar posesión, y me ha pedido que comprobase si el tejado estaba bien y ese tipo de cosas. Si te acompaño, a lo mejor no te quedas dormida dentro y no sueñas que otro hombre te besa.

Toby no podía dejar de pensar en su cercanía, aunque a él no parecía afectarlo. ¿Era eso lo que le pasaba a la gente? ¿Hacer el amor se convertía en algo anodino con el paso del tiempo? ¿En algo de lo que uno se podía desentender sin más?

—Me parece bien —respondió mientras intentaba calmar los latidos de su corazón—. Pero necesito hacer un boceto de la boda de Victoria a partir de lo que vi en el sueño. ¡Ah, se me ha olvidado! Esta mañana tuve otro.

Graydon se levantó de la cama, la cogió de la mano y la ayudó a ponerse en pie.

—Tengo que afeitarme. Cuéntamelo mientras lo hago. ¿Te besé y después te pedí que te casaras conmigo?

—En esta ocasión, estabas tan enfadado conmigo que amenazaste con quemar el pueblo.

—Supongo que eso quiere decir que el sueño va de Silas —aventuró él, apesadumbrado.

—¿Qué crees que quiere decir «mantecoso»?

—Si lo dije yo en referencia al otro hombre, seguro que nada bueno.

—¿Tú crees? —replicó ella, que lo siguió al cuarto de baño.

17

Los cuatro se dispusieron a trabajar juntos en el comedor. Toby y Graydon ocuparon las sillas de los extremos con los portátiles ante ellos, mientras que Lorcan y Daire se sentaron en los laterales. Graydon tuvo que instruir a Rory para su encuentro con el embajador de Lituania. Conocía al embajador porque había jugado al golf con él y le había presentado a su familia, de modo que Rory se veía obligado a estar al tanto de todos los detalles que conocía Graydon. En vez de memorizar los hechos, Daire y Graydon idearon un plan: Rory llevaría un móvil oculto en la escayola, de modo que Graydon pudiera escuchar la conversación y enviarle con rapidez los datos que su hermano necesitara. Aunque la recepción de los mensajes ocasionara cierto retraso en la conversación, Rory era capaz de sacarse cualquier cosa de la manga para dilatar sus réplicas.

Toby estaba investigando lo que había visto en sus sueños. Podría enseñarle a Victoria algunos dibujos o fotos de vestidos de la época, y si le gustaban seguiría adelante con los planes de la boda. Comida, flores, todo eso conllevaría mucho trabajo, y tenía que ponerse manos a la obra. Al ver que los frutos de su investigación le mostraban imágenes exactas a las de sus sueños, se recordó que los sueños no eran reales.

Graydon estaba junto a la puerta de la cocina, con el móvil en la oreja.

—¿Cuántos sueños has tenido ya?

—Tres —contestó ella—. ¿Es una peculiaridad lanconiana? Porque los estadounidenses no les prestamos mucha atención a los sueños.

—El año pasado... —Graydon dejó la frase en el aire, ya que Rory le dijo algo—. Díselo —le ordenó a Daire, y se marchó a la cocina para seguir hablando en privado.

—El año pasado, Su Alteza... —empezó Daire.

—¿Te refieres a Graydon?

Daire sonrió.

—Sí, por supuesto. El padre de Gray, el rey, envió a su hijo a un pueblo remoto de las montañas. Al parecer, algunos de los Ulten habían decidido que una mujer del pueblo era una bruja. Querían lapidarla.

—¿Es que se les morían las cabras o algo así? —preguntó Toby.

—No. Era una chica muy guapa y los hombres casados la encontraban irresistible. Cuando investigamos, descubrimos que el problema era que ella nunca se negaba.

—¡Menuda brujería! —exclamó Toby con una sonrisa—. ¿Qué hizo Graydon?

—Le compró un billete de ida a Los Ángeles y le concertó una entrevista con un productor de cine. Hasta ahora ha sido la chica guapa que muere en tres películas de terror.

Toby se echó a reír.

—Bienvenidos a *Cold Comfort Farm* —dijo, tras lo cual regresó al trabajo.

Por desgracia, ese tipo de trabajo dejaba a Lorcan sin nada que hacer. Hasta ese momento, Toby apenas se había relacionado con ella. Habían avanzado de modo que ambas tenían la sensación de colaborar para ayudar a Graydon, pero no habían pasado de ese punto.

Toby hizo una búsqueda en Internet sobre los vestidos femeninos en la época de la Regencia inglesa y encontró algunos modelos preciosos expuestos en ciertos museos. Tras imprimir las imágenes, las extendió sobre la mesa para examinarlas.

Graydon seguía al teléfono y Daire estaba absorto en su ordenador, de modo que los empujó hacia Lorcan.

—¿Qué te parecen?

—Son bonitos —dijo Lorcan.

Toby se sintió desilusionada ante su renuencia. No era fácil congeniar con esa mujer. Apartó las imágenes impresas de Lorcan.

—Son más bonitos en persona —le aseguró esta.

—¡Ah! ¿Los has visto en los museos de Lanconia?

—No, en el... —Miró a Daire.

—En el ático —dijo él sin levantar la vista—. Esa familia no ha tirado nada. Se limitan a construir encima del palacio para poder almacenar más objetos.

Toby miró a Lorcan.

—Ojalá pudiéramos pedir prestado un vestido para enseñárselo a Victoria. A lo mejor así lo recordaría todo —dijo, entre carcajadas—. Por supuesto que no puede recordar mi sueño, pero estaba preciosa con ese vestido. Tiene una delantera impresionante. —Miró a Lorcan—. Tú también estarías increíble con ese tipo de vestido. De suave muselina blanca con una cinta roja justo aquí —dijo, señalándose la parte superior del torso, justo bajo el pecho.

Daire resopló.

—Lorcan duerme vestida de cuero.

Toby vio que la expresión de la mujer se ensombrecía al escuchar esas palabras, pero guardó silencio. Llegó a la conclusión de que los lanconianos eran expertos en esconder sus sentimientos.

—A lo mejor podrías ponerte uno de esos vestidos —dijo a Lorcan de forma educada.

Toby se levantó y se colocó tras la silla de la mujer. Después de que ella asintiera con la cabeza, Toby le levantó la larga coleta y la examinó.

—Sí, estarías preciosa. ¿Sabes?, con tacones seguro que serías más alta que Daire.

El comentario le arrancó a la escolta una sonrisa, la primera que le dirigía a ella, mientras que Daire meneaba la cabeza y tecleaba algo en el portátil.

—¿De verdad creéis que podremos hacerlo? Quiero decir, ¿estará de acuerdo Graydon? —les preguntó Toby—. Y aunque lo estuviera, ¿sería posible pedir prestada esa ropa y lograr que nos la enviaran en tan poco tiempo?

—Por supuesto —le aseguró Daire—, aunque a Gray no le gustará que le digamos qué es lo que queremos que haga.

—Sobre todo en lo concerniente a tu persona —añadió Lorcan—. Y si el príncipe Graydon cree que lo ha sugerido Daire, se negará.

Toby estaba a punto de pedirles que se explicaran a ese respecto, pero al ver que Graydon aparecía por la puerta se limitó a decir:

—Ven a mirar estas fotografías.

Graydon cogió una, la de una dama ataviada con un vestido blanco de escote bajo y las faldas ceñidas a las piernas.

—Me gusta —afirmó.

Daire apartó la mirada del ordenador y dijo:

—Según dice aquí, un problema de la época era «el mal de la muselina». Al parecer, las mujeres se ponían vestidos confeccionados con unas telas tan finas que acababan muriendo de una pulmonía. —Pareció reflexionar sobre sus palabras—. Creo que era por una buena causa.

—¿Estás pensando vestirte así para Victoria? —preguntó Graydon.

—¡Por Dios, no! Eso sería imposible —contestó Toby, mirándolo—. ¡Un momento! Estamos hablando de la época de Jane Austen. Aunque no podamos llevarlo a cabo, significa que tú podrías ser... redoble de tambores, por favor... podrías ser el señor Darcy.

—¿Te refieres a ese hombre tan estirado que todos lo tomaban por un arrogante?

—Estás hablando del personaje masculino más romántico de la historia de la Literatura, así que un poco de respeto. Si yo me pongo un vestido tan fino como para pescar una neumonía, tú tendrás que ponerte esas calzas. —Le entregó la foto de un hombre ataviado con unas calzas de color beige tan ceñidas que parecían una segunda piel y una chaqueta estrecha negra con un cuello muy alto.

—¿Me estás diciendo que si me pongo calzas, accedes a vestirte así?

—Claro. ¿Por qué no? Pero ¿dónde vamos a conseguir trajes del siglo XIX? —Pestañeó varias veces de forma exagerada y puso cara de inocente.

—Buscaremos en los armarios de mis antepasados —sugirió Graydon—. Le pediré a Rory que... No. Llamaré a mi abuelo y él lo tendrá todo listo en un abrir y cerrar de ojos.

Toby inclinó la cabeza sobre la foto para disimular la sonrisa. La ropa era la personificación del romanticismo.

—¿Eso significa que llevaré un vestido que en el pasado perteneció a una reina?

—Sí —contestó Graydon—. ¿No te impresiona un príncipe pero una reina sí?

—Tiene sentido —comentó Lorcan, y todos se echaron a reír.

Por primera vez desde que se conocían, Lorcan y Toby se miraron con camaradería.

—Bueno, y ¿cuándo vamos a ponernos esta ropa tan ridícula? ¿Cómo era la comida de aquella época? —En ese momento, llamaron a Graydon al móvil—. Tengo que atender esta llamada —dijo con cansancio mientras abandonaba la estancia.

—Una idea genial —dijo Toby—. Organizaremos una cena ambientada en la Regencia inglesa e iremos vestidos de época. ¿Por qué no participáis? —Sonrió al ver la expresión espantada de Daire y la sorpresa de Lorcan.

—No —respondió Daire en voz baja, con un deje que no dejó lugar a dudas.

Toby miró a Lorcan.

—El iPad de Rory está en el último cajón de la derecha, en el dormitorio de Graydon.

Lorcan ya iba escaleras arriba antes de que Toby acabara incluso de hablar.

Eran las cinco de la tarde en Lanconia cuando Graydon usó la marcación automática para llamar al número privado de su abuelo.

—¿Graydon, eres tú? —Pese a su avanzada edad, la voz y el espíritu de J. T. Montgomery aún eran jóvenes. No le dio tiempo a su nieto a contestar—. Quiero saber por qué narices Rory ha asumido tu lugar y está desempeñando tus funciones. Tu abuela está muerta de la preocupación porque piensa que estás convaleciente en alguna clínica, como tu padre, y que tu madre no quiere decírnoslo.

—Abuelo, estoy bien. Y madre no está al tanto de esto. Solo quería disfrutar de una semana de vacaciones, nada más. Pero Rory se rompió la muñeca y... En fin, cosas que pasan. Además, he conocido a una chica que...

—Le dije a Aria que ese era el problema —lo interrumpió J. T.

—Las cosas no son así. Me alojo con ella de momento y...

—¿Qué quieres decir con que «las cosas no son así»? ¿Es guapa?

La voz de Graydon se suavizó al contestar:

—Es preciosa. Tiene el pelo largo y rubio, rubio natural, y...

—Solo hay una manera de que un hombre sepa si una mujer es rubia natural —comentó J. T.

Graydon no pudo evitar echarse a reír. La edad no había impedido que su abuelo siguiera tomándose la vida con humor.

—La chica y yo nos pasamos todo un día limpiando después de asistir a una boda, y luego nos dimos un chapuzón en ropa interior. La suya no dejaba mucho a la imaginación. Toby y yo solo somos...

—A ver, explícate, pero si me estás diciendo que solo sois amigos, te desheredo. La pregunta del millón es: ¿te pone a cien?

—¡Sí! —exclamó Graydon, que comprendió que llevaba tiempo deseando confesar esa verdad en voz alta—. A veces, tengo la impresión de que soy uno de mis bárbaros antepasados, porque lo único que me apetece es echármela al hombro y salir corriendo con ella. No poder tocarla y tener que conformarme con mirarla me vuelve loco. ¿Abuelo? Es capaz de distinguirme de Rory.

J. T. guardó silencio un instante. Pertenecía a una generación distinta de la de su nieto y creía firmemente en la antigua leyenda familiar.

—¿Estás seguro?

—Sí. Cuando le dije que era Rory, se enfadó conmigo y me acusó de mentiroso. Después, Rory se disfrazó con mi ropa y me imitó de esa forma tan espantosa y... en fin, que ella lo reconoció al instante.

—Lo siento —susurró J. T. con un hilo de voz. Ambos sabían lo que eso implicaba. Cuando era un joven soldado en el ejército de Estados Unidos, J. T. estuvo a punto de perder la vida luchando contra las tradiciones que regían a la familia real de Lanconia y su corte desde hacía siglos. Aunque había hecho muchos progresos, no había logrado cambiar el sistema que imponía con quién debía casarse su nieto. Que Graydon hubiera encontrado a una mujer que podía significar para él mucho más que el hecho de tener una compañera de trono entristecía muchísimo a J. T.—. ¿En qué puedo ayudarte?

—Quiero que te encargues de que alguien me envíe ropa de principios del siglo XIX.

J. T. soltó una carcajada.

—Y yo pensando que querías que me enfrentara a tu madre por ti.

—¿Cómo iba a hacerte eso, abuelo? Te quiero y me gustaría que siguieras con vida.

Su abuelo se echó a reír.

—Como tu madre se entere de lo que está pasando con tu hermano, nadie saldrá con vida de esta. ¿Volverás para... tú ya sabes? —Era incapaz de pronunciar «ceremonia de compromiso».

—Sí —contestó Graydon—. Tengo pensado volver mucho antes. Pero ¿qué me dices de la ropa? ¿Me la puedes conseguir?

—Claro. Le pediré a tu abuela que envíe a una de esas muchachas que están a sus órdenes para que busque lo que necesitas.

—¡Bien! Luego te haré llegar los detalles sobre las tallas y demás, pero principalmente necesito algo que deslumbre a Victoria Madsen.

—¿A la escritora? Aria adora sus libros y cuando le diga para quién es la ropa, pondrá a trabajar a todo el personal de palacio.

—Siempre y cuando mi madre no se entere, porque podría sospechar —le recordó Graydon. Quería hablar con su abuelo sobre la actitud de su madre hacia Rory, pero no por teléfono. Lo haría en persona.

—No te preocupes. Está ocupada con otras cosas. Supongo que estás instruyendo a Rory, porque ha salido airoso del encuentro con los dos embajadores.

—Me comunico con él por teléfono y a través de Skype a todas horas.

—Sí, bueno, no permitas que las obligaciones te alejen de tu chica. Envíame una foto suya, ¿quieres? Ah, Gray, y que sepas que yo también te quiero.

—Gracias —le dijo—. No podría hacer esto sin ti.

Tras la despedida, colgó.

Ya eran las tres de la tarde, las diez en Lanconia, cuando por fin pudo apartarse del teléfono. Lo apagó, se lo arrojó a Daire, y le dijo a Toby:

—¡Vámonos!

En cuanto salieron de la casa, le contó todo lo referente a la conversación con su abuelo.

—Así que podrás ponerte tu precioso vestido y estoy seguro de que Victoria accederá a la boda.

—Espero que tengas razón. —Se detuvo y se volvió para mirarlo, ya que caminaba por delante de él—. Es una pena que Daire no quiera disfrazarse. ¡Estaría impresionante!

—¿No como yo, que estoy tan pálido y soy tan bajo?

El sol, que estaba a su espalda, lo rodeaba con una especie de halo. Ya fuera por efecto de la luz o por la creciente familiaridad que sentía al estar a su lado, en ese momento Toby creyó que jamás había visto a un hombre tan guapo como él. Se dio media vuelta, temerosa de que Graydon le leyera el pensamiento al verle la cara.

«No es mío», se recordó.

Cuando llegaron a la casa que había comprado la familia de Graydon, este se sacó del bolsillo una llave que era tan grande como su mano.

—¿Dónde la has conseguido? —quiso saber Toby.

—Me la ha enviado mi tía Cale. La pregunta es cómo entraste tú sin llave.

—La puerta principal estaba abierta de par en par.

—¿Como si estuviera invitándote a entrar? —le preguntó a modo de broma.

—No —respondió ella—, como si el viento la hubiera abierto. Recuerda lo que pasa con las casas viejas. El aire se cuela por las puertas, por las ventanas y por los tablones del suelo.

—Mi dormitorio fue construido en 1528 y es una de las estancias más nuevas.

—La pregunta es si está encantado o no.

—Todas las noches escucho peleas de espadas —comentó Graydon mientras cerraba la puerta y le daba la llave, en cuya parte superior había dos delfines.

Toby la aceptó y la sostuvo en alto.

—¿Esto es para que pueda escaparme si tus intentos de seducción se pasan de la raya?

—Eso es para cerrar la puerta a fin de que nadie nos interrumpa. ¿Por dónde empezamos?

—Por los dormitorios, por supuesto —contestó Toby mientras dejaba la llave en el ojo de la cerradura.

Subieron la escalera riendo a carcajadas.

La vieja casa estaba bien iluminada gracias a la luz que entraba por las sucísimas ventanas, y no vieron rastro alguno de humedad ni en las paredes ni en el suelo.

A través de la escalera principal se accedía a dos dormitorios con sendas chimeneas y cuartos de baño.

—Este es mi preferido —dijo Toby, que lo acompañó hasta el dormitorio donde había tenido el primer sueño. Pese a la suciedad existente era evidente que había sido una estancia preciosa en el pasado.

Graydon se sentó en el polvoriento diván.

—A mí también me gusta. Me encantaría llenar de libros esas estanterías.

Toby se sentó a su lado.

—¿Sobre qué serían esos libros?

—Para esta habitación me gustaría reunir una colección de libros sobre Nantucket. Me gustaría saber más cosas sobre esta isla. ¿Y a ti, qué te gustaría ver aquí?

—Novelas que me gustara leer y releer. Libros sobre jardinería y sí, estoy de acuerdo contigo, libros de Historia. Creo que me gustaría saber más cosas sobre esta casa.

—¿Le has contado a Daire todos los detalles de tus sueños?

—Sí —contestó con seriedad—, y se mostró especialmente interesado en conocer los detalles de la parte de los besos.

El rostro de Graydon adoptó una expresión furiosa antes de comprender que Toby estaba bromeando.

—¡Qué mala eres! —exclamó al tiempo que se lanzaba a por ella, pero Toby ya estaba de pie y huyó a la carrera.

Entró por una puerta lateral en la que Graydon ni siquiera había reparado, dobló a la derecha al final del pasillo y después escuchó sus pasos en lo que parecía ser una escalera, si bien no vio ninguna. Abrió un par de puertas por las que se accedía a un cuarto de baño y a un dormitorio antes de encontrar la puerta de la estrecha escalera, situada entre dos muros. La escalera estaba tan oscura que apenas se veía los pies, de modo que deseó haber llevado una linterna.

En la parte superior de la escalera, encontró una puerta maciza y, al abrirla, vio un ático vacío. Los anchos y toscos tablones de madera sin tratar atestiguaban la antigüedad de la casa. El tejado a dos aguas hacía que el techo del centro de la estancia estuviera bastante elevado. Toby se encontraba en el extremo opuesto a la puerta, frente a una ventana.

—Es como si conociera esta estancia. La colada se tendía allí.

Cuando Graydon miró hacia el lugar que señalaba, vio unos grandes ganchos metálicos en las vigas del techo. Perfectos para colocar cuerdas donde tender la ropa.

—Las hierbas aromáticas se secaban allí. Muchas de ellas se usaban para las velas. —Había agujeros que señalaban los lugares donde antiguamente había ganchos más pequeños—. Nosotras... bueno, quiero decir que ellas vendían velas. Los niños jugaban en aquel rincón. El pequeño Thomas lloraba porque el juguete que le había tallado su padre se cayó por una grieta entre los tablones y no podía encontrarlo. —Toby levantó las manos—. Esto es muy raro. ¿Por qué sigo inventándome estas cosas? A lo mejor debería contárselas a Victoria para que las incluya en su nueva novela.

—O tú misma podrías escribir una.

—¡No, gracias! —exclamó ella—. Ser una escritora me resulta demasiado solitario.

—Entonces, ¿qué quieres? —le preguntó Graydon con seriedad.

—Soy estadounidense. Lo quiero todo. Un marido, hijos, una casa bonita, una profesión que me haga sentir que estoy haciendo algo por los demás. ¿Estás preparado para bajar?

—Cuando tú quieras. —La siguió escaleras abajo y dijo en voz baja—: Eso es exactamente lo que yo le pido a la vida.

Pasaron media hora explorando los cuatro dormitorios y los tres cuartos de baño, buscando posibles daños por humedad o moho, sin encontrar ni uno solo.

Toby pulsó los interruptores de la luz y abrió los grifos sin obtener el menor resultado.

—La noche que dormí aquí había luz y agua. ¿Ha cortado alguien los suministros?

—Que yo sepa, no —contestó Graydon mientras regresaban a la planta baja. Lo que no le dijo fue que sentía una gran curiosidad por ver la estancia que tanto la había asustado.

Una vez que bajaron la escalera principal, Graydon siguió a Toby de habitación en habitación. No hizo el menor comentario sobre lo familiarizada que parecía estar Toby con la casa. El día que discutieron, aunque la verdad era que él apenas había abierto la boca, tuvo la impresión de que Toby no había recorrido la casa en su totalidad.

—El comedor. ¿No crees que sería maravilloso verlo cubierto con seis o siete alfombras orientales? Cubriéndose las unas a las otras. Flamantes y recién traídas del lejano Oriente. Y en el centro, una mesa de comedor estilo reina Ana, con las sillas tapizadas en rojo, traído todo de Londres. —Tras el comedor se encontraba lo que ella llamó «la sala de la escalera»—. La usaba la familia. Los niños jugaban aquí, de manera que se mantenían apartados de la escalera principal y los adultos evitaban encontrarse juguetes, zapatos o guantes abandonados.

—¿Y el juguete perdido del pequeño Thomas?

Toby se echó a reír.

—Era un niño especial. Perdía todo lo que llevara en la mano. —A través de una puerta, accedió a una estancia alargada, llena de armarios, que contaba con un aseo adyacente—. Por supuesto, esto no existía —dijo, refiriéndose al aseo, con sus modernas tuberías.

—¿Para qué se usaba esta habitación?

—Para hacer potingues —se apresuró a responder—. Cualquier cosa que pudiera fabricarse y venderse. Velas, cremas faciales, cordiales... y jabón. Pero claro, Valentina con su jabón transparente se hizo con todo el mercado y nos echó a los demás.

Graydon la siguió mientras la escuchaba.

Toby entró en una estancia que llamó «el salón trasero», y de ahí pasó a un dormitorio. Al final, llegaron a la cocina.

—Todo esto es nuevo —dijo.

Puesto que la cocina no parecía haber sido remodelada desde los años cincuenta, el comentario resultaba raro.

Graydon se alegró una vez más de no haber encontrado rastros de humedad en la casa. Aunque llevara años deshabitada, alguien se había ocupado de mantenerla en perfectas condiciones. Volvieron a la parte delantera de la casa, al salón grande. La chimenea, con la parte exterior tallada, era preciosa. En el otro extremo del salón, se encontraba la estancia donde había encontrado a Toby durmiendo. Puesto que no quiso despertarla, volvió a la casa en busca de comida, de una manta y de una almohada. Y no le había dicho que él mismo había dormido en un improvisado camastro que se hizo al otro lado de la puerta. ¡No iba a permitir que Toby pasara sola la noche en esa casa tan grande! Tal como esperaba, a la mañana siguiente ella se despertó de mejor humor.

—Y eso es todo —dijo ella—. Hay un sótano, pero no es muy grande y se usaba como almacén. Si quieres, bajamos a verlo. —Hizo ademán de salir del salón.

—Espera —la detuvo él—. ¿Dónde está la estancia que te da miedo?

—No sé de qué estás hablando —contestó Toby, que apretó el paso.

Graydon se colocó frente a ella y le aferró los brazos.

—No pasa nada. Estoy contigo y estás a salvo.

—No sé de qué estás hablando —repitió, más alto y con más vehemencia. Se zafó de sus manos—. Creo que voy a volver a casa. Hasta luego.

Salió de la casa tan rápido que a Graydon le recordó a un personaje de dibujos animados. Se sentía dividido entre el deseo de seguirla y el de quedarse en la casa para descubrir qué era lo que la alteraba tanto.

No tardó mucho en dar con la habitación oculta. Claro que el palacio donde vivía contaba con estancias, armarios y escaleras ocultas por todos lados, así que sabía qué debía buscar. Encontrar la forma de abrir la puerta, que estaba muy bien camuflada, fue harina de otro costal. Un tablón. Deslizar, empujar y levantar. De esa forma logró abrirla.

Encontró una estancia pequeña con una ventana en el extremo opuesto. A su derecha, vio un armario antiguo que parecía de la época en la que se construyó la casa. En un lateral, descansaba lo que parecía el armazón de un diván.

Se preguntó cuál habría sido el propósito original de la estancia. Tal vez se construyera para almacenar leña ya que la casa tenía muchas chimeneas. Pero no, la madera se almacenaría en el exterior. Eso sí, no había nada en la estancia que pudiera asustar a alguien.

Sin embargo, mientras lo examinaba todo, se percató de que lo invadía una sensación de tristeza. Tenía que marcharse para comprobar que Toby estaba bien, pero no se movió. Poco a poco, tuvo la impresión de que su vida llegaba a su fin, de que todo lo que había pensado y sentido, de que todo lo que había querido hacer, ya no tenía importancia.

Una luz muy tenue invadió la estancia y escuchó a una mujer llorando. Después a dos mujeres. Y luego a más. Era como si la habitación estuviera llena de mujeres llorando de pena.

Tras sentir una opresión en el pecho que le impedía respirar, Graydon se volvió y salió de la habitación. Cerró la puerta con fuerza y echó el pestillo. Por un instante, apoyó la espalda en ella. Tenía el corazón acelerado. La salita en la que estaba, con su viejo catre y la chimenea en la pared opuesta, le pareció muy normal. En la casa reinaba el silencio. Sin embargo, acababa de experimentar la tristeza más grande que había conocido en la vida.

Mientras se apartaba de la pared, decidió llamar a su tía Cale y preguntarle lo que sabía sobre la historia de la casa. Conociéndola, a esas alturas habría investigado todos los detalles desde el día que la construyeron. Y él quería saberlo todo, con pelos y señales.

Regresó caminando despacio a la casita de Toby. La puerta principal estaba abierta y se detuvo un instante en el vestíbulo. Necesitaba un rato para calmarse después de haber estado en la estancia de la vieja casa.

—Tienes que ayudarme a organizar esta fiesta —escuchó que decía Toby.

—No sé cómo hacerlo —replicó Lorcan, que parecía confundida.

—Yo te enseñaré —se ofreció Toby.

Graydon sonrió, ya que tenía la impresión de que Lorcan no estaba acostumbrada a mantener conversaciones insustanciales con una amiga.

Recordaba muy bien a Lorcan cuando tenía doce años y aprobó todos los requerimientos para formar parte del programa gubernamental. Era una chica alta y delgada, vestida con ropa que le quedaba muy corta, pero sus abuelos no tenían medios para otra cosa. Sus caras mostraban el amor y la esperanza que habían depositado en su única nieta.

Graydon asistió a la ceremonia inaugural y después, como siempre, se quedó unos días más para observar a los estudiantes. El hecho de no poder predecir quién tendría éxito y quién no le resultaba sorprendente. Daire y él hacía mucho tiempo que habían llegado a la conclusión de que, más que músculos y entrenamiento, lo que necesitaba un campeón era voluntad y emoción.

Los estudiantes participaron en distintas competiciones durante tres días: lucha libre, lucha con espadas de goma, pruebas gimnásticas y asistieron a distintas clases académicas. Durante esos días, apenas había instrucciones concretas o normas estrictas. La idea era ver de qué era capaz cada estudiante, sin interferir.

El primer día, su madre lo llamó para que conquistara a unas mujeres a las que se les había encomendado la labor de confeccionar cojines nuevos para la capilla privada de la familia. A Graydon le resultó muy difícil pronunciar los halagos y palabras huecas requeridas, ya que tenía la mente en otra parte.

Esa noche, mientras se tomaban una cerveza, Daire anunció:

—Tengo un campeón.

—¿Quién es?

—No voy a decírtelo. Ven a ver si puedes descubrirlo.

—El chico corpulento que tiene cara de mala leche —aventuró—. Me ha asustado hasta mí.

Daire sonrió.

—¿Podrás quedarte mañana o tu madre ha planeado que te encargues de los arreglos florales?

—Me reiría si no temiera que pudiera suceder. ¿Es el chico de las cejas gruesas?

Daire no contestó y al día siguiente Graydon supo por qué. Le bastaron un par de horas para comprender que la chica alta con la larga trenza negra era la futura campeona de Daire. Era alta, ágil y lista. Parecía conocer de antemano lo que iba a hacer su oponente en todos los enfrentamientos.

Al final del tercer día, todos los estudiantes habían tratado de golpear a Lorcan en vano. Un chico muy grande acabó tan frustrado de que Lorcan lo esquivara que se lanzó a por ella para tratar de inmovilizarla contra la pared. Por un segundo, la chica abrió los ojos de par en par al ver la mole de cien kilos de músculo que se abalanzaba sobre ella.

Graydon dio un paso al frente con la intención de detener al chico antes de que la aplastara, pero Daire se lo impidió poniéndole una mano en el brazo. Un segundo antes de que el chico atacara, Lorcan se tiró al suelo, inclinó la cabeza y se abrazó las rodillas, como si fuera una bola.

El chico se estampó contra la pared.

Daire le indicó a Graydon con la mirada que no interviniera. Como instructor, Daire quería ver la reacción de los nuevos estudiantes a la táctica que había empleado Lorcan. Quería ver quién se enfadaría y quién la acusaría de haber jugado sucio.

El chico más grande de todos, el que había asustado incluso a Graydon, fue el primero en echarse a reír. Daire tenía los ojos clavados en el muchacho que se había estampado contra la pared. ¿Cómo reaccionaría ante Lorcan al ver que todos se reían de él? Le sangraba la nariz, se había hecho un corte en la frente y se apretaba una mano contra el pecho. El muchacho miró aturdido a Lorcan, que aún estaba en el suelo.

Tras extender los brazos, la cogió por los hombros. Daire hizo ademán de adelantarse para protegerla, pero en esa ocasión se invirtieron los papeles y Graydon lo detuvo.

El muchacho, que era el doble de grande que Lorcan, la sostuvo por los hombros y la miró a los ojos.

—Es como luchar contra mi gato —dijo al fin, haciendo que las risas aumentaran de volumen.

El muchacho le echó un brazo por encima y la acompañó hasta donde estaban los demás. Las chicas que se habían presentado al programa de entrenamiento habían formado su propio grupo.

A partir de ese momento, Lorcan fue uno de los chicos. Y tuvo que entrenar el doble que ellos para conseguir los músculos y la fuerza que para ellos era normal. Sin embargo, contaba con una agilidad que los chicos jamás poseerían. Aunque se burlaban de ella precisamente por eso, en el fondo la envidiaban.

—¿Daire? —oyó que decía Toby—. ¿Cómo vas con el menú? ¿Cuándo se celebrará esa cena? ¿Cuánto tardará la ropa en llegar? Tengo que diseñar una invitación para la boda de Victoria y del señor Huntley, así que necesito todos los datos. Y Jilly y Ken también deberían asistir, aunque Victoria y Ken son propensos a lanzarse pullas.

En la estancia se hizo el silencio.

—No tengo respuestas para esas preguntas —dijo Daire.

—¿Qué son «pullas»? —quiso saber Lorcan.

—Es como si se disparasen con ametralladora. ¡No! Pero en sentido figurado. Victoria y Ken estuvieron casados. Lo siento. Se me olvida que no conocéis a nadie. A ver si podemos organizar la agenda con los días precisos.

—¿Dónde está Graydon? —preguntó Daire con algo parecido al miedo en la voz.

—Ve a buscarlo si quieres —lo invitó Toby—. Lo dejé en la casa vieja de la acera de enfrente. ¿Por qué no disfrutáis de una noche de chicos? Lorcan y yo podemos encargarnos de todo esto. Ya que el abuelo de Graydon está al tanto del intercambio de los gemelos, ¿crees que estaría bien que le enviara un mensaje de correo electrónico con las medidas para la ropa?

—Estoy seguro de que le encantaría —contestó Daire, que no tardó en dirigirse a la puerta.

Graydon lo estaba esperando en el exterior.

—Parece que acabas de escapar a un destino peor que la muerte.

—No tienes ni idea —replicó el escolta.

—¿Quieres que veamos qué nos ofrece Nantucket por la noche? A menos que te apetezca ayudar a planear una boda, cla-

ro. Te advierto de que si lo haces, acabarán llamándote «amiga».
Y si no...

—A ver si lo adivino. Me tacharán de insensible —concluyó
Daire, que soltó un suspiro—. Echo de menos los días en los
que el hombre aparecía para disfrutar de la noche de bodas.
—Lo dijo con tal anhelo en la voz que ambos estallaron en carcajadas.

—¡A por cerveza! —exclamó Graydon.

—¡Sí, barriles de cerveza!

Esa noche, mientras Graydon estaba fuera, Toby hizo algo
que llevaba días deseando hacer. Echarle un vistazo a la página
web oficial del reino de Lanconia. ¿Cómo sería Danna, la joven
de sangre azul? Cuando encontró la fotografía y vio que la chica
era la misma de la foto que Rory llevaba en la cartera, cerró el
portátil.

—¡Madre mía! —susurró.

¿Graydon iba a casarse con la mujer a la que amaba su hermano?

En definitiva, no era un tema sobre el que Toby quisiera
pensar.

18

Graydon y Daire estaban en el restaurante The Brotherhood, donde habían dado buena cuenta de una ingente cantidad de marisco e iban por su cuarta cerveza. Habían estado hablando de asuntos de Lanconia.

Daire le habló a Graydon de sus nuevos pupilos.

—Por supuesto, no hay nadie como Lorcan en el grupo... —añadió.

—¿No hay una estrella que brille más que las demás? —preguntó Graydon. Tenía la vista clavada en su vaso, aunque lucía una expresión perdida.

—¿Sientes nostalgia de tu casa? —quiso saber Daire.

—¡En absoluto! —respondió Graydon—. Me gusta mucho la isla. Si me quedara más tiempo, podría conocer a las personas. Me gustaría perfeccionar mi técnica de navegación y tengo entendido que hay muy buenos instructores. Y algunos de mis parientes estadounidenses van a mudarse aquí.

—No puedes quedarte con ella —le recordó Daire en voz baja.

—Lo sé. Ni una sola vez, ni siquiera cuando era pequeño, he desatendido mis obligaciones. El país siempre ha sido lo primero para mí.

Daire no pensaba permitir que su amigo se regodeara en la autocompasión, de modo que cambió de tema.

—¿Qué pasa con esa casa y con los sueños de la chica que tanto te intrigan?

Graydon se alegró de pensar en otra cosa.

—Esa casa debería cerrarse a cal y canto. Hay cosas dentro que no deberían existir. —Hizo una pausa antes de contarle a Daire lo que había sentido en la pequeña estancia, la tristeza y el dolor que lo habían invadido.

—¿Qué vas a hacer al respecto? —preguntó Daire.

—Cuando salí de la casa, pensé en descubrir lo que había pasado allí dentro, pero ya no estoy tan seguro de querer hacerlo. Me queda muy poco tiempo y quiero disfrutarlo al máximo. Toby parece que ha embarcado a Lorcan en los diseños para la boda, así que tal vez mañana tú y yo podamos entrenarnos a fondo.

—¿Entre llamada aterrada y llamada aterrada de Rory?

Graydon tardó en responder.

—No sé cómo lo voy a conseguir, pero mi madre va a dejar de hablarle a Rory como lo hace. Ha sacrificado mucho por mí y por Lanconia.

Daire sabía que Graydon se refería a Danna. Conocía lo bastante bien a los dos hermanos como para saber quién amaba a quién.

—¿Cómo vas a dejar a esta muchacha cuando llegue el momento?

Cuando Graydon lo miró, lo que sentía y lo que sentiría estaba bien presente en su mirada.

Daire se acomodó en su asiento.

—No me gustaría estar en tu lugar. Tal vez puedas...

—No lo digas —le advirtió Graydon—. Si tuviera sentido común, me habría ido hace días, pero no puedo. Tengo que quedarme en esta isla, tan seguro como necesito el aire que respiro. —Hizo una pausa—. Salgamos de aquí y emborrachémonos. ¿Tienes dinero?

—Ni un céntimo —contestó Daire.

—Yo tengo la tarjeta de crédito de Rory. Toby me enseñó a usarla, pero creo que no me acuerdo bien.

—Sonríele a nuestra camarera y que ella te enseñe —sugirió Daire—, y luego emborrachémonos hasta olvidar a todas las mujeres del mundo.

—No hay suficiente licor en la tierra —replicó Graydon.

Toby se despertó al escuchar un estruendo seguido de un montón de palabrotas. O a lo mejor eran gritos en lanconiano que se parecían sospechosamente a palabrotas. Cuando miró el reloj, vio que eran más de las tres de la madrugada. Parecía que Graydon y Daire por fin habían vuelto. Se había pasado toda la noche preocupada por ellos, pero la mirada que le dirigió Lorcan la llevó a contener su preocupación.

—Está con Daire —le recordó Lorcan con un tono de voz que sugería que no hacían falta más explicaciones.

Sin embargo, las palabras de Lorcan no evitaron que mirase el reloj y la puerta casi de forma constante. Intentaba concentrarse en los planes de la boda que iba a presentarle a Victoria, pero era incapaz de hacerlo.

—Ojalá que le gusten —susurró.

—A Daire le gusta cualquier cosa histórica —dijo Lorcan.

—No me refería a... —comenzó Toby, pero se interrumpió—. ¿En serio? Sé muy poco de vosotros dos. ¿Tenéis novio o novia?

—Daire vive en los barracones con sus pupilos, pero a veces vuelve a casa de sus padres para pasar el... —Parecía no encontrar la palabra correcta.

—¿El fin de semana?

—Sí, eso... —dijo Lorcan—. Si hay mujeres, es muy discreto, aunque le gusta que las mujeres se sientan cómodas en su presencia.

Algo en su tono de voz intrigó a Toby.

—Además de la Historia, ¿qué más le gusta a Daire?

Durante un cuarto de hora, Lorcan habló sin parar. En todo el tiempo que llevaba en Nantucket, no había pronunciado tantas palabras seguidas. No pareció darse cuenta de que una cuarta parte las pronunciaba en lanconiano. Seguía hablando. Le habló a Toby de los programas de televisión que le gustaban a Daire (series estadounidenses e inglesas como *Espartaco* y *Juego de tronos*), lo que leía (biografías), qué películas le gustaban (cualquiera con tramas complicadas que, según Lorcan, explotaban su prodigioso cerebro). Le habló de todas las comidas que le gustaban y de las que detestaba. Al parecer, su verdura preferida era el espárrago.

Toby quería preguntarle «¿Y cuánto tiempo llevas enamorada de él?», pero no lo hizo. Clavó la vista en el bloc de notas para ocultar la sonrisa. Qué interesante, pensó.

A eso de las diez, dejó de esperar la vuelta de los hombres y se acostó. Sin embargo, no durmió bien. Su preocupación la mantuvo despierta. Si pasaba algo malo, ¿cómo iban a llamarla a ella? Claro que tal vez alguno de los asistentes a la boda de Alix hubiera visto a Graydon y supiera que era un Kingsley. Pero ¿y si nadie lo reconocía?

Se dio la vuelta en la cama y se sumió en un duermevela. Cuando escuchó a Graydon y a Daire en la escalera, golpeándose con los muebles y soltando palabrotas en lanconiano, suspiró, aliviada.

Siguió acostada mientras escuchaba sus intentos por no hacer ruido y, por fin, Daire bajó a la planta inferior y se hizo el silencio. Toby se dijo que debería dormirse, pero quería asegurarse de que Graydon se encontraba bien.

Llevaba su pijama rosa y pensó en ponerse una bata, pero no lo hizo. Descalza, fue al dormitorio de Graydon. La puerta estaba abierta, de modo que entró de puntillas. Lo encontró tumbado bocabajo en la cama, destapado, con media sábana cubriéndole las piernas. De cintura para arriba estaba desnudo, y tenía el brazo derecho colgando por el borde de la cama, de modo que sus dedos rozaban el suelo.

Sonrió y se estiró sobre él para poder cubrirlo con la otra mitad de la sábana. Hacía demasiado frío para estar tan destapado.

Cuando su mano la agarró del muslo, jadeó por la sorpresa. Con un movimiento rapidísimo, Graydon tiró de ella y la obligó a tumbarse sobre él, antes de rodar sobre el colchón, de modo que quedó tumbada junto a su cuerpo.

—Ahora eres mía —dijo él antes de empezar a besarle el cuello.

—Hueles como una destilería. —Lo empujó.

—Daire me ha emborrachado.

—Te ha obligado a beber, ¿verdad? ¿Te ha echado litros de cerveza a la fuerza en la boca?

—Sí —respondió Graydon—. ¿Crees que debería decapitarlo? ¿Qué tienes puesto?

—Un pijama, y deja de desabrochármelo. —Lo empujó a la altura de los hombros para mirarlo a la cara. Tenía los ojos tan oscurecidos que parecían negros—. No quiero que me desflore un príncipe borracho.

—Bien —repuso él, que se dejó caer, enterrándole la cara en el hombro—. Nos quedaremos quietecitos y por la mañana trabajaremos con las flores.

Toby se echó a reír. Sabía que debería dejarlo dormir, pero dado que estaba borracho, posiblemente contestara varias preguntas.

—¿Quieres a Danna?

—Lanconia le debe a su padre la existencia de varias empresas, trabajos, becas y... todo —murmuró Graydon con voz soñolienta. Estaba tumbado bocabajo y tenía un brazo sobre ella, sujetándola con tanta fuerza que no podría moverse aunque quisiera.

—¿Y tú eres el premio? ¿Como en los cuentos de hadas? ¿Si

un hombre realiza una gran gesta el rey le concede en matrimonio el príncipe a su hija?

—Justo así.

Toby sentía su cálido aliento en la mejilla.

—¿Qué te parece la palabra «bárbaro»?

—Perfecta —contestó él—, pero no me importaba hasta que
vine a Nantucket. Danna es preciosa.

—¿En serio? —quiso saber Toby—. ¿Tiene el pelo rubio como
el que tanto parece gustarte? No puedes apartar las manos de él,
¿verdad?

Graydon empezó a besarle el cuello de nuevo.

—Rubia natural. Se lo dije a mi abuelo.

Se apartó de él.

—¿Cómo dices?

Graydon se limitó a sonreír con los ojos cerrados.

—¡Con razón tu abuelo me ha mandado unos mensajes tan
atrevidos! —exclamó Toby—. Creía que era muy mono, pero
ahora siento un poco de vergüenza. ¿Qué más les has contado
a los demás de mí? No le has hablado a tu madre de mí, ¿verdad?

—No —contestó Graydon antes de tumbarse de espaldas.

Consciente de que el buen humor de Graydon había desaparecido al instante, Toby deseó no haber mencionado a la reina. Se colocó a su lado y apoyó la cabeza en su hombro.

—No era mi intención quitarte la borrachera con algo malo.
¿Sabías que Lorcan está enamorada de Daire?

—Daire es un aristócrata —le explicó Graydon con voz distraída. Tenía la vista clavada en el techo.

Al ver que no añadía nada más, Toby se le subió encima.

—Piensa en cosas agradables —dijo, y empezó a besarle el
cuello.

—¿Como el hecho de que tú sueñes con otros hombres? ¿O
el hecho de que no puedo tocarte?

—El de los sueños eres tú —le recordó, y le acarició el cuello con la nariz—. Ni que te estuviera siendo infiel. Además, tú eres quien se va a casar con otra.

—¡Pero tengo que hacerlo! El padre de Danna ha amenazado con llevarse todas las empresas y las asociaciones benéficas del país si su hija no se convierte en reina.

—¿Alguien le ha preguntado a Danna qué quiere?

Graydon la sujetó por los hombros para mirarla a la cara.

—Claro que no; pero ¿qué mujer no querría casarse conmigo?

Con una carcajada, Toby rodó para apartarse, pero él la siguió y se colocó sobre ella. Graydon apoyó el peso sobre un brazo mientras la miraba. Había bastante luz en la habitación, ya que no habían corrido las cortinas.

—En ese sueño tuyo —dijo él—, te casas con otro, y en este yo tengo que casarme con otra. Parece que siempre hay obligaciones que nos separan. Tú con tus viudas, que necesitan apoyo, y yo con un país del que tengo que ocuparme. ¿Crees que alguna vez estaremos juntos?

Le gustaba la insinuación de que quería estar con ella, aunque fuera imposible.

—Hagamos un trato: la próxima vez que tenga uno de mis viajes en el tiempo, deberías acompañarme. Tú puedes meterte en el cuerpo de Garrett y yo estaré en el de Tabby.

Graydon esbozó una sonrisa.

—Dado que todo pasó hace doscientos años, te haría el amor y que les den a las consecuencias. Que lidien ellos con lo que suceda. —Le pasó una mano por el costado, deteniéndose en la curva de su cintura y en su cadera. Cuando hizo el recorrido inverso, le metió la mano por debajo del pijama para cubrirle un pecho.

Toby inspiró hondo. Nunca la habían tocado de forma tan íntima.

—Mi querida Carpathia, no tienes ni idea de cuánto te deseo. Tocarte, abrazarte y estar a tu lado es lo único que ansío.

Besarte el cuello, los ojos, las orejas. Recorrer con mis labios cada centímetro de tu cuerpo es lo único que ocupa mis pensamientos. Pero no puedo —terminó él, que se tumbó de espaldas.

Toby se quedó donde estaba, con la vista clavada en el techo. Así que eso era, pensó. Así era como las otras chicas se sentían cuando un hombre las besaba.

«No quería, pero fui incapaz de contenerme», solían decir. «Pasó sin más. Es imposible impedirlo», aseguraban. Toby siempre se sintió asqueada al escuchar semejante excusa porque ningún hombre había estado cerca de conseguir que perdiera el control, ni siquiera por un segundo.

Pero ese hombre lo había conseguido.

Se volvió hacia él.

—Graydon —susurró.

—Vete a tu cama —le ordenó él con voz firme—. He bebido demasiado como para controlar lo que hago.

Cuando hizo ademán de protestar, él añadió:

—Por favor.

Lo dijo de tal forma que creyó que estaba preso del dolor. Despacio, Toby se levantó de su cama y fue en busca de la suya. Tardó mucho tiempo en quedarse dormida.

Graydon no se levantó hasta las once del día siguiente. Intentó fingir que no le dolía nada, pero cuando Toby le dio dos pastillas de analgésicos y un vaso de agua, lo aceptó sin rechistar.

—¿Me puse en ridículo anoche?

—Declaraste tu amor incondicional por mí, pasamos tres horas haciendo el amor y seguramente esté embarazada.

Graydon ni se inmutó mientras apuraba el vaso de agua.

—Mientras no fuera algo importante... —replicó él con un brillo travieso en los ojos. Se marchó y se sentó delante del ordenador, ya que estaba trabajando con Rory para preparar una reunión. Dado que sería en ruso, un idioma que Rory no hablaba pero que Graydon sí, estaba provocando algunos problemas.

Daire acababa de entrar en la casa y miraba a Toby con seriedad porque había escuchado la conversación.

—Es broma —le aseguró—. Sigo siendo virgen y tu precioso país no corre peligro. —Salió de la estancia.

Sin embargo, las dos noches que casi habían pasado juntos habían cambiado las cosas entre ellos. Sus actos y sus palabras parecían más íntimos.

Durante los siguientes días, todos estuvieron muy ocupados. Lo primero que hicieron fue invitar a Victoria y al señor Huntley, y a Jilly y a Ken, a cenar el sábado, momento en el que les presentarían los temas. Retrasar tanto la decisión les daba muy poco tiempo para preparar la boda, pero Jilly ya había enviado las notas de aviso. Además, Toby y Graydon estaban convencidos de que a Victoria le iba a encantar la idea de que ya tenía muchas cosas de la boda preparadas. El lugar donde se celebraría, la capilla de Alix, estaba disponible, y el amor de Daire por la Historia los había ayudado a escoger la comida, las flores y la música. Incluso las invitaciones eran históricas. Decidieron no contarles a los invitados que habían organizado la cena para que los vieran disfrazados ni que habían escogido platos típicos de la Regencia inglesa.

Jilly se pasó por la casa para recoger la invitación y descubrió una incesante actividad. Las constantes llamadas telefónicas y las videoconferencias de Graydon con su hermano gobernaban sus vidas.

—Ahora mismo, Graydon actúa como príncipe, como rey e incluso como reina —le explicó Toby a Jilly—. Solo que lo hace a través de Rory.

—¿Y Graydon puede hacerlo todo desde aquí? —quiso saber Jilly.

—Ah, sí. Lo ayudamos en lo que podemos, claro, pero se las

apaña. —Le contó a la tía de Graydon la idea de colocarle un teléfono a Rory en la escayola y enviar mensajes de texto. En otra ocasión, Graydon habló con un empresario ruso directamente y sugirió que, por motivos de privacidad, hablaran en inglés cuando se reunieran en persona—. El ruso es uno de los seis idiomas que habla Graydon.

—No tenía ni idea de sus muchos talentos.

—Graydon es capaz de casi cualquier cosa —afirmó Toby sin rastro de humor.

—¿En serio? —preguntó Jilly, que tuvo que contener una carcajada.

Cuando se abrió la puerta trasera y Graydon entró en la casa, Toby se puso en pie de un salto y se reunió con él en la cocina. Había estado fuera con Daire, y los dos se habían estado atacando con esas pesadas espadas.

—Tu tía está aquí —escuchó Jilly que Toby le decía a su sobrino— y tú estás hecho un asco, todo sudoroso.

—¿Desde cuándo te desagrada eso?

La risilla de Toby se escuchó desde el vestíbulo. Cuando Toby regresó al salón, tenía un lado de la cara húmedo y colorado, como si se lo hubiera irritado una barba masculina. Jilly se puso en pie.

—Nos veremos el sábado a las siete en punto —dijo y se marchó ceñuda. Al parecer, alguien iba a acabar con el corazón destrozado, aunque no sabía quién de los dos.

A lo largo de la semana, Toby hizo que Lorcan y Daire pasaran más tiempo juntos. No tenía ni idea de que sus actos provocarían la primera discusión seria con Graydon.

Dado que Lorcan le había dijo que a Daire le gustaba la Historia, Toby decidió que solo tenía que meter la pata con los planes para que Daire tomara el control. Propuso un menú para la cena que parecía una mezcla New Age. Dijo que, sobre todo, estaba muy orgullosa de su idea de usar citronela.

Daire le replicó que era una tonta, aunque después se disculpó. Toby fingió enfadarse y le dijo que si no le gustaban sus ideas, ya podía encargarse él del menú. Salió por la puerta trasera, dando un portazo. Eso sí, con la fuerza justa para que los cristales no sufrieran.

Graydon se desplazaba con movimientos elegantes por el jardín mientras se ejercitaba con su espada.

—¿Qué estás tramando? —le preguntó él.

—Nada interesante... Voy a regar las plantas del invernadero.

—Ya lo he hecho yo. Ve en busca de las cintas para que puedas dar unos golpes mientras me cuentas qué le has hecho a Daire.

Era imposible hablar mientras se boxeaba, sobre todo como lo hacía Graydon. Le enseñó a esquivar la enorme almohadilla que le lanzó a la cara. Cuando se le olvidó el movimiento, Graydon le dio un golpecito en la cabeza.

—Pégame de nuevo y lo pagarás muy caro —aseguró ella.

—¿Me lo prometes?

Intentó golpearlo, pero él esquivó hábilmente todos sus golpes. Una hora después, Graydon le rodeó los hombros con los brazos, la pegó a su pecho y la besó en el cuello.

—¿Qué estás tramando con Daire? —le preguntó al tiempo que la soltaba y empezaba a quitarle los guantes y las cintas de las manos.

—Va a organizar el menú para la cena.

—¿Y qué va a hacer Lorcan?

—No tengo ni idea —respondió Toby con voz inocente, pero cuando Graydon la miró sin pestañear, cedió—. ¿Cuánto tiempo lleva Lorcan enamorada de Daire?

—Los tres somos un equipo y trabajamos bien juntos. No están «enamorados» —repuso Graydon con tono condescendiente.

Lo miró asombrada.

—¿De verdad vas a decirme que nunca te has fijado en lo

que hay entre ellos? Está enamorada de él. ¿Por qué frunces el ceño?

—Daire es mi primo. Su padre es duque y es descendiente de un rey.

—Seguro que Lorcan es capaz de pasar por alto sus defectos. —Toby bromeaba con la creencia estadounidense de que todos eran iguales, pero Graydon no dejó de fruncir el ceño—. Entiendo —continuó—. Los reyes no se rebajan casándose con plebeyas. Dime una cosa, ¿seguís teniendo aventuras con gente como nosotras?

Echó a andar, pero Graydon la cogió del brazo.

—Toby, sé que nada de esto tiene sentido para ti, pero así han sido las cosas en mi país desde hace siglos.

Se zafó de su brazo.

—Creo que no me entiendes. Ni critico ni juzgo. No es asunto mío que los lanconianos queráis pasar la vida con alguien a quien no amáis. Seguro que la ilustre familia de Daire ya le ha escogido una esposa. —La expresión de la cara de Graydon le indicó que había acertado—. Os deseo lo mejor en lo que estoy segura que será un futuro muy feliz.

De haber llevado un largo vestido con metros de cola, no habría pasado con más altivez por su lado. Cuando por fin entró en la casa, estaba tan furiosa que lo veía todo rojo. Una cosa era pensar en un príncipe romántico, incluso trágico, obligado a casarse con una mujer a quien no quería. Era muy noble por su parte sacrificarse en aras de su país. Pero oír que Graydon pensaba que el linaje de un hombre le impedía casarse con una mujer guapa e inteligente como Lorcan le provocaba náuscas.

Subió a su dormitorio, cerró la puerta con fuerza, se duchó y se cambió de ropa. Cuando estuvo lista, bajó la escalera sin apenas mirar a Daire y a Lorcan, que estaban sentados a la mesa del comedor, cogió su bolso y salió por la puerta principal. Escuchó que Graydon la llamaba en dos ocasiones, pero no respondió.

Fue al pueblo andando y se percató de que hacía mucho tiempo que no salía de la casa. Desde que conoció a Graydon Montgomery, parecía que él se había hecho cargo de su vida.

«Tal vez debería cambiarle el nombre a la casa por *El sitio Montgomery*», pensó, y se echó a reír por el tinte medieval que tenía la palabra «sitio».

En las dos últimas semanas, había dejado de lado su vida real, a la que tenía que volver cuando Su Alteza Real regresara a casa para casarse con su aristócrata, a la que no quería aunque fuera guapísima.

Toby recorrió el puerto y clavó la vista en el mar. En ese preciso momento, daría lo que fuera por tener a alguien con quien hablar del tema. Llamó a Lexie, que seguía en Francia.

—Te echo de menos —dijo en cuanto Lexie descolgó.

—¿Qué pasa? —preguntó su amiga.

—Nada —mintió—. ¿Qué tal vas?

Lexie empezó a hablar de corrido, sin tomar aliento. Su jefe, Roger Plymouth había llegado unos días antes. Había resultado herido en un accidente de coche y tenía el brazo izquierdo roto.

—No puede conducir —siguió Lexie, aunque lo dijo como si fuera la mayor tragedia del mundo—. Ha venido con una enfermera, pero...

—¿Una enfermera? ¿Tan graves son sus heridas? —preguntó Toby.

—No, pero Roger no sabe hacer nada solo. Parece que la enfermera conoce a su hermana y no dejan de reírse juntas y de hablar... en francés, para más señas. Ni siquiera sabía que esa niña supiera reír. Conmigo no deja de suspirar a todas horas. No se parece en nada a la niña que conocí el año pasado. He acabado pasando todo el tiempo con Roger.

—Ah. —Toby se dio cuenta de que su amiga lo llamaba Roger, no Plymouth—. Seguro que lo detestas. ¿Tiene algún tema de conversación?

—Pues sí. No lo sabía, pero trabaja en los comités de algunas organizaciones benéficas. Va a abrir un campamento para chicos de la ciudad y está usando su dinero y sus dotes atléticas para... —Lexie dejó la frase en el aire—. No quiero aburrirte.

En ese preciso momento, Toby estaba tan enfadada con Graydon que quería escuchar todo lo que Lexie tuviera que decirle.

—Empieza a caerte bien, ¿verdad?

—Es posible. Quiere que recorramos el país en coche. Quiere visitar algunos lugares en los que inspirarse. Había pensado hacerlo con un compañero suyo de la universidad, pero se rajó en el último momento. Roger no puede conducir su coche con una sola mano, así que me ha pedido que lo acompañe.

—No sabes conducir con cambio manual —le recordó Toby, ya que fue lo único que se le ocurrió.

—Va a enseñarme. O lo acompaño o me quedo aquí con su hermana. Si no voy con Roger, me temo que su hermana me acabará relegando al papel de sirvienta. Además, a lo mejor puedo ayudarlo con las ideas. A Roger no se le da bien la organización.

—Hazlo —la animó Toby—. Aprovecha todas las oportunidades que te ofrezcan y alégrate de que lo hagan.

Lexie guardó silencio un momento.

—Me parece que estás fatal. ¿Qué ha pasado?

—Supongo que por fin me he quitado las gafas de cristales rosas, nada más.

—¿Quieres contármelo?

Toby se planteó la posibilidad de explicarle cómo era la mentalidad de Lanconia, pero no tenía ni idea de cómo empezar.

—Todavía no —dijo.

—No habrás cometido el pecado capital de enamorarte de él, ¿verdad? —preguntó Lexie.

—Nada más lejos de la realidad. De hecho, creo que después de la cena del sábado voy a echarlos a los tres de la casa.

—¿Qué cena? —quiso saber Lexie.

Toby se alegró de poder hablar de algo libremente, de modo que comenzó a describir sus planes de una boda de época con pelos y señales. Sin embargo, no le contó a Lexie sus encuentros oníricos con Victoria/Valentina. Era demasiado para explicarlo por teléfono. En cambio, le dijo que se le ocurrió la idea gracias a las novelas históricas de Victoria.

—Siempre he sabido que eres un genio —replicó Lexie— y creo que a Victoria le encantará la idea. ¿Te va a conseguir el señor Huntley los disfraces?

Toby le explicó que Graydon les había pedido a sus abuelos que buscaran en los armarios de palacio.

—Parece que está muy involucrado en tu vida. ¿Te has acostado ya con él?

—Sí y no —contestó Toby—. Nos hemos besado y enrollado en la cama, pero nada de sexo.

—Como si estuvierais en el instituto.

—La verdad es que sí. ¿Y tú?

—No, claro que no. Es trabajo. Tengo que irme —dijo Lexie—. Toby, aguanta y dime si... bueno, ya sabes, si pasa algo.

—Lo mismo te digo con Roger.

—No pasará nada. Roger y yo... —Se interrumpió porque Toby se echó a reír. Y cuando Lexie también lo hizo, Toby supo que a su amiga le tentaba la idea.

Sin dejar de reír, se despidieron y colgaron.

Toby guardó el teléfono y se dio cuenta de que se sentía mucho mejor. Entró en la floristería donde trabajaba y habló con su jefa. A lo mejor podía reincorporarse a la semana siguiente. Se acabó lo de relacionarse con los lanconianos mientras intentaba entender sus costumbres.

Sin embargo, su jefa no la necesitaba. La chica que Victoria había encontrado para sustituirla estaba trabajando de maravilla. Lo que su jefa no le dijo fue que había hecho un trato con Victoria, de modo que ella le encargaría todas las flores para su boda si no recolocaba a Toby hasta que llegase septiembre.

—Lo siento —le dijo su jefa, y lo sentía de verdad. Toby les caía bien a todos y trabajaba muy bien.

Pasó un poco de tiempo con sus compañeros de trabajo, intercambiando abrazos y anécdotas de los últimos encargos, pero cuando empezó a sentir que estorbaba, se marchó y fue a Jetties Beach. Claro que allí fue donde Graydon y ella dieron aquel paseo y el lugar despertaba demasiados recuerdos.

Fue a Arno para almorzar y después compró en Zero Main. Noël y su personal hicieron que se sintiera mejor.

A las cinco volvió a casa. Sabía que tenía que tomar unas cuantas decisiones y atenerse a ellas. Lo primero era dejar de criticar las costumbres del país de Graydon. No era asunto suyo lo que hicieran allí. Era estadounidense y tenía opiniones distintas, pero eso no significaba que fueran mejores ni las únicas opciones. Se trataba de la vida de Graydon, y si quería casarse con una mujer de la que no estaba enamorado, allá él.

Lo principal era que ella tenía que protegerse. Aunque había bromeado al respecto con Lexie, sabía que, según iban las cosas, acabaría enamorada de Graydon. Y después ¿qué pasaría? ¿Lo despediría con un beso cuando se fuera para casarse con otra? No, no pensaba hacerlo.

Cuando regresó a la casa, sonreía.

—¿Dónde has estado? —exigió saber Graydon en cuanto entró. Tenía el pelo revuelto y los ojos enrojecidos. Y el ceño fruncido.

Toby soltó las bolsas en el suelo y el bolso en la consola del vestíbulo.

—¿Qué tal te ha ido con tu empresario ruso?

Graydon dio un paso hacia ella con los brazos extendidos, como si pensara abrazarla. Sin embargo, Toby retrocedió un paso, muy tensa, y puso la cara que Lexie denominaba «No me toques».

Graydon bajó los brazos.

—Me disculpo por lo que dije. —Habló con voz baja, de modo que solo ella pudiera escucharlo—. Los lanconianos somos demasiado inflexibles. Somos...

—No pasa nada —lo interrumpió—. Distintos países, distintas formas de ver el mundo. No tenía derecho a criticaros, ni a tu país ni a ti.

La miró con una sonrisa.

—¿Quieres que nos demos un beso para hacer las paces?

—No —le soltó con sequedad antes de coger las bolsas y subir a su dormitorio.

El sábado por la mañana, bien temprano, Graydon observaba desde la ventana del piso superior cómo Toby regaba el jardín. Hacía fresco y había una ligera niebla, el tiempo perfecto en Nantucket, y le habría encantado acompañarla, pero sabía que las cosas habían cambiado entre ellos. Desde que le explicó a Toby por qué era imposible que Daire se casara con alguien como Lorcan, era como si ella le hubiera cerrado una puerta en la cara.

Parecía haber abandonado el mundo que compartían ellos dos solos y haber regresado a su vida en Nantucket. Había salido dos veces a comer con sus amigas. En una ocasión, la vio a las seis de la mañana cortando flores para una boda. Le había preguntado si necesitaba ayuda, pero ella rehusó su ayuda con mucha educación. Nada de bromas ni de risas, solo una educación exquisita... y lo estaba destrozando. Cada frase que le dirigía era muy educada. Lo miraba con una sonrisa, conversaba con él, y siempre demostraba una educación ejemplar.

—No sé qué le has hecho —le dijo Daire al cabo de unos días—, pero si yo estuviera en tu lugar, no cerraría los ojos.

La verdad era que Graydon no tenía ni idea de qué le había hecho para que pasara de... En fin, para que pasara de mirarlo casi con adoración a sonreírle como si acabaran de conocerse.

Intentó hablar con ella en dos ocasiones. En ambas, empleó su tono de voz más paciente, y también el más encantador, para explicarle las diferencias entre sus respectivos países. Le contó que su país era muy antiguo y que se basaba en siglos de tradición. Sonrió al decirle que Estados Unidos era tan joven en comparación que no podía entender tradiciones que se remontaban a decenas de siglos.

Ella pareció prestarle atención... hasta que Graydon hizo ademán de tomarle la mano.

Toby se apartó y se puso en pie.

—Lanconia parece un sitio precioso. A lo mejor voy de visita un día. Ahora mismo tengo una cita. —Lo miró con esa sonrisa distante y se marchó.

Graydon quiso correr tras ella y preguntarle quién era su «cita». ¿Se trataba de un hombre? Por primera vez, se dio cuenta de que en Nantucket era una persona normal. No contaba con privilegios reales y nadie lo miraba como si viviera para complacerlo.

Toby llevaba tres días demostrando ese comportamiento tan educado cuando Graydon comenzó a observar a Daire y a Lorcan. Al principio, su objetivo fue comprobar que Toby se equivocaba. A lo mejor era cierto que Lorcan estaba «enamorada» de Daire. Al fin y al cabo, había sido su maestro durante muchos años. Sin embargo, Daire había enseñado a muchas personas y ni una sola vez insinuó que sintiera algo por alguna de ellas. Al menos, no se lo dijo a él.

Empezó a observarlos mientras entrenaban juntos. Las heridas de Lorcan ya estaban casi curadas, pero Daire seguía mostrándose muy solícito con ella.

Cuando él los acompañaba en el entrenamiento, tanto Daire como Lorcan se mostraban distantes. Solo cuando entraba en la casa y los observaba desde la ventana del piso superior veía lo mismo que Toby.

En muchas ocasiones, Daire rodeaba a Lorcan con los brazos como si quisiera enseñarle un movimiento que Graydon estaba convencido de que ella se sabía de memoria. Dos veces, vio cómo Daire cerraba los ojos un segundo cuando el cuerpo de Lorcan rozaba el suyo.

Esa noche, cuando se quedaron solos, Graydon le preguntó a Daire por la mujer con la que estaba comprometido para casarse.

—¿Qué tal está Astrie?

Por un instante, Daire se quedó en blanco.

—Bien, supongo.

—¿No os mantenéis en contacto?

—Mi familia sí. Con eso basta.

—¿Y cuándo es la boda? —quiso saber Graydon.

—¿A qué vienen estas preguntas?

—Solo tengo curiosidad, nada más —contestó Graydon, que se dio la vuelta.

Durante las comidas, empezó a percatarse de cómo Lorcan y Daire se acercaban ciertos platos. Lo hacían con disimulo, algo en lo que nunca antes había reparado, pero lo hacían. Una mañana, levantó la vista y vio a Toby mirándolo como si le estuviera recriminando con un «Te lo dije». Era la expresión más personal que le había dirigido en toda la semana.

Cuando llegaron los trajes de época desde Lanconia, Graydon estaba convencido de que se acabaría la reserva de Toby. Sus abuelos le habían enviado un vestido precioso.

Con cuidado, Toby lo sostuvo en alto.

—Debería estar en un museo.

—No, debería lucirlo una mujer hermosa —repuso Graydon con un tono de voz que habría conseguido que varias mujeres lo mirasen con expresión soñadora.

Sin embargo, Toby pasó de él.

—Toby, quie... —comenzó Graydon al tiempo que se acercaba a ella.

En ese momento, sonó el móvil de Toby.

—Es Jared —dijo ella, que salió para contestar. Unos minutos después, regresó con una sonrisa—. ¡Me ha encargado un trabajo! Voy a diseñar un jardín entero para la casa de su primo. Alix está con la remodelación ahora mismo y... —Inspiró hondo—. Tengo que tomar medidas. ¿Lorcan? ¿Quieres ayudarme con el metro?

—Me gustaría... —empezó Graydon, pero en esa ocasión lo interrumpió su propio móvil. Se trataba de Rory con otra emergencia. Su padre se estaba recuperando y quería hablar con él.

—Ahora tengo que ser tú de verdad —dijo Rory, con creciente pánico—. A lo mejor deberías venir a casa para esto.

Graydon miró a Toby y a Lorcan mientras hablaban, ambas con los ojos brillantes, y pensó que si se marchaba en ese momento, seguramente Toby no lo dejaría volver a la casa.

—No puedo —replicó en lanconiano—. Tengo asuntos pendientes aquí.

—¿Crees que acostarte con una estadounidense es más importante que tu rey? —le soltó Rory.

—No me estoy acostando con ella y ni se te ocurra intimidarme. ¡Puedes hacerlo! Yo te guiaré.

Rory se quedó pasmado por las palabras de su hermano.

—Llevas semanas ahí ¿y todavía no la has conquistado? ¿Qué pasa?

Graydon esbozó una sonrisa torcida.

—Parece que para Toby no soy un príncipe por derecho de nacimiento. Espera que me gane el puesto.

Rory se echó a reír con tantas ganas que Graydon puso los ojos en blanco y casi le cuelga el teléfono.

Justo antes de que Rory fuera a ver a su padre, e intentara engañarlo, Graydon le pidió a su hermano que hiciera algo por él.

—¿Además de intentar ser tú? —le soltó Rory.

En el pasado, Graydon casi se había mostrado condescendiente por la renuencia de Rory a pasar tiempo con sus padres, pero desde que había escuchado cómo su madre lo trataba, comprendía muchísimo mejor sus sentimientos.

—Sí —contestó Graydon—. Quiero pedirte algo más. Quiero redactar un documento que tendrá que firmar nuestro padre.

—No pides mucho, ¿eh?

—Lo sé —convino Graydon, que estaba pensando en Danna. La noche anterior había visto un vídeo en YouTube en el que Rory y Danna salían de una cena, y ambos parecían contentísimos de la vida. Graydon empezaba a cuestionarse cómo podría soportar arrebatarle eso a su hermano—. Creo que el estadounidense que llevo dentro empieza a aflorar —comentó.

—¿Qué quieres decir? —preguntó Rory.

—Todavía no lo sé. Voy a mandarte por escrito lo que necesito que redactes y que consigas que nuestro padre firme.

—Madre me va a matar.

—¡No, de eso nada! —exclamó Graydon—. Si te dice algo, no te amilanes. Plántale cara. Ni pestañees. Nuestro padre te respaldará.

Rory inspiró hondo.

—De acuerdo. Mándame lo que necesitas e intentaré... ¡No! Lo haré.

—Bien —dijo Graydon antes de colgar.

Durante los días previos a la cena, Lorcan y Toby pasaron mucho tiempo juntas, diseñando el jardín de la casa del primo de Jared. Asistieron a una de las numerosas visitas guiadas por los jardines y las casas de Nantucket y regresaron con fotografías y bocetos.

—Nunca había visto a Lorcan tan cómoda con otra mujer —dijo Daire mientras las observaba a ambas inclinadas sobre libros y papeles—. Se ha pasado casi toda la vida con hombres y las demás mujeres le tenían envidia.

Toby se había llevado a Lorcan de compras y la había vestido con el lino blanco típico de Nantucket. El cuero y la lana de color negro desaparecieron de su vestimenta, así como las pesadas botas. A Graydon y a Daire les hacía muchísima gracia que si bien Lorcan había aprendido muchas palabras en inglés, Toby había aprendido igual cantidad de palabras en lanconiano. Hablaban entre ellas con una mezcla de ambos idiomas. Cuando

Toby soltó un «¡Por Jura, creo que este jardín va a ser precioso!», tanto Daire como Graydon tuvieron que contener las carcajadas.

Lo único que Graydon lamentaba de la amistad entre las dos mujeres era que Lorcan se encargaba en ese momento del entrenamiento de Toby. Comparada con Lorcan, Toby parecía muy torpe con las artes marciales, pero esta le enseñó a su amiga lanconiana a hacer yoga. En esas ocasiones, ellos se pegaban a una de las ventanas del piso superior cuando salían para ejercitarse.

Rory llamó un día en mitad de una sesión de yoga. Hablaba con voz frenética debido a otra crisis.

—Rory —repuso Graydon con calma—, ¿sabes lo que es la postura del «perro boca abajo»?

—Una de las maravillas de la naturaleza. Pero es una opinión personal —dijo su hermano.

—Pues eso es lo que Toby y Lorcan están haciendo ahora mismo.

—Mis problemas pueden esperar —replicó Rory antes de colgar.

Sin embargo, ese día celebrarían la cena, y Graydon esperaba poder hacer las paces con Toby esa noche.

19

Toby abrió la puerta de su dormitorio ataviada con un albornoz y con el pelo suelto. Su precioso rostro estaba limpio de maquillaje.

—¡Necesito ayuda! —le dijo a Jilly—. No sé cómo ponerme este vestido y el corsé es una monstruosidad, y mira que tiene poca tela. ¡Y el pelo! ¡Ni siquiera había pensado en el peinado! Debería haber ido a la peluquería...

—Estarás fantástica —le aseguró Jilly—. Tengo práctica con la melena de mi hija, así que puedo peinarte. De hecho, he traído unas cuantas cosas. —Le enseñó un macuto que parecía estar a rebosar.

Toby empezó a relajarse tras escuchar las palabras tranquilizadoras de Jilly. Así era como siempre había querido que fuera su madre, como se había imaginado que se arreglarían para asistir a algún evento. Ya tenía casi veinte años cuando comprendió que sus sueños jamás se cumplirían.

Esa mañana temprano, cuando Jilly pasó por la casa para preguntarle si necesitaría ayuda con la cena, Toby reveló que habían pensado mostrarle a Victoria el tema de la boda usando una cena de época, con vestimenta incluida. Incluso le había enseñado a Jilly el vestido que iba a ponerse, apartando con cuidado el papel de seda que lo protegía en el interior de la caja. El vestido era de resplandeciente seda blanca, con el corpiño bordado con lo que parecían pámpanos y flores, todo en hilo blanco. La ropa interior necesaria se encontraba en otra caja.

Cuando Jilly levantó el vestido, lo primero que percibió fue que era casi transparente.

—¡Madre mía...! —exclamó—. ¿Graydon te ha conseguido esto?

—Pues sí —contestó ella con cierta brusquedad y apartó la mirada.

¡No tenía muchas alabanzas hacia Graydon ese día!, pensó Jilly.

—¿Qué planeas ponerte debajo?

—¿Ropa interior de franela roja? —sugirió Toby, y ambas se echaron a reír.

—Huele de maravilla —comentó Jilly—. ¿Quién está cocinando?

—Los hombres —respondió Toby—. Lorcan y yo nos hemos limitado a cortar algunas verduras. He intentado que Daire y ella se queden para la cena, pero se niegan.

En ese momento, Toby estaba sentada en una otomana en el dormitorio, mientras Jilly la peinaba. Le había recogido el pelo en la coronilla formando tirabuzones con lo que parecían mil horquillas. Algunos le enmarcaban la cara. Después, le aplicó un maquillaje muy natural, dejando casi sin cubrir su resplandeciente cutis.

Una vez que estuvo peinada y maquillada, se dispusieron a luchar contra el corsé. Le rodeaba las costillas y le realzaba el pecho, elevándolo por la parte inferior. Sin embargo, dejaba la parte superior casi al descubierto.

—Creo que han enviado la ropa interior equivocada —comentó Toby mientras intentaba subir las copas del corsé, sin éxito.

—Esto demuestra que el sexo siempre ha gustado —replicó Jilly.

No habían enviado prenda alguna para llevar debajo de la

combinación, ni pololos ni bragas. Toby pensó que se trataba de un error, pero una rápida búsqueda en Internet le demostró que no había error alguno.

—Por un lado está la veracidad histórica, y por otro el sentido común —dijo Toby, mientras se ponía bragas modernas de algodón.

Jilly le sostuvo la combinación casi transparente para que se la pusiera y después le dio las medias blancas de encaje con sus ligas. Por último, le pasó el vestido por la cabeza. Le sentaba como un guante, con el talle justo por debajo del pecho. Las delicadas mangas de farol dejaban a la vista sus preciosos brazos. La falda apenas rozaba el suelo, y mantenía la forma gracias al peso del bordado que adornaba el bajo, lo que hacía que se pegara a las piernas cuando se movía.

Cuando Toby se miró en el antiguo espejo de pie, creyó que la habían transformado en una persona diferente. La verdad era que se parecía mucho a la Tabby de su sueño. Con la salvedad de que el vestido que lucía lo había llevado una reina en el pasado y era mucho más bonito y exquisito que cualquiera que hubiera visto antes. Se tiró un par de veces del corpiño para tratar de cubrirse un poco el escote, pero lo dejó por imposible. Se volvió para mirar a Jilly.

—Estás preciosa —le dijo esta—. De verdad, Toby, pareces sacada de un cuento de hadas.

En ese momento, alguien llamó a la puerta.

—¿Puedo pasar? —preguntó Ken.

Jilly abrió la puerta y lo invitó con un gesto de la mano.

—Contempla lo que hemos hecho.

—¡Toby! —exclamó Ken—. ¡Estás fantástica!

—Gracias... —dijo ella—. Esperemos que Victoria opine lo mismo.

—Por lo que sé —replicó Ken, refiriéndose a su ex mujer—, a Victoria le encantará ponerse un vestido que enseñe tanto de su persona... —Hizo un gesto vago, en dirección a la zona del escote—. Al verte casi se me olvida, pero Graydon te ha enviado esto. Es de su abuela.

Toby cogió el paquete que le ofreció. Estaba envuelto en un bonito papel de seda de color rosa, atado con una cinta de color crema. Cuando lo abrió y vio el contenido, jadeó. Eran unos pendientes de perlas y una pulsera de filigrana de oro con perlas diminutas. Debajo de ambos, descubrió un buen número de alfileres de oro y perlas.

—Son para el pelo —le explicó Jilly mientras empezaba a colocárselos en el recogido.

Ken se sacó una cámara de fotos pequeña del bolsillo y comenzó a tomar instantáneas.

—Dos chicas guapas —dijo.

Las voces procedentes de la planta baja hicieron que se miraran. Victoria y el señor Huntley habían llegado.

—Ken y yo bajaremos en primer lugar —se ofreció Jilly—. Gray me ha dicho que quiere ser él quien te acompañe. Además, quiere enseñarte algo. Nosotros nos encargaremos de preparar las bebidas y pondremos música, así que bajad cuando estéis preparados.

Con esas palabras salieron del dormitorio y bajaron.

Era la hora convenida para la llegada de los invitados y Graydon ya estaba vestido con lo que Toby llamaba «la ropa del señor Darcy».

Se sentó en el sofá para ponerse los ridículos zapatos que completaban el atuendo y en ese momento descubrió un paquete pequeño que le enviaba su abuela Aria.

Mi querido Gray:
La ropa que os envío perteneció a la díscola hermana de mi abuela y a su Jefe de Caballerizas, del cual se dice que fue su amante preferido. Aunque claro, su esposo real ¡era un

extranjero tonto de remate! Estas eran las joyas que llevaba con el vestido.

Mi querido nieto, sé muy bien el futuro al que tendrás que enfrentarte y lo mucho que necesitas este periodo para reflexionar y trazar planes. Ten por seguro que tanto tu abuelo como yo te apoyaremos y te querremos con independencia de lo que decidas.

Con todo mi amor,

ARIA

El tono de la nota le provocó una gran añoranza. Sin pensar en lo que hacía, llamó por teléfono a su hermano.

Le contestó un Rory adormilado y gruñón.

—¿Sabes qué hora es aquí? —le preguntó, en lanconiano.

—¿Sobre la una y media de la madrugada? —replicó Graydon—. ¿Desde cuándo te acuestas antes del amanecer?

—Desde que asumí tu vida. ¿Sabes que incluso establecen mi horario para usar el baño?

—Disciplina total y absoluta —comentó Graydon.

—Pero no has llamado para oír mis quejas. ¿Qué pasa? Ya sé que tendrás que vestirte como si estuvieras en la portada de un libro de Jane Austen.

—Me preguntaba si te lo habrían dicho.

—Por supuesto —replicó su hermano—. Los abuelos querían saberlo todo sobre tu amiguita.

—¿Qué les has dicho?

Rory guardó silencio un instante. Sabía que esa llamada no era meramente social.

—¿Qué te preocupa?

—Me gusta —reconoció Graydon—. Jamás había sentido nada semejante. Pero ahora no está muy contenta conmigo.

Rory se percató del anhelo que transmitía la voz de su hermano, si bien se negaba a ofrecerle compasión.

—Si quieres venir a casa, solo tienes que decírmelo.

En ese momento fue Graydon quien identificó la emoción subyacente en la réplica de su hermano.

—¿Y separarte de Danna? Valoro demasiado mi vida. Luego te llamo. —Y colgó.

Rory se dejó caer contra la almohada. Así que su hermano sabía lo que sentía por Danna. ¿Desde cuándo estaría al tanto? ¿Qué lo había delatado?

Salió de la cama, se acercó a la ventana y apartó las pesadas cortinas de brocado para echar un vistazo al paisaje. Para su sorpresa, descubrió a Danna montando su enorme caballo en dirección a las caballerizas.

Aunque sabía que no debería salir, cedió a un impulso y se puso unos vaqueros. Después, cogió una camisa y se la puso mientras bajaba descalzo la antigua escalera de piedra. No debería hacer lo que estaba haciendo. Lo sabía. La luz de la luna y Danna no eran una buena mezcla. Ella iba a casarse con su hermano, no con él. Él era el Hermano Menor Inútil y jamás podría ofrecerle a Danna lo que se merecía.

Pero sus pensamientos no le impidieron enfilar a la carrera el camino a las caballerizas.

Cuando Toby abrió la puerta de la salita y se encontró a Graydon de pie, esperándola, se quedó sin aliento. Si había un hombre al que le sentara bien la vestimenta del periodo de la Regencia inglesa, ese era él. Los pantalones y la chaqueta le sentaban tan bien que parecía haber viajado en el tiempo. En ese instante, se le olvidó el motivo de su enfado.

En cuanto a Graydon, la miraba de una forma que la puso colorada. Sus ojos la recorrieron de arriba abajo muy despacio, deleitándose con lo que encontraban, y cuando sus miradas se cruzaron, su expresión era abrasadora.

Normalmente, si un hombre la miraba así, Toby se daba media vuelta y salía corriendo. Si era posible, evitaba volver a verlo. Pero esa noche dio un paso hacia Graydon... y él extendió los brazos para recibirla.

No sabía qué podría haber pasado si de repente no se hubiera escuchado música procedente de la planta baja. Era un vals que Graydon había encontrado en Internet. Sin embargo, el volumen estaba tan alto que los sobresaltó y los sacó del trance.

Graydon retrocedió un paso y extendió una mano. Cuando ella la tomó, comenzó a bailar, tras atraerla hacia sus brazos. Toby había bailado con Rory y había disfrutado con él, pero bailar con su hermano era muy distinto. Graydon era fuerte y elegante. La guiaba llevándola cerca de su cuerpo, pero sin tomarse libertades. Juntos se movían perfectamente, como si fueran la misma persona.

Aunque al poco rato alguien bajó el volumen de la música, Graydon y Toby parecían seguir escuchándola. Él la guio por la estancia, haciéndola girar para sortear los muebles sin llegar a rozar ninguno.

Su vestido había sido creado para bailar. Esa tela tan fina y delicada no dificultaba sus movimientos y se adhería a sus piernas de tal forma que tenía la impresión de ser etérea, como si estuviera vestida con una prenda confeccionada por manos élficas.

En un momento dado, Graydon la tomó por la cintura, la alzó en el aire y giró con ella, tras lo cual la dejó de nuevo en el suelo. La risa de Toby se escuchó alta y clara.

Puesto que ya no había música, Graydon la estrechó contra su cuerpo, instándola a apoyar la cabeza en su torso, y ella escuchó los latidos de su corazón. No estaba segura, pero juraría que él la besó en la coronilla.

Por un instante, Graydon se mantuvo inmóvil y se limitó a disfrutar del momento, el uno en los brazos del otro.

Fue él quien puso fin al abrazo y quien se separó de ella.

—Estás más guapa de lo que imaginaba. Deberías vestirte así todos los días. —Bajó la mirada hasta la parte más expuesta de su persona.

Toby sonrió.

—Tendría que limpiar la casa y quitar las malas hierbas con un vestido que dejara al aire la parte superior de mi cuerpo —comentó al tiempo que se alejaba de él—. Pero tú... por fin pareces un príncipe.

—No creo haber actuado de forma muy principesca últimamente.

Toby se alejó más de él. Sus palabras habían roto el hechizo y la habían ayudado a recordar la discusión que habían mantenido.

—Creo que deberíamos bajar.

—Quiero enseñarte una cosa —dijo Graydon, que le ofreció un rollo de pergamino atado con una cinta azul.

Ella lo desenrolló y encontró un documento muy bonito, escrito a mano con una preciosa caligrafía. El problema era el idioma, ya que estaba en lanconiano. En la parte inferior, vio un sello de lacre y una firma rimbombante.

—¿Qué es esto?

—Básicamente, la libertad de Daire. Puede casarse con quien quiera sin temor a perder el título o las posesiones de su familia. El padre de Daire es un viejo irascible y no necesitaría de presión alguna por parte del rey para desheredar a su hijo si se casa con una mujer inapropiada. En ese caso, todo iría a parar a manos del primo de Daire, que es un personajillo muy desagradable. Daire no quiere ser el causante de la destrucción de su antiguo y distinguido linaje.

—¿Has conseguido que tu padre firme esto?

—A través de Rory, sí —contestó Graydon—. Lo habría hecho hace años si hubiera sabido que Daire estaba muy descontento con la novia elegida por su familia. Pero jamás ha expresado la menor protesta.

—Lorcan no me ha hablado en ningún momento sobre sus sentimientos hacia Daire, aunque lo he intentado. —Toby lo miró a los ojos.

—Lo siento —se disculpó él—. Estos últimos días han sido...
Ella lo silenció poniéndole un dedo en los labios.

—Esta noche somos Tabitha y Garrett, y no tenemos diferencias en cuanto a las políticas de nuestros países.

—Me gusta —replicó él, que le ofreció un brazo—. Al cuerno con lo que pasará mañana.

Estaban casi en el último escalón cuando todos dejaron de hablar y se volvieron para mirarlos. Sin embargo, Victoria fue quien demostró la reacción más fuerte. Miró a Toby como si jamás hubiera visto algo semejante. Su expresión fue de sorpresa pero también de... ¿reconocimiento?, se preguntó Toby.

Los otros tres invitados retrocedieron y dejaron que Victoria se deleitara con la imagen de la pareja de la escalera. ¡Y menuda pareja hacían! La chaqueta negra de Graydon enfatizaba sus anchos hombros y su estrecha cintura. Los pantalones se le ceñían a los muslos, musculosos tras años de montar caballos poco dóciles.

En cuanto a Toby, quitaba el aliento. El vaporoso vestido blanco le sentaba como un guante. El atrevidísimo escote, la forma en la que la tela se le ceñía a las caderas, la leve transparencia... parecía haber sido confeccionado expresamente para ella.

Todos parecían hipnotizados, a la espera de lo que Victoria iba a decir. Tras unos largos segundos, se volvió hacia Caleb.

—Esto será lo que me ponga cuando me case contigo —dijo en voz baja, con una mirada tan rebosante de amor que todos tuvieron la impresión de estar presenciando un momento demasiado íntimo.

Caleb le respondió con una sonrisa y una reverencia. Tal cual haría un hombre en la época de Jane Austen. En respuesta, Victoria ejecutó una genuflexión perfecta.

Tras la breve representación, todos empezaron a hablar a la vez sobre lo guapos que estaban Toby y Graydon. Victoria tomó a Toby del brazo y la guio hasta un rincón del salón.

—Sabía que encontrarías el tema perfecto para la boda. Pero, cariño —añadió, bajando la voz—, la próxima vez no te pongas la combinación. Enseña lo que tienes ahora que puedes hacerlo. —Alzó la vista—. Caleb, amor mío, ¿ya nos hemos quedado sin champán?

Los otros cuatro se habían reunido frente al armario donde esa tarde Ken había dispuesto las bebidas.

—¿Te ha dado las gracias Victoria por todo el trabajo? —quiso saber Graydon, que estaba detrás de Toby.

—Sí. Más o menos. Y me ha dicho que debería llevar menos ropa interior.

—Victoria es una mujer sabia.

—No pienso hacerle caso —replicó Toby mientras se acercaba a los demás.

La cena fue todo un éxito. Siguiendo la costumbre de finales del siglo XVIII y principios del XIX, todos los platos estaban expuestos en una mesa, y los postres, en el aparador. En cuanto acabaron con la sopa, de guisantes, pepino y albahaca, Ken se llevó la sopera. Acto seguido, se sirvieron albóndigas con anchoas y salsa a la pimienta; lenguado con vino y champiñones; vieiras aromatizadas con vermú; volovanes rellenos con ostras y bechamel; y pajaritos fritos rellenos, crujientes y deliciosos. También había distintos platos de verduras, cada uno con su correspondiente salsa.

Todos comieron con voracidad y se sirvieron varias veces.

—¡Esto sí que es comida! —exclamó Caleb, que soltó una perorata contra la pizza, las hamburguesas e incluso contra los sándwiches.

Toby esperaba que todos protestaran, pero en cambio le dieron la razón. De hecho, parecían estar de acuerdo en todo. El antiguo matrimonio formado por Victoria y Ken no se lanzó ni una sola pulla. Todos hablaron de lo que habían hecho a lo largo de las últimas semanas, pero el señor Caleb fue la estrella de la velada. Los entretuvo con la historia sobre cómo se conocieron Valentina y el capitán Caleb en 1806. El capitán acababa de volver de un lucrativo viaje a China y descubrió que el constructor de su casa la estaba utilizando para celebrar su propia boda.

—El capitán se enfadó tanto que cogió un barril de ron y subió al ático para... meditar.

—Creo que más bien quería emborracharse para olvidar las penas —comentó Ken.

—Depende de cómo lo mires —replicó el señor Huntley con una sonrisa—. El capitán llevaba muy poco tiempo arriba cuando la hermosa Valentina apareció en el ático —siguió, mirando a Victoria—. Llevaba un vestido así... —Hizo un ademán para señalar que tenía el escote muy bajo—. Puesto que el capitán acababa de llegar de algunos lugares en los cuales la gente no era tan mojigata como en los Estados Unidos de América, la tomó por una mujer poco respetable... algo comprensible. Así que... en fin, que...

—¿Le tiró los tejos? —suplió Jilly.

—De una forma un poco... apasionada, diríamos. Y ella accedió.

—¿En serio? —terció Victoria, que jamás había escuchado la historia—. ¿Y dijo que sí, así sin más?

—Al menos, eso fue lo que creyó el capitán —contestó el señor Huntley con una sonrisilla traviesa—. Pero no fue tan fácil. Sin embargo, ella se mostró tan convincente que lo engatusó para que se quitara toda la ropa.

—¡Madre mía! —exclamó Jilly.

—¿Y qué hizo ella entonces? —quiso saber Victoria, que se inclinó hacia delante con los ojos brillantes.

—Valentina Montgomery cogió la ropa del capitán, salió del ático y cerró la puerta con llave. Los invitados de la boda hacían tanto ruido en la planta baja que nadie escuchó al capitán hasta la mañana siguiente. Para entonces casi estaba muerto de frío. —Echó un vistazo a su alrededor con expresión seria, como si esperara encontrar compasión en los demás. En cambio, descubrió que todos estallaban en carcajadas.

Una vez que recuperó el aliento, Toby dijo:

—Y supongo que después de eso se enamoraron locamente.

El señor Huntley cogió una de las manos de Victoria y se la besó.

—Pues sí, lo hicieron. —Levantó su copa a modo de brindis—. Por la buena comida, por los amigos y por la vida. Y sobre todo por el amor eterno.

Todos bebieron y después Ken sugirió:

—¿Pasamos a los postres?

Jilly sirvió té negro assam, y todos se llenaron los platos con tarta de queso y limón, galletas de melaza y bizcocho de frutas. Además de probar las natillas de vainilla aderezadas con brandy. Después, pasaron a los quesos, las uvas pasas y los frutos secos, que fueron seguidos por más té y copas de oporto.

Tras la cena, Caleb insistió en que debían bailar. De modo que se trasladaron al salón, cuyo techo era bajo y con las vigas de madera a la vista. Habían apagado todas las luces para disfrutar tan solo de la luz de las velas. Caleb tomó a Victoria entre sus brazos y la guio siguiendo unos pasos de baile que debían de tener varios siglos de antigüedad. Los demás los observaron ejecutar la danza a la perfección.

—Os toca —les dijo una vez que la música llegó a su fin.

Tras esas palabras, se sacó un paquete de tabaco del bolsillo, presionó en una de las esquinas de la chimenea de modo que se abrió un compartimento... algo que los dejó a todos asombrados. En el interior había tres pipas que parecían muy antiguas.

—¿Cómo sabía que estaba ahí? —quiso saber Toby.

—El hijo del capitán Caleb, el primer Jared, no quería una vida en el mar, así que se quedó en tierra y construyó las casas que su mujer diseñaba. Por desgracia, lo que hicieron juntos ha desaparecido de los anales de la historia. —Pareció casi entristecido.

Su respuesta les facilitó una información valiosa, pero no aclaraba el misterio.

—Pero ¿cómo...? —insistió Toby, si bien Caleb la interrumpió.

—Creo que deberías bailar con tu príncipe —dijo, lo que dejó claro que no pensaba contestar la pregunta.

Tras coger una de las pipas, la llenó de tabaco y se sentó en el canapé junto a Victoria mientras Jilly y Ken ocupaban un par de sillones situados el uno al lado del otro. Ya estaban dispuestos para ver a Toby y Graydon deslizarse por la estancia al ritmo de la música, vestidos con su preciosa ropa de época.

Cuando por fin se sentaron, ya era tarde. Toby miró al señor Huntley.

—No sabrá por casualidad si una pareja llamada Tabitha Weber y Garrett Kingsley existió en realidad, ¿verdad? No estoy segura del año, por la ropa diría que a comienzos del siglo XIX.

Caleb se tomó su tiempo para contestar.

—Fueron reales y su historia fue muy trágica. —Miró a Toby y sus ojos parecieron muy viejos... y rebosantes de pena—. Garrett era el hermano pequeño del capitán Caleb.

Toby miró a Graydon.

—El capitán Caleb es un antepasado de Jared. Y supongo que también tuyo.

—A través de Valentina Montgomery —explicó Jilly. Era la historiadora de la familia y había comenzado a trazar la genealogía de los Kingsley de Nantucket—. El capitán no se casó con Valentina, aunque tuvieron un hijo juntos.

El señor Huntley dio un respingo, como si alguien lo hubiera golpeado.

—Qué hombre más tonto —rezongó y miró a Toby—. Pero creo que querías saber sobre Tabby y Garrett. ¿Puedo preguntarte cómo es que conoces sus nombres?

—Pues... es que... —Miró a Graydon y él asintió con la cabeza para alentarla—. Es que he soñado varias veces con ellos.

Caleb miró su pipa.

—¿En la casa que se llama *Más allá del tiempo*? ¿Sabes que antes se llamaba...?

—*Nunca más al mar* —lo interrumpió Toby.

Caleb abrió los ojos como platos.

—Sí, tienes razón. No mucha gente lo sabe.

—Lo que quiero saber es si Tabby se casó o no con el hombre que quería —dijo ella, que no pudo evitar mirar de reojo a Graydon.

Caleb respiró hondo.

—Durante la boda de Parthenia se produjo un gran escándalo —comenzó—. Resulta que vieron a Tabby debajo de un árbol con Garrett, y ambos estaban medio desnudos.

—¡Oh! —exclamó Toby, que se puso colorada. Solo había sido un sueño, pero había besado a Garrett. ¿Habría cedido a sus halagos y habría acabado dándose un revolcón en la hierba con él?

Caleb, que estaba sentado frente a ella, la observaba con expresión penetrante.

—El incidente fue algo sorprendente dada la personalidad de Tabitha. Es algo más propio de una mujer de hoy en día.

—Creo que debes contarnos la historia completa —sugirió Ken—. ¿Debemos suponer que los jóvenes amantes se vieron obligados a casarse?

—No, no se casaron. Al menos, no se casaron entre sí —contestó Caleb—. Veréis, un tiburón es como un osito de peluche comparado con la madre de Tabitha. Claro que su familia había perdido a todos los hombres en el mar y la mujer no quería que Tabby se casara con un Kingsley, ya que era conocido por todos que los Kingsley estaban entregados al mar.

—Obligó a Tabby a casarse con Silas Osborne, ¿verdad? —aventuró Toby.

—Sí —contestó Caleb—. Esa noche, mientras se celebraba la boda de Parthenia, obligó a su hija a casarse con ese...

—Gordo y mantecoso —terminó Toby, que de repente se sentía muy triste.

—Estoy confundido —dijo Ken—. ¿Quién era el tal Osborne?

—¡Nadie! —exclamó Caleb con un deje furioso en la voz—. La madre de Tabby vendió a su hija. Lavinia Weber estaba en deuda con ese usurero y el malnacido le prometió que le perdonaría dicha deuda y que mantendría a todas las viudas... si la preciosa Tabitha se casaba con él. Y así fue. Su madre la arrancó de los brazos de Garrett y la casó con Osborne aquella misma noche. La celebración de la boda de Parthenia pasó de las risas al llanto. Si el capitán hubiera estado presente, lo habría impedido, pero estaba encerrado en un ático, cavilando. ¡Qué hombre más tonto!

La vehemencia y la ira del señor Huntley eran tan fuertes que por un instante todos guardaron silencio.

—¿El marido de Tabitha fue bueno con ella? —susurró Toby.

—No —contestó Caleb, ya más relajado—. Osborne pagó el nuevo tejado de la casa y nada más. Le dijo a Lavinia que Tabby no lo apreciaba, de modo que el acuerdo quedaba anulado. Los improperios de Lavinia se escucharon hasta en Siasconset. Le dijo que nadie lo apreciaba, y que la actitud de Tabby era como la de todos los demás. Sin embargo, sus palabras cayeron en saco roto porque Osborne no les dio ni un centavo más.

—¿Qué hizo Tabby? —quiso saber Toby.

—Se ganó el sustento y las mantuvo a todas. Tomó las riendas de la tienda de Osborne sin que él reconociera sus esfuerzos o le diera las gracias. Murió con treinta y pocos años, sin hijos. Todos dijeron que había muerto porque así lo quiso, ya que no había superado jamás su amor por Garrett.

—¿Y qué le pasó a él? —preguntó Graydon.

El señor Huntley respiró hondo antes de contestar:

—Tres años después, Garrett murió en el naufragio junto con su hermano Caleb, en el barco que el capitán guio directamente hacia una tormenta, intentando llegar a casa para reunirse con Valentina. —Extendió un brazo para coger una de las manos de Victoria.

251

Todos se quedaron en silencio de nuevo.

—¿Cómo es que hemos acabado hablando de esta historia tan triste? —protestó Victoria—. Todo sucedió hace mucho tiempo. Lo que me interesan son los sueños de Toby. ¿Hay algo que pueda usar para la trama de una novela?

Las palabras de Victoria disiparon la tristeza que había envuelto al grupo. Mientras Graydon se levantaba para abrir otra botella de oporto, Toby empezó a contarles sus sueños. Caleb asentía una y otra vez con la cabeza a medida que la escuchaba. Cuando Toby dijo que había sido ella quien envió a Valentina al ático, él replicó:

—¡Así que tú fuiste la culpable! Sigue. No pretendía interrumpirte.

Después de afirmar que Ken y Jilly eran igualitos que John Kendricks y Parthenia, ambos se miraron con sendas sonrisas.

—Sabía que estábamos destinados a estar juntos —dijo Ken.

—¡Ja! —exclamó Victoria—. De no ser por mí, jamás habríais estado juntos. —Miró a Toby—. Lo que quiero saber es si esto es real. ¿De verdad has viajado en el tiempo?

—Por supuesto que no —respondió Toby—. Lo soñé todo. He pasado todos los veranos de mi vida en Nantucket, así que supongo que en algún momento leí un diario de Tabitha o de Parthenia, o de alguna otra persona. Y lo he recordado en sueños.

Todos miraron interrogantes al señor Huntley. Como presidente de la Asociación Histórica de Nantucket, debía estar al tanto de esos detalles.

—Es cierto que en las cartas y en los diarios conservados existen retazos de la información que nos ha dado Toby.

—¿Veis? —replicó ella—. Estoy segura de que por eso el señor Huntley sabe lo que sucedió. ¿A que sí?

Él no respondió.

—¿Cambiaste algo mientras soñabas con ese tiempo pasado?

—No, nada —le aseguró ella, pero después levantó la cabeza—. En realidad, sí. Perdí la llave de una caja. En la actualidad sigue en Kingsley House, sin llave, pero cuando la vi en el sueño, en su interior había...

—Símbolos del zodiaco tallados en jade —concluyó el señor Huntley—. El capitán Caleb los trajo de China con la intención de regalárselos algún día a la mujer de la que se enamorara. La llave se perdió en la boda de Parthenia y el capitán siempre pensó que la había robado alguno de los mocosos de los Starbuck.

—¿Cómo es posible que sepas eso? —quiso saber Ken.

—¿No te he dicho que mi Caleb sabe todo lo que ha sucedido en esta isla? —replicó Victoria, con la voz rebosante de orgullo.

—En mi sueño —dijo Toby, enfatizando dichas palabras—, la llave se cayó en Kingsley House, detrás del alféizar de una ventana que aún estaba sin acolchar.

—¿Y si vamos a buscarla? —propuso Caleb como si fuera lo más normal del mundo. Todos aceptaron sin rechistar.

Solo tardaron diez minutos en llegar a Kingsley House, pero cuando estuvieron frente a la casa, Caleb se negó a entrar.

—Os esperaré aquí fuera —dijo en el pequeño porche delantero.

—Pero, cariño... —protestó Victoria, aunque era evidente que él no daría su brazo a torcer.

Jilly le colocó una mano en el brazo a Caleb con gesto compasivo.

—Si te preocupan los fantasmas, te aseguro que puedo percibirlos. Te avisaré si...

—¿Percibirlos? —la interrumpió Caleb—. Puedes verlos. Las pobres criaturas tienen que esconderse de ti. Los fantasmas no me dan miedo. Es que ya conozco esta casa demasiado bien. Entrad en busca de la llave y cuando salgáis, os estaré esperando aquí.

Todos dejaron de discutir, incluida Victoria, y entraron en la casa. Ken encendió las luces una vez que estuvieron en el salón trasero y Toby señaló el alféizar acolchado donde se le había caído la llave.

—Me senté allí con Alisa, o Ali, como le gustaba que la llamaran, y la observé dibujar diseños de ventanas.

Ken apartó el asiento acolchado y examinó cómo se había construido el alféizar.

—Ya sé cómo lo montaron. No me había dado cuenta antes, pero es muy ingenioso. —Miró a Toby con una expresión burlona—. Aunque claro, es un poco presuntuoso por mi parte, sobre todo si tenemos en cuenta que yo mismo lo construí en otra vida.

Toby sabía que estaba tomándole el pelo, pero no le importó. Sin embargo, en parte deseaba poder encontrar la llave.

Ken sacó de un armario la enorme caja de herramientas de Jared y logró quitar la parte inferior del alféizar. Una vez que quitó el panel de madera, se tumbó en el suelo para hacer lo mismo con el panel interior. Cuando lo consiguió, introdujo el torso bajo el armazón y con la ayuda de una linterna examinó el interior, armado con un largo destornillador.

Todos guardaron silencio mientras lo escuchaban trajinar con el destornillador y veían cómo se movía el haz de luz de la linterna. Al final, Ken salió de debajo del armazón, se sentó y los miró. Tras un largo silencio, abrió la mano y les enseñó una pequeña llave de bronce.

—¡Esa es! —exclamó Toby mientras la cogía.

Una cosa era bromear con la idea de encontrar una llave que llevaba siglos perdida y otra muy distinta verla en la vida real.

Ken, Jilly y Victoria miraban a Toby boquiabiertos.

Graydon se acercó a ella y, tras pasarle un brazo por los hombros con gesto protector, dijo:

—¿Y si vamos en busca de esa caja llena de jade?

Ken fue el primero en recuperarse.

—Ah... Eh... ¿Alguien sabe dónde está?

Al ver que nadie respondía, Toby contestó:

—La he visto en el ático, pero no recuerdo exactamente dónde. Podría llamar a Lexie y preguntarle.

Victoria aún estaba recuperándose de la sorpresa.

—Yo me encargo. —Se marchó hacia la puerta y le dijo a Caleb que Ken había encontrado la llave.

—Me lo imaginaba —replicó él—. Tercera fila de la derecha, a mitad del pasillo, dentro de la caja roja lacada. Cuando bailé con Alix, fundí las bombillas, así que llevad una linterna.

—Supongo que estás hablando del ático —comentó Victoria, que parpadeó varias veces.

—Pues sí. Cuando encontréis la caja, sacadla para que pueda verla.

Los cinco corrieron escaleras arriba hacia el ático para comenzar la búsqueda del tesoro. Tardaron un rato, pero al final descubrieron la caja justo en el lugar que les había indicado Caleb. Tardaron un poco más porque discutieron sobre el significado de «a mitad del pasillo» y porque la caja era muy antigua y más que roja parecía negra.

—¿Cómo es posible que Caleb supiera dónde estaba? —preguntó Ken, asombrado—. Se encontraba dentro de otra caja.

—En realidad, lo sabe todo sobre la isla —comentó Victoria, pero en esa ocasión no pareció estar alardeando. Más bien parecía encontrar el asunto un poco espeluznante.

—Alma vieja en cuerpo nuevo —murmuró Jilly, y todos se alegraron de poder cambiar el tema de conversación a otro que no fuera Toby—. ¿Llevamos la caja abajo y probamos la llave?

Se reunieron en el exterior con Caleb y todos juntos caminaron hasta la parte trasera de la propiedad, donde se encontraba la casa de invitados en la que residían Ken y Jilly. Una vez dentro, dejaron la caja sobre la encimera de la cocina.

—Este sitio ha cambiado muchísimo —comentó Caleb mientras echaba un vistazo—. Antes era el cobertizo donde estaba la vaca.

El comentario fue recibido con un silencio absoluto. El hechizo de la noche, del vino y del oporto que habían bebido los ayudó a no plantearse la extraña afirmación. Toby le entregó la llave a Caleb.

—Creo que debe ser usted quien haga esto.

Teniendo en cuenta que la caja llevaba más de doscientos años cerrada, la llave giró con bastante facilidad dentro de la cerradura. En vez de abrirla, Caleb la cogió y se la entregó a Victoria.

—El regalo era para ti.

Victoria abrió la caja y dejó a la vista los símbolos chinos del zodiaco. Cada figurilla era de un color distinto: verde oscuro, blanco o incluso malva. Todas ellas estaban delicadamente talladas.

—Soy un conejo —anunció Victoria mientras levantaba la figurilla—. Me preocupa la familia y soy ambiciosa.

Todos empezaron a hablar sobre el año en el que habían nacido. Salvo Caleb, que se mantuvo en silencio. Cuando lo miraron interrogantes, él dijo:

—¿Cuál es el símbolo para los nacidos en el año 1776?

Tras cierto titubeo, Victoria contestó:

—¡Los fuegos artificiales!

Sus palabras hicieron que se echaran a reír, y las risas disiparon la tensión. Nadie lo comentó, pero las preguntas flotaban en el aire: ¿de verdad había viajado Toby en el tiempo?, ¿la llave demostraba que sus sueños eran realidad?

Victoria, Ken y Jilly se volvieron para mirar a la joven pareja ataviada con la ropa de época, y no les resultó difícil imaginar que acababan de salir del pasado.

Graydon fue quien le puso fin al silencio.

—Había una habitación en la casa —dijo en voz baja— donde sentí una profunda tristeza, como si hubiera sucedido alguna tragedia.

Aunque no habían hablado del tema, todos sabían a qué habitación se refería.

—La puerta está oculta tras un panel de madera.

Miraron a Caleb a la espera de su respuesta. Todos parecían pensar que él tenía una explicación.

—¿La habitación de los alumbramientos? —preguntó él—. En el pasado, las mujeres daban a luz a menudo y todas se reunían cuando llegaba el momento. Muchas casas tenían una estancia especial para ese menester. Ciertamente se produjeron momentos de tristeza, pero también de gran alegría. Valentina dio a luz al primer Jared Montgomery Kingsley en esa habitación. Fue un niño grande y sano —dijo con orgullo.

—Que se casó con la pequeña Ali cuando creció —apostilló Victoria—. Toby, puesto que el libro que estoy escribiendo se basa en el diario de Valentina, me gustaría hablar contigo sobre ella. No me había dado cuenta de que Ali era mayor que Jared.

Nadie se había percatado de que Toby y Graydon guardaban silencio y tenían el ceño fruncido. Mientras los demás hablaban sobre Valentina y su vida, Toby se volvió hacia Graydon y dijo:

—No me habías dicho que habías visto esa habitación. Yo no pude entrar. También sentía una profunda tristeza, una pena enorme. Me asaltó la convicción de que yo... quiero decir, de que Tabby había muerto en ella.

Graydon le cogió una mano y le besó los nudillos. No pensaba decirle que eso era exactamente lo que había percibido él.

—Pero ya has oído al señor Huntley. Tabby no tuvo hijos, así que seguramente no murió en esa estancia en particular.

Toby se estremeció.

—No, se limitó a morir de pena porque su vida era muy triste. Pobrecita. De haber sabido lo que sucedió, habría tratado de cambiar las cosas en mi sueño para salvarla.

—¿Y qué podrías haber hecho? ¿Casarte con Garrett? —Lo preguntó con una sonrisa de oreja a oreja, como si lo creyera una idea fantástica.

—Pero después él se habría hecho a la mar con su hermano

mayor y habría acabado ahogándose. Eso dejaría otra viuda en su familia y seguramente más niños de los que hacerse cargo. Y si se casara con Garrett, Tabby no llevaría las riendas de la tienda de Silas Osborne y no podría alimentar ni mantener a su familia.

—El verdadero problema es que si Tabby no soportaba a Silas, cometió un error al decírselo. A lo mejor, si hubiera sido más amable con él, ni ella ni su familia lo habrían pasado tan mal.

—¡Esa es una de las mayores tonterías que he oído en la vida! Garrett se habría ocupado de ella tanto física como económicamente. Era un Kingsley. ¡Tenía dinero! La familia de Tabby no se habría muerto de hambre.

—No, ¡pero habría muerto con el corazón destrozado! —le soltó ella.

—¡Precisamente así fue como murió! —replicó Graydon, tan enfadado como Toby.

De repente, se percataron del silencio reinante en la cocina. Toby y Graydon se hablaban furiosos, inclinados hacia delante de forma que sus narices casi se tocaban. Al ver que los demás los miraban expectantes, se enderezaron casi en posición de firmes.

—Tabby debería haberle plantado cara a su madre —comentó Graydon con rigidez, mirando a Caleb—. ¿Tengo razón?

Caleb era el único que parecía encontrar graciosa la situación. Los demás fueron testigos de la discusión con los ojos como platos, sobre todo porque el tema a debatir era algo que había sucedido hacía mucho tiempo.

—Sí y no —contestó—. Sí, Tabby debería haberle dicho a Lavinia que se fuera a hacer gárgaras con su feo tendero, pero no, no debería haberse casado con Garrett tal como él era por aquel entonces.

—¿Qué significa eso? —quiso saber Graydon, con un deje beligerante, casi desafiante, en la voz.

—Mi hermano pequeño... perdón. El hermano pequeño del capitán Caleb era un mal marinero.

—¿Un qué? —preguntó Graydon, que pareció tomarse el comentario como una afrenta personal. Respiró hondo y después se sentó en un taburete—. Lo siento. Todo esto me está afectando más de lo que debería. Dijo usted que todos los Kingsley eran hombres de mar.

—Y lo eran —replicó Caleb—. Pero esa característica podía presentarse de distintas formas. Lo que debería haber hecho el joven Garrett era cejar en el intento de comandar a cuatro marineros sucios y quedarse en casa para encargarse de lo que podría haberse convertido en el imperio Kingsley. Garrett era como tú: estaba destinado a dirigir algo más grande que un simple barco.

—¿Algo como un país entero? —preguntó Jilly.

—En mi país tenemos un parlamento —comentó Graydon entre dientes, pero al mirar a Caleb a los ojos entendió a lo que se refería. Le gustaba su país, le gustaba recorrerlo por entero para conocer a la gente. Le gustaba poder ayudar a las personas a gran escala, y eso era algo que no podía hacerse a bordo de un barco.

Toby puso fin al silencio.

—Pero cuando le... cuando Tabby le preguntó a Garrett si se quedaría en casa en vez de hacerse a la mar, él se enfadó.

—Eso es porque el capitán le había expresado ese mismo deseo varias veces a lo largo de la última travesía. Sin embargo, el muchacho pensaba que si no se hacía a la mar cada pocos años, estaría defraudando a la familia. Creo que si se hubiera casado con Tabby, habría usado el matrimonio como una excusa para no abandonar la isla nunca más.

—Pero la madre de Tabby... —protestó Toby.

—Estaba asustada —la interrumpió Caleb—. Lavinia estaba muerta de miedo por lo que podía depararles el futuro. No soportaba ver a sus nietos pasar hambre, y con razón. Si tenía que sacrificar a su hija para impedir que eso pasara, estaba dispuesta a hacerlo. Da la casualidad de que se ofreció ella misma para casarse con Silas Osborne, pero él solo quería a la preciosa Tabby.

—¿Qué les pasó después de la muerte de Tabby? —quiso saber Jilly.

—Osborne se había convertido en un holgazán con el paso de los años. Puesto que su mujer se encargaba del negocio, a él se le había olvidado cómo hacerlo. Garrett hizo testamento, dejándoselo todo a Tabby, y cuando ella murió, sus posesiones pasaron a manos de Lavinia. Esta compró la tienda de Osborne y consiguió que sus nueras se encargaran del negocio. Vivió hasta los ochenta y tantos y murió dejando tras de sí una buena fortuna, pero fue una anciana triste. Creo que jamás se recuperó de la muerte de Tabby.

—Es una lástima que no puedas cambiar la historia —comentó Victoria—. No es como mis libros, que mis editores me obligan a reescribir un capítulo y tengo que cambiar lo que hace y dice la gente.

Toby tenía los ojos clavados en la caja que seguía en la encimera, mientras que los demás la miraban a ella. Si de verdad había retrocedido en el tiempo, algo que era imposible, había ciertas posibilidades. Miró a Caleb.

—Tabby fue sorprendida en una situación comprometida con Garrett y su madre no le dio tiempo a pensar, ya que la obligó a casarse de inmediato con Osborne. Digamos que tengo otro sueño, ¿qué podría hacer para cambiar la situación?

—Llegar hasta el final —contestó Caleb—. Garrett y Tabby estaban besándose. Si los hubieran pillado... en fin, haciendo algo mucho más grave, toda la isla habría esperado que se casaran. Además, creo que Osborne se negaría en redondo a casarse con Tabby después de algo así.

Toby no miró directamente a Graydon, pero sí dio un pequeño paso hacia él. Por un instante, se hizo el silencio.

—No sé qué opináis los demás —dijo Ken—, pero hace mucho que yo debería estar en la cama.

Puesto que estaban en su casa, les indicó con la mirada que era hora de marcharse.

Tras dar las buenas noches, Victoria cogió la caja con las figuritas de jade. Caleb la tomó del brazo y juntos caminaron hacia la puerta principal. Toby y Graydon iban tras ellos. Cuando estuvieron fuera, los cuatro enfilaron el camino.

Caleb miró hacia la casa llamada *Más allá del tiempo*.

—Esa casa tiene mucha historia. El hombre que la construyó... —Dejó la frase en el aire y soltó una carcajada—. Creo que ya os he contado muchas cosas esta noche. Toby, preciosa —añadió con una expresión muy seria—, creo que deberías mantenerte alejada de esa casa. Los recuerdos permanecen durante mucho tiempo en la mente de las personas. Aunque no seamos conscientes de ellos, están ahí, enterrados en el fondo de nuestros pensamientos. Aunque te parezca que Tabby murió muy joven, sucedió hace mucho tiempo. Os sugiero que penséis en el presente, no en el pasado.

Graydon tomó a Toby del brazo.

—Soy de la misma opinión —replicó—. Esa habitación... Todavía me estremezco al pensar en ella. —Miró a Toby—. Nos mantendremos alejados. ¿Verdad?

—Sí —respondió ella—. Que se encargue tu familia de ella.

Los cuatro se dieron las buenas noches y se separaron. Una vez que Toby y Graydon subieron la escalera de la casa, se detuvieron un instante en la sala de estar, mirándose en silencio. La discusión sobre Daire había quedado zanjada, pero Toby no quería recuperar el trato tan cercano que habían mantenido con anterioridad. Se recordó que Graydon tendría que marcharse. Eso no había cambiado.

El momento se habría vuelto incómodo si no hubieran llamado por teléfono a Graydon, que había dejado el móvil en su habitación. Fue a buscarlo para contestar.

—¿Rory? —aventuró Toby.

—¿Quién si no? —replicó Graydon entre dientes. Miró a

261

Toby con su precioso vestido y ella captó el deseo en sus ojos—. Me ha enviado un montón de mensajes, así que será mejor que conteste.

—Claro —dijo ella—. Buenas noches.

—Buenas noches —repitió Graydon al tiempo que aceptaba la llamada—. Y permíteme decirte otra vez que... —Dejó la frase en el aire—. Rory, cálmate. Ya he vuelto. —Tras mirar con expresión contrita a Toby, entró en su dormitorio y cerró la puerta.

Dentro de su propio dormitorio, Toby cerró la puerta y se apoyó en ella. No quería quitarse el vestido. Tendría que enviarlo de vuelta a Lanconia y jamás lo vería de nuevo. Pero a lo mejor podía ponérselo para la boda de época de Victoria. No, para entonces Graydon se habría ido y no estaría bien quedarse con el vestido si él no estaba presente.

Un resplandor al otro lado de la ventana captó su atención. Puesto que no había corrido las cortinas al marcharse, el haz de luz se veía claramente. Al mirar, vio que procedía de la casa situada al otro lado de la calle. La casa prohibida. Además de haberse dejado una luz encendida, alguien había dejado la puerta abierta de par en par. En ese momento no llovía, pero podía hacerlo, y la madera del suelo acabaría destrozada.

Abrió la puerta sin hacer ruido y atravesó la sala de estar. Debería decirle a Graydon lo de la puerta. Al fin y al cabo, la casa era propiedad de su familia. Sin embargo, lo escuchó hablando por teléfono. A juzgar por la rapidez con la que hablaba, estaba alterado. Sin duda Rory había sufrido otro bajón. Algo que parecía sucederle cada hora o así.

Bajó la escalera de puntillas, miró hacia la puerta del salón y se preguntó si Daire y Lorcan estarían en casa, aunque no lo comprobó. Atravesaría la calle, cerraría la puerta sin hacerle caso a la luz que se veía en el interior, y regresaría antes de que Graydon soltara el teléfono.

No obstante, cuando llegó hasta la puerta de la casa, le fue imposible cerrarla porque estaba atascada. Entró para poder aferrar mejor el pomo, pero escuchó una voz en la planta alta. Al parecer, alguien había entrado en la casa, seguramente niños. Hizo además de coger su móvil para llamar a la Policía, pero no lo llevaba encima. Cuando se volvió para marcharse, la puerta se cerró en sus narices.

Al otro lado de la calle, Graydon estaba bajando el estor mientras hablaba por teléfono con su hermano. En Lanconia ya había amanecido.

—Rory, estoy cansado y quiero acostarme. Podrás manejar esto solo. Solamente debes confiar en ti mismo y podrás... —En ese momento, soltó la palabrota más fuerte que conocía, con tanta vehemencia que hasta Rory se quedó pasmado—. Toby acaba de entrar en esa casa y ha cerrado la puerta. Tengo que dejarte. —Antes de marcharse a la carrera, cortó la llamada y arrojó el móvil al sofá.

20

Cuando Graydon llegó a la casa, la puerta estaba abierta, y eso lo hizo suspirar. Por supuesto que estaba abierta, invitándolo a entrar. Si Toby no estuviera en algún lugar de su interior, se daría la vuelta y se alejaría sin mirar atrás. Se preguntaba si su tía Cale sabía lo que había comprado. Aunque era escritora... y casi peor que Victoria. A su tía seguramente le encantaría enterarse de las cosas que la casa le hacía a la gente.

Entró y esperó sin moverse. Sabía lo que iba a suceder. En cuanto la puerta se cerró sola, gritó el nombre de Toby. No obtuvo respuesta, aunque tampoco la esperaba.

Una vez en la planta alta, buscó en todas las estancias. Cuatro dormitorios, tres baños y la pequeña biblioteca. Toby no estaba por ninguna parte.

De vuelta en la planta baja, se tomó su tiempo para inspeccionarlo todo. Temía entrar en la habitación de los alumbramientos, temía que Toby estuviera dentro. Su imaginación lo llevó a temer que, de alguna manera, la vieja casa la hubiera poseído y...

Se pasó una mano por la cara. ¡No volvería a ver una película de terror en la vida!

Atravesó el comedor para salir al vestíbulo. En cuanto entró en el salón, escuchó música y risas, y vio una luz por debajo de la puerta de la salita.

Cruzó la amplia estancia con grandes zancadas y abrió la puerta de par en par.

Lo que vio lo sorprendió, aunque no mucho. Dos mujeres, ataviadas con ropas parecidas a las que Toby y él aún llevaban tras la cena, estaban junto a la chimenea. La habitación estaba pintada de amarillo, con un sofá de madera cuya tapicería era de un rojo intenso y unos cuantos sillones con tapicería bordada.

Graydon permaneció en la puerta, observándolo todo. No sabía si debía entrar en ese sitio, donde parecía que el tiempo transcurría de forma particular.

—¿Toby está aquí? —preguntó, pero nadie lo miró—. ¿Tabby está aquí? —preguntó más alto, pero tampoco obtuvo respuesta. Era evidente que no podían escucharlo.

Muy despacio, avanzó un paso... y vio cómo el zapato que llevaba con el disfraz se transformaba en una bota de punta redondeada. Ah, mucho mejor, pensó. Cuando levantó la vista, creyó ver a Toby dirigirse a la escalera.

Sin titubear, entró en la pequeña salita.

—¡Garrett! —exclamó una de las mujeres—. Has vuelto. —Era una mujer bonita que sonreía como si fueran amigos—. No esperábamos el regreso de tu barco hasta dentro de unas semanas.

La otra mujer era mayor y lo miraba con el ceño fruncido.

—¿Has visto ya a la señora Weber?

Graydon se alegró de su educación diplomática, porque se moría por decir que estrangularía a esa mujer en cuanto la viera. En cambio, sonrió.

—No, no la he visto. ¿Tabby está aquí?

—No estoy segura —contestó la mayor de las dos.

La más joven dio un paso al frente.

—Acabo de verla con la hija de John Kendricks. En el alféizar acolchado —dijo, y se dio cuenta de que se encontraba en Kingsley House y de que parecía que se estaba celebrando la boda de John y Parthenia... lo que le arrancó una sonrisa. Eso quería decir que Tabby todavía no se había sacrificado al casarse con el tendero en un intento por pagar las deudas.

Cuando se dirigió hacia la puerta que conducía al salón, la joven lo detuvo.

—Garrett —dijo de modo que solo él pudiera escucharla—, creo que deberías saber lo que ha pasado en tu ausencia. La señora Weber ha concertado el matrimonio de Tabby con...

—¿Con esa rata rastrera de Silas Osborne? Lo sé. He venido a rescatarla.

—Qué afortunada —dijo la muchacha—. Que tengas suerte.

—Gracias —repuso Graydon antes de dar media vuelta.

El salón de Kingsley House estaba a rebosar de gente que bailaba y reía, y Graydon encajaba perfectamente gracias a sus calzas de color beige y a su chaqueta negra. Muchas personas lo saludaron por el nombre de Garrett, y la mayoría expresó su sorpresa al ver que había regresado bastante antes de lo esperado.

—¿Dónde está tu hermano? —preguntaron algunos.

Graydon soslayó la pregunta al responder:

—¿Cuál de ellos?

Suponía que se referían al capitán Caleb, pero no estaba seguro. Miró por encima de las cabezas de las personas que bailaban en busca de Valentina/Victoria, con la esperanza de que esta le dijera dónde se encontraba Toby. Sin embargo, no la vio.

En el extremo más alejado, vio a la joven Ali, con su cuaderno de dibujo. Estaba sentada en el mismo alféizar acolchado que Ken había desmontado apenas una hora antes. Graydon atravesó la estancia a toda prisa. No tenía tiempo para presentaciones. Además, supuso que la niña ya conocía a Garrett.

—¿Dónde está la mujer que te acompañaba?

—Tabby —dijo la niña—. Su madre está enfadada con ella. No quiere que Tabby se case contigo.

—Lo sé —repuso Graydon—, pero en esta vida, puede casarse conmigo. ¿Sabes dónde está?

—Creo que volvió a casa —contestó Ali, y Graydon supo que se refería a *Más allá del tiempo*.

Hizo ademán de marcharse, pero después cambió de idea.

—Ali, quiero pedirte un favor. —Era muy pequeña y dudaba de que recordara lo que estaba a punto de decirle—. Cuando cumplas los veintitrés años, quiero que encargues tu retrato y lo cuelgues con un gran marco. Que tu padre lo construya con compartimentos secretos. Quiero que describas y dibujes las casas que tu marido y tú construyáis y que lo escondas todo en el marco. Quiero asegurarme de que en el futuro se sepa quién eras y qué hicisteis los dos. ¿Crees que te acordarás de todo?

—Sí —respondió Ali, que asintió con la cabeza, tal como solían hacer los niños cuando alguna tontería les parecía absolutamente normal—. ¿Con quién me voy a casar?

—Con el guapísimo chico de Valentina —contestó al tiempo que echaba a andar hacia la puerta principal.

Alguien le puso en la mano una cerveza que él aceptó, tras lo cual siguió andando. En ese preciso momento, se dio cuenta de que no era un príncipe. No cargaba con el peso de todo un país a sus espaldas. Con quién se casara, dónde viviera y qué dijera no sería analizado, cuestionado, sopesado ni estudiado. Cualquier mínimo desliz no acabaría en los titulares de la prensa lanconiana del día siguiente. Si lo veían con una chica guapa, no aparecería en Internet bajo un titular como «¿Es la futura reina de Lanconia?».

Hablando de chicas guapas, vio un círculo de hombres que rodeaba a dos de las mujeres más guapas que había visto en la vida. En el mundo moderno, estaba acostumbrado a que las mujeres pasaran horas maquillándose, pero esas dos muchachas tenían las caras lavadas y eran exquisitas, casi demasiado perfectas para ser reales. Mientras las miraba, incapaz de parpadear, una de ellas le sonrió, y se quedó tan embobado que casi se dio de bruces con una puerta.

Un hombre que estaba cerca se echó a reír.

—¿Quiénes son? —preguntó Graydon, sin dejar de mirarlas.

—Las hermanas Bell, y no te acerques demasiado o su padre te perseguirá con un arpón.

—Alguien debería pintar sus retratos.

—¡Garrett!

A regañadientes, Graydon se volvió y vio a su hermano. No era igual que él, pero se parecía lo bastante como para suscitar comentarios.

—Rory —susurró.

—¿Rory? —repitió su hermano y se echó a reír al tiempo que le daba una palmada en el hombro—. Llevo años sin escuchar ese apodo. —Se volvió hacia la mujer que llevaba del brazo—. Justo después de que yo naciera, el primo Caleb dijo que yo «rugía como el viento», y el apodo se quedó. Hasta que me hice adulto, claro.

Graydon no había reparado en la mujer que lo acompañaba, pero cuando la miró, puso los ojos como platos. A menos que se equivocara mucho, era Danna... y estaba embarazadísima. Se moría por hablar con su hermano, pero ansiaba todavía más ver a Toby.

—Tengo que...

—Lo sé. Todos lo sabemos —dijo Rory con una carcajada—. Acabas de volver del mar y solo quieres a Tabby. Pero ¿te has enterado de lo que anda tramando Lavinia Weber?

—Al detalle —contestó Graydon por encima del hombro mientras echaba a correr hacia la puerta principal. Tardó casi minuto y medio en recorrer la distancia que separaba Kingsley House de *Más allá del tiempo*. Si no se equivocaba, habría ido a buscarlo.

La vio debajo del enorme árbol que se alzaba en un lateral de la casa. La seda blanca de su vestido brillaba a la luz de la luna.

Se detuvo y la observó mientras intentaba asimilarlo todo. Era muy posible que todo fuera un sueño. Durante días, habían estado sumergidos en el mundo de principios del siglo XIX. Habían estudiado la comida, la vestimenta y los comportamientos. Además, los sueños de Toby habían dominado sus mentes. Y esa noche, con la historia que el señor Huntley les había contado acerca de Lavinia y de su desdichada hija, no era de extrañar que tuviera el mismo sueño.

Eso era lo que su mente le decía. En realidad, no podía olvidar que en ese preciso momento no estaba destinado a ser rey, y esa idea le provocaba una enorme sensación de libertad.

Dio un paso al frente y se sintió más alto, como si le hubieran quitado un enorme peso de encima. Se detuvo a unos pasos de Toby y esperó a que ella se volviera para mirarlo. Cuando lo hizo, parecía a punto de echarse a llorar.

Graydon no dijo nada, se limitó a extender los brazos y ella corrió hacia ellos. La abrazó con fuerza y le enterró la cara en el pelo.

—La madre de Tabby va a...

—Lo sé —dijo Graydon en voz baja. Me encargaré de todo. —Comenzó a besarla en el cuello.

Toby se apartó de él.

—¡No! No sabes lo que les deparará el futuro. Obligará a Tabby a casarse con Silas Osborne y la maltratará.

Tras percatarse de que se refería a Tabby como si fuera otra persona, Graydon se dio cuenta de que creía que estaba hablando con Garrett, de modo que sonrió. Parecía que no podía librarse de tener un doble idéntico. Por supuesto, debería confesarle quién era, pero no lo hizo.

—¿Qué vamos a hacer? —preguntó, con toda la seriedad de la que fue capaz.

—Caleb dijo que...

—¿Mi hermano Caleb? Estaba en el barco conmigo. ¿Cuándo has hablado con él? —Parecía celoso.

—Será dentro de muchos años —contestó Toby, que agitó una mano—. Da igual. Tenemos que dejar que nos encuentren en... en cierto estado de desnudez para que no puedan obligar a Tabby a casarse con Osborne.

Graydon puso los ojos como platos.

—¿Quieres que te desnude? ¿Aquí? ¿Ahora?

—Sé que no es lo más correcto, pero... —Dejó la frase en el aire y lo miró un momento a la luz de la luna—. La verdad es que mientras estabas fuera, Tabby... quiero decir yo, me he enamorado de otro. Lo siento, pero no he podido evitarlo. Si honras lo que una vez tuvimos, por favor, te pido que me ayudes.

Graydon la miró fijamente. Esa parte de la historia no la había escuchado. A lo mejor ese era el motivo de que Garrett Kingsley le permitiera casarse con Osborne. Sin embargo, en ese momento vio el brillo travieso en la mirada de Toby.

—¡Bruja! —exclamó, y la abrazó una vez más—. Te he estado buscando como un loco.

Ella se apartó un poco para mirarlo a la cara.

—¿Por eso hueles a cerveza?

Se echó a reír al escucharla.

—Me pregunto si la comida es tan buena como la cerveza. A lo mejor podríamos...

—¿Crees que hemos viajado en el tiempo para probar la comida?

Graydon ni se inmutó por su tono de voz.

—¿Te das cuenta de que aquí, en este momento y en este lugar, no soy un príncipe?

Toby lo miró sin comprender.

—¿Y eso qué importa?

—Importa muchísimo —le aseguró él—. Puedo hacer lo que me plazca. —Le cogió una mano y comenzó a besársela antes de seguir por el brazo.

—Graydon —dijo ella en voz baja—, no creo que debas... —Cerró los ojos cuando sintió sus labios en la flexura del codo. La piel de esa zona era extremadamente sensible.

—¿Confías en mí? —le preguntó él.

—No lo sé. Supongo que sí. No puedo pensar cuando haces eso. —Le costó mucho esfuerzo, pero liberó el brazo—. Es la vida de Tabby, no la nuestra, y creo que debemos solucionar su problema. El señor Huntley dijo que Tabby y Garrett tenían que ser encontrados en una situación comprometedora para que los obligaran a casarse.

—¿Desnudos debajo de un olmo? ¿Algo así?

—Yo no lo diría de forma tan vulgar, pero sí, supongo que es lo que debemos hacer.

—No —replicó él—. Tenemos que... —Se interrumpió al escuchar la gravilla crujir y lo que parecían voces furiosas. Varias personas se acercaban a toda prisa.

—¡Graydon! Tenemos que hacer algo ya. Tabby no puede casarse con ese hombre odioso. Ella...

Le colocó las manos en los hombros y pegó su cara a la suya.

—Confía en mí. Parte de mi educación ha consistido en solucionar problemas. Recuerda que Caleb dijo que yo había nacido para gobernar reinos.

—No lo dijo así exactamente. Creía que deberías dirigir la familia Kingsley. No creo que eso sea lo mismo que un país entero. Solo son un pequeño...

—¡Quédate detrás de mí y guarda silencio! —le ordenó Graydon al tiempo que la obligaba a colocarse detrás de él.

—Ooooh, machismo Regencia —replicó ella. Graydon le daba la espalda y miraba a la multitud de personas que se acercaba a ellos. Toby estaba casi segura de que si se movía, él la obligaría a ponerse detrás otra vez—. Que sepas que creo que deberíamos hablar del tema y decidir...

—¿Quieres casarte conmigo o no? —preguntó Graydon entre dientes.

Toby estaba tan pasmada que no atinó a contestar.

—O conmigo o con Osborne —insistió él—. Elige.

—Bueno... —dijo Toby.

—¿Tu madre es la que va a la cabeza de esa gente?

Toby miró al grupo que se acercaba. Lavinia Weber había sido relativamente agradable con ella la primera vez que se vieron, pero la mujer que se acercaba a ellos era la madre con la que Toby había crecido. Siempre estaba furiosa y la víctima de dicha furia siempre era su única hija. Sin importar lo mucho que se esforzara, no recordaba haber complacido a su madre ni una sola vez. Esa era la mujer que se acercaba.

—Te elijo a ti —contestó Toby, que se colocó detrás de Graydon por completo.

Lavinia se detuvo delante de Graydon e hizo ademán de coger a su hija del brazo, pero él se lo impidió. Tras Lavinia iban seis o siete personas, y todos los presentes contemplaban la escena con ávido interés.

—Ahora entiendo por qué inventaron la televisión —masculló Graydon en dirección a Toby, que estuvo a punto de echarse a reír.

—Mi hija está comprometida con otro hombre —declaró Lavinia con los dientes apretados—. ¡Tabitha! Aléjate de él.

Debido a toda una vida de condicionamiento, Toby estuvo a punto de obedecerla, pero Graydon no la dejó moverse.

—Pido permiso para casarme con su hija —dijo él.

—¡Denegado! —exclamó Lavinia a voz en grito—. ¡Tabitha! ¡Ven aquí!

Toby dio un paso al frente.

—Renunciaré al mar —prometió Graydon con su tono de voz más autoritario y principesco. La reacción de los testigos fue echarse a reír con incredulidad. ¡No estaba acostumbrado a eso!

—¿Me tomas por tonta? —preguntó Lavinia con creciente rabia—. Eres un Kingsley. Tu hermano Caleb siempre dice que «Puedes reemplazar a una mujer, pero solo hay un océano». No pienso tolerar que mi hija se quede viuda en menos de un año. ¡Tabitha! ¡Ven aquí ahora mismo!

Toby miró a Graydon, y la tranquilidad que vio en su cara la ayudó a permanecer firme.

—Me temo que mi hermano flaquea en Geografía —dijo él—. Hay siete océanos, pero solo una Tabitha.

Eso provocó más carcajadas, pero en esa ocasión la gente estaba de su parte.

—No te creo —repuso Lavinia, que fulminaba a su hija con la mirada.

El apoyo de los presentes aumentó la confianza de Graydon. Cuando habló, lo hizo más fuerte, de modo que las personas que se acercaban al grupo pudieran escucharlo.

—Que alguien vaya en busca de un abogado y que redacte un documento. Lo firmaré. Ahora mismo, esta noche —añadió.

Lavinia resopló.

—¿Renunciarás al mar?

—Kingsley o no, soy un mal marinero —replicó Graydon. Esperaba que la gente disintiera, pero en cambio asintieron con la cabeza, dándole la razón.

—Menos mal que Lanconia no tiene salida al mar —dijo Toby, y se pegó a él lo suficiente para cogerle una mano.

—Sea buen o mal marinero —continuó Graydon—, creo que la honestidad de mi familia es bien conocida por todos. Nuestra palabra es sagrada.

Los presentes asintieron con la cabeza antes de mirar a Lavinia. La pelota estaba en su tejado.

—¿Un Kingsley que no se hace a la mar? —Hablaba con desdén—. No es posible.

Graydon se dio cuenta de que no estaba haciendo el menor progreso, de modo que decidió arriesgarse. Si Osborne era malo en el futuro, seguramente tuvieran pruebas en ese presente.

—¿Crees que Silas Osborne cumplirá su parte del trato? ¿Se lo conoce por su honestidad? —Las caras de la gente le dijeron que había acertado, y por primera vez vio que Lavinia titubeaba.

—¿Qué harás si te quedas en la isla? —preguntó Lavinia, aunque con menos veneno en la voz.

—Llevaré los negocios de mi familia. Si me da su bendición para que Tabby y yo podamos casarnos esta noche —dijo, y todos exclamaron al unísono—, repararé su casa y ayudaré a la manutención de todas las viudas y de los huérfanos de su familia.

Durante un momento, todos se quedaron callados. Toby y Graydon no sabían si se debía a la sorpresa por su ofrecimiento o por la idea de que un hombre de Nantucket, un Kingsley para más señas, pensara siquiera en renunciar al mar.

La voz de una mujer rompió el silencio.

—¿Nos encontrarás maridos?

—Solo si puedo enviaros a Lanconia —contestó Graydon, a modo de broma.

—En una hora tendré el equipaje listo —replicó la mujer, arrancando una carcajada a los presentes.

—¿Y bien? —preguntó Graydon, con la vista clavada en Lavinia—. ¿Tenemos trato?

Toby se colocó tan cerca de él que apenas había separación entre sus cuerpos.

—¡Señor Farley! —gritó Lavinia por encima del hombro, y un hombrecillo con anteojos sobre la nariz se acercó a ella—. Busque pluma y papel y empiece a redactar el contrato.

—He bebido demasiado para ejercer de abogado. Tendría que... —comenzó, pero le bastó ver el rostro demudado por la ira de la mujer para ceder. Se abrió paso entre la multitud mientras mascullaba—: Cuando el capitán Caleb se entere, seré hombre muerto...

—¿Qué crees que están haciendo? —preguntó Toby, que estaba junto a la puerta, intentando oír algo. Aunque no había apoyado la oreja contra la puerta, le faltaba poco. Sin embargo, solo escuchaba las risas y la música procedente de la planta baja.

Después de que Graydon asegurara que firmaría un contrato y se casaría con Tabitha esa misma noche, los habían llevado casi a rastras de vuelta a Kingsley House y los habían encerrado en la habitación que algún día se convertiría en el dormitorio de Victoria. Era más grande de lo que sería en el siglo XXI, debido a que todavía no le habían quitado varios metros para construir un cuarto de baño. La enorme chimenea parecía muy usada, aunque en ese momento, en pleno verano, estaba tapada con una bonita pantalla. Solo había dos velas en la habitación, de modo que estaba bastante oscura.

Al ver que Graydon no contestaba, Toby se volvió hacia él. Estaba acostado en la cama, con las manos detrás de la cabeza, mirando el dosel con una sonrisa. Se habían llevado todos los sillones a la planta baja para que los invitados pudieran sentarse, así que la cama era el único sitio disponible.

—Creo que están planeando nuestro futuro —dijo él.

Toby se acercó a la cama para ponerse a su lado.

—¿Por qué estás tan tranquilo con la situación?

—Porque me gusta.

Lo dijo con tanto entusiasmo que Toby se echó a reír.

Graydon se deslizó por el colchón para hacerle sitio y le dio unas palmaditas al cobertor invitándola a acostarse a su lado.

Ella titubeó, pero después usó los escaloncitos de madera para subirse a la cama y se tumbó a su lado. Clavó la vista en el dosel.

—¿No te preocupa que nos estemos equivocando?

—No puede ser peor que lo que sucedió en realidad.

—Pero no tenemos todos los detalles, ¿verdad? —repuso ella—. A lo mejor Tabitha sí se enamoró de otro. A lo mejor no quería casarse con Garrett.

—¿Eso crees? —preguntó él con un deje travieso en la voz.

Toby se puso de costado para mirarlo y él le enterró los dedos en el pelo.

—¿Qué pasa si nos quedamos aquí? —susurró ella—. ¿Qué pasa si no podemos irnos?

Graydon le colocó una mano en la mejilla.

—¿Sería tan malo? —preguntó a su vez en voz baja.

Toby volvió la cara y le besó la palma de la mano.

Con una sonrisa, Graydon la instó a apoyar la cabeza en su hombro y la abrazó.

—Si nos quedamos aquí, me esforzaré por dirigir los negocios de la familia Kingsley y enviaré a tus cuñadas a Lanconia, donde las atesorarán como esposas. Compraré y venderé barcos y...

—¿Qué pasa con nosotros? —preguntó Toby.

—Tendremos seis hijos. Como poco. Tú podrás plantar hectáreas y hectáreas de flores, y llenar las casas con ellas.

Sonaba tan perfecto que Toby tuvo miedo de moverse, tuvo miedo de que todo desapareciera en un segundo.

—¿Te gusta la idea? —preguntó él mientras le acariciaba el pelo y el cuello.

—No tendremos alternativa —replicó ella, eludiendo la pregunta—. Estoy segura de que hemos venido por un motivo concreto. Me pregunto cuál es. A lo mejor Tabby y Garrett tienen un hijo que salva el mundo. A lo mejor Lavinia alteró los planes del destino cuando obligó a su hija a casarse con Osborne, de modo que la casa nos ha enviado de vuelta al pasado para enmendar el error.

—Eso querría decir que nos iríamos en cuanto dicho niño haya sido concebido. ¿Diríamos el «Sí, quiero» y desapareceríamos? ¿Crees que ese es el plan?

Toby se percató del deje decepcionado de su voz, pero también de cierta resignación. Lo miró a la cara.

—A lo mejor nos quedamos más tiempo. A lo mejor nos quedamos hasta después de la noche de bodas.

Esa idea le devolvió la sonrisa a Graydon, que la besó.

Lo que empezó con ternura pronto se convirtió en algo más ardiente, y cuando Graydon se colocó sobre ella, Toby lo abrazó. Separó los labios bajo el asalto de su boca cuando sintió que

Graydon le acariciaba el hombro desnudo y descendía hasta uno de sus pechos.

—Sí —murmuró cuando Graydon dejó un reguero de besos por su cuello y siguió descendiendo.

Estaban tan absortos en lo que hacían que no escucharon que se abría la puerta.

—Ya habrá tiempo para eso después —dijo una voz que los obligó a separarse a regañadientes. El abogado, el señor Farley, estaba en la puerta, con una hoja de papel en la mano.

Garrett sufría de cierta reacción física que no quería mostrar al ponerse en pie.

—Deme un momento —dijo al tiempo que se incorporaba de cara a la pared.

—Será mejor que no tardes mucho —replicó el señor Far-ley— o Lavinia podría cambiar de opinión. Osborne ha aparecido y está amenazando con demandarla. Dice que su reputación está arruinada de por vida por un «Todopoderoso Kingsley». Está ofreciendo dinero por la señorita Tabitha.

—Yo me encargo de él. Será mejor que no... —comenzó Graydon.

—¿Cuánto? —preguntó Toby.

—¡No puedes decirlo en serio! —exclamó Graydon al tiempo que rodeaba la cama.

—Solo me gustaría saber cuánto valgo, nada más —repuso ella.

—¿Dónde está el documento? —preguntó Graydon, y el abogado se lo dio.

—Cuidado, que la tinta sigue fresca.

Graydon leyó por encima el documento, pero la caligrafía, rimbombante con unos trazos alargados y angulosos, hizo que le costara lo suyo. El contrato estipulaba que se casaría con la señorita Tabitha Lavinia Weber y que se encargaría de la manutención de todas las viudas de la familia, así como de los niños. Había una lista de nombres. Le construiría a Tabitha «una bonita casa» en Nantucket y nunca más volvería a hacerse a la mar.

No titubeó cuando pidió que le dieran una pluma. Le costó un poco escribir con la pluma, pero lo firmó con el nombre de Garrett Kingsley. Le devolvió el documento al abogado, que lo firmó como testigo antes de señalar la puerta con una mano.

—¿Estáis listos? —preguntó el señor Farley.

Toby salió en primer lugar, seguida de Graydon y del abogado.

—¿Estás seguro de que quieres tener a Lavinia Weber de suegra? —le preguntó el señor Farley a Graydon en voz baja—. Esa mujer te hará la vida imposible. ¿No preferirías meterte de lleno en una buena tormenta en mitad del mar?

—Preferiría tener a Tabitha —respondió Graydon con firmeza.

—Tu hermano Caleb es el único con dos dedos de frente en la familia. Nunca perdería la cabeza por una mujer.

Cuando Graydon empezó a bajar la escalera, resopló y preguntó:

—¿Mi hermano ha conocido ya a Valentina?

—Bueno, no... creo que no. Llegó después de que él zarpara.

—Ah —dijo Graydon—. Pues dentro de un mes repítame lo que mi hermano opina del amor.

Al final de la escalera, los esperaba un nutrido grupo de personas, y Toby y él acabaron separados. Aunque el matrimonio se celebraría a toda prisa y sería en cierta forma forzado, todos sabían que era por Amor Verdadero, y se alegraban. Nadie había querido que la preciosa Tabitha se casara con Silas Osborne. El día había estado cargado de felicidad con el matrimonio de Parthenia y John Kendricks, y en ese momento se sumaban nuevas emociones. La isla hablaría de ese día durante años.

Graydon estaba rodeado de personas a quienes no conocía, que lo condujeron, entre empujones y tirones, por Main Street hasta la iglesia.

Todos los invitados a la boda, incluso los novios de la primera ceremonia, estaban presentes... y todos tenían caras sonrosadas y felices por el exceso de comida y de bebida. Algunos de los hombres apoyaban las cabezas en los respaldos de los bancos, roncando sin pudor alguno. Sus respectivas mujeres los despertaron a codazos y en algún caso se usó un largo apagavelas para tal fin.

Ya era de noche, pero se habían encendido bastantes velas para que la iglesia estuviera envuelta en un precioso halo luminoso.

Graydon llegó al altar y Rory se colocó a su lado.

—Supongo que preferirías que fuera Caleb, pero no hay forma de encontrarlo.

—Seguramente se haya encerrado en algún sitio con un barril de ron —repuso Graydon. Rory asintió con la cabeza.

Valentina recorrió el pasillo con el mismo ramo de flores que había llevado unas horas antes para la boda de Parthenia.

Detrás de ella iba Toby, con un vestido que había lucido una reina. Graydon sabía que no había visto nada más bonito en la vida. Iba del brazo de un hombre mayor al que no conocía.

Cuando se detuvieron delante del altar, Graydon dio un paso al frente para cogerla de la mano.

Las palabras pronunciadas por el párroco eran distintas, pero cuando Graydon le juró su amor, su protección y sus posesiones terrenales a Tabitha, lo dijo totalmente en serio.

En cuanto a Toby, parecía algo titubeante al principio, pero después sonrió y repitió los votos.

Rory les dio las alianzas para que las intercambiaran.

—El joyero ya estaba aquí —le dijo a Graydon, al ver su expresión interrogante.

—Tendría que ser un diamante lila —susurró Graydon al tiempo que le ponía la pequeña alianza de oro a Toby en el dedo. Le quedaba perfecta.

Toby cerró la mano. Le gustaba tal cual era.

Después de la ceremonia, todos los habitantes de la isla parecían contentos, salvo Lavinia, que seguía creyendo que Garrett renegaría del trato y volvería a hacerse a la mar. No paraba de rezongar:

—Lo creeré cuando lo vea.

En cuanto volvieron a Kingsley House, mantuvieron a los recién casados separados, ya que todos hacían brindis y querían bailar con Toby. Las muchachas rodearon a Graydon para hacer bromas sobre la noche que les esperaba.

En un momento dado, consiguió escapar lo justo para conseguir una jarra de cerveza casera. Valentina se colocó a su lado.

—Me alegro mucho de que hayas salvado a Tabby —le dijo ella—. Estaba dispuesta a sacrificarse, pero habría sido un mal matrimonio.

—Nefasto —repuso Graydon, mirándola. Era clavada a Victoria, aunque mucho más joven. Con su cara y su voluptuoso cuerpo, gran parte al descubierto gracias al generoso escote de su vestido, entendía que el capitán Caleb la hubiera tomado por una dama de la noche. Y si había calculado bien el tiempo, ella era la única que sabía que estaba encerrado en el ático sin ropa.

—Por casualidad no sabrás lo que le ha pasado a mi hermano Caleb, ¿verdad?

Valentina apartó la cara.

—Me temo que nunca nos han presentado.

Graydon se percató de que el rubor comenzaba a teñirle el cuello y de que iba subiendo.

—Se me ha ocurrido que después de nuestra larga travesía, le vendría bien pasar algo de tiempo a solas, un tiempo que podría usar para recordar que ya no está al mando de un grupo de hombres.

Valentina lo miró con los ojos desorbitados, como si intentase averiguar qué sabía en realidad.

—Hagas lo que hagas —añadió él en voz baja—, no te rindas sin más. Demuéstrale que vales mucho más que todos los mares juntos.

Valentina se quedó allí plantada mirándolo, incapaz de hablar.

Graydon soltó la jarra vacía.

—Discúlpame, pero quiero bailar con mi mujer. —Cogió a Toby de la mano y la apartó de un hombrecillo que parecía lo bastante mayor como para ser su abuelo.

Los invitados a la boda se separaron en dos grupos mientras se preparaban para ejecutar una complicada danza que necesitaba que todos conocieran los pasos. Cuando comenzó a sonar la alegre música, Toby intentó apartarse para ocupar su lugar con el resto de las mujeres, pero Graydon no la soltó.

—Tenemos que... —comenzó ella.

Sin embargo, él la abrazó para empezar a bailar un vals tradicional, un baile que no llegaría a Estados Unidos hasta unos cuantos años después, y la hizo girar por toda la estancia. Todos se detuvieron a mirar los escandalosos movimientos, ya que bailaban casi pegados. Los músicos dejaron de tocar y después intentaron encontrar una melodía que encajara con los pasos de los bailarines. Los invitados se hicieron a un lado para dejarle espacio a la joven pareja.

Graydon y Toby estaban bailando tal como habían hecho antes de la cena, una cena que se les antojaba muy lejana. En otra vida, a siglos de distancia.

Toby cerró los ojos y se entregó a las sensaciones que le provocaba estar entre los brazos de Graydon, bailando con él.

Cuando la música paró, se separaron a regañadientes. Graydon le hizo una reverencia a la que ella respondió con una genuflexión.

Al apartar la mirada el uno del otro, se percataron de lo mucho que habían escandalizado a los invitados, si bien fue algo pasajero. Aunque vivieran en una isla, eran gente de mundo. Sus casas estaban llenas de objetos de todos los rincones del planeta, objetos que habían llevado a casa de sus viajes.

Fue Valentina la primera en aplaudir, seguida de los demás.

Graydon cogió a Toby de la mano y no la soltó mientras la conducía hasta la puerta principal. Ya estaba harto de estar rodeado de gente cuando lo único que quería era estar a solas con ella. Una vez en el exterior, se detuvo para inspirar hondo. ¿Adónde podían ir?

—Me han dicho que *Nunca más al mar* está desierta esta noche. Para nosotros —explicó Toby con voz titubeante—. Pero ¿crees que deberíamos aprovechar esta noche? Al fin y al cabo, no es nuestra en realidad. —Cuando lo miró a la cara, Graydon tenía tal expresión de sorna que se echó a reír.

Fueron hasta la casa cogidos de la mano. Tal como era costumbre que sucediera, la puerta estaba abierta de par en par.

—Si entramos, tal vez volvamos a casa —dijo Toby—. A lo mejor no deberíamos...

La respuesta de Graydon fue cogerla en brazos y cruzar con ella el umbral. Se quedó quieto un momento. En el siglo XXI, la casa estaba casi vacía y parecía vieja y olvidada. Pero en ese momento los rodeaba una casa nueva llena con todo lo necesario para una familia numerosa. Estaba oscuro, pero distinguieron el papel pintado de las paredes, los muebles y los juguetes de madera de los niños esparcidos por el suelo.

—Vamos, Rhett —dijo Toby—, llévame a la cama.

Graydon se echó a reír y la llevó a la planta alta. Al llegar arriba, se percató de que les habían preparado el dormitorio que conectaba con la pequeña biblioteca. Había velas encendidas y flores por todas partes.

Cuando dejó a Toby en el suelo, esta no se resistió a abrir la puerta de la biblioteca. La luz de la luna se colaba por la ventana y le permitió ver que la habitación era tal cual se la había imaginado. Las estanterías estaban llenas de libros encuadernados en piel.

Graydon se colocó detrás de ella.

—¿Qué te parece si escondemos los libros debajo de los tablones del suelo y los rescatamos dentro de doscientos años?

—No sobrevivirían —respondió—. La humedad, el polvo, los ratones... No, nada de esconder cosas. —Se volvió y lo miró a la cara—. No sé cuánto tiempo tenemos antes de que acabe, pero mientras estemos aquí, solo quiero estar contigo. Nada de príncipe y plebeya. Nada de...

Graydon le puso un dedo sobre los labios.

—No vuelvas a decir eso.

—Ya sabes a lo que me refiero.

—Sí, lo sé. —Le acarició la sien y le apartó el pelo de la cara—. ¿Estás segura?

Toby le echó los brazos al cuello y lo besó.

—Segurísima.

Por un instante, la miró en silencio, como si buscara confirmación.

La besó con ternura en la mejilla antes de continuar por su cuello. Le tocó el hombro del vestido con una mano y le deslizó la manga un centímetro. Era muy tierno, muy considerado.

Era agradable, pensó Toby. Le gustaban sus besos, le gustaba estar cerca de él, pero faltaba algo. ¿Dónde estaba el hombre que se había enfrentado a Lavinia y le había dejado las cosas claras? ¿Dónde estaba el hombre que la había vuelto loca durante sus clases de boxeo? ¿¡Dónde estaba la pasión!?

No tuvo que exigir una respuesta. Se debía a su dichosa virginidad, esa que había conservado durante tanto tiempo. En muchas ocasiones, deseaba haberla perdido en el baile de graduación del instituto, como otras muchas chicas. Pero eso era lo que esperaba el chico que la había invitado al baile, de modo que ella fue incapaz de hacerlo y después...

Toby se apartó para mirarlo. Estaba viendo al príncipe Graydon de Lanconia. Tenía un brillo en los ojos, pero su actitud era reservada, como si se estuviera conteniendo, tal vez porque temiera hacerle daño. A veces, pensó, los hombres necesitaban un empujoncito.

Le dio la espalda y se levantó el pelo.

—¿Me harías el favor de desabrocharme el vestido? —le preguntó con exquisita formalidad.

—Sí, por supuesto —contestó él, con el mismo tono.

Toby dejó que el vestido cayera al suelo.

Si algo había aprendido esa semana de la ropa de época era que tal vez pareciera un poco sosa, sin pantalones ajustados ni tops ceñidos, pero lo que iba debajo era digno de una stripper.

Se volvió para mirarlo, para permitirle ver el corsé que Jilly la había ayudado a ponerse. Le levantaba los pechos, dejando al descubierto la parte superior y parte de las areolas rosadas. Su cintura había quedado reducida a una minúscula circunferencia, y por debajo, la enagua de algodón era tan transparente que se podía ver a través de ella. Unas medias de seda blanca le cubrían las piernas hasta medio muslo, sujetas por ligueros con cintas rosas.

Toby tuvo el absoluto y delicioso placer de ver cómo el príncipe Graydon desaparecía por completo. En su lugar había un hombre consumido por la lujuria. Que ella le provocaba.

Graydon no habló, se limitó a agarrarla de la cintura y a levantarla del suelo mientras sus labios se encontraban y su lengua comenzaba a explorar el interior de su boca. Parecía que sus labios y sus dedos la tocaban por todas partes a la vez.

Toby tardó un momento en reaccionar. Sentirlo, sentir lo que le estaba haciendo a su cuerpo, pareció transformarla, de modo que dejó de ser una mujer y se convirtió en un ser poseído por el deseo.

Mientras la besaba, Graydon bajó una mano para acariciarle los muslos. Al ver que ella se quedaba inmóvil en sus brazos, la levantó en volandas y la dejó sobre la cama.

En cuestión de segundos, se había quitado la chaqueta y la holgada camisa blanca. Los años de entrenamiento habían definido los músculos de su torso... además de los de las piernas, enfundadas en unas ajustadas calzas cuya parte inferior quedaba oculta por la caña de las botas de cuero.

—Por fin sé por qué se desmayaban las mujeres durante la Regencia —bromeó Toby, y Graydon correspondió con la misma sonrisa que habría esbozado un libertino.

Graydon tardó un momento en quitarse las botas, tras lo cual se tumbó junto a ella y comenzó a desnudarla muy despacio. Cada vez que le quitaba una prenda, recorría la piel descubierta con los labios. Los ligueros y las medias fueron lo primero en desaparecer, seguidos de cerca por las enaguas, que procedió a bajarle por las piernas para dejar al descubierto sus bragas modernas. Toby pensó que por fin sabía por qué las mujeres no llevaban ropa interior bajo las camisolas y las enaguas. Entre el corsé y los pantalones ajustados de Graydon, habían creado una urgencia que convertía el exceso de ropa en un estorbo indeseable.

Toby recorrió el torso y los brazos de Graydon con las manos, disfrutando de sus duros músculos y de las curvas de su cuerpo: le parecía muy viril mientras que ella se sentía muy femenina. Le pasó las manos por la espalda y las posó sobre su culo, donde acarició sus duros glúteos.

Se atrevió a deslizar una mano hacia la parte delantera de su cuerpo para acariciarlo y Graydon gimió. Había escuchado y visto todo lo que creía que debía saber, pero la realidad era distinta. Le gustaba la reacción que suscitaban sus caricias.

—Toby —susurró él—, no puedo esperar mucho más.

Solo atinó a asentir con la cabeza. Prefería que Graydon no supiera que le daba un poco de miedo lo que estaba por llegar.

Graydon se quitó los pantalones y ella se quedó desnuda de cintura para abajo. Cuando la penetró, puso los ojos como platos por la sorpresa. Había oído muchas historias acerca de lo que dolía la primera vez, pero ella solo sintió placer.

—¿Te hago daño? —preguntó él en un susurro.

—No —contestó—. ¡Oh, es maravilloso!

Graydon se movía muy despacio en su interior. Con tiento al principio, mientras comprobaba si le dolía. Sin embargo, Toby echó la cabeza hacia atrás y se entregó a las profundas y lentas embestidas de Graydon.

Poco a poco, algo en su interior comenzó a reaccionar, instándola a alzar las caderas para que la penetrara más a fondo. Aunque los movimientos le resultaron extraños, Graydon le colocó las manos bajo las nalgas y se las levantó, de modo que pudieran acompasar sus movimientos.

—¡Ah! —exclamó—. ¡Sí, sí! —Abrió los ojos y lo vio sonriéndole, pero después, los ojos de Graydon cambiaron, oscureciéndose, y le enterró la cara en el cuello justo antes de que su cuerpo se tensara. Con un gruñido, cayó sobre ella.

Toby estaba pegada a Graydon, entre sus brazos. Casi había amanecido y una luz azulada se colaba a través de las contraventanas de madera. Habían hecho el amor toda la noche, explorándose, acariciándose y abrazándose. Las semanas que habían pasado juntos con la prohibición de tocarse les habían provocado una insaciable necesidad de abrazarse, de tocarse, de acariciarse... de disfrutar el uno del otro.

Hubo minutos a lo largo de la noche en los que Toby quiso hablar, hacerle preguntas, pero sentir a Graydon borró todas las palabras de su mente. Además, le estaba demostrando otras cosas que hacer con los labios que nada tenían que ver con hablar.

En ese momento, al amanecer, se abrazaban con fuerza. La pregunta de qué pasaría a continuación pendía sobre ellos.

Graydon se separó de ella y salió de la cama para abrir una ventana. La luz casi cegó a Toby, que se cubrió los ojos con un brazo. Miró a través de los dedos y vio a Graydon desnudo. En ese momento, él apartó las mantas de forma que ella también quedó expuesta.

Su primer impulso fue cubrirse, pero no lo hizo. Graydon se sentó en el borde de la cama y ella se quedó quieta mientras la inspeccionaba de los pies a la cabeza. Cuando llegó a su cara, la miró con una sonrisa y después la instó a tumbarse bocabajo con ternura.

Graydon le acarició el cuerpo con las manos y se detuvo en su costado izquierdo. Le acarició las costillas y después se las besó.

—¿Cómo te hiciste esto? —preguntó en voz baja, con tono compasivo.

—Es de nacimiento —contestó ella, desconcertada por su tono. ¿Acaso unas marcas de nacimiento le resultaban repulsivas?

—No es... —comenzó él, pero se interrumpió—. ¿Sientes esto?

Toby se llevó una mano al costado y tocó las marcas de su piel. Se retorció e intentó ver qué tenía.

Graydon se levantó, descolgó un espejito que había en la pared y lo sostuvo de forma que ella pudiera ver las largas y anchas cicatrices que le recorrían el costado.

—Creo que son quemaduras, y muy graves.

Toby se sentó en la cama y se cubrió con la sábana.

—No tengo quemaduras, pero sí una pequeña hilera de marcas rosadas de nacimiento en el costado. Mi padre decía que eran un mapa de islas desconocidas.

Graydon se sentó en el borde del colchón con el espejo en las manos.

—Estás en el cuerpo de Tabby —le recordó en voz baja—. Anoche sentí las cicatrices y me pregunté qué te habría pasado para acabar con semejante recuerdo. Pero no fuiste tú quien soportó el dolor.

La idea de encontrarse en el cuerpo de otra persona era casi más difícil de comprender que la de la posibilidad de viajar en el tiempo. En ese preciso momento, le parecía que Graydon y ella se encontraban en una posada antigua, con una cama muy real... salvo que todo era nuevo. No habían transcurrido doscientos años, de modo que los muebles no tenían esa pátina antigua que los convertía en antigüedades.

—¿Qué me dices de ti? —preguntó Toby—. ¿Algo distinto?

—Creo que no. —En sus ojos apareció un brillo travieso—. Aunque a lo mejor te gustaría comprobarlo.

—Creo que será lo mejor —repuso Toby con solemnidad.

Cuando se inclinó hacia ella, Toby le recorrió los duros abdominales, los hombros y un musculoso brazo.

—No tengo con qué compararte, pero a mí me parece que estás bien. —Lo tocó con ambas manos. Era maravilloso verlo y sentirlo—. ¿Sientes algo distinto?

—No —contestó, y sus ojos se oscurecieron por la pasión cuando se acercó a él. Al percatarse de que el espejo estaba a punto de caerse, Graydon lo cogió y se inclinó un poco para dejarlo sobre la mesita de noche situada junto a la cama.

—¡Ay, Dios! —exclamó Toby con los ojos como platos antes de llevarse una mano a los labios—. ¡Tu espalda!

—¿Tengo cicatrices? —preguntó él, que le dio la espalda por completo.

—Ni una sola cicatriz.

Toby intentaba contener las carcajadas, pero fue superior a sus fuerzas. Graydon volvió a coger el espejo y se lo dio para que lo sostuviera en alto, de forma que él pudiera verse. Toda la parte izquierda de la espalda de Graydon estaba cubierta por un tatuaje magnífico. Era japonés sin lugar a dudas, con colores muy vivos. Se trataba de la imagen de una mujer, con el cabello recogido. Lo raro era que era rubia, con ojos azules.

Graydon se retorció mientras se miraba en el espejo.

—¿Es quien creo que es?

—No puedo asegurarlo, pero diría que soy yo vestida como una geisha.

—Eso me ha parecido —replicó Graydon, que dejó de nuevo el espejo en la mesilla.

Se miraron en silencio un rato antes de echarse a reír.

Graydon se tumbó en la cama junto a Toby y la estrechó entre sus brazos.

—Te aseguro que en la vida real no tengo tatuajes.

—¿Ni siquiera una mariposa en el tobillo? —Toby seguía riéndose.

—Aunque debo admitir que este es increíble, ¿no te parece?

—Y muy halagador. —Lo miró—. Me alegro de haber podido negociar este matrimonio. Cualquier hombre que quiera a una mujer tanto como Garrett quiere a Tabby debería pasar la vida con ella.

De repente, Toby sintió mucho sueño, cosa que tenía sentido, ya que habían pasado despiertos toda la noche.

—Quiero quedarme aquí —dijo Graydon—. Contigo. Quiero la vida que podríamos tener aquí. —Le colocó una mano en la mejilla y la instó a levantar la cabeza. Vio que había cerrado los ojos—. Toby, ¿sabes cuánto te quiero? ¿Tienes idea de lo mucho que me destrozará tener que dejarte? No creo que pueda... —Se interrumpió al darse cuenta de que estaba dormida.

Estuvo a punto de decir más cosas, pero de repente lo abrumó el sueño.

—No —susurró—. No quiero dormir.

Mucho se temía que se despertaría y todo eso desaparecería. Pero fue incapaz de permanecer despierto.

Se durmieron abrazados.

21

Toby se despertó despacio y, en un primer momento, no supo dónde se encontraba. En el exterior era de día, pero puesto que los estores estaban bajados, la habitación permanecía en sombras. Colgado de la percha de la puerta se encontraba el precioso vestido que se había puesto para la cena de la noche anterior, y se alegró al haberse preocupado de colgarlo en condiciones. Clavó la mirada en el techo para recordar la cena. ¡Había sido todo un éxito! Victoria había accedido a que ese fuera el tema para su boda y...

Se incorporó en la cama. ¿De verdad habían ido a Kingsley House y habían destrozado el alféizar acolchado de la ventana? Se frotó los ojos con una mano. Debía de ser uno de sus sueños. Porque también recordaba haber discutido con Graydon sobre algo relacionado con Tabby y Garrett, pero no recordaba exactamente el motivo.

Un poco confundida, tal vez por haber bebido en exceso, se levantó, se duchó y se lavó el pelo. La noche anterior se había puesto laca, espuma y gel fijador en un intento por mantener el recogido en su sitio y quería librarse de los restos. Se puso unos vaqueros y una camisa rosa de algodón y bajó. Tardaría un buen rato en limpiarlo todo después de la cena.

Sin embargo, la casa estaba en perfectas condiciones y no había rastro de la reunión de la noche anterior. Tampoco había rastro de los demás.

En la sala vio una nota de Graydon, colocada junto a un bol de fruta.

Hay yogur en el frigorífico. Estoy fuera. Elige.

«Qué cosa más rara», pensó Toby mientras vertía el yogur sobre la fruta y empezaba a comer. Cualquier que leyera la nota pensaría que entre ellos había algo más de lo que había en realidad. Pero claro, a lo mejor lo raro no era lo que había escrito, sino la nota en sí. Creyó recordar a Graydon escribiendo algo con una pluma. A la luz de una vela. Un documento antiguo... Que no era antiguo. Un hombre diciendo que la tinta aún no estaba seca.

La visión pareció aparecer y desaparecer en segundos, pero no alcanzó a comprender el origen de la misma. Escuchó un estruendo metálico en el exterior y se asomó por la ventana.

Daire y Graydon estaban, como era habitual en ellos, atacándose con los torsos desnudos, cuya piel morena estaba sudorosa por el ejercicio físico. Lorcan los observaba atentamente. Toby estaba a punto de levantar una mano para saludarlos, pero alguien llamó a la puerta y fue a abrir.

Cuando lo hizo, descubrió a su amiga Alix.

Durante los tres primeros minutos solo hubo risas, abrazos y palabras entrecortadas porque hablaban al mismo tiempo. Era la primera vez que Alix visitaba la isla desde su boda.

—¿Te lo has pasado bien? —quiso saber Toby.

—Genial. ¡Todo ha sido fantástico! ¿Me he perdido algo? ¿Sabes algo de Lexie? —quiso saber Alix—. Mi padre dice que tienes unos invitados muy interesantes.

—Ven a verlos. —Toby la cogió del brazo y la acompañó hasta la cocina, más concretamente hasta el ventanal.

En el exterior, los dos apuestos hombres estaban practicando la lucha libre y sus musculosos cuerpos solo estaban cubiertos por unos pantalones anchos de color blanco que parecían correr el riesgo de caérseles en cualquier momento porque eran muy bajos de cintura.

—¿Todas las mañanas ves esta imagen al levantarte? —preguntó Alix—. ¡Es como echarle miel a una tostada!

Toby suspiró.

—Sí. Miel. Kilos y kilos.

—A ver, dime cuál es el tuyo.

Toby se volvió.

—Ninguno. Daire, el más alto, está enamorado de Lorcan. —Señaló a la mujer, que observaba el entrenamiento algo alejada.

—Ni siquiera me había fijado en ella —comentó Alix.

Toby se echó a reír.

—Te entiendo perfectamente. ¿Ves el arriate situado más a la izquierda? Tras él es desde donde mejor se les ve entrenar. Me paso tanto rato regando esas pobres flores que van a acabar muriendo por un exceso de agua. Pero claro, cuando tenemos la impresión de que los hombres pasan de nosotras, Lorcan y yo empezamos a practicar yoga... en concreto las poses invertidas.

Alix miraba a Toby con atención.

—Parece que has formado una familia, pero mi madre me ha dicho que se van todos pronto.

—Sí —confirmó Toby con un deje horrorizado en la voz—. Dentro de unas dos semanas y media Graydon regresará a su país y anunciará su compromiso con otra mujer.

Alix le colocó una mano en el brazo.

—Mi madre dice que Graydon y tú os habéis... —No acabó la frase porque creyó mejor no repetir todo lo que su madre, Victoria, opinaba sobre Graydon y Toby.

«¡Va a romperle el corazón!», había dicho Victoria, furiosa. «Se irá montado en su caballo negro, blandiendo la espada, y dejará a la pobre Toby llorando y destrozada.»

Como su madre solía exagerar a veces, Alix no le había prestado mucha atención a lo que le decía. Pero en ese momento, al ver la cara de Toby, pensó que tal vez su madre llevaba razón.

Miró de nuevo por la ventana y vio que los hombres ya no intentaban matarse el uno al otro y que estaban recogiendo sus equipaciones. Pronto regresarían al interior.

—¿Por qué no nos vamos a hablar a Kingsley House? —sugirió Alix—. Quiero que me cuentes con todo detalle lo que ha pasado mientras he estado fuera. Además, tengo unas cuantas cosas que contarte.

—Tu padre me dijo que has aterrorizado a todo el personal del estudio de Jared.

—Ni hablar —replicó Alix mientras caminaban hacia la puerta principal—. Bueno, a lo mejor un poco.

Ambas rieron hasta llegar a Kingsley House, y solo después de estar en la casa Toby cayó en la cuenta de que no le había dejado una nota a Graydon diciéndole dónde estaba. Tras pensarlo, se encogió de hombros. Al fin y al cabo, lo que había entre ellos no era algo permanente. Eran compañeros de casa y nada más.

—Graydon —dijo Toby por enésima vez—. No sé nada sobre la historia de los tatuajes japoneses. Me alegro mucho de que, en su afán por importar cosas a Estados Unidos, los marineros soportaran en ocasiones el dolor asociado a los tatuajes. Es muy interesante, pero he estado demasiado ocupada como para prestarles atención a los tatuajes.

Lo dijo echando chispas por los ojos, de forma que entendiera que ya estaba harta del comportamiento tan extraño que Graydon había demostrado durante la semana posterior a la cena. Tras haber pasado el día con Alix, Jared y otros amigos, Graydon la recibió como si hubiera estado lejos una semana. La alzó en brazos y la besó de una forma muy íntima.

No le ayudó mucho que los miembros de la familia Kingsley se hubieran pasado el día advirtiéndole de que no debería encariñarse demasiado con Graydon. Como si ella no lo supiera, insistieron en repetirle que se marcharía pronto y que seguramente jamás volvería a verlo.

—Te quedarás desolada cuando se vaya —le dijo Victoria, con una expresión temerosa y a la vez firme.

Sus palabras le recordaron lo que ya sabía, y cuando regresó a casa lo hizo con una firme resolución. La cena los había unido, pero sabía que debía ponerle fin. Sin embargo, fue un contratiempo que Graydon la abrazara nada más entrar en la casa y la besara como si jamás la hubiera besado antes. Hasta entonces, sus besos habían sido comedidos. Agradables, pero no... apasionados. No obstante, el hombre que la recibió en la puerta no parecía el príncipe Graydon, sino otro totalmente distinto. Su amante, fue lo primero que pensó.

La verdad era que si Lorcan y Daire no hubieran estado presentes, todas las palabras de advertencia que había estado escuchando durante el día, todos los malos augurios sobre las consecuencias que tendría enamorarse de Graydon, habrían caído en saco roto. No le cabía la menor duda de que se habría dejado llevar por sus besos hasta el punto de perder la virginidad en la mesa del comedor.

Sin embargo, Lorcan y Daire estaban allí, y ambos los miraron boquiabiertos por la sorpresa, olvidando de momento la reserva típica de los lanconianos.

Fue Daire quien dejó caer un montón de libros, recordándoles que no estaban solos, aunque estaban besándose de forma tan íntima que Toby había levantado una pierna para rodearle la cadera a Graydon.

—¡Déjame en el suelo! —masculló.

—Sí, por supuesto —replicó él—. Después estaremos juntos, en privado.

Se alejó demasiado rápido como para que Toby le dijera que entre ellos no habría nada después, «en privado». Al mirar a Daire, vio que este la observaba con desaprobación.

Avergonzada, subió corriendo a su dormitorio. Tras comprobar que el agua fría en la cara no surtía efecto, decidió darse una ducha helada. Mientras tiritaba bajo el chorro de agua, empezaron las visiones de las manos de Graydon en su cuerpo, de sus manos en el de Graydon. En un momento dado, creyó ver su sonrisa al tiempo que él le prometía que pasaría la vida con ella... justo antes de que le colocara una alianza en el dedo.

Se llevó las manos a la cara y dejó que el agua fría la despejara. ¡Esas ensoñaciones tenían que desaparecer! No podía seguir así. Debía hacer todo lo que estuviera en su mano para detener esas fantasías. Graydon era de otra mujer. ¡No! Era de otro país en cuerpo, mente y alma. Amaba tanto ese lugar que estaba dispuesto a casarse con una mujer a la que no quería, algo que seguramente lo distanciara de su querido hermano. Si Graydon estaba dispuesto a hacer todo eso apoyándose en sus firmes principios, lo ayudaría no complicándole más la vida. No pensaba dificultarle más el momento de separarse... algo que también la beneficiaría a ella.

Además, debía hacerlo para mantener la cordura.

A la mañana siguiente, se había jurado que solo sería amiga de Graydon. La forma de lograrlo era entregándose de lleno al trabajo... y de esa manera a lo mejor detenía las ridículas visiones. Puesto que tenía dos empleos, se entregó a fondo e intentó ocupar su mente con las cosas que debía hacer.

A lo largo de la siguiente semana, pasó mucho tiempo ocupada con el jardín que Jared le había encargado diseñar. No obstante, la primera vez que lo vio a solas, tuvo una visión del jardín de la casa *Más allá del tiempo*. Fue incapaz de imaginarlo al completo, y tuvo la impresión de que faltaba un árbol enorme. Pensó en preguntarle al señor Huntley si sabía algo sobre dicho jardín, pero decidió que era mejor dejar el tema aparcado. La casa no era suya y, la verdad, tampoco tenía el menor deseo de poner un pie en ella otra vez.

Además del jardín, estaba muy ocupada con la boda de Victoria. Ya que por fin tenía un tema, podía empezar a hacer planes. Día tras día, añadía más cosas que hacer a la lista de pendientes.

Una noche, estaba ocupada diseñando unos arreglos florales fieles al estilo de la época cuando escuchó que Graydon decía:

—Es una lástima que te esfuerces tanto en lograr detalles reales cuando los únicos que irán de época serán los novios. Tal vez deberías extender el vestuario a todos los invitados.

Toby miró la lista de invitados que le había dado Victoria. Había algunas personas muy famosas en ella, sobre todo escritores.

—¿Cómo vamos a pedirles que se disfracen? En este país, la gente no está acostumbrada a esas cosas.

—Si estuviéramos en el mío, me limitaría a ordenárselo —comentó Graydon—. Si quieren asistir a un baile en palacio, tienen que vestirse como se les indique.

—Eso sucedía cuando eras un príncipe —replicó ella con la vista clavada en el ordenador portátil, de modo que no vio las sonrisas que intercambiaron Daire y Lorcan.

Graydon cogió su teléfono.

—Creo que deberíamos preguntarle a la reina estadounidense cómo conseguir que los invitados se disfracen.

—Victoria —dijo Toby, y Graydon asintió con la cabeza.

Tras ofrecerle el móvil, Toby tecleó un mensaje de texto que procedió a enviar.

¿Cómo conseguimos que nuestros invitados se vistan de época?

Al cabo de un minuto, le llegó la respuesta de Victoria:

Ofréceles premios. Son tan competitivos que serían capaces de matar con tal de ganar.

—Me parece una buena idea —comentó Graydon—. ¿Encargamos que hagan medallas para los ganadores?

—¿Y si el premio es un baile con un príncipe? —sugirió Toby.

A Graydon le brillaron los ojos.

—Veré si Rory puede venir.

Entre carcajadas, Toby volvió al trabajo, perdiéndose de nuevo la mirada que intercambiaron Daire y Lorcan.

Toby comprobó que la gente respondía tal cual Victoria había vaticinado cuando se vio abrumada por las llamadas de teléfono. Todos los escritores querían saber qué iban a ponerse los demás. Decían que lo hacían para no repetir. Victoria afirmaba que se debía al afán por eclipsar a los otros. Además, le explicó que los autores que ocupaban el segundo lugar en la lista de los más vendidos del *New York Times* querían asegurarse de que sus disfraces eran más ostentosos que los de los escritores que habían alcanzado el número uno.

—Pero la sencillez era una premisa en el estilo de la Regencia inglesa —le recordó Toby.

—Eso se lo dices a los que ocupan el tercer puesto en la lista —replicó Victoria.

Entre el jardín y la boda, Toby estaba sobrecargada de trabajo. Lorcan la ayudaba tanto que pronto se convirtió en su asistente oficiosa. A Toby le encantaba escucharla hablar por teléfono con los famosos colegas escritores de Victoria. Lorcan era una mujer pragmática que no se deshacía en halagos y que iba directa al grano. Animó el afán competitivo al describir al detalle el vestuario, desde las perlas cosidas a mano hasta los zapatos con hebillas adornadas por brillantes. Cuando colgaba, miraba a Toby con una sonrisa traviesa. ¡Al parecer la boda de Victoria iba a ser rutilante!

Toby se lo contó todo a Victoria a través de los mensajes de correo electrónico, ya que ella estaba muy ocupada acabando de escribir su última novela, que narraba las desventuras de Valentina Montgomery Kingsley.

—¿Llora mientras escribe? —le preguntó Graydon durante la cena.

Al principio, Toby pensó que estaba bromeando, pero no era así. Lo había preguntado con una expresión muy seria.

—No lo sé —respondió—. Pero le preguntaré a Alix.

—¿Cómo te has enterado de eso? —replicó Alix a través del teléfono—. Las últimas tres veces que he hablado con mi madre me ha dicho que ha llorado mientras escribía. Dice que tiene la impresión de haber experimentado todo lo que cuenta en el libro y que el proceso le resulta muy doloroso. —Soltó un pequeño suspiro exasperado—. Claro que a su editora le encanta. Según ella, si los escritores lloran, los lectores lloran, y las lágrimas venden libros.

—Un poco cruel —comentó Toby—, pero comprensible. ¿Qué planes tenéis Jared y tú?

En ese momento fue cuando Alix soltó la bomba de que Victoria quería que Toby diseñara el vestido de novia.

—No —se negó, tajante—. Eso es trabajo de la novia, no mío.

—Es una buena forma de empezar —le aseguró Alix—. Pero te apuesto una cena en Languedoc a que ganará mi madre.

—Acepto la apuesta —dijo Toby—. Planear una boda para otra persona tiene unos límites.

Victoria resultó la ganadora.

Unos días después de esa cena, Victoria llamó a Toby y le dijo que quería «tratar el tema» de su vestido de novia.

—Estoy segura de que es algo que te gustaría hacer a ti —replicó Toby con la voz más firme que fue capaz de encontrar.

—Me encantaría hacerlo —le aseguró Victoria—, pero voy muy retrasada con los plazos de entrega porque he tardado mucho en hacerme con el diario de Valentina. Mis lectores nunca han tenido que esperar tanto entre libro y libro, y además dado el panorama económico no puedo dejar de trabajar, ¿no crees?

No querrás que millones de lectores de todo el mundo se lleven una desilusión, ¿verdad?

—Supongo que no —contestó Toby—. Pero ¿cómo voy a elegir tu vestido de novia? —Había enarcado tanto las cejas que casi le llegaban al nacimiento del pelo.

Victoria no titubeó.

—Mándame fotos de vestidos de la época y elegiré uno. Después, Martha y sus maravillosas costureras lo confeccionarán.

—¿Martha? —dijo Toby—. ¿Te refieres a... Martha Stewart?

—¡Por Dios, no! Me refiero a la verdadera Martha. A Martha Pullen. La Reina de la Aguja. Tiene todas mis medidas y es capaz de confeccionar cualquier cosa. Tengo que dejarte. Envíame algunas fotos hoy. —Y colgó.

Toby cortó la llamada y miró a Lorcan, que ya estaba buscando en Internet. Había encontrado la página web de Martha Pullen, llena de detalles históricos, de productos y de prendas de ropa exquisitamente confeccionadas.

—Ahora solo tenemos que encontrar un vestido precioso que enamore a Victoria —dijo Toby.

Una hora después y gracias al uso de dos portátiles, habían encontrado imágenes de veintidós vestidos de época, todos ellos arrebatadores, sacadas de las páginas webs de distintos museos.

—Allá vamos —dijo Toby mientras guardaba las imágenes en una memoria usb. Después se las enviaría a Victoria.

—Apuesto por el verde —dijo Graydon.

—En ese caso, yo elijo el azul —replicó ella.

—El de las cintas rojas —eligió Daire.

—El blanco por aquello de la pureza virginal —fue la elección de Lorcan, y todos la miraron un instante antes de estallar en carcajadas.

En definitiva, fue una semana agradable, salvo por dos cosas. Toby siguió teniendo visiones esporádicas de Graydon y ella juntos, y Graydon mostró ciertos comportamientos extraños.

A veces, lo miraba y lo veía vestido al estilo de la Regencia. Aunque lo había visto vestido de esa manera durante la cena y la ropa le sentaba estupendamente, en sus visiones lo veía de otra forma. En vez de llevar los elegantes zapatos que usó para la cena, llevaba unas botas altas de cuero. Y la ropa no parecía un disfraz, sino un atuendo que estaba acostumbrado a usar. Una noche estaba de pie junto a la chimenea y de repente Toby lo vio en mangas de camisa, con las calzas ajustadas y las botas altas. La imagen le resultó tan erótica que empezó a darle vueltas la cabeza.

También hubo otras visiones de comida, de una cama enorme cubierta de pétalos de rosas, de hileras de libros encuadernados en cuero y escuchó que Graydon preguntaba:

—¿Qué te parece si escondemos los libros debajo de los tablones del suelo y los rescatamos dentro de doscientos años?

Una mañana, después de despertarse, extendió una mano para tocar a Graydon y se llevó una desilusión al ver que no estaba a su lado en la cama.

Mantuvo las visiones en secreto. No les habló de ellas a Graydon ni a Alix. Tampoco comentó el tema con Lexie cuando habló con ella por teléfono. Pero claro, Lexie solo hablaba de Roger Plymouth y de todas las cosas que estaban haciendo durante su aventura.

—Pensaba que insistiría en alojarse en hoteles de cinco estrellas —comentó Lexie—, y que allí estaría yo, con los vaqueros y la camiseta, con pintas de ser una desastrada turista estadounidense. Pero nos alojamos en establecimientos que solo tienen tres o cuatro habitaciones y en los que la comida es casera y los productos, cultivados por los dueños. ¡Es maravilloso! Pero cuéntame, ¿qué tal te va? ¿Ya te has acostado con él?

—Sí, pero no ha habido sexo —contestó ella—. ¿Y tú?

Al ver que Lexie titubeaba, Toby jadeó.

—Te has acostado con él, ¿a que sí?

—Sucedió sin más —adujo Lexie—. Demasiado vino a la luz de la luna. Pero solo fue sexo, no hubo amor. ¿Y tú?

—Creo que mi problema es justo el contrario. Hay amor, pero no sexo.

—¡Uf! —exclamó Lexie—. Cuéntamelo todo.

—Todavía no —se negó—. Algún día.

Y colgaron haciéndose promesas la una a la otra.

A las visiones se sumaba la extrañeza que le provocaba el singular comportamiento de Graydon. Un día la invitó a dar un paseo y la llevó a Nantucket, a una iglesia que ella había decorado para varias bodas. Al principio, pensó que Graydon quería ver el precioso edificio, pero no. Quería que se imaginara la iglesia tal cual debía de ser en 1806.

Toby no entendía el motivo. Puesto que era el año en el que se estaba inspirando para organizar la boda, pensó que se debía a eso.

—Victoria quiere casarse en la capilla diseñada por Alix, no aquí.

Graydon soltó un hondo suspiro, como si lo hubiera desilusionado, y la llevó a almorzar.

A lo largo de la semana, interpretó piezas musicales que parecían antiguas, cocinó platos inusuales y aseguró que debería dejar el mar para dirigir la familia Kingsley. Le había preguntado cuál era la razón por la que las mujeres de la época de la Regencia se desmayaban. Había encargado un libro enorme con ilustraciones de tatuajes japoneses y le pidió que lo ojeara con él.

El sábado estaba ya tan harta de su extraño comportamiento que organizó un paseo en embarcación alrededor de la isla con Lorcan y Daire, a sabiendas de que Graydon tenía asuntos que tratar en Lanconia y no podría acompañarlos. La entusiasta respuesta de ambos le hizo pensar que ellos también se alegraban de alejarse de Graydon.

Salieron por la mañana temprano, casi a la carrera, dejando atrás a un príncipe entristecido.

Graydon sabía que se estaba esforzando demasiado para que Toby recordara el tiempo que pasaron juntos. Y también sabía que no debería hacerlo. Era mejor que no lo recordara. Era mejor que no sufriera lo que él estaba sufriendo, ya que todos los días lo torturaban las nítidas imágenes de su pasado en común.

Al principio, intentó convencerse de que todo había sido un sueño. Un producto de su imaginación. Llevaba tanto tiempo deseando a Toby que lo lógico era que soñara con ella. Y dado que estaban ocupados planificando una boda de época, resultaba comprensible que soñara con mujeres ataviadas con vestidos casi transparentes. Puesto que Toby no lo recordaba, todo era fruto de su fantasía.

Sin embargo, en el fondo no acababa de creérselo. En el fondo albergaba la certeza de que todo lo que guardaba en la memoria había sucedido de verdad. Pero ¿cómo podía demostrarlo?

El primer día después de la cena de época, esperó a que Toby se despertara. Había imaginado que ella se acurrucaría entre sus brazos y... En fin, le diría que lo quería.

Pero se le pegaron tanto las sábanas, que él se vio obligado a ejercitarse con Daire para librarse del exceso de energía acumulada. Mientras sudaba en el exterior, Toby se levantó y huyó con Alix. Puesto que no le había dejado ninguna nota, su tía Jilly pasó por casa y le dijo dónde estaba Toby.

—Todo el mundo está preocupado por ella —le aseguró Jilly—. Creen que está demasiado unida a ti y que tu partida la dejará destrozada.

Graydon abrió la boca para defenderse, pero ¿cómo iba a hacerlo? ¿Esgrimiendo la historia de que había viajado al pasado con Toby? ¿Admitiendo que habían sido los momentos más felices de su vida y que quería regresar a una época en la que el barbero hacía las veces de dentista y unos supuestos médicos sangraban a sus pacientes para librarlos de los «malos humores»?

Sin embargo, tenía claro que regresaría al pasado sin dudar. Sin titubear. Y esa vehemencia lo asustaba. Antes de conocer a

Toby habría asegurado que era un hombre feliz. Tenía todo lo que podía desear. Pero a esas alturas... cada vez estaba más insatisfecho con su vida, con su futuro.

El primer día después de que pasaran la noche juntos, esperó impaciente el regreso de Toby. Intentó mantener la mente ocupada con los asuntos pendientes que tenía en Lanconia, pero fue incapaz. En un momento dado, Rory le echó en cara que parecía haber olvidado lo que significaba trabajar los siete días de la semana, las veinticuatro horas del día.

—Tú has conseguido las vacaciones y yo, el trabajo —concluyó, y le colgó.

Por regla general, el enfado de Rory lo habría molestado. Lo habría llamado para disculparse y se habría concentrado por entero en las necesidades de su país. Pero no lo hizo. En cambio, salió al jardín para regar las plantas del invernadero y los arriates. Toby era lo único que tenía en mente. Su regreso y lo que dirían sobre lo que había pasado entre ellos. Sobre la noche que habían pasado juntos.

Pasó cada segundo de ese día rememorando todo lo acontecido la noche anterior entre ellos. Rememoró cada minuto, cada palabra, cada caricia.

Cuando Toby volvió, estaba muerto de la preocupación. Había planeado pedirle con educación que lo acompañara a la planta alta para poder hablar en privado, pero no fue eso lo que sucedió.

Cuando la vio, lo abandonaron tanto los buenos modales como el comedimiento y la abrazó al instante. Parecía que habían pasado meses desde la última vez que la había tocado y nada le parecía suficiente. No sabía qué habría hecho si Daire no hubiera dejado caer un montón de libros al suelo. El estruendo resultante lo sobresaltó lo bastante como para que soltara a Toby.

Se alejó de ella para mirarlos a todos a los ojos. Lorcan estaba atónita; Daire, disgustado; y Toby lo observaba como si no

303

lo hubiera visto jamás. En ese momento, comprendió que no recordaba lo que había sucedido entre ellos.

A lo largo de la siguiente semana, hizo todo lo que estuvo en su mano para ayudarla a recordar. Había buscado en Internet hasta dar con la música que había escuchado aquella noche. Había preparado la comida tal como la degustaron, había contado una y otra vez la historia de Tabby y de Silas Osborne, y había reiterado que habría sido mucho mejor que se casara con Garrett Kingsley. Había repetido parte de sus conversaciones. Había hecho bocetos de las escenas, de la gente, incluyendo la boda, y se los había mostrado a Toby. Incluso la había invitado a pasear hasta la misma iglesia, pero la imagen no despertó el menor recuerdo en ella. Ni tampoco lo hizo una visita a Kingsley House. El único obstáculo lo encontró cuando le propuso acompañarlo a *Más allá del tiempo*. Toby se negó a poner un pie en la casa.

Claro que tampoco importaba, ya que no recordaba absolutamente nada. Miraba cualquier cosa que le enseñara, escuchaba lo que le decía y probaba todo lo que le ofrecía, pero nada parecía despertar sus recuerdos.

Al final de la semana, Graydon empezó a pensar que todo había sido un sueño.

Empezaba a relajarse y era capaz de bromear con Toby sobre todo el trabajo que le daba Victoria.

El sábado por la tarde Jared los visitó para decirles que Alix y él se marchaban, pero Graydon estaba solo en la casa. Daire, Lorcan y Toby habían salido a dar un paseo en embarcación alrededor de la isla. Daire nunca se había subido a un barco, y las mujeres le habían tomado el pelo diciéndole que una ballena pasaría por debajo y volcaría la embarcación.

—He oído que se comen a la gente —añadió Toby con expresión seria—. A modo de venganza por haberlas pescado con arpón.

Lorcan solo se había subido a un barco en una ocasión, pero colaboró con las bromas de Toby. Graydon se vio obligado a quedarse en la casa porque un empresario estadounidense estaba interesado en abrir una fábrica de calzado en Lanconia y se estaban llevando a cabo las conversaciones. Graydon había participado en las negociaciones previas y debía estar presente para contestar cualquier duda que pudiera surgir y que Rory le transmitiría, ya fuera sobre los materiales o sobre el trabajo.

Jared llamó a la puerta justo cuando Graydon colgaba el teléfono tras haber hablado cuatro veces con su hermano, y su interrupción supuso un alivio.

—Alix y yo debemos volver a Nueva York —anunció— y quería ver si todo va bien por aquí. —Miró a Graydon de arriba abajo, como si intentara descubrir qué hacía en Nantucket y si estaba tratando dc destrozarle el corazón a Toby de forma deliberada.

Graydon le ofreció una cerveza, y ambos salieron al exterior.

—¿Cómo vais Toby y tú? —le preguntó Jared a bocajarro.

—Genial. Estoy enamorado de ella, pero me ve como si fuera su mejor amiga. Me pide opinión sobre diseños de vestidos de novia; me pregunta si me gustan las rosas amarillas o las rosas. Si la beso, me regaña.

—¿Ah, sí? —replicó Jared, cuya exprcsión se relajó un poco.

—Creo que cuando nos marchemos, lo haremos con lágrimas en los ojos, y que Toby se alegrará de recuperar su casa.

Jared sonrió y bebió un sorbo de cerveza.

Graydon sabía que lo que estaba diciendo no era la estricta verdad, pero tampoco era una mentira. Tal vez estaba expresando en voz alta lo que llevaba sintiendo los últimos días.

—¿Cuándo os marcháis? —preguntó Jared.

Graydon dio un respingo al escuchar el tono de voz de su primo. No estaba acostumbrado a que la gente quisiera librarse de él.

—Dentro de una semana y media —respondió.

Aunque Jared no dijo «Bien», su mirada lo traicionó.

Al regresar al interior de la casa, Graydon recordó de repente que había hablado con la joven Alix, o más bien Ali, sobre sus diseños arquitectónicos.

—¿Hay en tu casa un retrato de una joven de unos veintitrés años, con un marco voluminoso?

—Sí, lo hay. Es uno de los cuadros que están en el ático. Mi abuelo quería colgarlo abajo, pero las mujeres decían que el marco era demasiado recargado y muy feo, así que siempre ha estado oculto. ¿Cómo es que sabes de su existencia?

Graydon se vio obligado a esgrimir una mentira.

—El señor Huntley...

—No digas más —lo interrumpió Jared—. Si quieres verlo, Toby tiene una llave de la casa. Eres libre para ir cuando quieras. No he visto el cuadro desde que era pequeño. La última vez, estaba en la pared del fondo y seguramente estará detrás de un montón de chismes. El ático está muy mal iluminado, así que si quieres traerte el retrato aquí, hazlo sin problemas. La verdad es que me gustaría verlo de nuevo.

—Gracias —replicó Graydon.

Tras despedirse, Graydon observó alejarse a Jared, que tomó el camino hacia Kingsley House.

El domingo por la mañana, las mujeres fueron a misa. Graydon se excusó aduciendo que tenía trabajo que hacer y convenció a Daire de que se quedara con él. Su plan era registrar el ático de Kingsley House.

22

Cuando Toby y Lorcan volvieron de la iglesia, Daire y Graydon estaban en el salón familiar, contemplando un bulto enorme cubierto por una sábana y apoyado contra la pared.

—¿Qué es eso? —preguntó Toby.

—Uno de los antepasados de Jared —contestó Daire, que procedió a explicar que habían pasado toda la mañana en el ático de Kingsley House, armados con linternas en busca del retrato—. Hemos tenido que mover cajas pesadas, muebles viejos, una enorme jaula y... —Miró a Graydon.

—Y lo que parecía ser una caja llena de cabezas reducidas —siguió Graydon—, pero no nos hemos parado a verificarlo.

Movida por la curiosidad, Toby se acercó a él.

—¿Buscabais algo concreto o solo estabais explorando?

—Intentábamos encontrar el retrato de Alisa Kendricks Kingsley y creo que es este.

—Ali —susurró Toby—. La niña de mi sueño. Pero ¿qué te hace pensar que mandó pintar su retrato y que ha estado guardado en el ático de los Kingsley?

—Le dije que lo hiciera, y puesto que el señor Huntley comentó que su marido y ella nunca han recibido el mérito que les corresponde por haber diseñado las casas de la isla, le pedí que dejara en el interior del retrato una prueba de la autoría de las mismas.

Lorcan y Daire lo miraban extrañados, y Toby se quedó boquiabierta por el asombro.

—¿Cuándo la has visto? —preguntó con un hilo de voz.

—La noche de la cena tuve un sueño. —Graydon lo dijo como si la cuestión no tuviera importancia alguna—. ¿Qué os parece si le echamos un vistazo a lo que hemos encontrado? —Asintió con la cabeza dirigiéndose a Daire, que cogió el otro extremo de la amarillenta y polvorienta sábana, y descubrieron el retrato.

Era la imagen de una joven, pintada al estilo naif, seguramente por algún pintor itinerante de los muchos que viajaban por Estados Unidos haciendo retratos de aquellos que pudieran pagarlos. Las tablas que había usado como base para el retrato estaban ligeramente combadas, pero no hasta el punto de desfigurar la belleza de la joven, con su pelo rubio dorado y sus ojos verde azulados. El marco, sin embargo, era demasiado voluminoso para el tamaño del retrato y casi lo engullía. Tallado con roble oscuro, impedía que la luz llegara al rostro de la chica.

—Se parece a tu amiga —comentó Lorcan.

—Alix. —Toby estaba mirando a Graydon, que no le había mencionado nada sobre un sueño donde había conocido a la pequeña Ali.

Aunque tal vez lo hubiera hecho de una forma retorcida. ¿Sería dicho sueño el origen de todos sus comentarios sobre tatuajes, iglesias y recetas antiguas?

Graydon no la miró. De haberlo hecho, seguramente ella le habría preguntado por el sueño. ¿Estaba ella presente? ¿Por qué no le había hablado de eso? Lo miró, pero él se negó a enfrentar su mirada.

Toby observó a los hombres mientras estos le daban la vuelta al retrato para examinar la parte posterior del enorme marco. Por extraño que pareciera, por detrás era tan recargado como por delante. Todo estaba cubierto por hojas y pámpanos, además de capullos de flores que asomaban entre los anteriores.

Graydon pasó una mano por los bordes, como si buscara algo.

Fuera lo que fuera, no pareció encontrarlo. Aunque en ese momento, un rayo de luz iluminó el marco, y Toby, que hasta ese momento se encontraba a cierta distancia, logró apreciar mejor el diseño.

—Creo que hay partes de la madera que antes estaban pintadas, o tal vez teñidas.

Cuando Graydon se acercó, comprendió a qué se refería. Algunos capullos parecían tener un tono rojizo. Era difícil distinguir el color en una madera que tenía doscientos años de antigüedad, pero allí estaba.

Graydon se arrodilló, atrapó un capullo entre los dedos y lo retorció. Se movió. Apenas unos milímetros, pero se movió. Necesitó girarlo tres veces más para que apareciera una abertura donde encontraron un fajo de papeles enrollados. Los sacó y se los dio a Toby.

Ella los aceptó en la palma de la mano.

—A lo mejor deberíamos llevarle esto al señor Huntley, para que los conservadores del museo los examinen.

Graydon era de un país mucho más antiguo. Unos documentos con doscientos años de antigüedad no lo impresionaban en absoluto. Cogió los papeles y los desenrolló. Eran tres pliegos de papel grueso, posiblemente fabricado con lino. Dos de ellos contenían una carta, escrita con una letra pequeña, obviamente caligrafiada con una pluma. El tercero contenía bocetos de casas.

Cuando Toby acabó de mirar los papeles, comprobó que Graydon había sacado más del interior del marco.

—Esta es la prueba de que Alisa diseñó las casas y de que el primer Jared las construyó —dijo Toby—. Al señor Huntley le gustará mucho esto.

—¡Un momento! —exclamó Daire—. Hay otro. —En la esquina superior derecha había una florecilla diminuta que parecía haber sido azul en el pasado—. No logro mover esta —comentó mientras se apartaba.

Graydon tuvo que intentarlo varias veces. Giró, tiró y empujó la florecilla azul sin éxito. Estaba a punto de darse por vencido cuando se abrió una portezuela alargada y delgada. En su interior había un papel enrollado con tanto esmero que abultaba como un lápiz. Graydon lo abrió y su rostro perdió todo el color. Durante un instante ni siquiera pudo moverse.

Daire miró por encima de su hombro y abrió los ojos de par en par.

—¿Qué es? —quiso saber Toby.

—El retrato de una niña —contestó Daire, que miró a Graydon, sorprendido por la reacción de este.

—Creo que es japonesa —comentó Lorcan—, aunque tiene el pelo rubio. —Los tres miraron a Toby.

—¿Qué pasa?

Graydon le entregó el papel a Lorcan y después se marchó. Escucharon cómo cerraba la puerta al salir.

Toby le quitó el papel a Lorcan. A esas alturas, el pliego había vuelto a enrollarse, de modo que se sentó en el sofá para estirarlo sobre la mesa. Desenrolló una parte, sin comprender lo que estaba viendo. Una acuarela, magníficamente dibujada, de lo que parecía una geisha japonesa, aunque tenía los ojos azules y el pelo rubio. Y la mujer se parecía a ella. Junto al dibujo había unas marcas. Cuando desenrolló la parte superior, vio el dibujo de la espalda de un hombre.

—Es un tatuaje —dijo, mirando a Daire y a Lorcan.

No pudo evitar preguntarse si eso tenía algo que ver con el hecho de que Graydon le hubiera enseñado imágenes de tatuajes japoneses.

—Mira el resto —sugirió Daire mientras sostenía la parte inferior del alargado papel.

Era la cara de Graydon. Sonriendo y mirando con una sonrisa al artista. Era Graydon quien tenía en la espalda el tatuaje de Toby vestida de geisha.

—Lo recuerdo —susurró Toby. No pudo decir más. Lo recordó todo. Cada segundo. Cada palabra. Cada sabor y cada olor. Cada persona. Cada pensamiento—. Nos casamos —dijo con la voz trémula por la emoción. Miró a Daire y a Lorcan—. Nos casamos. Creo que...

No dijo más porque la sangre pareció abandonarla de repente.

Daire la atrapó antes de que se cayera al suelo. La dejó en el sofá, con la cabeza apoyada en un cojín.

—Ve en busca de Graydon —le dijo a Lorcan.

Ella lo obedeció sin titubear y recorrió la distancia que la separaba de la puerta trasera en apenas dos zancadas, gracias a sus largas piernas. Acto seguido, llamó a voces a Graydon para que regresara.

Graydon estaba en el invernadero, pero al escuchar los gritos de Lorcan, echó a correr. Pasó a su lado sin detenerse, entró en la casa y llegó al salón familiar, donde vio a Toby en el sofá, con Daire a su lado.

Nada más ver a Graydon, Daire se apartó y él ocupó su lugar.

—Llama a una ambulancia —ordenó.

—No —dijo Toby con un hilo de voz mientras trataba de abrir los ojos, aunque la verdad era que casi temía mirar a Graydon. Su mente estaba llena de imágenes. Su madre amenazando a Graydon... a Garrett, y él plantándole cara.

¡Y la noche! Caricias, besos, manos y bocas. ¡Lo había sentido en su interior! Recordó cada detalle de esa noche.

Graydon le puso una mano en la frente como si estuviera comprobando su temperatura.

—Toby —susurró—, no pasa nada. No éramos nosotros en realidad.

No supo si sus palabras la reconfortaban o empeoraban lo que sentía.

Al ver que Graydon se levantaba la camisa, Daire y Lorcan abandonaron la estancia. No sabían lo que estaba pasando, pero era evidente que se trataba de un asunto íntimo.

Graydon se volvió para que Toby le viera la espalda desnuda.

—Abre los ojos y mírame. Soy Graydon, no Garrett. Y tú eres Carpathia, no Tabitha.

Toby abrió los ojos despacio y vio la espalda desnuda de Graydon. Vio su piel morena y sus fuertes músculos. No había marcas de ningún tipo.

De forma titubeante, Toby extendió una mano y lo tocó. Él contuvo el aliento, si bien no se movió. Toby le pasó la mano por el costado mientras recordaba al detalle la última vez que acarició el tatuaje que había en ese lugar. Pero también recordaba haber besado su piel justo antes de que él se diera media vuelta para abrazarla y hacerle el amor.

De repente, Toby se incorporó y lo abrazó, apoyando una mejilla contra su espalda desnuda.

—Fue maravilloso. En su momento no quise marcharme y ahora me gustaría no haber recordado que estuve allí.

Las manos de Toby descansaban sobre el abdomen de Graydon, y él las cubrió con las suyas. No se atrevió a volverse porque sabía que la abrazaría y se acostaría con ella en el sofá. Había ansiado con todas sus fuerzas que ella recordara lo que habían vivido juntos, pero en ese instante comprendía que Toby también compartía su sufrimiento. Habría sido mejor que no lo recordara jamás.

—Estabas intentando hacerme recordar, ¿verdad?

—Sí, pero no debería haberlo hecho. Toby —dijo con la voz rebosante de emoción por lo que había sentido y por lo que sabía que iba a sentir—, mi vida en este siglo es distinta y no puedo quedarme aquí.

—Lo sé. —Empezó a llorar y sabía que le estaba mojando la espalda—. Lo sé todo, pero... —No quería expresar lo que sentía.

—Dime que estarás bien después de que me marche. Prométeme que estarás bien, que tu salud no se resentirá.

—¿Y que me enamoraré de otro hombre?

Por un instante, Graydon le dio un apretón en las manos y después se volvió para abrazarla con tanta fuerza que Toby apenas era capaz de respirar.

—Enviaré a la guardia real para que lo ejecuten.

Toby lo abrazaba con todas sus fuerzas, con la cara pegada a su pecho desnudo.

—Iré a Maine y elegiré a uno de tus primos Montgomery.

Graydon no se rio, se limitó a acariciarle el pelo.

—No podrían quererte tanto como yo.

Semejante afirmación hizo que sus lágrimas cayeran sin control. No estaba sollozando, lloraba en silencio.

—¿No podrías quedarte y...?

Dejó el resto de la pregunta en el aire, pero Graydon la entendió sin problemas. No podía renunciar a sus derechos sucesorios y cederle el trono a su hermano. Además, esas semanas que había pasado en Estados Unidos habían demostrado lo mal preparado que estaba Rory para realizar ese trabajo... y lo poco que le gustaba. A diferencia de Graydon, Rory no había sido educado para sobrevivir al estricto protocolo diario, a la monotonía del cargo y al hecho de ser una figura pública más que una persona. Y después estaba Danna y los intereses del padre de esta en el país.

—No —susurró él—. No puedo quedarme. Debo regresar a mi hogar. Es lo que soy.

Graydon sabía que no podía seguir abrazándola. Cada vez recordaba más detalles de la noche que habían pasado juntos. En ese momento necesitaba que sucediera algo bueno, necesitaba un poco de felicidad en sus vidas.

Sonrió y la apartó de su cuerpo para mirarla. Tenía los ojos llenos de lágrimas y quería secárselas a besos, pero eso echaría por tierra el propósito.

—¿Te das cuenta de lo que hicimos?

—¿Te refieres a que perdí la virginidad aunque seguramente la conserve? —Sacó un pañuelo de papel de la caja que descansaba en la mesa—. A lo mejor es una enfermedad incurable. ¿Crees que habrá alguna pastilla que solucione mi problema?

Graydon no pudo contener la carcajada mientras le tomaba la cara entre las manos para besarla en los párpados.

—¿Crees que soy demasiado viejo para convertirme en farmacéutico?

—¡No me hagas reír! Todo esto es horrible. Tú y yo y que no podamos... —Estaba a punto de echarse a llorar de nuevo.

—Toby, cariño, amor mío, conseguimos cambiar la historia. ¿No te das cuenta de que lo cambiamos todo? Tabby se casó con el hombre que quería, no con ese tendero bajo y gordo, sino con un capitán de barco fuerte y guapo y...

—Que era un marinero espantoso —añadió Toby mientras se sonaba la nariz—. ¿Qué pasó con ellos al final?

—No he buscado su historia porque estaba esperando a que me recordaras... algo que pensaba que jamás sucedería. —La tomó de la mano, la instó a levantarse y se encaminó hacia la cocina—. No entiendo cómo es posible que hayas olvidado tantas cosas. —Sacó una bolsa de pescado del frigorífico y otra de zanahorias, que le pasó a Toby.

A esas alturas, ella comenzaba a recuperarse. Graydon había hecho bien al intentar aligerar el momento. Había dos opciones: podía echarse a llorar por la inminente separación o podía disfrutar al máximo del tiempo que les quedaba juntos.

—Bueno, no sé, no sucedió nada trascendental como para recordarlo —replicó con tono guasón, aunque Graydon no sonrió.

—¿Tu madre es igual a como lo era entonces? —le preguntó en voz baja.

—Sí —contestó ella mientras pelaba las zanahorias—. Siempre la he decepcionado. —Lo miró—. A lo mejor todo está relacionado con lo que sucedió en el pasado.

Graydon colocó los filetes de pescado en una fuente para el horno y los sazonó.

—Eso es lo que me intrigaba. Garrett iba a dejar de navegar y a quedarse en casa para encargarse del futuro de los Kingsley. Si hizo un buen trabajo, ¿no serían las cosas distintas ahora? Y si fue capaz de demostrarle a tu madre que estaba equivocada, tal vez ahora mismo tendrías otros recuerdos de ella.

—A lo mejor si pudiera interpretarlos de otro modo —reconoció ella—. Pero mi madre siempre se ha mostrado frenética y preocupada por el hecho de tener que cuidarme. Jamás ha pensado que soy capaz de cuidarme yo sola.

—La misma actitud que demostraba Lavinia —señaló Graydon, que guardó la bolsa de filetes en el frigorífico y empezó a pelar las patatas.

—¿Por qué has fruncido el ceño? —quiso saber ella.

Graydon no quería responder a la pregunta porque en el fondo de su corazón sabía que algo iba mal. Aunque desconocía lo que era, la sensación no lo abandonaba.

—A lo mejor solo fue un sueño y ambos nos lo imaginamos todo.

Toby estaba analizando lo que él había dicho sobre haber cambiado la historia.

—Creo que mañana debemos ir a ver al señor Huntley para preguntarle sobre Tabby y Garrett. Si lo que sucedió realmente cambió las cosas, su historia también será distinta. —Colocó las zanahorias ya peladas y lavadas en la tabla de madera para cortarlas—. ¿Te he hablado alguna vez de cómo era el señor Huntley antes de que Victoria accediera a casarse con él? Era un viudo con semblante triste, todo su cuerpo emanaba tristeza hasta tal punto que verlo era descorazonador. Parecía más muerto que vivo.

—Pero la espléndida Victoria le dijo que sí y él se ha convertido en un hombre capaz de comandar con la mirada —replicó Graydon con una sonrisa.

«Como tú», estuvo a punto de decir Toby, pero no lo hizo. Graydon le daba la espalda y tenía la impresión de que podía verlo a través de la tela de la camisa. Como si pudiera ver su rostro impreso en su piel. Si algo de lo que recordaban era cierto, quería decir que llevaban enamorados mucho tiempo. Siglos. Recordó el día que se conocieron y la mirada que le había echado Graydon. Como si la conociera. Como cuando se veía a una persona y se tenía la impresión de que se la conocía desde siempre.

—Déjalo ya —le ordenó Graydon sin volverse siquiera—. Si queremos sobrevivir a los días que nos quedan juntos, no puedes pensar en esas cosas. —Se volvió para mirarla y en sus ojos ardía el deseo que sentía por ella.

Toby se acercó a él, pero en ese momento se abrió la puerta trasera y entraron Lorcan y Daire.

—Podemos irnos si queréis —se ofreció Daire nada más mirarlos.

—No —rehusó Graydon con firmeza al tiempo que apartaba los ojos de Toby con renuencia—. ¿Alguien tiene hambre? ¿Qué os parece si luego salimos a ver las vistas?

Toby era consciente de lo que hacía. Debían mantenerse ocupados y estar con otras personas. Si se quedaban a solas surgirían muchas... complicaciones.

—Sí, hoy haremos de turistas y mañana iremos a hablar con el señor Huntley.

—Pero no le llevaremos el dibujo de... —Graydon dejó la frase en el aire. Mostrarle al señor Huntley un retrato suyo de hacía doscientos años suscitaría demasiadas preguntas.

—No creo que debamos hacerlo —convino Toby, y Graydon sonrió, contento porque estaban de acuerdo.

Las oficinas de la Asociación Histórica de Nantucket estaban situadas en una preciosa casa de Fair Street. Toby le preguntó a la mujer que atendía el mostrador de la entrada si podían ver al señor Huntley. No habían llevado los documentos de Alisa Kendricks Kingsley, ya que no querían que el señor Huntley se distrajera y no les prestara atención a ellos. Además, responder a la pregunta sobre cómo los habían encontrado sería un poco embarazoso.

El señor Caleb Huntley salió para recibirlos casi de inmediato.

—¡Toby, Graydon! —exclamó al tiempo que colocaba las manos en los hombros de Toby para besarla en las mejillas—. Me alegro de veros de nuevo. Pasad a mi despacho.

En el interior del precioso despacho del señor Huntley esperaba una joven, con un montón de fotografías de cuadros antiguos. Las estanterías estaban llenas de libros y de objetos interesantes.

—Perdonadme un momento —se disculpó al tiempo que los invitaba a tomar asiento con la mano, tras lo cual cogió las fotos que le entregó la chica—. Phineas Coffin —dijo—. Murió en 1842. Se casó con una de las Starbuck. Con Eliza, creo. Tuvieron seis mocosos incontrolables. —Cogió otra foto—. Efrem Pollster. El peor capitán que vivió jamás en la isla. Dejaba que lo controlara la tripulación. —Pasó la foto—. El *Elizabeth Mary*. Un buen barco. Se hundió en las costas españolas durante una tormenta. En 1851. No. En 1852. —Miró a la chica—. ¿Lo has anotado todo?

—Eso creo —contestó ella—. Tengo tres artículos del periódico para que lea y esta mañana han llamado tres posibles patrocinadores. Quieren hablar directamente con usted.

Caleb agitó una mano.

—Ya los atenderé luego —dijo despachando claramente a la chica, que salió de la estancia, tras lo cual él tomó asiento a su enorme mesa.

—Parece conocer una extraordinaria cantidad de información sobre Nantucket —señaló Toby.

Caleb se encogió de hombros para restarle importancia al asunto.

—Tienen montones de fotos de personas sin identificar, así que he estado poniéndoles nombres a las caras. —Su mirada pasó de uno a la otra.

Graydon asintió con la cabeza, señalándole a Toby que empezara.

—¿Recuerda usted la noche de la cena? —preguntó ella.

—¿Y el glorioso menú? —añadió Caleb—. Fue una noche verdaderamente magnífica. Joven, debería usted conseguir trabajo como cocinero.

Graydon sonrió.

—Lo tomaré como un cumplido, pero ya tengo otro empleo.

—Podríamos llamarlo «El Atracadero del Príncipe» —sugirió Toby con una mirada alegre.

Tanto Caleb como Graydon se echaron a reír, y después el primero miró a Toby.

—Bueno, ¿en qué puedo ayudaros?

—Aquella noche contó usted una historia sobre Tabitha Weber —contestó ella—, y nos estábamos preguntando ciertas cosas sobre ella. ¿Se casó con Silas Osborne?

—No —contestó Caleb con una sonrisilla—. Es interesante que estéis al tanto de la relación que hubo entre ellos. La madre de Tabitha, Lavinia, quería que se casara con él. Pero Garrett la hizo desistir de la idea con ciertas promesas. A Osborne no le gustó en absoluto el cambio de planes y por un tiempo amenazó con demandarlas, pero... —Se encogió de hombros—. Al final, le vendió la tienda a Obed Kingsley y se marchó de la isla. Nadie ha vuelto a saber de él.

Toby no miró a Graydon, pero sabía que estaba sonriendo. Al parecer, habían cambiado la historia.

—Entonces, ¿Tabby se casó con Garrett Kingsley? —preguntó Graydon.

—Sí —respondió Caleb, aunque su apuesto rostro perdió poco a poco la sonrisa—. Garrett... —Apenas parecía capaz de continuar con la historia. Respiró hondo—. Se casaron, pero nueve meses después Tabby murió durante el parto. Poco después, Garrett se hizo a la mar con su hermano Caleb. Su barco se fue a pique, llevándose a toda la tripulación. —Su rostro pareció envejecer de repente. Casi parecía que hubiera experimentado la tragedia en persona.

—¡No! —exclamó Toby—. Eso no puede ser cierto. Tabby y Garrett se casaron y vivieron felices para siempre. —Fue alzando la voz poco a poco—. ¡Nadie murió! ¡Todos fueron felices!

Graydon extendió un brazo para tomarla de la mano. La fuerza de sus dedos era el único indicio de lo que en realidad sentía.

—¿Qué les pasó a Lavinia y a las viudas?

—La muerte de Tabby destrozó a la familia —respondió Caleb con voz muy seria—. Lavinia vendió la casa, pero se encontraba en tan mal estado que no consiguió mucho por ella. Intentó mantener unida a la familia, pero no lo consiguió. Todas las viudas abandonaron la isla junto con sus hijos. —Caleb suspiró—. No creo que la invitaran a irse con ellas. Acabó sola en Siasconset, víctima del alcohol. Pobre mujer. Perdió a su marido, a tres hijos, a todos sus nietos y a su hija. Acabó perdiendo la razón.

Graydon le dio un apretón a Toby en la mano. Sentía que ella comenzaba a hundirse.

—¿Está seguro de que Tabby murió durante el parto?

—Sí. Tanto Valentina como Parthenia estaban con ella. —Caleb miró a Toby—. Fue una época muy triste. Tabby era una joven muy querida.

—Murió en esa casa —susurró Toby—. En la habitación de los alumbramientos.

—Sí —convino Caleb—. Garrett planeaba construir una casa en North Shore, pero no tuvo tiempo antes de que Tabby... —Hizo una pausa y la tristeza ensombreció sus ojos.

Alguien llamó con impaciencia a la puerta. Se trataba de la misma chica de antes.

—Señor Huntley, siento molestarlo, pero lo están esperando.

Él la despachó con un gesto de la mano, pero no se movió del sillón. Siguió sentado mirando a Graydon y a Toby, como si tuviera todo el tiempo del mundo. Aunque claro, ese hombre sabía lo que era importante en la vida.

—¿El bebé? —susurró Toby.

El señor Huntley negó con la cabeza.

—Tabby y su hijo se fueron juntos.

—¡Oh, Dios! —exclamó ella, con una mezcla de agradecimiento y angustia.

Graydon se puso de pie e instó a Toby a que hiciera lo mismo. Acto seguido, le pasó un brazo por los hombros.

—Otra cosa más —le dijo él a Caleb—. ¿A qué se debían las cicatrices que tenía Tabby en el cuerpo?

Caleb pareció sorprendido por la pregunta, pero logró recuperarse.

—Cuando tenía tres años, se pisó la falda y se cayó al fuego. Su padre la sacó, salvándola. Él también acabó con algunas quemaduras.

—¿Y la espalda de Garrett?

Caleb sonrió.

—¿Aquel glorioso tatuaje? Todos lo envidiaban. En cuanto a dónde se lo hizo, digamos que en un puerto extranjero hasta un Kingsley es capaz de beber más ron de la cuenta.

—Gracias —replicó Graydon, que acto seguido salió del despacho con Toby.

Una vez en la calle, no la soltó hasta que recorrieron Main Street, Kingsley Lane y entraron en la casa. Después, la obligó a sentarse en el sofá y le sirvió un whisky doble.

—Bebe —le ordenó.

—Los matamos —susurró ella.

Graydon le colocó el vaso en los labios y la obligó a beber un sorbo.

—Destruimos a Tabby y al bebé. —Lo miró a los ojos—. Al bebé de Garrett. A nuestro bebé. En el fondo de mi corazón sabía perfectamente lo que tú y yo hicimos aquella noche. Lo engendramos y después lo matamos.

Graydon se sentó a su lado y la abrazó.

—No puedes pensar eso.

—Cambiamos la historia, pero al hacerlo matamos a tres personas.

—Sucedió hace mucho tiempo —murmuró Graydon, estrechándola con su pecho. Ella se apartó para mirarlo furiosa.

—A estas alturas, todos estarían muertos, ¿qué más da? ¿Te refieres a eso? —le preguntó con tono beligerante.

Graydon estaba a punto de defenderse, pero al instante sus ojos adoptaron una expresión fría.

—A eso precisamente.

Toby sabía que estaba mintiendo. Se sentía tan mal como ella por lo sucedido. Se apoyó de nuevo en él.

—No lo entiendo. La primera vez que entré en esa habitación supe que había muerto allí dentro. Pero ¡no era así! Eso sucedió después de que tú y yo cambiáramos las cosas. ¿Cómo es posible?

—Bueno —respondió Graydon en voz baja—, las reglas que se aplican a los viajes en el tiempo, al cambio de la historia y a la reencarnación son distintas. ¿Quieres que consultemos algún libro sobre el tema?

Su intento de broma no logró hacerla reír, aunque sí la ayudó a sentirse un poco mejor.

—¿Cómo arreglamos esto?

—Creo que deberíamos dejarlo estar.

Toby se apartó de su torso para mirarlo.

—Debemos regresar.

—Para hacer ¿qué? —preguntó, enfadado—. No he pensado

en otra cosa desde que salimos del despacho del señor Huntley. ¿Volvemos y permitimos que Lavinia venda a su hija casándola con Osborne? Eso no funcionó. —Sus miradas se entrelazaron—. Tabby, a lo mejor existe eso llamado «destino». A lo mejor, aunque cambiemos mil veces el pasado, sin importar lo que hagamos, Garrett y Tabby siempre van a acabar separados, bien por el matrimonio con otros o por la muerte.

—¿Como ahora? —Se apartó de él dándole un empujón—. Su destino... nuestro destino ¿es encontrarnos y separarnos? ¿El mar, el parto, tu país, tu futura esposa? ¿Nuestro destino es no poder estar juntos y debo aceptarlo? ¿Eso es lo que esperas que crea?

A Graydon no le gustaba lo que ella estaba diciendo, pero sí le gustaba que estuviera furiosa y no llorara.

—En mi país...

Toby se levantó y lo miró echando chispas por los ojos.

—Tu país es la fuente de todos los problemas. ¿En qué otro lugar se conciertan matrimonios hoy en día?

—En la mayor parte del mundo —respondió él con voz serena—. Y no tienen una tasa de divorcio del cincuenta por ciento.

—Eso es porque las mujeres no pueden separarse de los hombres. Porque están atrapadas.

Graydon siguió sentado donde estaba, consciente de que el enfado de Toby no se debía a su país, ni siquiera se debía a él.

Su serenidad la ayudó a recobrar la calma y se dejó caer en el sofá, a su lado.

—No creo en el destino. ¿Por qué no hemos podido cambiar la historia para bien? Tal vez para que Garrett y Tabby engendraran un hijo que fuera más importante que ellos. O que alguno encontrara una cura para el cáncer. O tal vez podríamos cambiar la Historia hasta el punto de que después descubramos que no hubo una Segunda Guerra Mundial. —Sus ojos le suplicaron que la ayudara.

Graydon le tomó una mano y se la llevó a los labios para

besarle la palma. Le alegraba ver que su cara había recuperado el color.

—Haré todo lo que esté en mi mano para solucionar esto. Te doy mi palabra. Ahora, ¿quieres que vayamos a explorar?

Toby se percató de sus intenciones. Lo que le sugería era explorar *Más allá del tiempo* por si acaso allí encontraban la respuesta.

—Sí —respondió, sonriendo con una mirada esperanzada—. Vamos.

—¿Cómo se seduce a un hombre? —le preguntó Toby a Lexie por teléfono.

Por regla general, era Lexie quien protagonizaba sus conversaciones al hablarle emocionada de todo lo que su jefe y ella estaban haciendo durante su largo viaje. Sin embargo, Lexie estaba inusualmente callada ese día. Toby sabía que debería preguntarle si algo iba mal, pero no podía. En ese momento, sus problemas eran más importantes.

—No lo sé —respondió su amiga—. Respirando. Siendo como eres. Existiendo sin más. Normalmente todos te tiran los tejos sin que tengas que mover un dedo. No irás detrás de tu príncipe, ¿verdad?

Toby tomó una bocanada de aire.

—Sí.

—¡No lo hagas! —exclamó Lexie—. Se marchará y... Un momento. ¿Quieres hacerlo y él te ha rechazado?

—Sí. Justamente eso es lo que está sucediendo.

—Eso es insultante —protestó Lexie—. ¿Se cree mejor que tú? ¿El príncipe y la plebeya? ¿Ese tipo de argumento?

—No, no, no —se apresuró a negar Toby—. No es eso en absoluto. Creo que él también quiere, pero estoy maldita con una segunda virginidad y no quiere arrebatármela otra vez.

—Toby... —dijo Lexie—, creo que tienes que explicarme ese comentario.

Estaba a punto de hacerlo, pero sabía que no podía. A lo mejor si Lexie estuviera en la isla, rodeada por el misticismo de Nantucket, sería capaz de creer lo que estaba a punto de decirle, pero no lo haría por teléfono. No cuando se encontraba en el soleado sur de Francia.

—Da igual —acabó diciendo—. Es que Graydon se va dentro de dos días y se niega a acostarse conmigo otra vez, y yo quiero que lo haga. Y antes de que protestes, déjame recordarte que fuiste tú quien me aconsejó que me enrollara con él.

—Sí, bueno, eso fue antes de que descubriera lo complicadas que pueden ser algunas relaciones.

Toby se percató de algo parecido a la tristeza en la voz de su amiga.

—¿Cómo está Roger? ¿Lo vuestro es sexo por diversión, sin ataduras?

En otras circunstancias, Lexie habría dicho que sí a la parte del sexo, y habría admitido que tal vez hubiera algunos sentimientos. Sin embargo, Toby parecía tan decaída que decidió guardar silencio al respecto.

—¿Lo has intentado con ropa interior sexy?

—Pues sí —contestó Toby—. La he comprando online.

—Veo que vas en serio. ¿Alcohol?

—Insiste en que beba con él. Me quedo dormida a la segunda copa y me despierto en mi cama. Vestida.

—¿Pasáis tiempo juntos?

La respuesta a esa pregunta hizo que los recuerdos se dispararan en su mente. Había pasado una semana entera desde que fueran a hablar con el señor Huntley y desde entonces Graydon y ella apenas se habían separado. Estaban obsesionados por enmendar el error que habían cometido. Había sido idea de Graydon que cuando regresaran, si acaso lo hacían, dejarían una carta explicando cómo prevenir la muerte durante el parto. Sin embargo, antes de que pudieran redactar dicha carta, necesitaban investigar al respecto. Encargaron libros descatalogados que analizaban el parto a lo largo de la historia, descargaron libros en formato digital en sus lectores electrónicos e hicieron búsquedas en Internet. Cuando regresaran, querían estar al tanto de todas las posibilidades a fin de poder prevenir la muerte de Tabby. Llegaron a la conclusión de que si murió por una complicación simple, como las manos sucias de la partera, podrían evitarla. Pero si era algo como la eclampsia, no habría esperanza.

Además de su investigación, dormían en *Más allá del tiempo*. La primera noche lo hicieron en unos sacos de dormir que encontraron en el ático de Kingsley House. Pero Graydon adujo que su espalda no podía soportarlo más, así que compró un par de colchones en Marine Home y los entregaron a domicilio.

Un par de colchones. Dos. Uno para cada uno.

Al principio, Toby se rio. Pensó que lo había hecho para que Daire y Lorcan creyeran que no eran amantes, algo que para ella sí eran. Pero no, Graydon anunció la ridícula promesa de que no le arrebataría la virginidad por segunda vez.

—Esto no es Lanconia —le recordó ella—. Esto es Estados Unidos, y cualquier mujer con más de veinte años que sea virgen sale en la portada de la revista *People*, o va al programa de Ellen DeGeneres para explicar el motivo.

Graydon no cedió. Durante la semana siguiente, Toby recurrió a todo lo que se le pasó por la cabeza para atraerlo a su colchón, si bien todo fue en vano.

En respuesta a la pregunta de Lexie, dijo:

—Sí, estamos juntos siempre que no tiene que trabajar con su hermano. He desatendido la boda de Victoria, y llevo una semana sin ver a mis amigos, pero Graydon es maravilloso. Me abraza cuando lloro, me alegra si me pongo triste. Lo hace todo... menos hacerme el amor.

—Toby —replicó Lexie—, ¿a qué te refieres con eso de que te abraza si lloras? ¿¡Qué te está haciendo ese hombre!?

—No pienses cosas raras —contestó Toby, titubeando—. Es que... en fin, él y yo estamos trabajando en un proyecto para...

para la boda de Victoria, inspirada en 1806, y no paro de leer artículos sobre las prácticas médicas de la época, así que, en fin... a veces me da por llorar.

—Pues a mí no me parece que hayas desatendido la boda de Victoria. Más bien creo que estás obsesionada con ella.

«Si tú supieras...», replicó para sus adentros, si bien evitó decirlo en voz alta.

Durante el día, Graydon y ella vigilaron la vieja casa. Después de entrenar con Daire, Graydon mantuvo una conversación por teléfono con su hermano plantado frente a la ventana, con la vista clavada en la casa.

El segundo día, Daire le preguntó a Graydon qué era lo que intentaba ver.

—Si la puerta de esa casa se abre sola, es una invitación para entrar y quiero estar atento para cuando eso suceda.

Esa tarde, Daire y Lorcan salieron de la casa de Toby y pasearon por la calle. Al regresar, informaron de que todas las puertas y las ventanas de la casa estaban cerradas a cal y canto.

Incluso habían tratado de abrir la puerta principal, a empujones dijo Daire, si bien todo fue en vano. La puerta se negaba a abrirse.

Aunque informaron a su futuro rey de lo que habían visto, Graydon no cesó en su vigilancia. Tanto Daire como Lorcan se sumaron a la misma y comenzaron a vigilar la casa. Si Graydon estaba ocupado con los detalles de la boda de Victoria, la pareja asumía la labor de vigilancia. Por las noches, Toby y Graydon dormían en la casa, a la espera de que los invitara a regresar al pasado.

—Tengo que irme —le dijo Lexie a Toby—. Roger quiere...

—¿Qué es lo que quiere? —la interrumpió Toby.

—Nada, es que... —Lexie no creía adecuado hablarle a su amiga de lo que seguramente fuera la etapa más feliz de su vida, cuando Toby estaba tan triste. Además, la evidente falta de confianza que demostraba Toby le resultaba frustrante. Aunque claro, ella tampoco estaba hablando con total sinceridad de la relación que mantenía con Roger.

—Me da la impresión de que tenéis problemas. ¿Va todo bien?

—Sí. Perfectamente. Roger no es como yo pensaba que era. Su exterior impide ver lo que tiene dentro.

—¿Qué significa eso?

—Ya te lo explicaré, ahora tengo que irme. Mantenme informada a través de los mensajes, ¿vale?

—Claro —contestó Toby, tras lo cual colgó.

—Hemos fracasado, ¿verdad? —le preguntó Toby a Graydon. Estaban acostados cada uno en su colchón, muy cerca y a la vez muy lejos, como dos países separados por un océano.

En la vieja casa reinaba la oscuridad, se escuchaban frecuentes crujidos y ruidos, aunque ya se habían acostumbrado. La luz de la luna entraba a través de las ventanas sin cortinas, de modo que podían vislumbrarse en la oscuridad.

Graydon no sabía a qué fracaso se refería Toby. ¿Al hecho de haberse enamorado de una mujer con la que no se podía casar? Sí, ese era un gran fallo. ¿Al hecho de haber empezado a preguntarse cuál era su verdadero propósito en la vida? Sí. ¿O estaba pensando en cómo habían cambiado la historia de modo que tres personas inocentes murieran y muchas otras vieran sus vidas destruidas? Sí, a eso también.

—Yo diría que sí —contestó—. Toby, mi intención nunca ha sido...

—Por favor, no te disculpes. No soporto cargar con más culpas. —Respiró hondo—. ¿Qué harás después de la ceremonia?

Graydon sabía que se refería a su inminente compromiso. Antes de que pudiera dar con una respuesta, ella añadió:

—¿Y cómo va a soportar Rory ver cómo te casas con la mujer que él quiere?

Graydon tuvo la impresión de que se le paraba el corazón.

—¿Cómo lo sabes?

—Encontré su cartera cuando le deshice el equipaje. En su interior estaba la foto de Danna. No es normal que un hombre lleve encima la foto de su futura cuñada.

El silencio de Graydon hizo que Toby ardiera en deseos de zarandearlo.

—¡No me dejes así! Nos queda muy poco tiempo para estar juntos. —Y añadió, bajando la voz—: Por favor.

Para Graydon no era fácil hablar de ese secreto. Le habían enseñado desde pequeño a guardarse ciertas cosas. De hecho, estaba al tanto de ciertos secretos diplomáticos que podrían ocasionar si no una guerra, ciertamente algún enfrentamiento enconado.

—La verdad, no sé cómo manejar todo esto. Los he visto —añadió en voz baja—. Cuando viajé en el tiempo, antes de encontrarte, vi a Rory con Danna. No he querido investigar sobre ellos y tampoco le he preguntado a Caleb, pero supongo que disfrutaron de una vida larga y feliz. —Sonrió a la luz de la luna—. Mi hermano llevaba un pendiente en la oreja izquierda. No me sorprendería en absoluto que el señor Huntley me asegurara que mi hermano se dedicaba a la piratería de vez en cuando.

—No es el hombre adecuado para ser rey —señaló Toby, y ambos sabían que se refería a los interminables problemas que Rory había tenido a lo largo de las últimas semanas—. Pero tú sí.

Graydon se puso de costado para mirarla.

—He echado de menos el trabajo. Este tiempo que he pasado alejado me ha demostrado lo que Rory siempre ha afirmado, que estoy hecho para desempeñar esa labor. A él le aburren la diplomacia y el hecho de tener que hablar durante horas sobre cosas como acuerdos comerciales, pero a mí... —Dejó la frase en el aire y se colocó de nuevo de espaldas sobre el colchón.

—Tú tienes la impresión de que estás haciendo algo por tu país, incluso por el mundo.

—Sí —convino, tras lo cual soltó un hondo suspiro—. Me encanta mi trabajo, pero me da miedo volver a casa. ¿Cómo evito que mi hermano me odie? ¿Cómo voy a dejarte aquí?

Toby ansiaba decirle que había dado con la solución perfecta, pero no era así. Graydon se marcharía, se casaría con otra y algún día se convertiría en el rey de su país. En un futuro lejano, ese momento, con los dos acostados en una casa vieja, se convertiría en un recuerdo distante y dulce.

El ambiente se ensombreció, cargado por sus lúgubres pensamientos, de modo que Toby decidió aligerarlo.

—Tu hermano acabará tan triste que se dará a la botella.

—No —replicó Graydon con seriedad—. Rory prefiere la velocidad. Se dedicará a conducir deportivos con Roger Plymouth. Quien me preocupa eres tú.

—Yo seré como la mujer de *¡Qué bello es vivir!* Si no me quieres, me convertiré en una bibliotecaria y dejaré de depilarme las cejas. Y jamás me libraré de la dichosa virginidad.

Graydon soltó una carcajada.

—¡Ojalá tuvieras esa suerte! En cuanto Daire y yo nos marchemos, caerán sobre ti cientos de hombres. Elegirás a algún hombre bajito y feo que te adore y que te compre una enorme finca en Connecticut, donde plantarás un jardín de cientos de hectáreas. Atenderás el jardín con un bebé rubio y regordete en brazos y con otros dos siguiéndote por todos lados, mientras reís y cantáis.

Aunque Toby sabía que estaba tratando de bromear, la imagen que había pintado era tan perfecta que se le llenaron los ojos de lágrimas. Lo único que faltaba era Graydon a su lado, que seguramente estaría hablando por teléfono con alguien para aconsejarle cómo hacer algo.

—No soy de mucha ayuda, ¿verdad?

—No —reconoció ella—, no lo eres. Pero claro, tú y yo no parecemos capaces de ayudar a nadie.

—Tienes razón. Si supiéramos exactamente de qué murió

Tabby, a lo mejor podríamos cambiar las cosas. Tal y como estamos ahora mismo, si regresamos al pasado, tardaremos semanas en escribir toda la información que hemos recopilado sobre los desagradables métodos que se usaban durante el parto en aquella época. ¡Sangraban a las pacientes!

—Si lo hiciéramos entre los dos, no tardaríamos tanto.

—Teniendo en cuenta que pienso hacerte el amor las veinticuatro horas del día, eso no va a dejarnos mucho tiempo para escribir.

—Graydon... —susurró con una mezcla de anhelo y dolor en la voz. Se acercó a él.

Él la recibió con los brazos abiertos y cuando estaba a punto de rodearla con ellos, Toby se detuvo con las manos apoyadas en sus hombros y dijo:

—Eso es.

—Toby —murmuró él, al tiempo que la instaba a apoyarse en su torso—. Ya no puedo resistirlo más.

Ella se alejó y se sentó en el borde del colchón.

—Hemos estado investigando sobre los partos en general, pero a lo mejor hay un modo de encontrar exactamente el motivo de la muerte de Tabby.

—Pero no hemos encontrado mención alguna sobre el tema en ningún diario —le recordó Graydon, acariciándole los brazos.

—El señor Huntley dijo que Parthenia y Valentina estuvieron presentes durante el parto y que mantuvieron correspondencia.

Graydon se esforzó por recuperar el control. Durante toda una semana Toby lo había vuelto loco con sus descarados intentos por llevárselo a la cama. Había usado desde ropa interior tan seductora que lo dejaba casi ciego hasta miradas tan sugerentes que le provocaban sudores repentinos. Había sobrevivido a todo eso y había hecho todo lo posible por agotarse físicamente mediante los entrenamientos con Daire. Al final de uno de ellos que duró cuatro horas y media, Daire clavó la espada en la tierra y dijo en su idioma:

—¡Quémala a ella, no a mí! —Y se alejó.

Graydon, que tenía la cara cubierta de sudor, le preguntó a Lorcan qué estaba haciendo.

—Organizando el tema de las carpas —contestó ella, tras lo cual volvió corriendo al interior de la casa.

Graydon tenía demasiada energía acumulada, demasiada frustración, para que cualquier de ellos lo aguantara.

Pero en ese momento, después de haber cedido a la tentación, Toby se ponía a hablar de los dichosos espíritus del pasado. No era fácil concentrarse en lo que le estaba diciendo.

—Si ambas estuvieron presentes, es imposible que mantuvieran correspondencia —logró decir.

—En esta isla todos se escribían cartas —señaló Toby—. A lo mejor podemos encontrar alguna mención en algún sitio.

«En dos días, imposible», pensó Graydon, si bien guardó silencio. De forma consciente, había dejado sin contestar la pregunta de Toby sobre lo que iba a hacer después de la ceremonia de compromiso, ya que sabía que sería mejor no regresar a Nantucket. Necesitaba aclarar las cosas con Rory. Y tal como había sugerido Toby, debería pedirle a Danna su opinión.

—La tía Jilly —dijo—. La visitaremos por la mañana y le preguntaremos si sabe algo sobre Garrett y Tabby.

—Nos lo habría dicho cuando los mencionamos durante la cena —replicó ella—. ¡No, espera! En aquel entonces Tabby se había casado con Osborne.

Encendió el flexo que descansaba en el suelo y cogió el móvil.

—¿Qué estás haciendo?

—Llamando a Jilly.

—Son casi las once de la noche. Déjalo para mañana.

Toby pulsó una tecla y se llevó el teléfono a la oreja.

—No, esto no puede esperar. Necesitamos hasta la última

hora porque te irás pronto. —Lo miró—. Y jamás volveré a verte.

Graydon no quiso confirmar lo que ambos temían.

—Llámala —dijo.

Fue Ken quien contestó, con un deje soñoliento en la voz.

—¡Toby! Será mejor que esto sea importante.

—Lo es. Por favor, déjame hablar con Jilly. Siento mucho llamar tan tarde —dijo, una vez que Jilly se puso al teléfono—, pero necesitamos cierta información sobre el pasado. Sé que has investigado a fondo sobre la historia de tu familia, y como Parthenia y Valentina formaron parte de la misma se me ha ocurrido que... —Miró a Graydon.

Él le quitó el teléfono de las manos.

—Tía Jilly, siento mucho molestarte tan tarde, pero me preguntaba si la base de datos que has logrado reunir sobre nuestra familia es muy extensa. ¿Es posible que hayas encontrado alguna mención de Tabby y Garrett Kingsley? —Guardó silencio mientras escuchaba la respuesta—. Sí, sí, entiendo. Genial. Sí, gracias. —Cortó la llamada y miró a Toby en silencio.

—¿¡Qué!?

—No recuerda haber leído esos nombres en concreto, pero ha añadido miles de cartas, de fotos y de documentos a la base de datos que ha ido creando durante todos estos años de investigación. Ha etiquetado todos los nombres propios, los lugares, los objetos, las casas y cualquier mención especial que apareciera en ellas a fin de hacer una búsqueda rápida cuando lo necesitara.

—A ver si lo adivino —dijo Toby—. Todo está en Maine y tardará días en acceder a los datos.

Graydon la besó en la mejilla.

—No es que importe mucho, pero Jilly es una Taggert y vive en Colorado. Pero sí, todo está allí.

Toby suspiró.

—Sin embargo, subestimas a mi familia. Tiene una copia de todo en un disco duro portátil que se ha traído consigo. Solo tiene que conectarlo al ordenador, buscar y... —Dejó la frase en el aire porque sonó el teléfono—. A ver qué nos dice.

Toby conectó el manos libres.

—Sí —dijo Jilly—. He encontrado una mención en una carta que Parthenia le escribió a su madre. —Titubeó—. Pero me temo que no son buenas noticias. Pobre Tabby. Su marido lo hizo con buena intención, pero acabó ocasionándole la muerte.

Graydon cogió una de las manos de Toby.

—¿Qué hizo?

Toby y él escucharon la terrible historia que les contó Jilly sobre cómo un tal doctor Hancock había, en resumidas cuentas, asesinado a la querida Tabitha.

23

«Mañana se van», pensó Toby, antes de intentar desterrar la idea de su cabeza. Aunque le resultó imposible, ya que Lorcan y ella habían estado ocupadas preparando su marcha. Habían lavado la ropa, habían buscado todos los objetos y habían organizado sus pertenencias.

Durante el desayuno, los cuatro permanecieron en silencio mientras comían lo que los hombres habían preparado.

Toby y Daire hicieron ademán de coger el plato con queso lanconiano al mismo tiempo.

—Cómetelo tú —dijo Toby, muy educada.

—No, es el último que queda y mañana podré conseguir más.

Daire y Toby se miraron por encima de la mesa, ambos sujetando el plato con queso, y la realidad de su marcha se hizo patente. Ya no volverían a compartir la casa. No se reirían juntos por las bromas. Toby jamás volvería a luchar con un lanconiano. Lorcan y ella no volverían a ofrecerles un espectáculo de yoga a los hombres. No iría de compras con Lorcan para vestirla con el blanco típico de Nantucket. Ya no podría usar las palabras en lanconiano que había aprendido.

Graydon miró las expresiones desdichadas de todos, le quitó el plato a Daire y se lo dejó a Toby delante.

—Te mandaré queso —anunció con voz desabrida.

Lorcan le lanzó una mirada de reproche a su futuro rey y dejó la mano sobre la de Toby.

—Yo te mandaré un poco de encaje del que hacen en las montañas. Las mujeres Ulten son muy buenas con las artesanías.

Toby asintió con la cabeza.

—Yo te mandaré las semillas de los tomates que tanto te gustan, y cuando lleguen los zapatos que hemos encargado, también te los enviaré. —Había lágrimas en los ojos de ambas.

Graydon se puso en pie tan deprisa que habría volcado la silla de no ser porque Daire la atrapó.

—Daire y yo vamos a pasar el día fuera —anunció con voz fría, casi como si le diera igual. Miró a Lorcan—. Tú harás los preparativos para... —Casi se le quebró la voz, pero se recompuso—. Para mañana.

En ningún momento miró a Toby, sino que mantuvo la vista clavada en sus compatriotas. Ni siquiera la miró antes de abandonar la estancia, seguido por Daire.

—Está sufriendo —dijo Lorcan.

—Lo sé —susurró Toby—. ¿Te parece bien que recojamos esto antes de empezar con el equipaje?

Tardaron horas en devolver toda la ropa de Rory a las numerosas maletas que le había dejado a Graydon. Hacer el equipaje fue muy duro para Toby, ya que cada prenda suscitaba recuerdos agridulces. La camisa que se puso Graydon cuando limpiaron la zona en la que se celebró la boda. Los pantalones que llevaba cuando hicieron perritos calientes y Graydon se manchó de mostaza. Su ropa de trabajo acababa de salir de la secadora, y Toby enterró un momento la cara en la suave tela blanca.

Faltaban tres semanas para la boda de Victoria y Lexie no volvería hasta después de que esta se celebrara, por lo que Toby estaría sola en la casa. Temía ese momento. No contaría con un trabajo al que ir todos los días. Claro que, tal como se sentía, a lo mejor se pasaba las tres semanas llorando.

«¡Enhorabuena!», se dijo. Se había sumado a los millones de mujeres que sabían lo que era un corazón destrozado. Era una sensación mala, malísima. ¡Con razón la gente había intentado por todos los medios evitar que le pasara a ella!

—Y debería haberles hecho caso —masculló Toby al tiempo que metía la ropa de trabajo de Graydon en un petate. Miró a Lorcan—. Seguro que tiene un ayuda de cámara para que le deshaga el equipaje.

—Sí —contestó Lorcan—. Tiene todo lo que un futuro rey necesita.

Toby hizo una mueca.

—Nada de arena en los zapatos como aquí. Ni platos que fregar ni invernadero que regar. Nadie que le pregunte de qué color le gustarían las cintas a Victoria.

—No —dijo Lorcan mientras metía los zapatos de Graydon en bolsas protectoras—. Y nadie que le grite cuando se le suba el ego a la cabeza. No habrá nadie que se atreva a decirle que acaba de decir una tontería.

—Se alegrará de ello —repuso Toby.

—Nadie con quien bromear y reírse, nadie con quien compartir todas las comidas, nadie que escuche las anécdotas susurradas de su vida, nadie que escuche sus problemas con sus pupilos ni las amenazas de su padre, amenazas que ha soportado toda la vida.

Toby miró a Lorcan al darse cuenta de que estaba hablando de Daire y de ella. Habían compartido habitación todas esas semanas, pero nunca había visto indicios de que compartieran algún tipo de intimidad. Claro que había descubierto que los lanconianos no solían demostrar sus sentimientos.

Toby retrocedió un paso y miró el enorme montón de maletas. Eran las dos de la tarde y todavía les quedaba mucho por hacer.

—Vamos —dijo—. Ya seguiremos después. Tú y yo vamos a dar una vuelta por el pueblo. Nos hincharemos de comer y luego iremos de compras. Compraremos tantos recuerdos para que te los lleves que la gente dirá que Lanconia es la nueva Nantucket.

Lorcan sonrió.

—Me gusta mucho la idea.

No volvieron hasta las seis de la tarde. Iban cargadas con bolsas a rebosar. Pese a sus buenas intenciones, no había sido una salida alegre.

Lorcan la miró por encima de la mesa, durante el almuerzo.

—Nunca antes había tenido una amiga, una AM...

—Una AM, una amiga del alma. Lo entiendo. Les gustas a los hombres, así que no les caes bien a las mujeres.

—Eso es —convino Lorcan—. Pero tú eres distinta.

Toby sonrió por el halago y estuvo a punto de decir que tendrían que verse en el futuro, pero no creía que fuera a suceder. Era imposible que ella visitara Lanconia. ¿Ver a Graydon con otra mujer? No, no lo soportaría. Y seguramente Lorcan estaría muy ocupada protegiendo a los demás y nunca se tomaría vacaciones.

Después del almuerzo, pasearon por las antiguas y tortuosas aceras de Nantucket y se comportaron como turistas, deteniéndose en todas las tiendas para verlo todo. Descubrieron que a las dos les encantaban las sirenas y compraron cajitas, abrecartas e incluso botones con sirenas.

También compraron camisetas, sudaderas y chaquetas con el nombre de Nantucket escrito. Dejaron correr el hecho de que todas las prendas eran de tallas que les servirían a Daire y a Graydon.

A las cinco, hicieron un alto para tomarse cócteles de tequila.

—Deberíamos pedirnos un Bloody Mary virgen cada una —dijo Toby, asqueada, y levantó la copa—. Por las últimas de nuestra especie.

—Ojalá que seamos las últimas —repuso Lorcan.

Las dos parecían tan desdichadas que acabaron echándose a reír. A continuación, hablaron de lo que habían hecho para seducir al hombre que amaban.

—Un sujetador de encaje negro con unas minúsculas braguitas a juego —dijo Toby.

—Yo me las apañé para que me encontrara saliendo de la ducha con una toalla de lavabo para taparme —explicó Lorcan con cierto orgullo.

—Ojalá hubiéramos comparado notas. ¿Funcionó?

Lorcan levantó la copa, la segunda que bebían.

—Sigo siendo virgen.

—Yo también —reconoció Toby con voz lastimera, y bebieron un buen trago.

Cuando por fin recogieron las numerosas bolsas y volvieron a casa, se sentían muchísimo mejor. Lorcan entró en la sala que compartía con Daire, y Toby subió por la escalera trasera a la sala de estar que Graydon y ella utilizaban. Para su sorpresa, había desaparecido todo el equipaje.

—Se han ido —susurró justo antes de soltar las bolsas y gritar por la escalera—: ¡Los hombres se han ido!

Lorcan, gracias a sus largas piernas, subió los escalones de dos en dos. Habían dejado la habitación muy desordenada, con algunas maletas hechas, pero otras a medio llenar. Había ropa esparcida por todas partes.

—¿Crees que Daire y Graydon han terminado de hacer el equipaje? —preguntó Toby.

Lorcan se sentó en una silla.

—No. No es posible. Ha venido alguien de Lanconia y se lo ha llevado todo. Tal vez el ayuda de cámara del príncipe Rory.

Toby se sentó en frente de ella. No hacía falta que expresara en voz alta lo que pensaba, que no era ni más ni menos que todo había terminado. A lo mejor el desayuno de esa mañana había sido su última comida juntos.

Lorcan miró hacia el interior del dormitorio de Toby, ya que la puerta estaba abierta.

—¿Qué es eso?

Fueron a mirar. Extendido sobre la cama de Toby se encontraba el precioso vestido de época. Junto a él había una nota escrita en papel decorado con un blasón. Genial, pensó ella. Graydon le había dejado una nota de despedida y el vestido como regalo. ¿Un papel caro era mejor que un post-it?

Al ver que no hacía ademán de coger la nota, Lorcan lo hizo por ella y se la ofreció, pero Toby no la aceptó. Lorcan enarcó las cejas con expresión interrogante y, cuando ella asintió con la cabeza, comenzó a leer.

—Mi queridísima esposa, Tabby...

Lorcan cerró la tarjeta y se la dio a Toby, que la leyó en silencio.

Mi queridísima esposa, Tabby:
Te ruego que te reúnas conmigo en el gabinete de nuestra casa para cenar y bailar.
Tu marido,

GARRETT

—¿Qué tal se te dan los corsés? —preguntó Toby—. Tengo una cita.

Con una sonrisa deslumbrante, Lorcan abrió la caja de la ropa interior.

En cuanto Toby vio el gabinete de *Más allá del tiempo*, supo lo que Graydon había hecho. En secreto, había conseguido que la estancia acabara transformada en lo que habían visto en el pasado. Había velas por todas partes: en los candelabros de pared, en altos marcos, sobre las consolas situadas junto a las paredes...

Las flores inundaban la habitación: había ramos en jarrones de cristal, ramilletes que colgaban del techo y que adornaban los respaldos de las sillas. Todas en los colores crema y pastel que tanto le gustaban a Toby.

En el centro de la estancia se emplazaba una mesita redonda con un níveo mantel, y la cristalería y la cubertería relucían a la luz de las velas. Junto a la mesita, había un carrito con bandejas cubiertas por tapas de plata.

Graydon estaba de pie junto a la mesa, ataviado con su traje de época. Cuando lo miró, él le hizo una reverencia, con un brazo por delante del cuerpo y otro por detrás.

—Milady —la saludó.

—Es precioso —susurró ella—. ¿Cuándo? ¿Cómo has...?

Graydon separó la silla de la mesa para que se sentara.

—Un hombre no revela sus secretos. ¿Cenarás conmigo?

Se sentó y esperó mientras se sentaba enfrente.

—Me has dejado sin aliento. No me lo esperaba. Cuando he visto que las maletas no estaban, pensé que te habías marchado.

Graydon se limitó a sonreír y levantó una de las tapas para mostrarle una bandeja llena de pajaritos asados.

—¿Te gusta el pichón?

—Muchísimo —contestó Toby, que cerró los ojos mientras inspiraba hondo. El olor de las flores, de las velas y de la comida conformaba una fragancia deliciosa.

Graydon abrió una botella de champán y llenó las copas.

—Por nosotros —dijo, y brindaron.

Cuando se miraron a los ojos, llegaron al tácito acuerdo de no hablar del día siguiente. No hablarían de la separación, no discutirían qué iba a hacer ella cuando se quedara sola. Tampoco hablarían de lo que sucedería en la vida de Graydon. Sobre todo, no hablarían de Tabby y de Garrett. Habían hecho todo cuanto estaba en su mano para reparar el daño causado, pero no lo habían conseguido.

En cambio, hablaron de cosas buenas. Toby le habló de la

excursión de compras con Lorcan y del hecho de que las dos adorasen las sirenas.

Graydon le habló sobre la larga conversación telefónica que había mantenido con su familia de Maine.

—El tío Kit ha vuelto —dijo, y después procedió a contarle a Toby las anécdotas más destacadas que solían compartir los niños sobre las aventuras del tío Kit.

—¿Alguna es verdad?

—No tenemos ni idea —contestó Graydon—, pero siempre hemos creído que James Bond se basa en su persona, algo imposible, ya que el tío Kit solo tiene sesenta años. Pero cuando éramos niños, supongo que lo creíamos porque se parece a Sean Connery.

—Cuéntame más cosas, por favor.

Fue una cena maravillosa que consistió en pichón asado, timbales de arroz aromatizado con trufa y zanahorias glaseadas, tras lo cual dieron cuenta de una mousse de chocolate como postre. Durante toda la cena, sonó una suave música de fondo.

Cuando terminaron, Graydon se puso en pie, la instó a hacer lo mismo y la tomó de la mano.

—¿Me concedes este baile?

Una vez entre sus brazos, y después de que él la sujetara de forma que tuvo que apoyar la mejilla en su pecho, Toby comenzó a pensar una vez más en su marcha.

—Graydon, quiero decirte que... —susurró, pero él la estrechó aún más y ella guardó silencio.

Sí, pensó Toby, era mejor no pensar en el futuro, no recordar el pasado. Solo disfrutar el momento. Ese preciso instante.

Toby esbozó una media sonrisa al sentir el corazón de Graydon contra su mejilla. Él había apoyado la cabeza en el pelo, de modo que también sentía su respiración. Aunque parecía muy tranquilo, los acelerados latidos de su corazón indicaban que no era verdad. ¿Cuánto le costaba no demostrar sus verdaderos sentimientos?, se preguntó. ¿Cuánto le costaba reprimir la ra-

341

bia, el dolor, el deseo e incluso el amor? Era lo que Graydon había hecho toda la vida. Aunque ella no dejaba de pensar en su propia desdicha, en el dolor que sentía por su marcha, Graydon iba a casarse con alguien a quien no quería.

Lo miró con todas las emociones que sentía reflejadas en la cara, y Graydon agachó la cabeza para besarla.

Fue un beso que recordaría toda la vida. Lo que estaban sintiendo, el anhelo, el deseo y la pasión que sentían el uno por el otro estaban presentes en ese beso. Sin embargo, también lo estaba el dolor por la inminente separación.

Las lágrimas se mezclaron con los pensamientos alegres mientras sus labios se rozaban. Graydon le sujetó la cabeza con una mano y la instó a moverse de tal modo que pudiera besarla de forma más apasionada. Sus lenguas se entrelazaron, explorando.

Se pegó más a él y a través de la fina tela del vestido sintió el deseo que le provocaba. El hombro desnudo recibía el calor corporal de Graydon. Sus muslos, duros por el entrenamiento, se pegaban a los suyos.

En ese momento, la habitación comenzó a dar vueltas. Estaban de pie, pero a su alrededor todo se movía. Vueltas y más vueltas, cada vez más rápido. Los maravillosos olores se acentuaron, la música creció en intensidad y ritmo, pero a Toby solo le importaba el hombre que la estaba besando. ¡No quería separarse de él en la vida!

—¡Garrett! —dijo alguien en voz baja, alguien que parecía Rory—. ¡Para ya! Viene el almirante.

—¡Tabitha! —exclamó una voz chillona que Toby habría reconocido en cualquier parte. Era su madre, pero no tenía sentido, porque ese verano se habían ido de crucero, no estaban en Nantucket.

Fue Graydon quien apartó los labios y quien la instó a apoyar la cara en su pecho. Toby permaneció de pie, con los ojos cerrados, sintiendo esos brazos a su alrededor. No quería ver qué estaba pasando. Era evidente que alguien había invadido su cena privada. Tenía el corazón desbocado y respiraba con dificultad. Incluso sentía algo raro en el estómago.

Graydon aflojó el abrazo.

—Creo que deberías mirar.

Toby no quería abrir los ojos. No quería ver quién había arruinado su cena privada. Su cena de despedida.

Graydon le puso una mano bajo la barbilla para obligarla a mirarlo a la cara.

—Confía en mí —susurró, antes de darle la vuelta para que pudiera ver lo que sucedía a su alrededor.

Su madre los fulminaba con la mirada. Toby seguía aturdida por el beso de Graydon, seguía teniendo la cabeza y el corazón abrumados por la tristeza, de modo que tardó un momento en darse cuenta de que la mujer lucía un sencillo vestido verde oscuro, con una cinta en el talle alto.

Toby se apartó un paso de Graydon y echó un vistazo a la estancia. ¡Habían vuelto al pasado! Varias personas los rodeaban, a algunas las conocía, pero no a todas. Vio a Rory con su arete de oro, junto a una preciosa mujer alta a quien Toby solo había visto en fotos. Se trataba de Danna. Parthenia y John Kendricks también estaban allí, y la guapísima Valentina estaba junto al capitán Caleb.

—Lo hemos conseguido —susurró Toby. No dejaba de pensar en que tendrían otra oportunidad para salvar a Tabby y a Garrett. Se apartó de Graydon y casi corrió hacia su madre para abrazarla con fuerza—. ¡Me alegro muchísimo de verte!

Lavinia Weber abrazó a su hija con desgana y después la apartó con gesto serio.

—Una mujer en tu estado tiene que controlarse.

—¿Mi estado? —preguntó Toby al tiempo que se llevaba una mano al vientre. No lo tenía demasiado abultado, pero sí notaba la firme curva. Tal parecía que iba a tener un bebé. Miró a Graydon, maravillada.

Con una sonrisa en los labios y un cálido brillo en los ojos, la cogió de la mano.

—Vamos a casa. —Bajó la voz—. Quiero enseñarte un poco de arte japonés.

—¡Adoro el arte sobre la piel! —exclamó mientras intentaba mantenerse a su altura.

Se encontraban en Kingsley House, en lo que parecía ser otra boda. Dado que llevaba una alianza en el dedo y que una vida crecía en su interior, habían pasado varios meses desde la primera boda a la que habían asistido... la suya propia.

Cuando Graydon abrió la puerta principal, los asaltó una ráfaga de viento frío y húmedo, típico del otoño en Nantucket. Se detuvo un momento para quitarse la chaqueta y colocársela a ella sobre los hombros. Después, la volvió a coger de la mano y se apresuraron a recorrer el camino.

Al abrir la puerta de *Más allá del tiempo*, vieron a unas jovencitas que intentaban controlar a cinco niños muy revoltosos. Uno de ellos, de unos siete años, parecía empecinado en sacar los leños de la chimenea.

—¡Fuera! —gritó Graydon con una voz que Toby nunca le había escuchado—. Llevaos los niños a la fiesta. Dadles de comer.

—El capitán Caleb dijo que teníamos que quedarnos aquí —replicó la muchacha, con cara asustada.

—Mi hermano no es el dueño de esta casa. ¡Marchaos! —Miró al niño que estaba junto a la chimenea con los ojos entrecerrados—. Supongo que tú eres el joven Thomas. Deja la chimenea en paz.

El niño miró a Graydon/Garrett, como si estuviera sopesando hasta dónde podía llegar. Debió de tomar una decisión, porque soltó el leño y le lanzó a Garrett una mirada desafiante.

—Tampoco lo quería para nada.

Los niños corrieron hacia la puerta abierta, y las dos más pequeñas se cogieron de las manos de la mayor.

—Gracias —le dijo la muchacha a Garrett.

—¡Vamos, Deborah! —gritó el joven Thomas—. Vayámonos antes de que venga el capitán y le dé una azotaina a su hermano pequeño. —Le lanzó a Garrett una última mirada desafiante antes de soltar una carcajada y salir corriendo hacia Kingsley House.

Graydon cerró la puerta principal.

—Parece que me han degradado a «hermano pequeño». Si mi propio hermano menor ha tenido que soportar esto de mí, tengo que disculparme. —Cuando la miró, sus ojos dejaron de ser los de un hombre que gritaba órdenes a los de uno embargado por la pasión.

—¡Señor! —exclamó Toby, que se llevó una mano a la garganta—. ¿Cómo se atreve a mirarme así? Es como si me estuviera desnudando con la mirada. —Se abanicó la cara con una mano—. Creo que el ardor de su mirada me está provocando un vahído. Debo retirarme a mis aposentos. —Con actitud recatada, se levantó las faldas unos centímetros y echó a andar hacia la escalera. A mitad de la escalera, se volvió para mirar a Graydon, que seguía donde se había quedado—. ¡Vaya por Dios! —exclamó—. Creo que se me está aflojando una liga. —Muy despacio, se subió la vaporosa y fina falda hasta dejar al descubierto una torneada pierna, enfundada en una media de seda blanca que le llegaba a medio muslo. Una media sujeta por una preciosa liga azul. Como si tuviera todo el tiempo del mundo, se ató bien la cinta y después lo miró con una sonrisilla—. Ya está.

Graydon no se había movido del sitio y el único indicio de que lo había visto todo era el fuego casi incandescente que brillaba en sus ojos.

En un abrir y cerrar de ojos pasó de estar inmóvil a volar escaleras arribas. Al llegar junto a ella, la abrazó por la cintura y se la llevó en volandas sin detenerse siquiera.

—¡Oooooh! —atinó a exclamar Toby, aferrada a él, mientras Graydon la llevaba al dormitorio.

En la estancia, la chimenea estaba encendida, y aunque en esa ocasión no había pétalos de rosa en la cama, sabía que se trataba de su dormitorio. Todos los objetos decorativos eran cosas que ella adoraba. Desde el tapizado a los cuadros de la pared, pasando por la cajita en la preciosa mesita de noche, todo era de su gusto. En un rincón junto a la chimenea, había un par de botas altas que sabía que eran de Graydon. Un pesado abrigo de lana colgaba del respaldo de un enorme sillón orejero.

Toby abrió la boca para decir que se sentía en casa, pero Graydon la soltó con un rápido movimiento y le cubrió los labios con los suyos. La primera vez que estuvieron juntos, tuvo que seducirlo para que no fuera tan tierno. En esa ocasión no hizo falta.

Graydon no se molestó con palabras ni perdió tiempo en desvestirla. La pegó a la pared del dormitorio y le subió las faldas. En ese momento, descubrió que ella había decidido seguir la moda de la Regencia a pies juntillas. No llevaba nada debajo de las enaguas, solo la piel desnuda.

Graydon se desabrochó las calzas con una mano y, en cuestión de segundos, la dejó caer sobre él. Toby jadeó por la sensación y se aferró a él, rodeándole las caderas con las piernas.

La embestía con movimientos rápidos y firmes, unos movimientos que ella sintió hasta lo más profundo. En su interior, el deseo crecía hasta poseerla por completo. Echó la cabeza hacia atrás y Graydon le enterró la cara en el cuello. Sintió el roce de su barba, esa mezcla tan masculina de ternura y fuerza.

Graydon comenzó a moverse con más rapidez, con más ímpetu, y Toby lo siguió. Se apoyó contra la pared y lo abrazó con más fuerza con los muslos.

Cuando sintió que Graydon se tensaba entre sus piernas, supo que ella también estaba a punto de llegar al orgasmo. Se arqueó contra él y alzó las caderas, al igual que él.

Se corrieron juntos, sumidos en un estallido de pasión mientras se besaban. Durante un segundo, Toby no se sintió del todo viva. Era como si una parte de su ser hubiera abandonado su cuerpo. Tenía los ojos cerrados y creía que, al abrirlos, volvería a estar en su dormitorio de Nantucket, que todo eso habría sido un sueño.

—¡Graydon! —exclamó, llevada por el pánico.

—Estoy aquí, amor mío —dijo él, que la llevó a la cama y se tumbó junto a ella. La instó a apoyar la cabeza en su hombro mientras le enterraba una mano en el pelo. La mano libre la posó sobre su abdomen a fin de sentir el contorno de su vientre por encima del vestido—. Nuestro.

Ella puso la mano sobre la suya.

—Sí, estoy segura. Ah, ojalá...

Graydon la besó para que no terminase la frase, pero sabía lo que iba a decir, sabía que deseaba que pudieran quedarse allí, que pudieran casarse y criar sus hijos juntos.

Toby se acurrucó contra él y comenzó a besarle el cuello.

—Tenemos que volver —le recordó él.

—Lo sé. —Toby le tomó la cara entre las manos—. Al igual que la vez anterior, nos iremos cuando nos durmamos.

—No, quiero decir que tenemos que volver a la boda. Hay un motivo por el que hemos vuelto y tengo intención de averiguar de qué se trata. Si Garrett contrató al doctor Hancock para que atendiera el parto de su mujer, tiene que haber alguna conexión entre ellos.

Cuando lo miró a los ojos, vio una rabia muy profunda.

—¿Qué vas a hacer?

—Ensartarlo con una espada, cortarlo en trocitos y echárselos a los tiburones. —Su rabia era tal que no podía quedarse quieto. Rodó sobre el colchón y se puso en pie, tras lo cual le dio la espalda y clavó la vista en la chimenea.

—Graydon —dijo Toby al tiempo que se incorporaba sobre los codos—, ¡no puedes! Será Garrett quien sufra las consecuencias.

Él echó un leño al fuego.

—Lo sé, pero es lo que me gustaría hacer. —La miró y empezó a rebuscar en sus bolsillos—. No sé... —Sonrió y dejó la frase en el aire mientras se sacaba un trozo de papel de un bolsillo.

—¿Te has traído algo?

—Creía, o más bien esperaba, que recrear nuestra última velada aquí nos traería de vuelta, y a modo de experimento, me llené los bolsillos.

—¿Eso quiere decir que no lo hiciste por mí sino por Tabitha?

Graydon soltó una risilla.

—Sí. ¿No sabías que estoy enamoradísimo de ella? Sobre todo, de sus striptease.

—¿En serio? Bueno, tengo entendido que ella está enamorada locamente de Garrett, así que están empatados. —Se colocó una almohada detrás de la cabeza y le regaló una sonrisa incitante.

Graydon parecía querer reunirse con ella en la cama, pero después desvió la vista hasta el pequeño escritorio situado en un rincón.

—Metí monedas del siglo XXI en mis bolsillos, una revista de medicina moderna, algunas herramientas y una guía histórica de lo sucedido desde 1806.

Esas palabras acicatearon su curiosidad, de modo que Toby se sentó en la cama.

—¿Y lo has traído contigo?

—Pues no —contestó Graydon—, solo he encontrado la fotocopia de la carta que Parthenia le escribió a su madre.

—¡Oh! —Toby se dejó caer en el colchón—. El infame doctor Hancock. Por favor, dime que no piensas matarlo de verdad. Ni siquiera en secreto.

—Se me había ocurrido, pero no, me da miedo que Garrett se limite a contratar a otro médico. Tengo que hacer todo lo que esté en mi mano para asegurarme de que ningún médico se acerca a Tabby.

—¿Cómo vas a conseguirlo?

Graydon cogió una pluma.

—Voy a copiar esta carta y a enseñarla por ahí. Pienso decir que le sucedió a un conocido de Boston. Su mujer murió por el carnicero del doctor Hancock. Dado que el capitán Caleb parece regir el destino de la familia Kingsley, le haré jurar que ningún médico tocará a mi mujer.

Toby se levantó de la cama.

—Para que parezca creíble, tendrás que eliminar las referencias a la isla. ¿Te ayudo?

—Sí, por favor.

Cuando se acercó al escritorio y se colocó junto a él, Graydon la abrazó por la cintura y apoyó la cabeza contra su vientre ligeramente abultado.

—Te quiero —susurró él—. Aquí y ahora, en este lugar y en esta época de libertad, puedo desnudarte mi alma. Toby, te quiero. —Cuando la miró, sus ojos azules relucían por algo que se parecía a las lágrimas.

Toby le tomó la cara entre las manos y lo besó en la frente.

—Te quiero ahora, te quise entonces y te querré toda la eternidad.

Graydon le apoyó la cara en el vientre un instante, pero después se apartó a toda prisa y se secó los ojos. Sin mirarla, le dio el papel que había llevado consigo.

A Toby le temblaban las manos cuando lo aceptó. Solo lo había leído una vez y no ansiaba repetir la experiencia. Inspiró hondo.

—Empieza con un «Querido Garrett» —le dijo, antes de releer a regañadientes la espantosa carta.

Garrett estaba tan preocupado por su adorada Tabby que contrató al doctor Hancock, que vino desde Boston. Temía que la partera local, con veinte años de experiencia, no supiera qué hacer si algo salía mal. Como el parto de Tabby se alargó horas, el médico dijo que no podía esperar toda la noche a que naciera un bebé. Usó los fórceps antes de que el cuerpo de Tabby estuviera preparado. Por supuesto, la moral indicaba que no podía mirar lo que estaba haciendo, de modo que usó esa monstruosidad metálica a ciegas. Al parecer, también aferró parte del útero de Tabby y, cuando nació el bebé, le arrancó las entrañas. Debió de tirar con demasiada fuerza, porque el bebé murió al instante, con la cabeza aplastada. Tabby gritaba de dolor y el médico le practicó sangrías para que se tranquilizara. Mientras ese infame corría para coger el último ferry, dijo que la vida y la muerte siempre estaban en manos de Dios y que él había hecho todo lo posible para salvarlos a ambos. Mientras la vida de Tabby se apagaba, le dijimos que su bebé dormía plácidamente. Murió con su silencioso bebé en los brazos, sin saber la verdad.

Nadie ha tenido valor de contarle a Garrett que ese médico ha matado a su esposa y a su hijo. Con su temperamento, iría a por él. Te aseguro que a ninguna mujer de esta isla le importa lo que le pase a ese médico, pero no queremos que ahorquen a Garrett.

24

Toby quiso acompañar a Graydon cuando este se marchó para hacer correr la voz, pero la asaltó tal ataque de sueño debido al embarazo que empezó a tambalearse.

Al darse cuenta, Graydon sonrió.

—El bebé y tú necesitáis dormir —le dijo mientras la conducía a la cama.

—Pero quiero ayudar. —Toby apenas podía mantener los ojos abiertos—. ¿Y si me despierto en casa y tú sigues aquí y...?

Graydon la silenció con un beso.

—Chitón. Estoy seguro de que te seguiré enseguida. —La ayudó a tumbarse—. Tú descansa.

Toby cerró los ojos aunque intentó no hacerlo, pero se aferró a su mano.

—¿Qué vas a hacer? —preguntó.

—Lo primero es buscar al alfarero local.

Abrió los ojos, alarmada.

—Prométeme que protegerás a Garrett.

—Te lo prometo —susurró él antes de darle otro beso y sujetarle la mano todo lo posible mientras se alejaba hacia la puerta.

Toby escuchó cómo se cerraba la puerta, pero no miró. Mientras su cuerpo se sumía en el sueño, por su mente pasaba una incesante sucesión de imágenes. Victoria ataviada con un vestido de seda verde en la boda de Alix, Valentina con su vestido escotado en la boda de Parthenia. La cara del señor Huntley. ¿Qué le había dicho ese hombre?

No abrió los ojos, pero su mente se fue espabilando a medida que recordaba.

—Tanto Valentina como Parthenia la acompañaban. —Eso fue lo que dijo Caleb.

Abrió los ojos.

«Díselo a las mujeres.» Escuchó esas palabras en la cabeza... pronunciadas con la voz de Jilly. «Díselo a las mujeres.»

Graydon había dicho que se lo contaría a Caleb, el cabeza de familia, pero él era un hombre. Y a saber qué harían los hombres. Cuando Tabby se pusiera de parto, a lo mejor estaba embarcado en una larga travesía y puede que regresara una vez que hubiera pasado todo.

Intentó librarse de la soñolencia mientras se incorporaba en la cama. Se llevó las manos al vientre.

—Sé que eres muy chiquitín todavía, pero si quieres nacer, tienes que conseguir que nos despertemos.

Tardó unos minutos, pero al fin fue capaz de abrir los ojos del todo. Inspiró hondo unas cuantas veces y se dio cuenta de que tenía la cabeza más despejada. Echó las piernas al suelo y jadeó cuando el bebé se movió en su interior.

Se quedó un rato sentada en la cama, con las manos en el vientre y una enorme sonrisa.

—Eres como tu padre, ¿verdad? Ya estás listo para luchar por los demás. Muy bien, chiquitín mío, vamos en busca de las mujeres.

Consiguió bajar la escalera, hasta la desierta planta baja, y salió por la puerta principal. Los relámpagos iluminaban el cielo una y otra vez, pero todavía no llovía. Fue directa a Kingsley House, donde aún se celebraba la boda. Seguía sin saber quiénes eran los novios.

La primera persona que vio fue Valentina, sentada en un rincón con el capitán Caleb. Tenían las cabezas muy cerca y susurraban como dos enamorados. Toby deseó conocer más detalles de su historia, a fin de hablarles de su futuro. ¿No se había hundido el capitán con su barco? Pero eso fue cuando Garrett lo acompañaba. Si Garrett no iba en ese viaje, tal vez el capitán tampoco lo hiciera.

El bebé se movió de nuevo, como si quisiera recordarle su objetivo. No debía contárselo a Valentina. Estaba demasiado absorta en el capitán como para prestarle atención a otra cosa.

Jilly, Parthenia en esa época, estaba sentada en un alféizar acolchado sola, con una copa de ponche en la mano, mientras observaba a los bailarines.

—Tabby —la saludó con una sonrisa—, creía que te habías acostado.

—Y lo hice —reconoció ella, con un torbellino de pensamientos en la cabeza mientras trataba de dar con la mejor manera de exponer el problema sin hablar de viajes en el tiempo, reencarnaciones u otros temas tabús—. He tenido una pesadilla espantosa. Parecía muy real. —A continuación, procedió a contarle todo lo que sabía acerca de lo que sucedió aquella noche en la habitación de alumbramientos. Le contó que el médico tenía tanta prisa por coger el último ferry que usó una «monstruosidad metálica».

Dado que todo le había sucedido a la pobre Tabitha Weber Kingsley, Toby no tardó en empezar a llorar. Parthenia le echó un brazo por encima de los hombros y le dio un pañuelo, pero no la interrumpió.

Unas cuantas personas se acercaron para preguntar qué pasaba, pero Parthenia las alejó con un gesto de la mano. Cuando Toby terminó su historia, Parthenia la condujo fuera de la estancia, más allá de los bailarines, y salieron a través del pequeño porche de servicio situado en un lateral de la casa.

—Ningún médico te tocará —dijo Parthenia—. Te lo juro. —Condujo a Toby hacia el camino de entrada—. Ahora quiero que descanses. Al bebé no le viene bien que estés tan asustada. Si tú lo estás, él también.

—O ella —replicó Toby. Le temblaban las piernas, como si las emociones que evocaba la historia la hubieran dejado sin energía.

—No, es un niño. Sé lo que digo.

Toby la miró y asintió con la cabeza. El señor Huntley había dicho algo parecido sobre Jilly.

—No suelo contarle a la gente lo que veo y lo que siento, pero creo que somos almas gemelas. Y creo que tu sueño puede haber sido real. Me has tenido muy preocupada desde que te casaste con Garrett. Creo que esta noche me has contado lo que yo he estado viendo. Debes confiar en mí cuando te digo que ningún médico te atenderá. Valentina y yo nos aseguraremos de que así sea.

—Gracias —dijo Toby, y una vez tranquilizada, la abrumadora soñolencia se apoderó de ella otra vez, por lo que tuvo que apoyarse en Parthenia.

Cuando llegaron al camino, escucharon los atronadores cascos de un caballo sobre el empedrado. Las mujeres se detuvieron y miraron hacia el origen del ruido.

—Ha pasado algo —dijo Parthenia.

El caballo se acercó a ellas, pero no parecía aminorar la marcha. Cuando estuvo casi a su altura, un relámpago atravesó el cielo nocturno. Ante ellas se alzaba un caballo tan negro como la noche. A lomos del caballo iba Graydon, con la nívea corbata bien visible sobre el cuello de la chaqueta negra. Sin embargo, por encima no había nada. Allí donde debería estar su cabeza solo se veía la oscuridad de la noche.

La cabeza, en cambio, estaba sujeta entre el brazo izquierdo y el costado. Su rostro estaba inanimado, con los ojos cerrados y el pelo muy bien peinado.

Toby miró la aparición a lomos del caballo, una aparición que llevaba la cabeza de Graydon en el brazo, se volvió hacia Parthenia, esbozó una sonrisilla... y se desmayó.

25

Cuando Toby se despertó, lo hizo desorientada. El silencio que la rodeaba era tal que tuvo la impresión de estar sumida en el vacío. Sus ojos tardaron un instante en acostumbrarse y descubrió que se encontraba en su cama, en Nantucket. Su móvil estaba en la mesilla; su iPad, en el tocador; el portátil, en la mesa. Había vuelto al siglo XXI.

La estancia estaba tenuemente iluminada, pero distinguió la luz del sol detrás de los estores. Volvió la cara y descubrió que no había huella de otra cabeza en su almohada. Graydon no había dormido a su lado.

Se llevó las manos al abdomen. Liso y vacío. Se le llenaron los ojos de lágrimas al instante. No había bebé, ni marido. Solo una casa en silencio.

—Estás despierta —dijo Jilly, que estaba en el vano de la puerta con una bandeja en la que le llevaba el desayuno.

Toby se incorporó y se limpió las lágrimas sin perder tiempo.

—Se han ido, ¿verdad?

—Sí —respondió Jilly.

—¿Graydon también? ¿Está bien? ¿Está enfermo?

Jilly soltó la bandeja.

—Está perfectamente. Si acaso se puede decir eso de un hombre anímicamente destrozado. ¿Por qué me haces esa pregunta?

—Solo quería saber si llevaba la cabeza sobre los hombros.
—Intentó sonreír como si fuera una broma, pero le resultó imposible.

Jilly cogió un sobre enorme de la bandeja.

—Graydon me ha pedido que te entregara esto.

Cuando Toby lo abrió, del interior cayeron otro sobre y un librito. Mientras Jilly salía en silencio del dormitorio, Toby abrió el sobre pequeño.

Cariño:

No puedo soportar la idea de despertarte, pero mi padre insiste en que sus hijos hagan una aparición juntos. Soy su leal súbdito y debo obedecer.

Por favor, no me olvides.

Te querré siempre,

GM

Toby dejó caer la nota sobre el cobertor. En ese momento no sabía cómo se sentía. Era demasiado pronto y los sentimientos le resultaban demasiado descarnados como para analizarlos.

Cogió el librito y lo ojeó. Era viejo y estaba estropeado. La tapa estaba rota y desgastada. Se titulaba *Nantucket prohibido*. Debajo del título podía leerse: «Las historias que la gente de Nantucket no quiere contar.»

Lo abrió por un marcapáginas y vio el dibujo de un hombre ataviado a la usanza de la época, montado sobre un caballo grande y negro. El caballo se alzaba sobre las patas traseras, y delante de él se encontraba un hombre portando un maletín de médico en una mano, mientras se llevaba la otra a la boca para silenciar un grito. Estaba aterrado porque el jinete no tenía cabeza. Dicha parte de su anatomía estaba sujeta bajo uno de los brazos del jinete y esbozaba una macabra sonrisa.

La historia que acompañaba la espeluznante imagen era corta. Según decía, a principios de siglo, un vecino de la localidad se había disfrazado de jinete sin cabeza y había perseguido a un tal doctor Hancock, que del susto corrió hasta el muelle y pasó la noche escondido en un barril de ron vacío. Por la mañana embarcó en el primer ferry que zarpaba de la isla y jamás regresó a Nantucket. La pregunta que se hacía el autor era qué habría hecho el pobre doctor para que lo aterrorizaran de esa manera. Esa fría noche de otoño solo iba de visita, invitado a una boda, y jamás había estado antes en Nantucket. Pero según se aseguraba, el jinete lo persiguió, solo a él y a nadie más, por media isla.

El libro concluía diciendo que cuando el autor entrevistó a los habitantes de Nantucket, en 1963, nadie quiso contarle la historia. La mayoría afirmaba que la historia jamás había sucedido.

Teniendo en cuenta que los habitantes de Nantucket tienen una excelente memoria, esto es inusual. ¿Por qué han mantenido oculta la historia del Jinete sin Cabeza? Y ¿por qué persiguió el jinete a un médico de Boston? Nadie ha querido decírmelo.

Eso aseguraba el autor. Toby se preguntó si Graydon había pasado toda la noche despierto intentando encontrar una prueba escrita de lo que había hecho aquella noche mientras ella dormía. ¿Habría buscado en la biblioteca de Kingsley House hasta dar con el extraño libro? Al menos, por fin sabía por qué quería hacerle una visita al alfarero local. La cabeza del jinete estaba hecha de barro y le habían colocado una peluca. Sabía que no le había hablado de su plan porque le habría dicho que era demasiado peligroso. ¿Y si alguien le hubiera disparado? Pero claro, la familia de Garrett formaba parte de Nantucket y los habitantes de la isla se cuidaban entre ellos.

Miró de nuevo el dibujo y no pudo menos que reírse. Desde luego que había espantado al médico hasta el punto de que jamás regresó a la isla.

Al parecer, había un propósito para que todos se reunieran. Tal vez Graydon y ella estaban destinados a volver al pasado y cambiar lo que les sucedió a Garrett y a Tabitha.

¡Y con eso bastaba!, pensó. Haber logrado algo semejante era mucho más que lo que otras personas hacían a lo largo de toda una vida.

Mientras empezaba a tomarse el desayuno que Jilly le había preparado tan amablemente, llegó a la conclusión de que el silencio de la casa le resultaba tétrico. No escuchaba el sonido de las espadas, ni había risas, ni conversaciones en lanconiano. Cuando acabó de comer, apartó la bandeja y se apoyó de nuevo en la almohada con la vista clavada en el techo. Sabía que ese momento iba a llegar, de modo que no debería sentirse mal. Y no debería enfadarse con Graydon. ¿Habría sido mejor que se demorara para protagonizar una larga y angustiosa despedida? ¿Ambos abrazados y llorando? ¿Habría sido eso mejor?

La respuesta era que nada podría aliviar el dolor que la embargaba. Había cometido un tremendo error. Se había enamorado de un hombre que no podía tener, de modo que... ¡se lo merecía!

Mientras yacía en la cama, reflexionó sobre sus opciones. Podía caer en un estado depresivo y pasarse semanas, o incluso meses, llorando por los rincones, o podía seguir adelante con su vida. En ese momento tenía dos trabajos: diseñar el jardín para la casa del primo de Jared y organizar la fastuosa boda de Victoria. Entre ambos lograría estar distraída y no tendría tiempo para pensar... ni para recordar.

En cuanto a lo que sucedería cuando finalizara dichos proyectos, algún día encontraría a un hombre del que se enamoraría y...

Y ¿qué?, se preguntó. ¿Se pasaría la vida comparándolo con Graydon? ¿Qué hombre de carne y hueso podía compararse con él? Graydon era un erudito, un atleta, un caballero a la antigua usanza. Era capaz de...

Cerró los ojos con fuerza. No podía permitirse esa línea de pensamiento, porque por ese camino acabaría enloqueciendo. Había sabido desde el principio que ese iba a ser el desenlace. El día que se conocieron, Graydon le habló de su compromiso con la aristocrática Danna. Incluso le describió la ceremonia al detalle.

Siempre había sido sincero con ella.

Apartó el cobertor y la sábana, y se levantó. Se le pasó por la cabeza el dicho tan manido de «Es el primer día del resto de tu vida». Sí, iba a ser un nuevo comienzo.

Se puso una bata y se mantuvo firme hasta llegar a la cocina. Jilly estaba sentada a la mesa en la salita, leyendo una novela de Cale Anderson, y no alzó la vista.

Lo primero que pensó fue que Graydon había ordenado esa estancia. Lo había visto entrenar desde el ventanal. Esa era la mesa donde Graydon, Lorcan y Daire habían disfrutado de muchas comidas. Recordó el sabor de los quesos de Lanconia, de las tortitas. Recordó a Daire y a Graydon bebiendo cerveza y hablando en lanconiano, un idioma que había llegado a resultarle muy familiar.

«No sobreviviré», pensó. Sería demasiado para ella vivir sola en esa casa, tan cargada de recuerdos.

Se acercó a Jilly, que la miró con expresión interrogante.

—No puedo hacerlo —susurró—. No puedo...

Se interrumpió porque en ese momento llegó Victoria, tan guapa como de costumbre, procedente del jardín, seguida de una mujer alta y con el pelo blanco a quien Toby no conocía.

—Cariño —la saludó Victoria, al tiempo que le colocaba las manos en los hombros y la besaba en las mejillas—, pensábamos que te pasarías el día durmiendo. El pobre Graydon ha tenido que marcharse. Nos ofrecimos a despertarte, pero él se negó en redondo. Dijo que necesitabas descansar después de todo lo que habías pasado. Dime, ¿has tenido otro de tus sueños?

Toby pensó que Victoria parecía lista para sacar el bolígrafo y el papel a fin de tomar nota de todo lo que dijera. Toby miró a la desconocida con expresión elocuente.

Victoria retrocedió.

—Te presento a una amiga mía, Millie Lawson, que está en Nantucket de vacaciones y que está dispuesta a ayudarte con la boda y con el diseño del jardín que te ha encargado Jared.

—Por favor, perdona a mi amiga —terció Millie antes de que Toby pudiera hablar—. Son muchas cosas a la vez para ti. Tengo entendido que has roto con tu novio, ¿no?

Toby pensó que la explicación era mucho más complicada, pero no pensaba decirle eso a una desconocida.

—¿Estás disfrutando de tu estancia en Nantucket?

—Toby, cariño —dijo Victoria—, he convencido a Millie de que se quede contigo en tu casa.

—¿Cómo? —fue lo único que atinó a preguntar Toby, cuya expresión mostraba claramente su asombro.

Jilly se interpuso entre Victoria y Toby.

—Millie es una organizadora de eventos jubilada y ha trabajado para grandes empresas, museos y también para algunas embajadas. Ha planeado quedarse en Nantucket hasta después de la boda de Victoria, pero... —Dejó la frase en el aire.

—La jubilación me parece un aburrimiento total —afirmó Millie—. Y ya no aguanto ver más playas ni más atardeceres espectaculares. Cuando Victoria me dijo que la organizadora de su boda podría necesitar ayuda, le ofrecí mis servicios. En cuanto a alojarme en tu casa, estoy segura de que no querrás como compañera a una desconocida.

Toby abrió la boca para decir que estaba de acuerdo en eso de que no iba a funcionar, pero un movimiento que se produjo en el jardín la distrajo. Al instante, le dio un vuelco el corazón. ¡Eran Graydon, Lorcan y Daire! No... se trataba de José Partida y sus empleados, dispuestos para empezar a trabajar en el jardín.

Se le cayó el alma a los pies y pensó que si estuviera sola, ha-

bría corrido escaleras arriba para meterse de nuevo en la cama...
y tal vez no volver a salir jamás. Miró otra vez a la mujer. Tenía
un leve acento inglés y, ciertamente, parecía capaz de encargarse
de cualquier cosa.

—Sí —dijo Toby—, por favor, ayúdame con la boda. En
cuanto al alojamiento, arriba tengo un dormitorio vacío. —La
palabra casi hizo que se atragantara—. Será más fácil trabajar si
vivimos juntas.

—¡Qué bien! —exclamó Victoria, que abrió la puerta y gritó—: ¡José, guapetón, necesito ayuda con estas maletas!

Mientras Victoria y su amiga Millie salían por la puerta principal, Jilly le pasó a Toby un brazo por los hombros.

—Aunque no te lo parezca ahora mismo, sobrevivirás. Al
final, el tiempo lo cura todo.

Toby había oído que el primer marido de Jilly, el padre de
sus dos hijos, era un mal hombre. Jilly había sobrevivido a algo
mucho más horrible que un corazón maltrecho.

Le devolvió el abrazo y después se apartó de ella.

—Victoria es a veces un poco manipuladora y...

—Exigente —añadió Jilly—. En realidad, es muy autoritaria.

—Sí. Mucho. Pero en este caso creo que me conviene no vivir sola.

—Opino igual —convino Jilly.

Su conversación quedó silenciada por el sonido de las maletas al subirlas por la escalera y por las órdenes de Victoria. Al
cabo de unos minutos y por segunda vez durante ese verano,
Toby compartía casa con una persona a quien no conocía.

Victoria se marchó tras entregarle a Toby un enorme montón de lo que parecían cartas.

—¿Correo postal? —preguntó mientras las aceptaba.

—¿Qué quieres que te diga? He invitado a muchos escritores y a eso se dedican, a escribir. Entérate de lo que quieren y
contéstales. ¿Has decidido el premio que se llevarán los mejores
disfraces?

—¿Ejemplares firmados de tus libros? —sugirió Toby.

Victoria soltó una carcajada.

—Qué graciosa. Mejor que sea algo grabado, para que sus publicistas puedan incluirlo en la Wikipedia. Si necesitas cualquier cosa, dímelo, pero voy a encerrarme para escribir, así que tal vez te resulte complicado ponerte en contacto conmigo. —Y añadió en voz baja—: Millie es fantástica en su trabajo, así que confía en ella. Y habla con ella.

—¿Cuánto hace que os conocéis?

Victoria agitó una mano.

—¿No te parece que esa pregunta es como si quisieras saber su edad? En cualquier caso, cariño, buena suerte. —Y se marchó.

José bajó la escalera.

—Esa mujer tiene un montón de equipaje. ¿Quieres que limpiemos el invernadero?

—No —contestó Toby, que recordó que ese se había convertido en el trabajo de Graydon—. Yo lo haré.

—Tienes que salir un poco —le aconsejó José—. No es bueno que pases mucho tiempo encerrada.

Toby sabía que tenía razón, de modo que lo siguió hasta el jardín.

26

A Toby le habría encantado disponer de tiempo para conocer a Millie, pero si se sentaba a hablar, seguramente acabaría llorando y después...

No quería pensar en lo que haría si no tuviera muchísimo trabajo por delante con el que mantenerse ocupada. Cuando bajó la escalera a la mañana siguiente de que Millie se instalara, olió tortitas. Le recordaron a las tortitas lanconianas de Graydon y, por un momento, estuvo tentada de volver corriendo a su dormitorio. Sin embargo, inspiró hondo varias veces, se obligó a tranquilizarse y entró en la cocina.

—Espero que no te importe que haya preparado el desayuno —dijo Millie.

—No, has sido muy amable, pero no tienes que ocuparte de mí.

—Me gusta cocinar, pero ya no tengo a nadie a quien prepararle la comida.

—¿Tienes familia? —preguntó Toby.

—Hijos mayores que ya no me necesitan. ¿De qué vamos a encargarnos primero? ¿Del jardín o de la boda?

—Creo que mejor te enseño lo que llevamos hecho hasta ahora en ambas cosas. Lorcan se estaba encargando de muchos detalles y no estoy segura de dónde se quedó.

—¿Lorcan? Qué nombre tan curioso. ¿Quién es?

—Es... —La mente de Toby se llenó con tantísima información que fue incapaz de hablar.

—Lo siento —se disculpó Millie. No quería traerte malos recuerdos. Supongo que Lorcan tiene algo que ver con el granuja que te abandonó.

Toby siseó cuando la rabia se apoderó de ella.

—¡No! —consiguió exclamar—. Graydon no me «abandonó». Es un hombre leal y honorable que siempre antepone las necesidades de los demás a las suyas. Es... —Guardó silencio y se dejó caer en una de las sillas de la cocina—. Hizo lo que tenía que hacer —susurró.

Millie se sentó junto a ella y le tomó una mano entre las suyas.

—Siento muchísimo mis palabras. No estoy al tanto de lo sucedido. Victoria ha despotricado de lo lindo contra el hombre que te ha partido el corazón. Creo que quiere arrancarle la piel a tiras, pero estoy segura de que hay detalles de la historia que desconoce.

Toby alzó la vista. La cara de la mujer demostraba mucha compasión. Era mayor, pero tenía una piel perfecta, y Toby se percató de que, en otro tiempo, Millie había sido una belleza despampanante. En ese preciso momento, parecía a punto de echarse a llorar.

—No ha sido así. Victoria lo ha entendido mal. Pero de todas formas, necesito tiempo para curar las heridas y no quiero hablar del tema. Me gustaría perderme en el trabajo e intentar olvidarlo todo.

Millie sonrió y le dio un apretón en la mano.

—Lo entiendo, pero también quiero que sepas que estoy aquí si necesitas desahogarte. Sé algunas cosas sobre los hombres y las lágrimas.

—Gracias —dijo Toby, y se dio cuenta de que se sentía mejor—. ¿Qué te parece si te enseño dónde quiere Jared que diseñe el jardín?

—¿Y Jared es...?

—Mi casero y amigo —contestó Toby mientras Millie le ofrecía un plato de tortitas—. ¿Qué sabes de jardinería?

—Que las rosas y las azucenas quedan bien juntas.

—Con eso me basta —replicó Toby antes de empezar a comer.

Toby no tardó en darse cuenta de que Millie había sido muy modesta al hablar de sus conocimientos sobre jardinería y sobre muchas otras cosas. La mujer era una fuente inagotable de información y de eficiencia.

Tras una miradita al jardín en cuestión, Millie dijo:

—Que sea sencillo. Clásico. De fácil mantenimiento.

—Eso mismo había pensado yo —repuso Toby, antes de que empezaran a hablar de qué plantas poner en qué lugar, de dónde colocar las zonas para sentarse e incluso abordaron la idea de instalar una pequeña pérgola en la parte trasera.

Cuando regresaron a Kingsley Lane, estaban listas para empezar a plasmar las ideas en papel con las medidas que Toby y Lorcan habían tomado.

Jared tenía un estudio completo en Kingsley House, y con su permiso, usaron la antigua mesa de dibujo para trazar los planos del jardín. Además, Millie preparó un cuadro esquemático a fin de controlar lo que habían hecho y lo que faltaba por hacer en la boda de Victoria. Al tercer día, las dos avanzaban a marchas forzadas.

Al principio, la idea de que los famosos escritores asistieran vestidos de época le pareció excelente, pero además de las cartas, Toby nunca había recibido tantos mensajes de correo electrónico y mensajes de texto. Algunos eran tan largos que parecían escenas sacadas de una novela... y todos los escritores esperaban que Toby fuera una experta en la época de la Regencia inglesa.

Victoria le dijo:

—Diles que no eres editora y que tienen que verificar ellos mismos su documentación histórica. —Sin embargo, la verdad era que Toby podía contestar a todas sus preguntas. Al fin y al cabo, había estado en esa época.

—¿Cómo es que sabes tanto sobre ese periodo histórico? —le preguntó Millie mientras repasaban el pedido de flores para la boda.

—Bueno... —empezó Toby, pero se interrumpió. ¿Qué podía decir? ¿Le contaba que había viajado en el tiempo?—. He leído muchas novelas ambientadas en la Regencia —contestó, y se concentró en las hojas de pedido.

Durante las semanas que faltaban para la boda, Toby habló con Lexie dos veces a la semana, pero las cosas habían cambiado entre ellas. Toby sospechaba que su amiga le ocultaba tantas cosas como le ocultaba ella.

—Estoy bien —le aseguró a Lexie—. Graydon tiene que gobernar un país entero. No podía abandonarlo todo para estar con una plebeya.

—¿No has visto las noticias? —le soltó Lexie—. Fíjate en el príncipe Guillermo. Y la futura reina de Suecia se casó con su entrenador personal.

—Ah, sí —dijo ella—. Eso aparece en la constitución de Lanconia: los entrenadores personales están permitidos, pero las floristas no.

—¿Eso me tiene que hacer gracia? —preguntó Lexie.

—Bueno, ¿cómo van las cosas entre Roger y tú?

—Bien —contestó Lexie, usando casi la misma expresión que Toby—. Tú me preocupas más.

Y así discurrían todas sus conversaciones. Toby preguntaba por Lexie y Lexie preguntaba por ella. Pero ninguna de las dos compartía mucha información.

Por más que Toby intentara sumirse en el trabajo, había ocasiones en las que casi perdía los nervios. Una semana después de marcharse, Lorcan le mandó un enorme paquete con quesos y salchichas, y también una pieza de encaje hecho a mano. Tuvo que usar la valija diplomática para que la comida pudiera pasar por la aduana, pero llegó bien.

En su interior había una breve nota de Lorcan.

> Te echamos de menos todos los días y ÉL es muy, muy desdichado.
>
> LORCAN

—¡Me alegro! —exclamó Toby, que dejó que la rabia se apoderase de ella para no ceder al llanto.

Compartió la comida con Millie, Ken y Jilly. Millie compró vino y Jilly hizo una tarta de frambuesa. La velada fue agradable, pero cuando Jilly habló de Lanconia, Toby levantó una mano. Se negaba a escuchar una sola palabra del país.

Sin embargo, Ken dijo de todas formas:

—La ceremonia de compromiso se ha pospuesto. —Miró a Millie, que mantenía la cabeza gacha y no participaba de la conversación.

Toby asintió con la cabeza.

—Porque Rory todavía tiene la escayola. No pueden permitir que se comprometa el príncipe que no es. Tiene que ser Graydon el que se comprometa con ella.

—La excusa oficial es que...

Toby levantó la mano una vez más, y en esa ocasión, Ken guardó silencio.

Además de negarse a leer, escuchar y ver cualquier cosa relacionada con Lanconia, Toby no intentó descubrir qué había pasado con Tabitha y con Garrett. La última vez que Graydon y ella le preguntaron al señor Huntley, Toby se pasó días enteros llorando por lo que les había contado. Si su última visita no los había salvado, no habría más oportunidades para cambiar lo sucedido. Y en esa ocasión no habría nadie que la abrazase cuando llorara.

No, se dijo. Era mejor ceñirse al presente y al futuro. El pasado, en el que se incluía todo lo relacionado con Lanconia, debía quedarse donde estaba.

A pocos días para la boda, Millie y Toby ya formaban un gran equipo. Eran tan eficientes que podían interactuar sin hablar siquiera.

Millie fue la que diseñó los premios que se darían a los mejores disfraces... y habían ideado tantas categorías que pocos participantes se quedarían sin su placa de metacrilato. Al mejor peinado, al mejor tocado, al mejor vestido blanco, a los mejores zapatos y un largo etcétera. Había uno que se les había ocurrido a Millie y a ella mientras compartían una jarra de margarita. Había sido una buena noche.

El único mal trago que pasó Toby fue cuando dijo que le gustaría comer un poco del queso amarillo que a Graydon no le gustaba.

—¿Quién es ese Graydon del que no dejo de escuchar cosas? —preguntó Millie mientras le llenaba la copa.

Toby estaba achispada, pero no borracha.

—Un verdadero príncipe —contestó al tiempo que alzaba la copa y después bebía un sorbo.

—¿Es el amor de tu vida?

—¡Por supuesto que no! —le aseguró—. Después de la boda de Victoria, pienso conocer a un hombre que me vuelva loca. Será inteligente, educado y me hará el amor el día entero. ¡Se acabó la virginidad para mí! —Toby apuró la copa.

—¿Eres...? —preguntó Millie, con los ojos como platos.

—Sí y no —contestó Toby mientras soltaba la copa—. Tabitha se lo pasó genial, pero Toby no pilló cacho. Los hombres honorables están bien sobre el papel, pero en la vida real son un incordio.

—Tienes que contarme esa historia —repuso Millie.

—No —se negó Toby—. Ni ahora ni nunca. Voy a acostarme. Hasta mañana. —Subió la escalera y cayó de bruces en la cama.

La víspera de la boda, tanto Toby como Millie se sentían agotadas, pero todo estaba preparado. El vestido de Victoria, el blanco (Lorcan había ganado la apuesta), llegó a principios de semana, enviado por Martha Pullen, y dejaba sin aliento. Era bastante sencillo, con un escote bajo y talle alto, con manga francesa y un poco de cola. Aunque lo que más destacaba era la delicadeza del algodón suizo que Martha y sus ayudantes habían utilizado, así como el exquisito bordado en blanco de la falda y de las mangas. Victoria, Millie y ella se congregaron en torno al vestido para admirar el delicado trabajo de costura, la precisión de cada puntada.

Millie conocía a varias personas del departamento de vestuario de la Metropolitan Opera de Nueva York, y su vestido llegó envuelto en papel de seda. Era de satén color melocotón, cubierto por una capa de tul finísima bordada con hilo de plata. A lo largo de los años, el hilo había adquirido un brillo apagado que resaltaba la belleza del vestido. Era una reproducción tan buena que parecía cosido a mano.

En cuanto a Jilly, a Alix y a sus respectivas parejas, el señor Huntley sabía dónde había ropa de la época en las cajas que se amontonaban en el ático de Kingsley House. Ken sacó las cajas mientras Jared y él protestaban sin cesar por lo que tenían que ponerse para la boda.

Toby colgó su vestido en la puerta del armario, y verlo hizo que la asaltaran unos recuerdos que apenas fue capaz de soportar. Se sentó en el borde de la cama con la vista clavada en el vestido mientras su mente rememoraba las veces que había estado con Graydon.

—¿Te encuentras bien? —preguntó Millie desde la puerta—. ¡Ay, Dios! ¿Es el vestido que te vas a poner? Es maravilloso. ¿Seguro que te queda bien?

—Segurísima —contestó Toby.

—A lo mejor deberías probártelo para comprobarlo.

Toby se puso en pie.

—¡Sé que me queda bien! —exclamó con voz casi furiosa—. Me lo he puesto varias veces e incluso me lo han quitado. He bailado y he reído con él. ¡Me he casado con él! —Se cubrió la cara con las manos.

—Creo que debería dejarte sola —dijo Millie en voz baja.

—No, por favor —replicó—, no te vayas. ¿No hay nada que tengamos que hacer?

—Podríamos ir a la capilla y comprobar si han colocado bien las velas.

—¡Bien! —exclamó Toby—. Y podemos encender algunas para asegurarnos de que no gotean. No quiero tener que rascar la cera como la vez pasada. De no haber sido por Graydon...

Inspiró hondo.

Millie se cogió de su brazo.

—Lleva su tiempo, cariño, pero conseguirás olvidarlo.

—Parece que en los últimos días sus recuerdos se intensifican. Es como si me estuviera llamando para que acudiera a su lado.

—En ese caso, tal vez deberías ir.

—Es imposible —le aseguró Toby al tiempo que bajaba la escalera delante de Millie y cogía las llaves del coche.

Toby se había derrumbado el día anterior a la boda de Victoria. Se despertó temprano y bajó a la cocina. Mientras se preparaba una buena taza de té cargado, escuchó que el televisor de la planta baja estaba encendido. Millie ya debía de estar despierta. Cogió su taza y entró en el salón.

Millie estaba sentada en el sofá mientras veía una conexión en directo con Lanconia. Alzó la vista para mirarla.

—Me paso el día escuchando hablar de ese país y he visto que estaban poniendo esto. ¿Sabes lo que es?

A Toby se le formó un nudo en la garganta cuando miró la

pantalla. Vio una enorme estancia con una alfombra roja, adornos dorados y lo que parecía brocado azul en las paredes. En la parte delantera, habían colocado una hilera de sillas minúsculas ocupadas por hombres trajeados y mujeres con sombreritos, todos con bolígrafo y papel o cámaras. En la parte posterior, había cámaras de televisión.

—Es... supongo que es la ceremonia de compromiso —contestó.

El sentido común la instó a abandonar la estancia, para no ver lo que estaba a punto de suceder. Pero fue incapaz de obedecer.

Cuando Millie le dio unas palmaditas al asiento que había a su lado, Toby se acercó al sofá y se dejó caer, apretando con fuerza la taza que llevaba en la mano.

El presentador de la CNN estaba diciendo que el príncipe Graydon de Lanconia estaba a punto de entrar en la estancia con lady Danna Hexonbath, y que iba a anunciar su compromiso formal.

—¿Graydon? —preguntó Millie, mirándola—. No es tu Graydon, ¿verdad?

Al ver que Toby no contestaba, Millie le quitó la taza de la mano y la dejó en la mesita auxiliar. A Toby le latía el corazón con fuerza y miraba la pantalla como si estuviera hipnotizada.

Tras un buen rato, apareció el príncipe, tan alto y guapo como lo recordaba. De su brazo iba lady Danna, y era tan guapa como Toby se había temido.

—Parecen muy felices juntos —comentó Millie con voz triste.

—Rory siempre ha querido a Danna —susurró Toby.

—¿Rory? ¿Quién es Rory?

Toby salió del trance y se puso en pie de un salto.

—Ese es Rory, no Graydon. —Se apartó del sofá y se llevó las manos a las orejas—. ¡No, no, no y no! No puede hacerme esto.

—¿Hacer el qué? No lo entiendo.

—¡Graydon! Va a hacerme quedar como la mala.

—Lo siento —se disculpó Millie—, pero no entiendo lo que dices.

Toby señaló el televisor.

—Ese no es el príncipe Graydon. Es su hermano, Rory. ¡Graydon va a venir a decirme que renuncia al trono por mí!

—Ah —dijo Millie—. ¿Estás segura? Parece un poco drástico. Pero si lo hace, ¿qué vas a decirle?

—Que no puede hacerlo, eso pienso decirle —replicó Toby. Intentó tranquilizarse—. A lo mejor me equivoco. Por favor, dime si enfocan a alguien que nombren como el príncipe Rory. Si no está ahí, seguramente está de camino. Voy a subir para vestirme y después me iré a la capilla. —Y subió la escalera mientras mascullaba—: ¡Joder, Graydon, no me hagas esto!

27

Cuando llegó el día de la boda, Toby estaba convencida de que se había equivocado por completo. El día anterior había estado tan nerviosa que cualquier cosa la sobresaltaba, porque esperaba que Graydon apareciera de repente ante sus ojos.

Sin embargo, a medida que pasaban las horas sin que apareciera, comenzó a tranquilizarse. Millie y ella cenaron disfrutando de una copa de vino, tras lo cual se acostó temprano.

Eran las seis de la mañana del día de la boda y Toby ya estaba en la capilla. Quería empezar pronto para asegurarse de que las cosas salieran a la perfección. El día anterior había sido de locos, ya que llegaron muchos invitados que esperaban ser recogidos en el aeropuerto para su traslado a los hoteles. Toby había logrado la ayuda de todos los primos de Jared para que asumieran el papel de conductores y llevaran a los invitados a donde quisieran.

Tan pronto como aparcó detrás de la capilla, abrió el maletero para que el personal contratado pudiera sacar todo lo que había llevado. Millie tenía un amigo calígrafo que se había encargado de realizar las tarjetas con los nombres de los invitados para colocarlas en los lugares que estos ocuparían. De hecho, Millie había añadido muchos toques a la boda en los que Toby ni siquiera habría pensado por sí sola. Aunque lo habían consultado todo con Victoria, esta se había limitado a agitar la mano, accediendo a todo sin protestar.

Victoria se encontraba tan inmersa en la novela que estaba escribiendo que le prestaba poca atención a su propia boda. Toby temió en un primer momento que el señor Huntley se sintiera dolido por esa falta de interés, pero en cambio adoptó una actitud protectora.

—Está escribiendo la historia de Valentina y la siente como si fuera suya —afirmó—. La conoce muy bien. Cuando la plasme en papel, regresará con nosotros.

Esa mañana, Toby había visto un mensaje de correo electrónico que Victoria le había enviado la noche anterior. El libro ya estaba acabado y aseguraba que iba a dormir doce horas seguidas. También escribió:

Mi alma por fin se ha liberado.

Echó un vistazo por los alrededores, en busca de algo que hacer. La carpa ya estaba instalada, las sillas y las mesas colocadas en el interior; la capilla, llena de sillas plegables.

—Son sillas de ópera —había dicho Millie—. Las usan en los palcos durante las óperas: son pequeñas, duras y muy incómodas. Lo hacen para evitar que los asistentes se duerman.

Toby se rio al escuchar la definición. Cuando todo acabara, quería sentarse un día con Millie y pedirle que le hablara de su vida. De momento, no había tenido oportunidad de hacerlo.

Vio una tira de luces en las ramas de un árbol y una escalera apoyada contra el tronco. Le preocupaba que alguien tropezara con los cables al pasar cerca. De modo que cogió la escalera, la abrió y subió para colocar la tira lo más alto posible.

—Sabía que te encontraría aquí —dijo una voz que creyó que jamás escucharía de nuevo.

Toby sintió un millar de emociones a la vez: felicidad, furia, anhelo y amor. Intentó mantener la calma, pero al intentar bajar un peldaño, se resbaló y cayó de espaldas.

Graydon la atrapó entre sus brazos.

En cuanto miró esos ojos azules, todo pensamiento racional abandonó su mente. Tal como Lexie dijo una vez, los ojos de Graydon eran abrasadores.

Le echó los brazos al cuello, lo besó en la boca y separó los labios para salir al encuentro de su lengua.

—No podía soportar la vida sin ti —dijo Graydon mientras la besaba en la cara, aun sin soltarla. La abrazaba con tanta fuerza que ella apenas podía respirar—. Te he echado de menos cada segundo de cada día.

Toby le devolvía beso por beso. Jamás había pensado que lo vería de nuevo, ni que volvería a tocarlo. Le resultaba seguro estar en sus brazos, le resultaba conocido, se había convertido en una parte de sí misma.

Se percató de que Graydon caminaba, pero la distraían tanto sus caricias, así como la euforia de estar a su lado de nuevo, que no estaba segura de lo que sucedía.

Cuando la puso de nuevo en el suelo sin dejar de besarla, empezó a recobrar el sentido común. Graydon se había internado en la arboleda, alejándose de la carpa y de la capilla, y le estaba desabrochando la camisa. Iba a hacerle el amor allí mismo, a Toby. No a Tabitha.

Lo apartó de un empujón, si bien tuvo que emplear toda su fuerza de voluntad para lograrlo. Los ojos de Graydon eran dos oscuros pozos de deseo cuando la atrapó de nuevo entre sus brazos.

—No —susurró ella.

—Tienes razón. Iremos a casa —murmuró él con la cara enterrada en su cuello.

—¿A la tuya o a la mía? —le preguntó Toby.

—A la tuya. Voy a quedarme aquí. Contigo. Para siempre. —Había inclinado la cabeza hacia la suya y hablaba como si la decisión ya estuviera tomada.

Toby lo alejó otra vez.

—¡No puedes hacer eso!

En esa ocasión Graydon pareció escucharla, pero se limitó a sonreír.

—Todo saldrá bien —le aseguró con voz serena—. No hace falta que te preocupes por nada. Me he ocupado de todo.

—¿Ah, sí? —replicó ella con las manos en sus hombros y los brazos extendidos.

—Sí —contestó Graydon con una dulce sonrisa—. Rory y yo hemos trazado un plan. Vámonos a algún lugar tranquilo donde podamos hablar.

—¿Un lugar tranquilo? ¿Como por ejemplo mi dormitorio? ¿Haremos el amor, nos abrazaremos y me contarás lo que Rory y tú habéis planeado para mi futuro?

—¡Exacto! —contestó él con una sonrisa—. Tú y yo siempre estamos de acuerdo en todo.

Toby se alejó de él.

—Quiero estar segura de entenderlo bien. Mientras estabas aquí, hice el tonto al intentar llevarte a la cama. Porque tú me rechazaste.

—Debía regresar a mi país y no quería arrebatarte la virginidad.

—¿Y ahora ya no pasa nada?

Graydon sonrió.

—El plan incluye que tú y yo nos casemos. Hoy. He investigado un poco y podemos ir al juzgado de Nantucket, conseguir una licencia, buscar un juez que esté de guardia y pedirle que nos case.

—¿Y así no tendremos que molestarnos con todo este engorro? —preguntó ella, señalando la carpa y la capilla que podían verse entre los árboles.

Al percatarse de su tono de voz, Graydon comprendió que a Toby no le hacía gracia lo que él estaba diciendo.

—Podremos tener una boda fastuosa después —se apresuró a añadir—. En el palacio.

—¿Ah, sí? ¿Y cuál será el nombre del hombre con el que me case?

—Tenemos que hablar de todo eso. Tal vez tenga que seguir asumiendo el papel de mi hermano.

Toby se acercó a él con un brillo furioso en los ojos.

—Quiero saber qué ha pasado con Danna. ¿Sabe con quién se va a casar?

Graydon retrocedió un paso.

—¿Recuerdas que te dije que debería preguntarle a Danna por lo que quería? ¡Fue una idea genial! Cuando le pregunté, descubrí que tiene un carácter muy fuerte.

Toby se acercó de nuevo a él.

—¿Qué dijo Danna? —No estaba segura, pero tenía la impresión de que Graydon se estaba sonrojando.

—Ella... pues... Parece que siempre ha podido distinguirnos a Rory y a mí, y me dijo que yo nunca le había gustado. Según ella, soy como una espada enfundada. Es un dicho lanconiano y significa...

—Lo supongo. ¿Se negó a casarse contigo?

—Sí —respondió él.

—Así que Danna te ha dado calabazas y tú vienes corriendo a por mí, ofreciéndome una boda de dos dólares y una vida de mentiras y secretos. Si alguna vez se descubre que abandonaste tu reino por mí, todo tu país me odiará. A lo mejor el mundo entero se vuelve en mi contra. Escribirán libros diciendo que te alejé de tu destino, cuando te habían educado desde la cuna para ser rey.

El rostro de Graydon perdió la expresión cariñosa. Cuadró los hombros y adoptó una postura rígida. Se convirtió en el príncipe.

—No lo entiendo. Quieres ser reina.

—Sí, claro. Para que tu familia me odie. Si sale a la luz el acuerdo al que has llegado con tu hermano, el padre de Danna retirará sus negocios de Lanconia y tu país acabará arruinado. Y todo por mi culpa. —Bajó la voz y dejó que todos sus sentimientos inundaran lo que iba a decir—. Lo que quiero es que seas rey.

Graydon perdió la rigidez al instante y pasó de ser el príncipe a ser el hombre del que ella se había enamorado. Se metió las manos en los bolsillos y se apoyó en el tronco de un árbol.

—Tienes razón, por supuesto.

Cuando la miró, Toby descubrió tanta angustia en sus ojos que estuvo a punto de correr hacia él.

Pero no lo hizo.

—No deberías haber venido —dijo en voz baja—. Comenzaba a pensar que soy capaz de vivir sin ti. —Pese a sus buenas intenciones, descubrió que se le llenaban los ojos de lágrimas.

—¿Has pensado en mí durante las últimas semanas? —quiso saber Graydon—. ¿Alguna vez al menos?

—¿Que si he pensado en ti? No. No he pensado. Te sentía. Te respiraba. Te llevaba en el corazón y en el alma. El aire, el sol, la luna... todo me recordaba a ti. Mi cuerpo y mi alma te deseaban con desesperación. No podía soportar escuchar tu nombre ni el de tu país. Ni siquiera podía soportar la idea de investigar sobre Tabitha y Garrett. Cada... —Lo miró.

Graydon extendió los brazos y la estrechó contra su cuerpo, pero sin pasión esa vez. Ella le colocó las manos en los costados, debajo de sus brazos, y pegó una mejilla a su torso para escuchar los latidos de su corazón. Era como si pudiera sentir la desesperación que lo embargaba, la sensación de impotencia... que era justo lo que sentía ella.

—Tabby y Garrett vivieron felices durante mucho tiempo —susurró él—. Yo tampoco soportaba la idea de investigar sobre su historia, pero Lorcan y Daire lo hicieron. Y la tía Jilly los ayudó.

—Tu interpretación del jinete sin cabeza los salvó.

—No —replicó él al tiempo que le besaba la coronilla—. Tú los salvaste, pese a mi intervención. Les suplicaste a Valentina y a Parthenia que no permitieran que se te acercara un médico. Después de que el doctor Hancock se negara a venir a Nantucket, Garrett contrató a otro. Tus amigas lo encerraron en un armario.

—¿Ah, sí? —preguntó Toby, sonriendo contra su pecho—. ¿Y el bebé?

—Un niño gordo y grande, seguido de dos niños más y de una niña, de quien Valentina dijo en una carta que era tan guapa como su madre.

—¿Los niños crecieron y fueron felices? —susurró ella, con las lágrimas en las mejillas.

—Nuestros descendientes han ayudado al mundo. Una biznieta comenzó la lucha para reformar los orfanatos en Nueva York. Durante la Segunda Guerra Mundial, uno de nuestros descendientes salvó a todo un batallón de soldados. Gracias a su intervención, ahora hay entre sus descendientes senadores, gobernadores, maestros, médicos y una mujer piloto. Y todos gracias a ti. A nosotros.

Toby asintió con la cabeza sin separarse de él.

—Eso era lo que estábamos destinados a hacer, y lo hemos conseguido.

—Sí —susurró Graydon con la cara enterrada en su pelo, de forma que Toby percibió sus lágrimas en la cabeza—. Una de nuestras descendientes, una chica muy joven, está pasando ahora mismo por una racha muy mala. Ya que no existía hasta hace poco tiempo, se me ha ocurrido que podía presentársela a uno de mis primos, Nicholas. Se dice que fue concebido en 1564. Tal vez se entiendan a la perfección.

Toby sabía que estaba tratando de animarla.

—Graydon, yo...

—Chitón —la silenció él—. Ya no hablaremos más de esto. Seguiremos como hasta ahora. Esta noche bailaremos a la luz de la luna y beberemos champán.

—Por última vez —replicó Toby.

—Sí —susurró Graydon—. Por última vez.

Toby se encontraba en la carpa grande con la tabla que mostraba la distribución de los invitados en la mano, colocando las tarjetas con los nombres de cada uno en su lugar correspondiente. Millie y ella habían pedido ejemplares de bolsillo de segunda mano de los autores invitados y habían pasado varias noches recortando páginas y pegándolas. Con ellas habían hecho servilleteros y marcos para colocar las tarjetas con los nombres, y también habían envuelto cajitas de bombones con las palabras que ellos mismos habían escrito. Para los invitados que no eran escritores, los bombones iban envueltos con páginas de las novelas de Victoria.

Eran casi las cuatro, de modo que los invitados no tardarían en aparecer, ataviados con ropa de época para asistir a la ceremonia. La hija de Victoria, Alix, se encargaría de cualquier cosa que surgiera en la capilla mientras Toby se marchaba a casa para arreglarse, antes de que llegaran los invitados.

Se demoró enderezando ramos de rosas de pitiminí, asegurándose de que los nidos que habían creado con tiras de las páginas de las novelas contenían suficientes conchas, comprobando que hubiera suficientes premios en la mesa dispuesta para exponerlos y hablando con el personal de la empresa de catering, que estaban organizándolo todo. No quería irse a casa, donde se encontraría sola, sin gente que la rodeara.

No había visto a Graydon desde esa mañana. No sabía dónde se alojaba y tampoco sabía si seguía en la isla. En parte, quería que estuviera a su lado, pero casi era mayor el deseo de no verse en la obligación de despedirse de él otra vez. ¡Era demasiado doloroso!

Se sacó el móvil del bolsillo al sentir la vibración que señalaba la llegada de un mensaje y vio que era Millie, que le decía que necesitaba irse a casa para arreglarse. Además, añadió:

Yo te peinaré.

Las lágrimas que llevaba toda la mañana conteniendo amenazaron con hacer acto de presencia, así que parpadeó para librarse de ellas. A veces, tenía la impresión de que se había pasado la vida buscado una madre de verdad, alguien que la escuchara, que la quisiera y que...

—¡A ver si maduras! —se dijo en voz alta al tiempo que se guardaba el móvil otra vez en el bolsillo.

La verdad era que había sido consciente desde el primer momento de lo que se jugaba al involucrarse con Graydon. Lexie se lo había advertido. Y...

Tras decirse que debía dejar de pensar, se metió en el coche y condujo de vuelta a Kingsley Lane. Millie la estaba esperando en la puerta.

—Como no nos demos prisa, nos perderemos la ceremonia. —Millie ya estaba arreglada, guapísima con un vestido adornado con pasamanería plateada. Se había recogido el pelo con gran elegancia, y llevaba una tiara cuyas piedras brillaban como si fueran diamantes de verdad.

—Estás increíble —dijo Toby.

—Pues a ti parece que se te haya muerto el perro. ¿Qué ha pasado?

Tal vez fuera la tranquilidad, o tal vez fuera el hecho de estar en casa, el caso fue que las emociones se desbordaron y la abrumaron.

—Está aquí —susurró.

Millie abrió los brazos y Toby se refugió entre ellos, con un nudo en la garganta. Millie la abrazó un rato y después casi la empujó para que subiera la escalera.

—Cuéntamelo mientras te ayudo —le dijo Millie—. Y empieza desde el principio. ¿Cómo es posible que hayas conocido a un príncipe de verdad? —Millie no le permitió sentarse, sino que la llevó hasta el cuarto de baño para que se duchara—. Ni se te ocurra mojarte el pelo. No tenemos tiempo para secártelo.

—A Graydon le encanta mi pelo —afirmó Toby.

Millie puso los ojos en blanco y descorrió la cortina de la ducha.

—A la ducha para librarte del sudor.

Toby obedeció, mientras Millie la esperaba.

En cuanto empezó a hablar, tuvo la impresión de que nada podría detenerla. Empezó contándole cómo conoció a Graydon durante la boda de Alix y Jared.

—Fue Rory quien obligó a Graydon a contarme que era un príncipe.

—¿Y Rory es su hermano?

—Sí. Supuestamente son idénticos, pero Graydon es más listo, más guapo y más... en fin, más maduro.

Millie disimuló la sonrisa mientras le ataba las cintas del corsé.

—Así que Graydon solo planeaba quedarse unos días, ¿no?

—Sí, pero Rory se rompió la muñeca y Graydon se vio obligado a quedarse. —Se sentó en una otomana mientras Millie le deshacía la trenza y le cepillaba el pelo. Entre tanto, le habló de la llegada de Lorcan y de Daire—. Al principio no les caí bien. Creo que ambos pensaban que yo iba detrás de Graydon por lo que era, pero él se encargó de dejarles las cosas claras. —Toby le contó que ambos le habían pedido perdón con sendas reverencias.

—Parece un príncipe de cuento de hadas. Seguro que tiene algún defecto.

—¿Como por ejemplo que se cree capaz de hacerlo todo y que no necesita a nadie? Mangonea tanto a Rory que a veces me da hasta pena.

—¿A ti no?

—He aprendido a decirle que no lo haga.

—¿Qué querías decir cuando comentaste que te habías casado con tu vestido? —Señaló con la cabeza el vestido en cuestión, que estaba colgado de la puerta del armario.

Toby le había hablado de su relación con Graydon, pero no pensaba hablar de lo sucedido con Tabitha y Garrett.

—Fue algo fingido —respondió, y se hizo el silencio mientras Millie la peinaba.

—Si no te he entendido mal, ahora es el hermano quien está comprometido con la mujer con la que debe casarse el príncipe Graydon. ¿Eso no lo deja libre para casarse contigo?

Toby tardó un momento en contestar.

—Si lo hiciéramos, su familia me odiaría. Su madre es... —Respiró hondo—. Hablé con ella una vez, o más bien la escuché. Me dio lástima Graydon. Su infancia debió de ser muy solitaria con una madre así. ¡Ay!

—Lo siento —se disculpó Millie—. Se te ha enredado el pelo en el cepillo. ¿No podréis llegar a algún tipo de acuerdo para casaros?

—Eso es lo que quiere Graydon. Quería que fuéramos hoy al juzgado para casarnos sin más demora, pero le he dicho que no. ¿Te imaginas que vamos a Lanconia y tiene que decirle a la arpía de su madre que se ha casado con una estadounidense normal y corriente? Me pasaría la vida sufriendo su desdén.

—Entonces, ¿valoras más tu bienestar que la idea de casarte con el hombre al que quieres?

—No —respondió Toby—. El problema es que Graydon estaría dividido. ¿Cómo va a concentrarse en gobernar su país si está metido en una guerra entre dos mujeres? Y si el padre de lady Danna retira sus empresas del país por mi culpa, los lanconianos protestarán. Graydon no puede hacer su trabajo sometido a semejante presión.

—Es una actitud muy noble por tu parte —afirmó Millie.

Ya fueran las palabras o el deje con el que las había pronunciado, el caso fue que Toby se echó a llorar. Millie se sentó a su lado en la otomana y la abrazó.

—No soy noble. ¡Me encantaría escupirles a todos! Me encantaría fugarme con Graydon y después plantarme delante de su madre y retarla a que me insultara una sola vez. Pero no puedo hacerle daño a Graydon. Lo quiero demasiado para eso.

Millie alejó a Toby para mirarla a los ojos.

—¡Muy bien! Ya no tenemos más tiempo para la autocompasión. Tienes que maquillarte, ponerte el vestido e irte corriendo a la capilla. De otro modo, nos perderemos la boda de Victoria y Caleb.

—No creo que pueda...

Millie se puso en pie, enderezó los hombros y miró a Toby con gesto imperioso.

—Quieres que el hombre al que amas sea un rey, de modo que debes comportarte como una reina. Las reinas no van por ahí mostrando sus sentimientos.

—A lo mejor en Lanconia no...

—¡Carpathia! —exclamó Millie con un tono de voz que hizo que Toby se levantara.

—Muy bien, majestad. Sacaré a la luz la reina que llevo dentro.

En vez de sonreír, Millie le colocó las manos en los hombros y la miró a los ojos.

—Seguramente verás a tu príncipe esta noche. Irá vestido a la usanza del siglo XIX y estará tan guapo que te desmayarás al verlo. Si te pide otra vez que te fugues con él, ¿qué le dirás?

—Es posible que le diga que sí.

Millie la miró echando chispas por los ojos.

—Vale, nada de fugas. Nada de matrimonios apresurados, pero sí aceptaré un revolcón entre las sábanas.

Millie frunció el ceño.

—No pienso ceder en ese punto.

—Muy bien —replicó Millie—. Solo te pido que me avises para dormir esta noche en casa de Jilly y de Ken.

Toby torció el gesto.

—Con la suerte que tengo con los hombres, seguro que Graydon ya ha encontrado otra novia a estas alturas.

—No con todo ese pelo rubio que tienes. Si ves que se aleja de ti, úsalo a modo de lazo y volverá.

Toby se echó a reír.

—¿Cómo sabes que a Graydon le gusta mi pelo?

—Me lo has dicho tú, ¿no lo recuerdas? Y ahora vamos a ver si podemos arreglarte rapidito.

La enorme casa de Roger Plymouth, con su fachada de cristal, se emplazaba en primera línea de costa al sur de la isla. Era el tipo de casa que aparecía en las revistas de arquitectura. Su interior estaba perfectamente amueblado y todo era blanco y azul para resaltar el paisaje que la rodeaba.

Lexie odiaba el interior. La gente que vivía en Nantucket se preguntaba por qué los interioristas que cobraban tantísimo por sus servicios no usaban otra cosa que no fueran muebles blancos y tapicerías azules. Las paredes estaban adornadas con monísimas reproducciones de ballenas y alguna que otra ancla. No había ni un ápice de creatividad en toda la casa.

Lexie ya le había dicho a Roger que quería redecorar la casa entera cuando se casaran. La réplica de él fue:

—Echa la casa abajo y consigue que tu primo Jared nos construya una si eso es lo que quieres.

Lexie le soltó un sermón sobre el derroche. Después de la discusión, necesitaron pasar cuatro horas en la cama a fin de hacer las paces.

En ese momento, Lexie estaba sentada en un sofá blanco frente al cual había otro idéntico donde se sentaba Graydon. Ambos iban vestidos a la usanza de finales del siglo XVIII y principios del XIX, y estaban preparados para asistir a la ceremonia que se celebraría en la capilla. Lexie sabía que Graydon había pasado casi todo el día hablando por teléfono con la gente de su país. Al parecer, las cosas no iban bien porque Graydon estaba cabizbajo y alicaído, y no se sentaba con su habitual porte rígido. Era casi imposible creer que fuera el descendiente de un linaje real.

La noche anterior, Graydon apareció en la puerta con una maleta en cada mano. Roger abrió y Graydon le preguntó si podía darle alojamiento, de modo que Roger le indicó, medio dormido, el camino hasta un dormitorio. Una vez que volvió con ella a la cama, no se molestó en decirle quién había llamado. De modo que supuso que se trataba de alguno de sus amigos de las carreras, y se durmió sin darle importancia.

Esa misma mañana bajó y se encontró con un cabizbajo príncipe Graydon inclinado sobre un tazón de cereales.

Solo tardaron unos segundos en averiguar que ambos estaban a punto de soltarle a Toby una noticia bomba durante la boda. Además de la reciente llegada de Lexie a la isla, Toby descubriría que su amiga estaba comprometida e iba a casarse con su jefe. En cuanto a Graydon, su inesperada presencia le ocasionaría a Toby una sorpresa mayúscula.

—Roger me lo compró en París —dijo Lexie, refiriéndose al vestido rosa con un sobrecuerpo bordado de color blanco.

—Es muy bonito. Y el anillo también.

Lexie levantó la mano izquierda y contempló el anillo de compromiso de cinco quilates que Roger le había regalado.

—Jamás habría pensado que me gustaría un anillo así. Es demasiado ostentoso, demasiado hortera, pero...

—¿Es como Roger?

—Sí —contestó ella—. Al parecer, lo llevo en el dedo. —Miró a Graydon y se percató de que este había fruncido el ceño.

—¿Te preocupa la idea de hablarle a Toby de tu compromiso? —quiso saber él.

—No, la verdad es que no. Creo que me dirá que sabía que íbamos a acabar así.

—Es posible —replicó Graydon—. Es una persona muy perspicaz.

Lexie no soportaba verlo tan triste, y se le ocurrió una manera de ayudarlo. Tenía el presentimiento de que Roger la ayudaría. Se puso en pie.

—Será mejor que me vaya. ¿Estarás bien aquí solo?

—Perfectamente —contestó Graydon, que después extendió un brazo para tomarle una mano y le besó el dorso—. Toby se alegrará mucho por ti.

—Ojalá pudierais... —Dejó la frase en el aire, le regaló una sonrisa y abandonó el salón.

Una vez en la planta alta, le dijo a Roger que era necesario que hablara con Graydon.

—Esos dos tienen problemas muy serios.

—¿No como nosotros, quieres decir? —le preguntó Roger, que sonrió—. He tardado bastante, pero al final te he conquistado.

—Sí, como hace el moho —replicó Lexie, que se alejó de sus manos—. Sé agradable con él, solo te pido eso.

—Soy agradable con todo el mundo.

—Si no lo pensara, no te diría que bajaras para ayudarlo.

—Bueno, ¿y qué quieres que le diga?

—No lo sé. Cosas de hombres. Pero sé simpático. El pobre lo está pasando fatal.

Cuando bajó, Roger miró a Graydon. Estaban solos en el salón, ambos ataviados con calzas beige y fracs. Graydon llevaba unos zapatos que había usado su antepasado, mientras que Roger había elegido unas botas altas. Roger le ofreció una copa, pero ante la negativa de Graydon, no pudo evitar pensar en lo diferentes que eran los hermanos. Rory siempre estaba riéndose, pero Graydon era capaz de deprimir a un payaso. ¿Cómo se le hablaba a un futuro rey?

—¡A la mierda! —exclamó y se sentó frente a Graydon, copa en mano—. Lexie quiere que te eche un ojo, pero ya no soporto más verte de bajón. No puedes rendirte. ¿Me oyes? No puedes. Mira lo que he conseguido yo. He conquistado a Lexie. He tardado años, pero lo he logrado. Me costó mucho trabajo organizar este viaje que ella cree que fue improvisado. Conseguí que mi hermana le mintiera para que la acompañara a Francia. Y después le pedí que fuera tan aburrida que Lexie estuviera dispuesta a tirarse por un barranco con tal de alejarse de ella. —Bebió un sorbo—. Para conseguir la ayuda de mi hermana, tuve que prometerle que Bobby Flay cocinaría en su próximo cumpleaños. A lo que iba, que me planté en Francia llevando una escayola, aunque mi brazo estaba perfectamente, y engatusé a Lexie a fin de que me acompañara a hacer un recorrido en coche por el país. —Se inclinó hacia delante y lo miró con seriedad—. ¿Sabes lo que hice? La dejé conducir. Sabes perfectamente que lo que sientes es Amor Verdadero cuando escuchas cómo sufre la caja de cambios incluso con el rugido de un motor de doce válvulas y no dices ni pío al respecto. —Guardó silencio para que Graydon apreciara el horror de dicha afirmación en su totalidad—. Si tiras la toalla por el simple hecho de que una mujer te diga que no se casará contigo, no se te puede considerar un hombre.

Graydon miró a Roger con expresión paciente.

—En este caso, existen unas circunstancias insalvables.

—Sí, sí, ya lo sé —le aseguró Roger—. En el futuro serás el rey. ¿Y qué? Todos tenemos desventajas. La mía es que las mujeres me creen un inútil. Piensan que soy guapo y rico, pero que no sirvo para nada. Parte del motivo por el que me gusta Lexie es que me obliga a hacer cosas. Así pues, ¿qué hace la tal Toby por ti?

—Evita que me crea que soy un verdadero príncipe.

—Y vas a tirar la toalla porque... ¿Por qué vas a renunciar a ella?

—¿Por mi país? —replicó Graydon con sarcasmo.

Roger soltó una carcajada.

—No sé mucho de Historia, pero creo que los hombres tristes y deprimidos no son buenos reyes. Piénsalo. ¿Qué eres, un hombre o un rey? —Apuró la copa, la soltó y abandonó la estancia.

Graydon se levantó y salió al exterior para contemplar el mar y pensar.

28

Cuando Millie y Toby llegaron a la capilla, esta ya estaba medio llena con los invitados. Casi la mitad iba ataviada con trajes de época y, tal como Victoria había predicho, todos se habían esforzado por superar al de al lado. Las mujeres lucían sedas, satenes, cintas y pedrería. Una famosa escritora dijo que lo hacía en honor de Jane Austen, no de Victoria.

—Me alegro de que ese punto haya quedado claro —repuso Millie con tal retintín que Toby se echó a reír.

Ya había anochecido y las dos estaban juntas, al lado de la puerta de la capilla, para entregar los programas de la ceremonia: la música (Verdi), un poema (leído por la querida editora de Victoria), los votos (de los novios). Los primos de Jared acompañaban a varias personas por el pasillo.

—Bueno, tú lo sabes todo de mí pero yo no sé nada de ti —comentó Toby mientras Millie le daba un folleto a una mujer cuyos libros rara vez abandonaban las listas de los más vendidos del *New York Times*—. ¿Estás casada?

—Sí. Con un hombre maravilloso. Tal vez te guste saber que no nací en este país y que mi matrimonio fue concertado.

—¡Bromeas! —Toby casi fue incapaz de soltar el folleto que tenía en la mano, pero un escritor de novelas de crímenes basados en hechos reales se lo quitó—. Ah, lo siento. —Miró a Millie.

—Te digo la verdad. Lo organizaron nuestros padres, pero no sabían que mi futuro marido y yo tuvimos un encuentro clandestino antes de que se celebrara la boda. Él lo orquestó todo. —Millie adoptó una expresión soñadora—. Fue a medianoche y hubo un caballo de por medio y la luz de la luna. Me escapé por una ventana y cabalgamos sin silla de montar por un bosque, donde nos esperaban una botella de champán y unas fresas cubiertas de chocolate. —Se interrumpió para entregar tres folletos más—. Estuvimos juntos hasta casi el amanecer y después volvimos a casa. —Regresó al presente—. A partir de ese momento, lo habría seguido a cualquier parte. Es el amor de mi vida.

Toby suspiró.

—Es la historia más romántica que he oído.

—No más que la tuya, cariño. ¿No tuviste champán y fresas cuando conociste a tu príncipe? ¿No estaba tan enamorado de ti que se las ingenió para mudarse contigo?

—Sí a lo de mudarse conmigo, pero no estaba enamorado.

Cogió otro montón de folletos.

—En ese caso, ¿por qué lo hizo? Que yo sepa fuisteis inseparables desde que os conocisteis. Trabajasteis juntos, solucionasteis problemas juntos. No entiendo cómo conseguisteis obviar el aspecto físico del amor. Os habéis perdido mucho al negaros un buen revolcón a la antigua usanza.

—No lo hicimos —replicó Toby—. A ver, lo hicimos pero no lo hicimos. Graydon es un amante maravilloso y yo me quedé embarazada en nuestra noche de bodas, pero...

Millie la miraba con los ojos desorbitados.

—Me he ido de la lengua. Será mejor que compruebe que nuestros sitios siguen desocupados.

Millie la atrapó del brazo.

—No es asunto mío, pero a veces los problemas no se pueden solucionar gracias a la lógica o al sentido común. A veces tienes que creer y confiar en que todo se arreglará. Si renuncias al amor por temor a despertar el odio, ¿no haces que el amor acabe perdiendo?

—No lo sé —contestó Toby.

La música que daba comienzo a la ceremonia empezó a sonar, de modo que Toby se apartó de Millie para ocupar su asiento. Millie y ella habían colocado unas cintas para reservarlos. Se sentó tras desatar dichas cintas.

Unos minutos después, Caleb y Ken entraron por la puerta lateral y se colocaron delante del altar. Toby sabía que Alix y Jilly estaban ayudando a Victoria en la parte trasera de la capilla mientras esperaba que llegara su momento de recorrer el pasillo hacia el altar del brazo de Jared.

Cuando se dio cuenta de que Millie no se había sentado junto a ella, miró hacia atrás, pero no la encontró por ninguna parte. En cambio, vio que Graydon se acercaba ataviado con su traje de época, y sintió que se le subía el corazón a la garganta.

Mientras se sentaba junto a ella, sabía que debía decirle que el asiento estaba reservado para Millie, pero no lo hizo. Graydon le cogió la mano, le besó el dorso y se la colocó en el brazo. Los minúsculos asientos los obligaban a estar muy juntos.

La música cambió y Jilly, ataviada con un vestido rosa palo con encaje color crema, recorrió el estrecho pasillo cubierto por una alfombra blanca adornada con pétalos de rosas rojas. La seguía Alix, que llevaba un vestido de color melocotón. Las dos llevaban ramos de rosas blancas y diminutas flores azules.

Cuando comenzó a sonar la marcha nupcial, se pusieron en pie.

Graydon susurró:

—¿De dónde han salido las florecillas azules?

—De Nueva York. Las ha conseguido Millie —susurró ella.

—¿Quién es Millie?

—Mi ayudante. No la conoces.

Victoria, del brazo de Jared, que estaba guapísimo con sus calzas color beige y su chaqueta oscura, cerraba la comitiva. Además del vestido blanco, la novia llevaba un chal de cachemira en cientos de tonalidades verdes. Sus ojos de color esmeralda relucían. En las manos llevaba un ramillete de orquídeas blancas rodeadas de las florecillas azules por las que Graydon le había preguntado.

Hasta ese momento, Toby no había pensado en que era raro que ella, que había trabajado con incontables flores en los últimos años, no las hubiera visto antes.

Cuando el cortejo nupcial estuvo sentado, los invitados hicieron lo propio y la ceremonia dio comienzo. Se intercambiaron los votos tradicionales, pero al final Caleb habló. Dijo que amaría a Victoria «a través de los siglos, más allá de huracanes y lágrimas, del dolor y de la alegría, en la pérdida y en los triunfos».

—Te querré siempre.

Cuando terminó, Graydon sujetaba la mano de Toby con tanta fuerza que creía que le iba a partir los dedos, pero deseó que la abrazara por entero con la misma fuerza.

—No me dejes hacerlo todo solo —le suplicó él en voz baja mientras el párroco declaraba a Caleb y a Victoria marido y mujer—. Aquí o allí, me da igual dónde esté. Por favor, quédate conmigo. —Cuando la miró, Toby vio que tenía los ojos llenos de lágrimas.

Toby asintió con la cabeza antes de clavar la vista en la pareja que se besaba.

Graydon se llevó su mano a los labios para besarle el dorso y después los invitados comenzaron a aplaudir y a vitorear cuando la pareja recorrió el pasillo a toda prisa.

—Ahora podemos comer —anunció un hombre tras ellos, y todos se echaron a reír mientras abandonaban la capilla.

Toby miró a Graydon.

—Tengo que ocuparme de varias cosas —le dijo.

—¿Puedo ayudar? —le preguntó él.

Toby quería quedarse con él y hablar, pero sabía que Millie no podía encargarse sola del caos que sería el banquete.

—Sí —contestó, y se alejó andando hacia atrás—. Amontona algunas de estas sillas de ópera junto a la pared para que la gente tenga sitio para sentarse. Te mandaré a Wes para que te ayude. Después, busca a Millie —dijo, ya desde la puerta— y ella te dirá qué más hay que hacer. Yo... —Titubeó.

—Lo sé —dijo Graydon con una sonrisa—. Por cierto, Lexie ha venido y tiene una sorpresa para ti.

—Déjame adivinar: se trata de Roger. ¿Se han casado o están comprometidos?

Graydon se echó a reír.

—Están comprometidos. Quiere que le organices la boda.

—¡Ay, Dios! ¿Cómo me he buscado este trabajo?

Tras mirar a Graydon por última vez, corrió de la capilla a la carpa, pero se detuvo en el exterior. No sabía qué acababa de aceptar ni qué pasaría a continuación. Solo sabía que se alegraba muchísimo de que Graydon estuviera allí. Por primera vez desde que se fue, no tenía la sensación de que faltaba una gran parte de su vida.

Nada más entrar en la carpa, vio a Millie.

—Te has perdido la ceremonia.

—No, la he visto. —La habitual expresión sonriente de Millie había desaparecido—. Te he visto con tu príncipe y los dos parecíais muy serios. ¿Dónde se ha metido?

—Le he pedido que amontone las sillas de ópera que hay en la capilla.

—¿Las has llamado así? —Cuando asintió con la cabeza, Millie continuó—. ¿Y le has encargado el trabajo a un príncipe?

Toby se echó a reír.

—¡Graydon puede hacer cualquier cosa! Sabe cocinar, limpiar, organizar...

—¿Dirigir un país?

—Sí, eso también —contestó Toby, que continuó en voz baja—: No estoy segura, pero creo que acabo de acceder a casarme con él.

—¿Cómo que no estás segura? —preguntó Millie, pero al ver que Toby temblaba, la sacó de la carpa y la ayudó a sentarse en una de las sillas que habían colocado en el exterior.

—Tengo miedo —reconoció Toby—. Muchísimo miedo. Una cosa es que vivamos aquí, en mi mundo, pero... —Miró a Millie con el miedo reflejado en la mirada—. Es un príncipe y algún día será rey. Tiene que encargarse de un país. Tiene una madre.

Millie frunció el ceño.

—Dudo mucho que sea tan mala como crees.

—Es peor. Me odiará. A ojos de los lanconianos, soy bajita y muy blanca y... —Se interrumpió y sonrió.

—¿Qué pasa?

—Así describí yo a Graydon.

Millie la observaba y parecía estar sopesando lo que le contaba.

—Quiero que te quedes aquí y que te tranquilices. No vayas a ninguna parte mientras yo compruebo cómo están los invitados. —Se volvió para marcharse.

—¿Dónde conseguiste las florecillas azules que hemos usado para los ramos? —le preguntó Toby.

—Ya te lo dije, vinieron desde Nueva York.

—Graydon parecía creer que eran atípicas.

Millie le daba la espalda.

—¿En serio? ¿Te ha preguntado por algo más?

—No, solo por las flores. ¿Pasa algo de lo que debería estar al tanto?

—¿Qué podría pasar? —replicó Millie a la ligera antes de entrar en la carpa.

Una vez dentro, se volvió hacia las personas, pero en el último momento se marchó hasta el extremo más alejado y salió en dirección a la arboleda colindante. En cuanto estuvo oculta a ojos de los demás, se detuvo y esperó. Irguió los hombros y alzó la cabeza.

Tal como sabía que haría, Graydon salió de entre los árboles. Al punto, se detuvo delante de ella e hincó una rodilla en el suelo. No llevaba una espada consigo, pero extendió los brazos, con las palmas hacia abajo, e inclinó la cabeza de modo que el cuello quedara expuesto, en una postura de sumisión absoluta.

—Puedes levantarte —dijo Millie en lanconiano.

Cuando Graydon la obedeció, echaba chispas por los ojos.

—¿Qué narices haces aquí, madre?

29

—Bonito vestido —comentó Graydon—. Me suena. —Por primera vez en la vida, no le demostraba a su madre el debido respeto que requería su condición de reina. Pero claro, en su opinión no lo merecía después de haber aparecido en Nantucket bajo una identidad falsa. El vestido que llevaba lo había usado una antepasada para un retrato oficial. ¿Había ido a Nantucket para espiar a Rory?—. ¿Puedo suponer que mi padre y... mi hermano se encuentran bien?

—Si preguntas por Rory, está estupendamente.

—Ah, lo sabes. —Graydon hizo todo lo posible para disimular el asombro. Su madre lo había estado espiando.

—¿Si sé que mis hijos han intercambiado sus lugares? Por supuesto que lo sé.

—Pero llamaste y me dijiste unas cosas horribles de Rory. Dijiste...

—¿Crees que no sabía que estaba hablando contigo por teléfono y que tu hermano había asumido tu papel? ¡No creo haberme enfadado tanto en la vida! Todavía lo estoy —aseguró, alzando la voz cada vez más—. ¿No bastaba con que estuvieras dispuesto a casarte con la mujer de la que tu hermano está enamorado? ¡Eso fue una crueldad de tu parte! No podrías haberle hecho más daño aunque lo hubieras encerrado en una mazmorra para torturarlo. Podría haberse recuperado de un abuso físico, pero jamás se habría recobrado de lo que tú estabas dispuesto a hacerle.

Graydon la miraba boquiabierto por el asombro.

—Pero fuiste tú quien eligió a Danna para mí.

—¿Qué querías que hiciera? Tenía dos hijos de treinta y un años que no parecían interesados en buscar esposa. Y cuando te dije que debías casarte con Danna, te lo tomaste con un aplomo total. ¡Y Rory guardó silencio! Iba a permitir que te casaras con la mujer que amaba.

—¿Me estás diciendo que elegiste a Danna porque Rory estaba enamorado de ella?

—Sí, por supuesto que lo hice. Quería obligar a tu hermano a reaccionar, a que se le declarara. Necesita dejar esa vida que lleva, practicando deportes de riesgo por el mundo.

Graydon había enarcado las cejas al máximo.

—¿Y qué planes tenías para mí?

—Lo que quería para ti era que encontraras a una mujer que te importara más que tu país. Te aseguro que eso es esencial en la pareja real. Pero tiré la toalla cuando cumpliste treinta. En lo referente a las mujeres, Rory es más fácil que tú.

Graydon jamás había estado tan atónito. Todo lo que siempre había creído que se esperaba de él había desaparecido en un abrir y cerrar de ojos.

—¿Por qué? —consiguió susurrar—. Enviaste lejos a Rory cuando éramos pequeños. No lo entiendo.

La ira abandonó a Millie.

—Lo sé —susurró—. Pero algún día tendrás tus hijos y lo entenderás. He tenido dos trabajos durante mi vida, el de reina y el de madre. No podía mimarte y solucionar tus problemas con un beso. Debía prepararte para el trabajo que asumirás algún día. —Se internó unos pasos en la arboleda, pero después regresó junto a Graydon—. Intentar controlar a Rory era como tratar de ponerle botas a un pez. Era capaz de prender fuego en una habitación con tal de no hacer lo que se le había ordenado que hiciera. Tú, en cambio, adorabas la disciplina. Te encantaba. Para ti, un día malo era aquel en el que no lograbas nada. La diversión consistía en aprender un nuevo idioma o en luchar con Daire casi a muerte. No te imaginas las horas que he pasado con tus tutores, buscando algo que te hiciera reír.

—Toby me hace reír —comentó Graydon—. Supongo que ella es el motivo de que estés aquí y no el spa suizo donde me han dicho que estabas.

—Admito que quería saber con qué tipo de mujer estabas. ¡Me moría de curiosidad! ¿Estaría tan impresionada que alentaría tu... perfección? ¿O te haría reír? ¿Se negaría a decirte «Alteza» y en cambio te diría que hicieras algo útil y que apilaras las sillas?

—Eso es lo que hace Toby, desde luego. —La furia comenzaba a abandonarlo, pero no del todo—. Parece que has manipulado toda mi vida.

La cara de Millie reflejó el asombro que sentía.

—Por supuesto que lo he hecho. En eso consiste mi trabajo.

—¿Como reina de un súbdito leal?

—¡No! —exclamó, indignada—. Como tu madre. Y, por cierto, esa es mi primera ocupación. Mi labor más importante.

—Pero crecí aislado. ¿En qué sentido puede ser eso beneficioso?

—Graydon, hijo mío, eres una persona leal hasta el extremo. Quería que expandieras tu círculo de amistades.

—¿Por eso me alejaste de Rory y después de Daire?

—Sí. —Millie guardó silencio un instante—. ¿Quién iba a pensar que tu participación en una boda iba a ser más útil que todos mis esfuerzos durante estos treinta y un años? Debo agradecérselo a tu tía Jilly.

—Entonces, ¿has venido para espiar a Toby?

—Sí. Estaba intrigada por lo que tu hermano y tú os traíais entre manos. Tu padre y yo hemos analizado el tema en la clínica y nos hemos echado unas buenas risas. Usar el teléfono móvil con el ruso fue muy ingenioso por vuestra parte. Nos sentimos muy orgullosos de los dos después de ver semejante treta.

Graydon trataba de asimilar lo que estaba escuchando.

—Por curiosidad, ¿tuviste algo que ver en la elección del vestido de Toby?

—Por supuesto. Aria y yo decidimos cuál sería el mejor. Y antes de que lo preguntes, tu abuelo J. T. no está al tanto de nada. Es tan honesto y tan honorable como tú.

—Inocente y confiado, querrás decir.

—¿Cómo es el dicho ese? Blanco y en botella...

Graydon sonrió por primera vez.

—Creo que has pasado demasiado tiempo en este país.

—Estoy lista para regresar a casa, junto a tu padre. La pregunta es: ¿qué vas a hacer ahora?

—¿Puedo entender por tu tono de voz que apruebas a Toby?

—Sí —contestó Millie con una sonrisa—. Prácticamente se puede instruir a cualquier chica para que haga el trabajo, pero lo que quería saber es si ella te quiere a ti o si quiere la posición.

—¿Y? —preguntó Graydon con una ceja enarcada.

—Te quiere tanto que está dispuesta a sacrificar su felicidad por ti. Será una esposa fantástica y Lanconia se beneficiará al tenerla como reina.

Graydon se quedó mudo unos instantes. Era difícil asimilar la idea de que iba a pasar el resto de su vida con la mujer que amaba.

—¿Y el padre de Danna?

—No te preocupes por él —respondió Millie con un deje aristocrático en la voz—. No ha conseguido amasar esa fortuna sin incomodar a ciertas personas. Se contentará con ser el padre de una princesa, no de una reina, o le demostraré cómo las gasta la justicia de Lanconia.

Graydon se pasó una mano por la cara bajo la atenta mirada de su madre.

—Tengo que decirle a Toby que podemos... que... —Miró a su alrededor—. Empezamos aquí, cerca de la capilla, con una cena y champán. A lo mejor puedo recrearlo. Conseguiré un mantel y unas velas y...

—Fresas bañadas en chocolate —añadió Millie con un tono de voz distante que Graydon no le había escuchado jamás—. Es una lástima que no tengas aquí un caballo, pero tendrás que conformarte con la ropa que llevas.

—Por supuesto —replicó Graydon, que parpadeó varias veces. Era el primer comentario romántico que escuchaba de labios de su madre.

—Ve a buscarla —le ordenó Millie—. Dame media hora y después trae a Toby a este lugar. Lo tendré todo preparado.

Graydon no supo qué más decir. Se despidió de su madre con una reverencia respetuosa y regresó a la carpa.

Tan pronto como Toby vio a Graydon supo que había pasado algo. De hecho, jamás lo había visto de esa manera. Atravesó la carpa sin prestarles atención a los invitados, con los ojos clavados en ella. Aunque lo había visto en el papel del príncipe muchas veces, en esa ocasión estaba viendo al rey.

—¿Qué ha pasado? —le preguntó cuando llegó a su lado.

—Dentro de media hora, te sacaré de aquí aunque tenga que entrar a lomos de un caballo negro.

Toby se echó a reír.

—Te pareces a Garrett... y al marido de Millie.

—¿Qué significa eso?

Mientras les entregaba a los niños los platos con la tarta, le contó la historia que le había contado Millie sobre el pícnic a la luz de la luna.

—Así que se escapó por una ventana...

Toby lo estaba observando con atención.

—Graydon, antes me dijiste que no te dejara solo y yo asentí con la cabeza, pero nada ha cambiado. Todavía existen obstáculos insuperables y...

Graydon se inclinó para darle un beso fugaz y los niños que los rodeaban soltaron unas cuantas risillas.

—Veinticinco minutos —le recordó y se volvió para salir de la carpa.

—Te dije que era más de lo que podías manejar —dijo Lexie, que estaba detrás de ella.

Había aparecido con Roger Plymouth del brazo y con un enorme diamante en el dedo. Y con expresión contrita, como si ella fuera a sorprenderse.

Después de los abrazos y los gritos de alegría, Toby le dijo:

—Desde el día del Festival de los Narcisos, Alix y yo teníamos muy claro que esto iba a suceder. La forma en la que te miraba ese hombre era irresistible.

—Ojalá alguien me lo hubiera dicho —comentó Lexie.

—No le habrías hecho caso. Cuéntamelo todo.

Sin embargo, en ese instante una de las invitadas preguntó si había llegado el momento de entregar los premios a los ganadores del concurso de disfraces. Se trataba de una de las escritoras famosas que había invitado Victoria e iba ataviada con un precioso vestido de seda roja adornado con galones oscuros.

—¡Ve! —le dijo Lexie—. Hazte cargo de todo. Ya hablaremos mañana. ¿Adónde se ha ido tu príncipe?

—No lo sé. Creo que Millie iba tras él. Me dijo que quería conocerlo. —Los invitados se interpusieron entre ellas y Roger cogió a Lexie del brazo para apartarla.

—¡Mañana! —gritó Lexie.

Toby asintió con la cabeza y se concentró en la entrega de premios. Se suponía que Victoria, Millie y Alix iban a ayudarla, pero Victoria estaba bailando con su flamante esposo y parecían ajenos a todo. En cuanto a Millie y a Alix, habían desaparecido. Tras agitar las manos en el aire, exasperada, se encaminó hacia la mesa de los premios.

Cuando Graydon regresó a la carpa, muchos autores ya llevaban sus placas de metacrilato y una sonrisa en los labios. Toby no creía que pudiera escaparse sin más, pero en ese momento aparecieron Millie y Alix y prácticamente la echaron a empujones.

—Ya no se te necesita —le aseguró Millie—. Tienes el resto de la noche libre. Vete.

—Ahora nos toca a nosotras —añadió Alix—. Voy a ver si logro separar a Lexie de Roger para que nos ayude. Espero que su guapísimo prometido se enfade y tengamos que luchar cuerpo a cuerpo.

—Será mejor que Jared no se entere de que has dicho eso —replicó Toby con una sonrisa mientras se alejaba—. Pero si necesitas ayuda con Roger, recuerda que estaré cerca. —Ansiaba alejarse del ruido y de las luces para hablar con Graydon.

—¡Vete! —exclamó Millie al tiempo que bajaba la lona de entrada de la carpa.

Graydon estaba esperándola en la linde de la arboleda. Toby aceptó el brazo que le ofrecía y caminó a su lado. En el suelo, un poco más adelante, descubrió algo que parecía sacado de un cuento de hadas: un mantel blanco como la nieve con candelabros y velas encendidas, champán, patés, quesos y una bandeja llena de fresas cubiertas de chocolate.

—¿Cómo has conseguido todo esto?

—Soy un príncipe y tengo un genio atrapado en una lámpara —respondió con solemnidad.

El brillo que tenía en los ojos era el mismo que solo le había visto la noche que se casaron. Pero en aquel entonces eran Garrett y Tabitha, y tenían la vida entera por delante.

—¿Qué ha pasado? —le preguntó.

—Siéntate y come —le ordenó él—. Vamos a hablar.

Se sentó en el mantel en frente de él y mientras comían Graydon quiso saber qué había estado haciendo durante el tiempo que él estuvo fuera de la isla. Le hizo muchas preguntas sobre su nueva amiga Millie, preguntas que Toby contestó gustosa.

—No podría haberlo hecho sin ella. Es la persona más amable y trabajadora que he conocido en la vida. Me ha peinado, me ha ayudado a vestirme y me ha prestado su hombro para llorar.

—Supongo que soy el culpable de esas lágrimas.

—Por supuesto —le aseguró ella al tiempo que untaba una galleta salada con paté y se la acercaba a Graydon a los labios—. ¿Por qué otra cosa va a llorar una mujer si no por un hombre?

—No es la respuesta que esperaba. Bueno, ¿y cómo has encontrado este parangón de virtudes?

—Pareces celoso.

—Envidio a todo el mundo que pueda estar cerca de ti.

—Graydon —dijo ella con voz seria—, nada ha cambiado. No podemos... —Él la silenció poniéndole un trozo de queso en la boca.

Cuando acabaron de comer, Toby se apoyó en el tronco de un árbol y Graydon se estiró en el suelo, con la cabeza apoyada en su regazo.

—¿Qué harías si yo fuera un hombre normal? —le preguntó—. ¿Te casarías conmigo?

Toby no quería pensar en eso. El champán se le estaba subiendo a la cabeza y solo quería pensar en el presente, en lo que sucedía en ese momento y en ese lugar. Le acarició la frente y le colocó una mano sobre el pelo.

—¿Qué harías para ganarte la vida? —preguntó ella a su vez, bromeando.

—Podría ser un chef. O un stripper masculino. Protagonizaré la siguiente entrega de *Magic Mike*.

La despreocupación de sus palabras no engañó a Toby.

—No puedes renunciar a tus derechos dinásticos y convertirte en un stripper.

—Esto es una fantasía —le recordó él—. Si fuera un hombre normal, como mis primos, y hubiera crecido en Maine, me habría graduado en Princeton y...

—Y tendrías una madre cariñosa y dulce que no llevaría una corona —añadió ella.

—Sí. ¿Qué tal una madre como tu Millie?

—Estaría muy bien —respondió ella.

—¿Te casarías conmigo en ese caso?

—Sí. Si fueras un don nadie, me casaría contigo en un santiamén. Me... —Dejó la frase en el aire—. Si tu futuro no fuera el de ser rey, me lanzaría ahora mismo sobre ti y te abrazaría con tanta fuerza que te dejaría sin respiración. —Vio que la sonrisa de Graydon se ensanchaba—. Y me enfrentaría a mi madre por ti, aunque tuviera que usar algún arma lanconiana. Mi padre apoyaría mi decisión, pero mi madre...

Graydon se sentó.

—¿Qué quieres decir con eso de que te enfrentarías a tu madre? ¿Por qué no aprobaría que te casaras conmigo?

—Bueno, sé que estamos hablando de una fantasía, pero si tu futuro no fuera el del ser rey, ¿a qué te dedicarías? La verdad, no es que tengas una formación adecuada como para ganarte la vida con una profesión. No veo anuncios en los periódicos donde busquen gente capaz de gobernar un país. A lo mejor te podrían resultar útiles todos los idiomas que sabes. Podrías... —Graydon la interrumpió con un beso.

—Tú sí que sabes desmoralizar a un futuro rey. —Metió la mano en el bolsillo interno del chaleco—. Tengo una cosa para ti.

Sacó un anillo que relucía a la luz de las velas. La piedra era de un color extraño y Toby comprendió que se trataba de un diamante lila. Fue incapaz de hablar mientras él se lo colocaba en el dedo.

—Espero que no te importe que sea idéntico al de Danna, pero como va a ser tu cuñada...

—¡Ya basta! —exclamó ella, poniéndose en pie—. Graydon, esto no tiene gracia. Estaba dispuesta a seguirte la corriente, pero ya te has pasado. —Intentó quitarse el anillo, pero no pudo.

Graydon se puso en pie, la abrazó y la instó a colocarle los brazos en el pecho. Intentó besarla, pero ella apartó la cabeza.

—Según tengo entendido, el único motivo por el que no podemos casarnos es por la oposición de terceras personas. La idea de ser reina de un país algún día no parece desagradarte. Por favor, dime que al menos lo has pensado.

—En absoluto. Nunca.

—¿Sabes que cuando mientes parpadeas mucho?

Toby se alejó de él.

—Vale, sí que lo he pensado. La idea de ayudar es una maldición que los estadounidenses llevamos en la sangre. Nacemos para ayudar a los demás. Nos preocupamos. La casa de alguien se quema y allí vamos todos, con mantas y comida.

Graydon se acercó a ella.

—En mi país, hay cabida para muchas reformas. En ciertos lugares de las montañas, los niños no tienen acceso a la escuela pública. He pensado en crear escuelas de una sola aula.

—Aquí las teníamos en el pasado. Tuvieron mucho éxito.

—Solo es una idea mía, pero estoy demasiado ocupado como para llevarla a cabo. Ya has visto lo que he tenido que hacer a través de Rory.

—A lo mejor Danna...

—A ella le gustan los animales. Quiere exportar las razas ovinas de Lanconia. Toby, amor mío, la verdad es que a mi país le vendría muy bien un poco de ayuda en muchos frentes. Si te demuestro que tu presencia lograría la bendición de todo el mundo, ¿aceptarías el trabajo?

Toby lo escuchaba con el ceño fruncido.

—Sabes que tu fantasía es imposible. El padre de Danna se llevaría sus empresas y tu madre...

Graydon le colocó las manos en los hombros y la miró a los ojos.

—¿Me quieres?

—Sí. Sabes que te quiero. Como ha dicho Caleb, mi amor por ti ha pervivido durante los siglos.

—¿Quieres casarte conmigo?

—No si...

—Olvídalo. ¿Quieres pasar el resto de tu vida a mi lado? ¿Juntos? ¿Serás capaz de soportar mis costumbres lanconianas, a mis amigos lanconianos?

—Si he llegado hasta aquí... —contestó. Graydon la estaba mirando, a la espera de su respuesta—. Sí, me casaré contigo y estaré a tu lado para siempre.

Él inclinó la cabeza y la besó. Fue un beso cargado de promesas, un beso que sabía a futuro. Cuando levantó la cabeza, Toby estaba sonriendo y sus ojos azules estaban oscurecidos por el deseo y la pasión.

—Vamos —dijo él—. Quiero presentarte a una persona.

—¡Genial! —exclamó Toby con sarcasmo. Graydon se volvió para mirarla—. Como no... tengo la oportunidad perfecta para perder la dichosa virginidad y tú quieres presentarme a alguien.

Graydon se echó a reír.

—Te prometo que te liberaré de esa carga dentro de poco. De hecho, quiero alargar el momento para añadir emoción. Si no recuerdo mal, te gusta estar encima, y eso requiere energía derivada de la felicidad. —Echó a andar hacia la carpa donde se celebraba la boda, llevándola de la mano.

—Lo que recuerdo es la geisha rubia que tenías en la espalda. ¿Y si...?

—No. No me haré un tatuaje —le aseguró de forma tajante.

Habían llegado a la linde de la arboleda y Toby vio a Millie en el exterior de la carpa, de espaldas a ellos.

—Vamos —le dijo a Toby, tirándole de la mano—. Quiero que conozcas a mi amiga.

Cuando Millie se volvió, Graydon se detuvo en seco y Toby lo miró, extrañada. Había cuadrado los hombros y había alzado la cabeza. Acto seguido, se inclinó para hacer una reverencia.

—Carpathia —dijo con un deje que ella reconoció como el del príncipe—, me gustaría presentarte a mi madre, Su Alteza Real Millicent Eugenia Jura, reina de Lanconia.

Toby los miró una y otra vez y comenzó a entenderlo todo, a encontrar respuestas a todas sus preguntas. El cambio de humor de Graydon, de la depresión a la euforia, se debía a que había hablado con su madre, la reina. Por su mente pasaron las imágenes de las últimas semanas: risas con Millie, abrazos fraternales, confesiones, secretos revelados, botellas de vino y pizzas compartidas. Todas esas imágenes la golpearon a la vez y le provocaron un vértigo que amenazó con devorar la luz.

—Creo que... —susurró al tiempo que cerraba los ojos para luchar contra el mareo.

Graydon la atrapó antes de que se cayera al suelo.

Mientras la abrazaba contra su cuerpo, miró a su madre con una sonrisa que revelaba la felicidad tan absoluta que sentía:

—Ha dicho que sí.

Epílogo

Una semana más tarde

Mientras entraba en la casa, Toby se limpió la sudorosa frente y se apartó de los ojos el pelo que se le había escapado de la trenza. Iba a costarle acostumbrarse a los hábitos de Lanconia. Se había pasado toda la mañana trabajando en el jardín con Graydon y con sus padres. Deseaba ducharse y después almorzar por última vez con Lexie y con Alix. A esa misma hora, al día siguiente, habría emprendido el viaje a su nueva vida. Millie no dejaba de repetirle que sería fantástica en todos los aspectos, pero ella seguía preocupada. Solo cuando llegara allí sabría a ciencia cierta que...

Se detuvo porque vio a un desconocido en su salón, leyendo el periódico. Por un instante, pensó en llamar a uno de los seis escoltas que estaban fuera, con la familia real. Pero se encontraban en Nantucket. El hombre podía ser otro de los primos de Jared.

Hizo ademán de hablar, pero el hombre se volvió y la miró de arriba abajo, con una expresión que parecía decir que había fallado en alguna prueba. Llevaba el top rosa con el que practicaba yoga, unos viejos pantalones grises de chándal y unas zapatillas de deporte desgastadas.

—¿Eres la hija de Lavidia? —preguntó él con voz incrédula.

—Pues sí. —Toby enderezó los hombros. No le gustaba su actitud—. ¿Quién eres tú?

—Steven Ostrand. —Hablaba con orgullo—. Me han dicho que sabes cocinar. ¿Es verdad?

—No te conozco y quiero que salgas de mi casa ahora mismo.

El hombre enarcó las cejas como si quisiera decirle que ella se lo perdía antes de ponerse en pie muy despacio.

—Tu madre me dijo que eras muy temperamental y que tendría que pasar ese defecto por alto. Ya veo que tenía razón.

Toby hizo ademán de contestar su arrogante comentario, pero su madre entró en la estancia de repente. Sin saludar siquiera a su hija, corrió junto al hombre y le agarró el brazo con ambas manos.

—¡Steven! No te vas, ¿verdad? —Miró a Toby—. ¿Qué le has dicho?

—Madre, no conozco a este hombre. Quiero que salga de mi casa.

—¡Ah! —dijo Lavidia al tiempo que agitaba una mano—. ¿Es por eso? Solo hay que presentaros. Steven, esta es mi hija, de la que tanto te he hablado.

El hombre se soltó de las manos de Lavidia y echó a andar hacia la puerta principal.

—Lavidia —dijo con firmeza—, creo que debería marcharme hasta que lo hayas aclarado todo. —Miró de nuevo a Toby de arriba abajo—. Sin embargo, no estoy seguro de que podamos llegar a un acuerdo entre nosotros. —Tras decir eso, salió.

—¡Madre! —protestó Toby, pero Lavidia no le dio tiempo a añadir nada más.

—¡Mira lo que has hecho! ¿Sabes lo que me ha costado convencer a ese hombre para que viniera? Tu padre y yo lo conocimos en el crucero. Es el dueño de una cadena de supermercados.

Toby comenzaba a entender de qué iba el asunto.

—¿Intentaste convencer a ese hombre para que se casara conmigo? —Inspiró hondo—. Para tu información, he conocido a alguien que...

—¡Uno de esos Kingsley! —masculló Lavidia—. Cuando huiste con ese Jared, le dije a tu padre que las cosas no acabarían bien, pero nadie me hizo caso. Y ahora voy a enterarme de que vives en pecado con uno de ellos. ¿A qué se dedica? ¿Es el patrón de un pesquero? ¡Por favor, Carpathia! ¿Es que no tienes un mínimo de dignidad? —Lavidia empezó a gesticular—. Tendrás que deshacerte de él, no hay más vuelta de hoja.

—Toby —dijo Graydon a su espalda.

Aunque no se volvió para mirarlo, sí se acercó a su cuerpo. Experimentaba una extraña sensación de *déjà vu*. Recordó la noche que ocupó el cuerpo de Tabitha y su madre intentó obligarla a casarse con un tendero llamado Silas Osborne. ¿Ese tal Steven Ostrand habría sido el Silas Osborne del pasado?

Cuando Lavidia miró a Graydon, se quedó blanca, como petrificada por la sorpresa. Sus ojos se velaron y se llevó una mano al corazón.

—Te he visto antes. Quieres llevarte a mi hija lejos pero... pero no puedes ocuparte de ella. Será desdichada durante su corta vida. —Pronunció esas palabras entre dientes, como si no fuera consciente de lo que decía.

De repente, Toby lo entendió todo. Pese a todos los cambios que Graydon y ella habían hecho en el pasado, no habían eliminado el miedo intrínseco de su madre al futuro. Toby se apartó de Graydon y, por primera vez en muchos años, le echó un brazo a su madre por encima de los hombros.

—No pasa nada —le dijo en voz baja—. No se hará a la mar y no nos dejará solas e indefensas. ¿No te acuerdas? Garrett se quedó con nosotras.

Por un brevísimo instante, la furiosa y preocupada cara de Lavidia demostró su alivio, pero después frunció el ceño, contrariada, y se apartó de su hija.

—¿De qué hablas? ¿Cómo que el mar? ¿Qué tiene que ver el mar con todo esto? Carpathia, te he ofrecido a un hombre con un excelente porvenir. —Miró a Graydon de arriba abajo. Llevaba una camiseta empapada de sudor y unos pantalones de chándal viejos—. ¿Qué puede ofrecerte este hombre?

—Una corona, un palacio —contestó Millie, que apareció tras su hijo.

—¡Lavidia! —exclamó el padre de Toby al entrar en la estancia, seguido de cerca por Steven Ostrand—. ¿Qué narices estás haciendo? —Se volvió y miró a su hija, al hombre alto y de pelo oscuro que tenía detrás y a la mujer que había a sus espaldas. Casi se le salieron los ojos de las órbitas. Se mantenía al tanto de las noticias internacionales y había reconocido a esas dos personas—. Madre del amor hermoso, sois... —Fue incapaz de terminar la frase.

De repente, seis hombres altos y morenos, trajeados y con pinganillos, entraron en la estancia. Rodeaban a un hombre igual de alto que, pese a la ropa de trabajo, tenía un porte muy distinguido.

El padre de Toby era incapaz de dejar de mirarlos boquiabierto. Desvió la mirada hacia su hija.

—¿Es...? ¿Eres... y él va...? —consiguió balbucear.

—Sí —contestó Toby. Su padre y ella siempre se habían entendido.

—No me gusta ni un pelo —dijo Lavidia de malos modos—. Steven, ¿te importaría...?

Se interrumpió de golpe porque su marido la sujetó con fuerza de los hombros.

—Son los reyes de Lanconia y este hombre es el príncipe heredero. Se va a casar con nuestra hija y Toby será princesa.

Lavidia tardó un minuto entero en comprender lo que le decía su marido. La labor de su vida había consistido en asegurarse de que su única hija tuviera el porvenir asegurado y por fin veía que se iba a cumplir su deseo. Décadas de preocupación brotaron de su cuerpo en forma de un enorme suspiro.

Miró a su marido.

—Yo... —No terminó, ya que se desmayó entre sus brazos.

Con expresión risueña, el padre de Toby los miró y dijo:

—Creo que se alegra mucho.

Agradecimientos

Como de costumbre, me gustaría darles las gracias a mis lectores en Facebook, donde cuento el proceso diario de escritura. Los pros y los contras, las cosas buenas y las malas, todo está ahí. Los comentarios tan agradables y las respuestas a mis numerosas preguntas me animan a continuar. Gracias.